魅丽文化 桃夭工作室

火焰戎装（中）

水千丞
— 著 —

长江出版社
CHANGJIANG PRESS

图书在版编目（CIP）数据

火焰戎装．中 / 水千丞著．
-- 武汉：长江出版社，2022.4
ISBN 978-7-5492-8259-3
Ⅰ．①火… Ⅱ．①水… Ⅲ．①长篇小说－中国－当代 Ⅳ．① I247.5
中国版本图书馆 CIP 数据核字（2022）第 052725 号

火焰戎装．中 / 水千丞 著

出　　版　长江出版社
（武汉市解放大道 1863 号）
出版统筹　曾英姿
选题策划　刘思月
市场发行　长江出版社发行部
网　　址　http://www.cjpress.com.cn
责任编辑　陈　辉
印　　刷　湖南天闻新华印务有限公司
版　　次　2022 年 4 月第 1 版
印　　次　2022 年 6 月第 1 次印刷
开　　本　880mm×1230mm　1/32
印　　张　11
字　　数　360 千字
书　　号　ISBN 978-7-5492-8259-3
定　　价　52.80 元

目录 CONTENTS

卷三

——哀

卷四
——惧

卷五 ——爱

卷三 哀

1. 朋友的定义

任燚将准备好的饭菜一一摆上桌，还开了一瓶红酒。

宫应弦双手环胸，坐在椅子上，看着那一桌跟他平日饮食习惯截然不同的饭菜，不知该做什么表情。

任燚坐在了宫应弦对面："这里面没有你忌口的吧？"

宫应弦摇摇头，刚要张嘴，任燚"哎"了一声，制止了他："我知道你不吃热的，但你吃温的，对吗？这几道菜你可以等凉一点儿再吃，你不要看着有几个菜冒热气就排斥。"

宫应弦盯着他："你为什么不分餐？"

任燚无奈地起身，去厨房多拿了几个盘子，把所有菜都分了两份，还小声抱怨道："你嫌弃我。"

宫应弦被任燚的表情逗笑了："我跟你一起坐在这么小的一张桌子边，距离这么近，吃这种没有任何摆盘可言的饭，已经很不嫌弃你了。"

"那我真是谢谢你啊，大小姐。"

"你叫我什么？"宫应弦拔高了尾音。

"大少爷。"任燚揶揄道，"我这些菜虽然看着不太精致，但味道应该不错，你尝尝吧。"

宫应弦拿起筷子，夹了凉拌茼蒿放进嘴里，菜里放了薄醋和一点点儿辣椒，味道很爽口。

任燚两眼放光地看着宫应弦，一脸期待地问："怎么样？"

宫应弦点点头："不错。"

任燚笑道："我平时不怎么做饭，但是随便看个菜谱都能做得不错，人聪明，没办法。"他说着盛了一碗冬瓜鱼丸汤放在了宫应弦手边。

宫应弦微微低下头，凑近闻了闻："烫。"

"尝尝这个土豆牛肉，这个不烫。"

宫应弦夹了一块牛肉，先用舌尖试探着舔了一下才吃了下去。

任燚笑道："你有没有想过，要克服对火的恐惧，可以先从吃热食开始？"

"心理医生建议过。"宫应弦说，"但我觉得吃什么不重要。"

"怎么不重要？你不吃热食，无非是讨厌高温，或者潜意识里认为它们是火烹制的，对吗？"

宫应弦不说话。

"你克服了对火的相关物的恐惧，有助于更好地克服对火本身的恐惧，这个逻辑没问题吧？"

宫应弦轻哼一声："你为了让我吃你做的东西，可够卖力的。"

任燚哈哈笑道："我是想让你多品尝一下人间的美味。有些东西啊，就是热腾腾的才好吃，比如这碗汤。"

宫应弦看了一眼冬瓜汤，有些犹豫。

"给我个面子，尝尝看怎么样，不会烫到你的。"

宫应弦斜眼看了看那碗汤，轻咳了一声："既然今天我是来你家做客的，就给你这个面子吧。"

"来来来。"任燚满脸期待地看着宫应弦。

宫应弦优雅地端起碗，用勺子搅了搅，然后轻轻吹气，想让它快点儿凉下来。

任燚不禁想起了淼淼。有时候煮的肉刚出锅，还比较烫，淼淼就蹲在碗旁边乖乖地等肉凉一凉。此时的宫应弦就像极了在等肉放凉的淼淼。想到这里，任燚忍不住扑哧一笑。

宫应弦瞪着他。

任燚摊了摊手。

宫应弦舀起一勺汤，深吸一口气，送到了唇边，小心翼翼地喝了下去。

"怎么样？"任燚兴奋地问道。

宫应弦怔了片刻："还……还好。"他已经记不起来上一次吃这样热的东西是什么时候了。家里出事以后，他被送去了M国。由于厌恶高温，同时受西式饮食文化的影响，他不再吃任何热烫的东西，甚至已经忘了一口香浓的热汤味道原来这么好。

任燚掩不住唇边的笑意，令他开心的不仅是宫应弦吃了热食，而是宫应弦愿意改变自己，哪怕只是一点点儿。他喜道："好喝就多喝点儿。这个是温州鱼丸，我们中队的战士家里寄来的，自己做的。"

宫应弦对上任燚发亮的眼睛，羞恼道："你别一直催着我吃，你自己不吃啊？"

任燚高高兴兴地吃了起来："这个好吃，这个也好吃，嘿，我真是挺厉害的。"

宫应弦看着任燚得意又窃喜的模样，也不禁脸上含笑，竟暂时忘了一直盘踞在心头的关于过去的阴影。

任燚连哄带骗让宫应弦把所有菜都尝了一遍，看着宫应弦吃着自己做的东西，他难以形容这一刻的满足。

任燚用手指敲了敲酒瓶："咱们喝点儿酒？"

宫应弦有些犹豫："酒精会让人失控，我不喜欢失控。"

"你今天太累了，经历得太多了，喝点儿酒会让你忘了一切，安心睡个好觉。"

宫应弦轻哼一声："也会让人早上起不来，迟到。"

任燚失笑："你这个人怎么这么记仇啊？"

宫应弦扬了扬下巴："来一杯吧。你这是什么酒？"

"不知道，朋友送的。"任燚给两人倒了酒，"我平时喝啤酒的，不怎么喝红酒，但是让你喝啤酒的话……"他摇头笑道，"感觉怎么都不对劲儿。"他根本无法想象宫应弦跟他们一起蹲在路边摊喝啤酒、吃烤串的样子。

宫应弦拿起酒杯轻晃，凑到鼻尖闻了一下："你要喝酒也不提前醒酒。"

"我没那么多规矩，喝就是了。"任燚抓起杯子强行跟他碰了一下，"来。"

宫应弦只好喝了一口。他微微蹙眉，诚实地说："这酒不好。"

已经习惯了宫应弦脾性的任燚丝毫不在意："那下次你带酒。"

"好吧。"

吃完饭，任燚就张罗着要教宫应弦打游戏。

宫应弦不常喝酒，此时有些晕乎，他靠在沙发里，手上还端着红酒杯，打了个哈欠，说道："你这个酒不好。"

"你刚才已经说过了。喝都喝了，下肚还不是一样？"任燚把手机屏幕投到了电视上，然后撞了一下宫应弦的肩膀，“看屏幕啊，我教你玩这个游戏。”

“这个游戏？”

“你玩过 CS 吗？”

“我不玩游戏。”

任燚解释道：“简单来说，就是拿着武器打敌人，活到最后就赢了。”

宫应弦看着屏幕上的画面，他眯起眼睛：“燚燚……女神？”

任燚眨了眨一边眼睛：“这个名字是不是特仙儿？”

“你为什么要叫这个名字？”宫应弦不可思议地瞪着他。

“我不说过了吗，制衡我的五行啊。”

“‘女神’呢？”

“这个嘛，他们以为我是女的，就会对我放松警惕，有时候还能骗点儿装备。”

宫应弦眯起眼睛：“这不是作弊吗？”

“那么较真儿干吗？玩游戏最重要的是开心。”任燚嬉笑道，“来来来，看哥给你表演屠杀。”任燚拿上一把枪，刚从窗户翻出去，就被干倒了。

宫应弦笑了起来：“你死了吗？”

任燚有些羞愤，放下了手机，嘟囔道：“刚刚我选的位置不大好。”

宫应弦拿起酒杯递给任燚，任燚伸手接过，他憋着笑说道：“这杯酒，沉痛哀悼活了一分四十六秒的燚燚女神。”

任燚笑着骂了一声：“你大爷的，我只是失误了。”他跟宫应弦重重撞了杯子，把酒一饮而尽。

宫应弦仰躺在沙发上，感觉大脑发晕，浑身轻飘飘的，这种自在到有些失控的感觉竟也不坏。他轻声说：“吃饭，喝酒，游戏，你们就是这么长大的吗？”

任燚笑了笑：“大部分男孩子都是这么长大的吧。你小时候都在做什么？”

“学习，训练，做实验。”

任燚顿了一下，低声说：“很孤独吧？”

宫应弦沉默了片刻，说道：“不。”

任燚别过头看了宫应弦一眼，那侧颜线条完美得如同雕塑，面颊浮现薄薄的红晕，深邃的眼神透出丝丝茫然，真是一副绝顶的好相貌。

宫应弦感受到了任燚的目光，也转过脸去。

两人四目相对，因酒精而变得混沌的目光逐渐从彼此的眼神中寻回焦距，眼前的面孔是那么地熟悉。

任燚拿起酒瓶给两人倒上酒，大声道："来，喝酒。"

他们一边碰杯，一边聊天，任燚还教宫应弦玩起了游戏，此时的他们就像两个青春期的少年，没有烦恼，没有回忆，只是享受着和友人相聚的闲暇时光。

半夜时分，宫应弦也不知是醉的还是困的，趴在沙发上直打瞌睡。任燚酒量好一些，相对清醒，他拍了拍宫应弦的肩膀："你别在这儿睡，回房间了。"

宫应弦嘟囔了一声。

任燚费力地将宫应弦从沙发上拖了起来："哎，起来了，起来了，回房间睡。"

宫应弦勉强睁开眼睛，在任燚的搀扶下，往屋里走去。

任燚也没多少力气了，短短一段路，两人四条腿，走得七扭八歪。好不容易看到了客房的床，任燚咬着牙快步往前走去。在离床不过几步远时，任燚使出吃奶的力气，用力将宫应弦往床上甩去，宫应弦却一把抓住了任燚的胳膊，不让他走，半眯着眼睛，用一种茫然的、疑惑的目光看着他。

宫应弦半眯着眼睛，用一种疑惑的眼神看着他。

任燚连大气都不敢喘。

"你……"宫应弦小声说，"为什么靠这么近？"

"你嫌太近，倒是放开我啊。"

"你的名字，"宫应弦舒展了一下腰身，"太蠢了。"

任燚："……"

"这是我这辈子听过的最蠢的名字。"宫应弦说着，自己呵呵笑了起来。

"浑蛋。"任燚暗骂了一句，"好了好了，你放开我。"

"别动。"宫应弦发出不满的声音，他盯着任燚的眼睛，磕巴着说："汤好……好喝。"

任燚伸手去推宫应弦的肩膀："你……你能不能先起来？"

宫应弦不满地抓起任燚的手去拍任燚的脑袋，用一种像是在赌气的口吻说："我讨厌火，但是不讨厌你。"

任燚一时有些哭笑不得，但胸中似乎涌入一股暖流。

宫应弦似乎闹得累了，安心地闭上了眼睛。

不一会儿，他的耳边传来均匀的呼吸声。

任燚小心翼翼地挪开宫应弦，爬了起来，看着他熟睡的模样，唇边漾起微笑。

他把枕头垫在了宫应弦的脑袋下面，又给他盖上被子，而后在一旁守了许久。

"晚安。"

第二天早上，任燚在平日出操时间醒了，他洗漱完毕，去厨房做早餐。不一会儿，他就听到浴室里传来哗哗的水声。

待他将早餐端上桌，宫应弦也从浴室里出来了，两人毫无准备地打了个照面。

宫应弦的表情有几分僵硬，轻咳一声，埋怨道："我就不该喝酒，昨晚连澡都没洗。"

"你不是在分局洗过了？"

"那不一样。"宫应弦犹豫了一下，装出漫不经心的语气问，"昨晚我怎么上床的？"

"当然是我把你弄上床的，你连路都走不了。"任燚调侃道，"哪想到你酒量这么差。"

"是你的酒不好。"宫应弦反驳道。

"行，是酒不好。"

宫应弦偷偷瞄了任燚一眼："我有没有说什么……"

任燚挑了挑眉："哼，你说了一大堆。"

宫应弦有些紧张地问："我说什么了？"

"说我在你心目中是多么地英勇神武，英俊潇洒，说我是男人中的男人，你有多么佩服……"

"滚。"宫应弦白了他一眼。

任燚哈哈大笑："来吃早餐吧。"

宫应弦看着桌上的清粥、小菜还算满意，问："粥是烫的吗？"

“你昨天已经踏出了第一步，喝了热汤了，乘胜追击一下好不好。以后开始吃一些热的东西。”

“有必要吗？”宫应弦心里有些犹豫，“我已经习惯现在的饮食了。”

“昨晚你跟我说，汤很好喝。”

宫应弦轻哼一声。

“这句是真的。”任燚笑看着他，“热的东西养胃，味道也好，我真的不希望你因为那种理由错过好的东西，你明明可以尽情享受的。”

宫应弦沉默了。

“人这一生啊，苦大于乐，能多一样让自己开心的东西，干吗要拒绝呢？”任燚舀了一勺粥放进嘴里，“嗯，好香。”

宫应弦道：“我可以稍微试试。”

“来啊，循序渐进。”

宫应弦将勺子凑到嘴边，吹了好几口，才慢慢地吃了起来。

任燚咧嘴一笑。

宫应弦喝了两口粥，突然说：“我昨晚是不是和你有亲密的身体接触了？”

任燚被这句话问蒙了，吃到一半的粥都差点儿从嘴里漏出来。

宫应弦皱眉道：“是还是不是？”

任燚轻咳道：“怎么……怎么算‘亲密’？”

“就是……”宫应弦想了半天，也不知道该怎么定义，他突然恼羞成怒，“不管怎么样，我酒后失态你不准告诉别人！”

任燚扑哧一笑：“我可以跟盛伯和飞澜分享一下吧？”

宫应弦冷哼一声：“你试试。”

两人互相调侃了几句。

吃完饭，任燚问道：“今天是周末，你要去分局吗？”

“警察哪有周末？”宫应弦道，“不过，今天不是我值班。”

“那你……”任燚想问宫应弦要不要回去审那个兜帽男。

宫应弦摇了摇头：“我今天让蔡强去审万源小区纵火案和烧车案，我打算跟言姐把过去的线索再梳理一遍。”

“也好。”

“你跟我一起去吧。”宫应弦看着任燚，“你说过你愿意帮忙。”

“当然。”任燚郑重地说，“我一定尽全力。”

宫应弦去跟邱言通了一个电话，任燚把厨房收拾了一下，换了一套衣服。

两人出了门，任燚接过钥匙上了驾驶座："你去哪儿？"

"我家。"

车开到一半，任燚的手机突然响了起来，他没仔细看就接了。

"哥，是我。"祁骁的声音在耳边响起。

"哦，早啊，你居然会这么早起床。"任燚偷偷瞄了宫应弦一眼。

"哎，我是碰到点儿麻烦，想请你帮个忙。"

"怎么了？你说。"

"我们公司给我接了一个广告，拍摄的时间、地点、人员、方案全部定了，结果拍摄地因为一点儿消防问题被关闭了，说要整改一周。"

"什么问题啊？是被投诉了，还是消防部门检查没过？"

"具体我不太清楚。"祁骁苦恼地说，"要是周三拍不上，我要去赶另一个活动，他们就得换人。这个广告价格挺好的，我真的不想错过。哥，你帮帮我好不好？我快郁闷死了。"

车内空间小且安静，祁骁说的每一个字都传进了宫应弦耳朵里，他轻轻哼了一声。

任燚安抚他道："你别着急，哪个区的哪个中队关的？"

"叫北冈中队。"

"你把拍摄地的名字、地址和大概情况发我手机上，我帮你问问，如果是小问题整改一下就好了，我催他们快一点儿。"

祁骁开心地说："哥，谢谢你。"他发出了夸张的欢呼声。

宫应弦挑起眉，白了任燚一眼。

任燚赶紧说："好了，那挂了啊，我开车呢。"

"等等！哥，下次我好好谢谢你，请你吃饭，地方你定。"

任燚笑着应和了两句，才挂了电话。

宫应弦的声音明显不悦："涉及消防安全，你不会让他走关系吧？"

"那肯定要在保证合规的前提下帮他嘛。"任燚避重就轻地说，"哎，走爱民路会不会堵啊？要不走高架桥？"

宫应弦却不依不饶地说："怎么帮？"

"要看具体情况。"任燚摸了摸鼻子，"一般小的消防整改很简单，我打个招呼让中队快点儿去验收就能省不少时间。"

“哦，真是好朋友。”宫应弦又问道，“你们怎么认识的？”

“朋友聚会。”

“你们交朋友……在一起都玩儿什么？”

任燚越回答越觉得不对劲儿：“你审问犯人啊？”

宫应弦别过头，直勾勾地盯着任燚，一直盯到任燚发毛才说：“你见过我审问犯人。”

言下之意，我对你已经很客气了。任燚哭笑不得：“正常人交朋友，无非就是吃喝、聊天呗。”

“就这样？”

“就这样。我走高架桥了啊。”

虽然宫应弦没有再问下去，但他对祁骁这个人已经毫无好感。

到家之后，盛伯追着宫应弦问起第一次去朋友家做客开不开心，都干什么了。

宫应弦敷衍了两句，任燚则是高高兴兴地跟盛伯分享了一番，把盛伯逗得眉开眼笑，还埋怨道：“那怎么就回来了呢？今天是周末，也不多玩会儿。”

“我回来有事。盛伯，一会儿言姐来，你准备点儿她爱吃的。”

“哦，邱小姐要来呀，太好了！我们也好久没做芋头酥了。”盛伯笑着说，“今天是什么好日子？有这么多客人来做客。”

宫应弦对任燚道：“你跟我来。”

宫应弦领着任燚上了楼，在三楼走廊的尽头有一扇紧闭的大门，这扇门跟屋内其他的门一样，但锁不一样，是智能锁。谁会在屋内装智能锁？而且它的黄铜把手被磨得发亮。任燚知道二楼以上的空间都属于宫应弦一个人，而除了宫应弦的卧室以外，其他的门都没有这样的痕迹，这就证明这是宫应弦常出入的房间。

果然，宫应弦径直朝着那扇门走去，按下指纹。门锁开启的声音响起，宫应弦推开了门。

一股老旧的、沉重的气息扑面而来，任燚还没来得及看清里面有什么，就已经感到难言的压抑气氛。

宫应弦回头看了任燚一眼：“我的过去，就在里面。”

任燚跟着宫应弦走了进去，偌大的房间里摆着一排书架和几张大桌子，桌上放着很多证物一样的东西，墙上挂满了照片、剪报和其他资料。

其中一张做工精致，铺着白绒布的小桌子上，只摆了一个孤零零的相框。

宫应弦走到桌前，脱下手套，拿起了相框，并用修长的指尖轻轻抚过相片中的人。

任燚走到他身边，他把相框递给了任燚。

任燚郑重地接过相框，因为他接下的不是一个小小的相框，而是一个人十八年来不曾对陌生人付出的信任。

相片上是一家四口的合照，那是任燚见过的相貌最好的一家人，父亲英俊儒雅，母亲国色天香，一对子女都像精灵一样漂亮。

任燚看着照片上那个稚气可爱的小男孩儿，他的眼睛像泉水一般清澈，他的笑容像花儿一样灿烂，他被母亲抱在怀里，开心地张开双手，好像敢拥抱全世界，这张脸上没有恐惧，没有冷漠，没有忧愁。

可不久以后，这个孩子就被夺走了一切，从云端跌落到永不能解脱的深渊。

任燚不禁抬头看向宫应弦，看着长大后的宫应弦，心里有种难以名状的痛。

宫应弦移开目光，道："你别用这种眼神看我。"

任燚握着相框，心头苦涩得不知道该说什么。

"我姐姐跟言姐是闺密，从小一起长大的。"宫应弦轻笑一声，"小时候，我总爱跟在她们屁股后面，但她们说，等我长大了才能带我玩儿。"

任燚看着照片上的少女，跟宫飞澜有几分神似，一如邱言所说，是像天使一样的女孩。

"我长大了，她却永远没长大。"

任燚鼻头一酸，将相框小心翼翼地放回了原位，心中默念着，你们在天上要好好保佑宫应弦找到凶手，为你们报仇。

宫应弦坐在桌前，指了指自己对面的椅子："坐吧。"

任燚坐了下来。他环视四周，仅是那面贴满各种线索的墙就让他震撼不已，很多照片他也很熟悉——拍的是火灾后的现场。

宫应弦顺着任燚的目光看了一眼，他从来没有向任何人复述过这一切，一时不知该如何开口。他整理了一下思绪，缓缓说道："我父亲当年是宝升集团的董事长，天禾宝升化工厂是宝升集团旗下的一家化工厂。事故原因你应该知道吧？”

任燚点点头：“据说是乙酸乙烯爆炸。”

“对，乙酸乙烯爆炸后引燃了周围的化学品，引发连锁爆炸，这个没有争议，但引发事故的真正原因和责任人……”宫应弦咬了咬牙，“绝不是媒体说的那样。”

“你的意思是，当年的案件调查是错的？”

“有人在操纵案件调查，制造伪证，误导结果，在发现事情可能败露时，就杀了我父亲，伪造成畏罪自杀，把所有罪责都推到了我父亲身上。”

任燚深深蹙起眉：“你知道是谁干的吗？”

“我有怀疑，但不能确定。”宫应弦沉声道，“这个案件非常复杂，牵扯到集团内部和外部的很多人，当年的证据又很难找到，我和言姐查得很艰难。”

任燚想了想，提出几个问题：“化工厂爆炸是意外还是人为？当年是谁调查案件的？跟调查你家失火案的是不是同一拨人？有哪些有用的证据现在还留存着？”

“化工厂爆炸的调查结果是意外，但鉴于查案的人跟调查我家案件的是同一拨，我心里有怀疑。十八年前电子通信不发达，网络刚起步，且因为当年已经定案、结案了，有用的证据很少，一会儿我会给你看。”

“那调查的人岂不就是最大的嫌疑人？”

宫应弦眼中迸射出恨意：“韩宁分局刑侦一队的队长在结案之后没两年就死了，酒精中毒。”

“他可能是被灭口的？”

“也许吧，他原本是最大的切入点。”宫应弦沉声道，“有人想将当年的一切埋藏在灰烬下，永世不见天日，我偏要翻出来，让它大白于天下。”

“那个鸟的面具又是怎么回事？”

宫应弦垂下了眼帘：“那天晚上，有一个戴着鸟的面具的男人出现过，我看到他了，但我以为那是鬼，在之后的很多年里我都不敢确定我看到的到底是不是幻觉，后来在心理医生的催眠下做深层记忆回溯，才确定真的有这么一个人。只是当时已经结案多年，而一个六岁的孩子的口供是没有用的。”

“记忆回溯……”任燚倒吸一口冷气。

要做记忆回溯，就必须在催眠师的带领下返回记忆现场，而且通常不可能一次就成功，也就是说，宫应弦要一遍又一遍地回到他家起火的当晚，一遍又一遍地置身那最可怖、最痛苦、最残忍的回忆中，只为了找到有用的线索。

宫应弦的脸上没有多余的表情，只是眼神空洞无比。

任燚心疼不已，他无法想象这些年宫应弦在异国他乡到底是怎么熬过来的。他忍不住伸出手，摸了摸宫应弦的头，轻颤着说："你受苦了。"

宫应弦的身体微微一抖，神情有一丝僵硬，似乎在隐忍着什么，他小声说："只要能抓到凶手，我可以付出任何代价。"

"我们一定会抓到凶手的。"任燚笃定地说，"在案件追诉期快要结束前，老天安排一个知情人落入你手里，这不是巧合，这证明拨云见日的时候到了。"

宫应弦调整了一下情绪："那个鸟的面具从头至尾都没有出现在案件调查中，因为我当时描述不清，警察也不相信什么鬼，所以知道这个面具的只有凶手。兜帽男是怎么知道的，我一定会查清楚。"

"他现在就是最好的切入点，你当警察，不就是为了这一天吗？"

宫应弦颔首："只有当警察，才能使用公安系统强大的数据库。言姐跟我的想法是一样的，这些年多亏了她。当我还小的时候，她已经竭尽所能去调查、取证，留下了很多本可能消失的证据。没有她，我一个人也许撑不到今天。"

任燚现在完全能明白宫应弦为何只有面对邱言才那般温和亲近，他们背负着同样的伤痛和秘密，一路扶持着走来，这样深厚的情谊，已经不输至亲。

任燚心中微酸，但又庆幸至少宫应弦不是孤军奋战。

"邱队长确实不是一般的女人，还好有她帮你。"

宫应弦站起身，走到那面线索墙前："你来看。"

任燚也走了过去，凑近看那些火灾后现场的照片和那些陈旧泛黄的纸质文件，更觉得震撼。

火灾的证据哪怕是当即提取的，都是遭到破坏程度极大的，何况现场早已不在，时间又过去了那么久，能够搜集到这些已是不易。

“这些证据我以前找火灾鉴定专家看过，但由于照片像素太低，而我不敢向陌生人泄露案件细节，所以没看出什么有价值的东西。最近听说有了新的AI技术，可以精准复原老照片，我已经把所有照片送去复原了。”

“这是你能搜集到的所有物证吗？”

“还有一些证据留存在公安总局的证物室里，结案后他们会保存二十年，二十年没有异议就会销毁，只留电子档。”

“那你拿到了吗？”

宫应弦摇摇头：“我看过，也拍了照，但我不能拿出来。我没有去申请提物证的理由，反而可能打草惊蛇。除非我有足够的证据去质疑已结案案件的调查结果。这是一件大事，意味着要对当年所有办案人员追责，没有十足的把握不能动。”

“等那些复原的照片回来了，我们重新做一遍火调。”

这时，门外传来了敲门声，邱言到了。

任燚和她互相问候，她依旧是落落大方，自信又干练。今天，她刚巧穿了一套深灰色的西装，与宫应弦的衣着颜色和款式都很相近，两人站在一起，不仅一看就很熟稔，且从样貌到气质都十分般配，简直是一对璧人。

“应弦，你把案子都告诉任队长了？”

宫应弦“嗯”了一声。

“任队长能帮忙真是太好了。”邱言笑道，“有一个专业的火灾调查专家在，一定能给案子带来新的转机。”

任燚道：“客气了。现在新的转机是那个嫌疑人，我觉得这就是上天的安排。”

邱言点点头：“对，十八年了，为什么在最后的关口给我们新的线索，这种命运感真是玄妙。”她微笑道，“也许任队长是我们的福星。”

任燚也笑了：“我也希望，希望我们能尽快找到凶手。”

“我从分局过来的时候，蔡强正在审陈佩，就是那个嫌疑人。这个人非常难缠，好像什么都不怕，要么不说话，要么就愚弄警方，对于我们的问题避重就轻。他在证据面前没法否认自己当天去过万源小区，但他不承认纵火。”

“他的同伙呢？”

“他的两个同伙也都抓了，他们混迹在一起，有时候给人看场子，有时候收债，但对纵火的事好像并不知情，我们还在进一步审理。”

“网络犯罪科那边呢？陈佩和烧车的人的联络，一定是通过线上。”

“没错，他们正在查，我不相信他一点儿痕迹都没有留下。”

“那烧车案的嫌疑人有什么进展吗？那个彭飞？”

邱言道：“彭飞不像是烧车的人，但我们觉得他知道是谁，不管怎么样，他肯定是知道点儿什么。我已经申请将他拘留了，他的心理防线很快就会崩溃，离张嘴不远了。”

宫应弦也道：“现在从两个方向堵他们，最后一定会把他们堵进同一个死胡同，等他们绝望的时候，就会互相咬，离水落石出也就不远了。”

三人坐了下来，宫应弦和邱言给任燚补充了一些当年案子的细节，任燚说自己会去总队查化工厂爆炸案和宫家纵火案的消防档案，说不定会有新发现，哪怕找到当年参与救火的消防员。一个个地问，不可能没有收获。

同时，他也要回去跟他爸好好聊聊，也许他爸还记得一些，那至少会比一个六岁孩子的记忆有价值。

三人聊了很多，最后话题落在了炽天使上。

“小谭说这个网站有前身，几年前被M国的司法部门清剿过一次，这两年又卷土重来了。网站的背后是一个团伙，在国内有联络人和活跃用户，数量可能比我们想象得多，这些是小谭从外网上找到的一些消息。”

宫应弦冷笑：“从我们抓到周川、陈佩开始，这个网站就暴露了很多东西，我们会顺藤摸瓜地找到更多人。”

“这点我并不怀疑，但是我有些担心。”邱言皱眉道，“你们的信息被曝光了，随着案件的深入，我担心你们的安全。如果你们察觉了什么，一定要告诉我，我会派警力保护你们。”

“好。”

三人又聊了聊，盛伯已经准备好了午饭，来叫他们去吃饭。

邱言伸了个懒腰：“你们快点儿来哦。”说完跟盛伯有说有笑地走了。

“就来。”宫应弦边说边整理他拿出来的资料。

任燚看了看邱言窈窕的背影，又看了看宫应弦，忍不住说：“邱队长好像是唯一叫你名字的人吧？”

宫应弦漫不经心地回道：“嗯，是吧。”

“咱们俩都是朋友了，我还叫你宫博士，你还叫我任队长，是不是太生分了？”

宫应弦回头看着他：“你想叫我名字？那就叫啊。”

任燚转了转眼珠子，虽然他想叫，但又有一种不太想跟邱言一个叫法的怪异心思，他十分牵强地说：“你的名字有点儿拗口。”

“我的名字怎么拗口了？这是我爷爷取的，很有意义的。”

“就是读音上不是很顺畅。这名字是什么意思？”

宫应弦双目失神地看看前方，陷入了回忆中：“有三层意思，‘舞者赴节以投袂，歌者应弦而遣声’，这里的‘弦’是琴弦；‘飞矢乱下，箭如猬毛，猛气益厉，射人无不应弦而倒’，这里的‘弦’是弓弦，爷爷希望我文武兼修。还有，他说人生而孤独，他愿我能找到人生和弦的知音。”

“哇，好有文化。”任燚赞叹道，只有这么好的名字，才配得起这么完美的人吧。他同时想起自己名字怎么来的，顿时有些啼笑皆非。

“你要叫我名字吗？”宫应弦眼睛一眨不眨地看着任燚。

“嗯。”任燚咧嘴一笑，“叫你名字也没什么新意，叫你小宫吧，你同事都这么叫，咱们是朋友，我应该有个特别点儿的叫法吧？”

宫应弦好奇地问道：“你想叫什么？”

任燚一击掌：“我叫你‘老宫’吧。”

宫应弦白了他一眼：“你一天不贫就难受是不是？”

任燚哈哈大笑起来：“我觉得不错。”

宫应弦莫名地有些无措：“行……行了，吃饭去了。”

任燚止住了笑，目光定定地看着宫应弦：“OK，应弦。”

宫应弦也淡淡一笑：“那你希望我叫你什么？”

“别叫小任，别叫老任，其他随你。”任燚嬉笑道，“不如直接叫名字吧。”

“好吧。”宫应弦也学着任燚郑重的口吻说，“任燚。”

两人相视一笑。

吃完饭，邱言和宫应弦回了分局，打算加班审嫌疑人。任燚还有半天假，决定回家找他爸，顺便把祁骁求他帮忙的事儿办了，如果来得及，就去一趟总队查资料。

路上，任燚给北冈中队的队长打了个电话，让他帮忙把消防审核的时间提前点儿，对方爽快答应了。任燚把这个消息告诉祁骁后，祁骁发来了一张照片，配文字：“谢谢哥！”

任燚笑了笑，回了句“不客气”。

到了家，任燚还没进门，就听见里面传来高亢的歌声。

他开门一看，见任向荣正跟着电视里的抗战片一起唱歌，那应该不叫唱歌，而是用力地吼，没什么音调，所以听来格外刺耳。

“老任，老任，别喊了。”任燚捂住耳朵叫道。

保姆从厨房走了出来，耳朵里塞着卫生纸，朝他无奈地摇了摇头。他一看对方的表情，就知道他爸现在是发病的状态。

任向荣就像故意跟他们作对一样，扯着嗓子吼，一见任燚就吼得更来劲儿，还手脚并用地拍打着轮椅。

保姆用嘴型问任燚：“你在家吃饭吗？”

任燚看着他爸的样子，只觉得心中疲倦不堪。他犹豫着想走，又犹豫着想留下。保姆朝他招了招手，让他进厨房。

两人进了厨房关上门，保姆苦笑道：“他号了半天，应该也快累了。”

任燚叹道：“辛苦你了。”

“没事。那个，任队长，我上次跟你说让你找新的保姆，你找了没有啊？”

任燚早把这事儿忙忘了，答道：“我马上开始找。”

“嗯，过年我跟我老公就回老家了，也就俩月了，你抓紧啊。”

任燚点点头，还是留了下来。

过了一会儿，任向荣果然不喊了，但吃饭的时候也没老实。这个病的一大症状就是发病时无穷无尽地折腾，折磨身边人，找到现在这个靠谱的保姆实在不容易，任燚一想到要换人，头都大了。

吃完饭，任向荣累了，早早就睡觉了。任燚见今天什么也没法问了，干脆回了中队，径直去找曲扬波。

曲扬波见到他还挺意外：“你不是还有半天假吗？”

任燚揉了揉眉心：“我爸今天不太好，他睡着了我就出来了。”有的时候，在那个家待着只剩下窒息一般的难受。

曲扬波关心地问：“要不要送医院？”

任燚摇头：“没什么用，他也不愿意去医院，就随他的心意待在家里吧。”

曲扬波看着任燚疲倦的眉眼，只剩下叹息。

"对了，有个事儿我想找你帮忙。"

"怎么？"

"如果是很多年前的消防档案，一般会收集到总队还是留在中队？还是像现在这样都有备档？"

"分情况吧，多少年前啊？"

任燚犹豫了一下："十八年前。"

"那么久啊。"曲扬波惊讶地问道，"你要干什么呀？"

"我一会儿再解释，你先回答我。"

"十八年前，那个时候还没有电子档，备档不像我们这么简单。而且这么长时间了，组织结构变动可是很大的，如果那个中队没有被拆分或者合并过，应该还是在中队吧，这个真不好说。你要查什么呀？"

"你帮我个忙。"任燚拍了拍曲扬波，"我想找十八年前宝升化工厂爆炸的消防档案。"

曲扬波不解道："你要做什么？"

任燚为难地说道："其实……我答应了别人不能说，兄弟，帮我个忙吧，很重要。"

曲扬波推了推眼镜："跟宫应弦有关吧？"

任燚哂笑一下，"嗯"了一声。

"好吧，我帮你问问。"

"还有半年之后宫家的失火案。"

曲扬波眯起眼睛："这到底是什么情况？"

任燚哀求道："拜托了，别问，也别告诉别人，就是帮我，行吗？"

曲扬波白了他一眼："你欠我一个人情。"

"我欠你一个人情。"

2. 报复

第二天早上醒来，任燚给家里打了一个电话，听见他爸语气如常地与自己说话，他心里踏实了几分。

天气越来越冷了，早上出操的时候他们顶着干冷的风跑了几圈，感觉面皮发紧，嘴唇都要裂开了。

晨训结束后，他们聚在食堂等着开饭，任燚拿出一罐凡士林涂嘴唇，边抹边抱怨："这天儿也太干了。"

崔义胜瞥了任燚一眼："任队，你这姿势太娘了，还行不行了？"

"我的嘴唇都裂开了，多影响吃饭的胃口，还管什么娘不娘的。"任燚一点儿心理负担都没有。

"这东西不好用。"孙定义说道。

"好用啊，我嘴唇干都涂这个。"任燚用手指蹭了一把油乎乎的嘴唇，皱了皱眉。

"什么都比不上爱情的滋润。"孙定义噘起嘴，陶醉地朝着空气亲了两下。

高格作势要揍他。

孙定义嬉笑着换了一个座位："任队，你涂这玩意儿不如找个人。"

高格指着孙定义："你把他给我拖出去挂云梯上。"

"我看行！"几个战士一拥而上。

任燚从鼻子里哼出一声，随口道："你怎么知道我没人亲？"

屋子里瞬间安静了，众人眼巴巴地看着任燚。

"哇，任队你这两天干吗去了？你最近老请假，是不是谈恋爱去了？"

任燚“嘁”了一声，道：“我成天忙着照顾你们这群不省心的，哪有时间谈恋爱？”

曲扬波也跟着“嘁”道：“你照顾还是我照顾？”

“哇，任队的反应真的不对劲儿。”孙定义双目放光，看着任燚，“是不是真的谈恋爱了啊？咱们关系这么好，说实话嘛。”

“没有就是没有，你们这么闲，下午是不是想增加训练？”

“你老拿这个吓唬我们。”高格不服气道，“这是逃避问题。”

“至少有心上人了吧。”一直在旁边安静听着的李飒突然来了一句。

“听听，我们飒姐都这么说了，女人的直觉最准了。”

曲扬波露出意味深长的笑容。

任燚佯怒道：“就你们……”

警铃突然响了起来。

“哎哟，马上就要吃饭了呀。”孙定义哀号一声。

虽然他们嘴上抱怨，脚下的动作可没停，以最快的速度下了楼，在车库集合。

报警地是一个小商品市场，说是设备间的蓄电池组着火了。市场里全是可燃物，如果不尽快控制火情，很可能演变成严重事故，他们以最快的速度穿戴完装备，上车，出发。

路上，他们了解到蓄电池组着火的原因是过负荷运行。原来这家商场为了省钱，偷偷购置了一大批工业用的锂电池，晚上蓄电，白天放电，因为晚上的电费比白天便宜。

锂电池是一个颇麻烦的东西，一旦起火很难扑灭，这也是飞机上对充电宝种种限制的原因。近几年因为电动车锂电池起火引发的火灾在逐年升高，商场这么做是绝对违反消防条例的。

他们到了商场，直奔设备间。

远远地，他们就看到设备间门里不住地往外冒烟，一群工作人员站在远处，手里拿着灭火剂，但谁也不敢上前。

哪怕穿着防护服，他们也已经能感觉到热浪了。

“消防员！消防员来了！”

任燚率先问道：“有没有人员被困？”

“没有。”

“电源切断了吗？”

“切断了。”

“里面什么情况？”任燚往里看了看，能看到的只有燃烧发出来的红光，其余一切都隐藏在滚滚浓烟里。

负责人抹着汗：“里面有一组电池着火了，我们想自己灭的，但是灭不了，然后里面太热了，我们就出来了。”

任燚瞪着他：“着火你们第一时间不打119，自己灭？你们知道锂电池的火有多难灭吗？”

负责人说不出话来。

因为怕消防处罚、怕担责任等原因，一开始不报警，选择自己扑灭火，结果错过最佳抢救时间，这种情况任燚实在见得太多了。很多小事故都是因此变成大事故的。他知道责怪这个人也没有意义，但还是憋了一肚子火。

任燚指挥道：“丁擎，准备供水，让总队联系市政，把这一区域的水压提高。”

“是。”

“刘辉，去调两台抽风机来。”

“是。”

“高格、孙定义，你们俩跟我进去看看。”

三人全副武装，走进了设备间。

设备间只有一扇门和一扇窗，远远不够散烟散热，此时里面如同炼狱，能将人烤熟。就算穿着隔热服，任燚都感觉自己的皮肤快要烫化了，这样的环境他们最多只能坚持一分钟。

任燚咬紧牙关，朝着着火的地方走去。

那蓄电池组靠墙叠放，五排乘四列，共二十个，每个都有旅行箱那么大，布满了杂乱的电线，燃烧发出可怖的声响，最先着火的应该是左侧居中的一个，此时已经烧得通体发红，同时点燃了周围的四个。

扑灭锂电池火灾的最好办法是喷水，而且必须喷大量的水，水不够火不灭。如果是小的锂电池，直接扔水里是最明智的做法，但这么大的锂电池，且已经烧成了这样，不具备移动的条件了。

很快，三人都顶不住了，退了出来。

任燚摘下面罩，脸上全是汗。他喘了一口气道：“麻烦，这种温度人都待不住，怎么喷水？”

“只能轮班了。”高格说道。

任燚思索道：“一边排风散热，一边喷水降温，只能这样了。”

一个管理层模样的男人走到任燚身边：“同志，你们打算怎么灭火？”

“我们要用两台抽风机从门和窗分别往外排烟，然后喷水。”

男人脸色一变：“同志，你想想别的办法，千万别喷水，要是喷水，我们的电池就全毁了，那一个电池二十多万啊。”

任燚眯起眼睛看着他。

“不是有干粉之类的灭火剂？再不行窒息灭火呢？把空气阻断，火不就灭了吗？”

任燚冷冷地说道：“干粉的原理就是窒息灭火，对锂电池行不通。里面已经有五个电池烧了，阻断空气，在火灭掉之前，可能引燃、引爆更多电池，过高的温度还可能对墙体钢筋造成损伤。”

男人拉住任燚，焦急地说道：“你想想办法好吗？把着火的电池搬出来啊。”

任燚一把甩开他的手，厉声道：“你当我们穿的是什么？我把衣服给你，你敢去搬吗？”

“你……你什么态度啊？”男人叫道，“我问了厂家了，你这水浇下去，我二十个电池全完了，好几百万的损失。”

“不浇水，你的电池也会全烧坏，还会对整个商场的安全造成威胁。”任燚瞪着他，眼神犀利，“你再妨碍公务，就去拘留所冷静几天吧。”

“你……”

男人还待说什么，屋内突然传来砰的一声巨响，吓得众人的心脏一颤，下意识地做弯腰抱头的姿势。

肯定是一个锂电池爆炸了，锂电池爆炸虽然不会造成很大的损伤，但人如果离得近也很危险，而且爆炸之后会引燃更多的电池。

男人脸色煞白，不说话了。

锂电池爆炸之后，设备间的温度仿佛又升高了，这一次他们甚至无法走进设备间，光是靠近门，就已经被可怕的热辐射顶了回来。

此时，水枪准备就绪，任燚安排两支水枪先去冷却墙体，然后等待抽风机——屋内不降温，他们的水枪根本进不去。

过了一会儿，抽风机也到了，开始分别从窗户和门往外排风。

就这样排了足足半小时风，温度才稍降，里面的能见度也略有提高。

任燚决定进去试试，他和高格合抱着一支水枪，进入设备间，对准远处的电池组打开了阀门。

为了尽快灭火，水枪被任燚调到了十二个压，阀门一开，巨大的压力让水带像条活龙一样挣扎、扭动起来。任燚和高格死死地抱着水带，依然被双双拖倒在地，出水口开始乱窜，水淋了两人一身。孙定义扑上来压住水带，这才控制下来，他们把水枪对准燃烧的电池喷射。

一射水，屋内升腾起高温蒸汽，甚至比刚开始单纯的火烤还要让人难以忍受，他们喷了一会儿，就换了下一班人。

战士们三人一组轮番上阵，每一组一开始只能坚持一分钟，而后随着温度下降，逐渐能多待几分钟了。

任燚、高格和孙定义再次换班去喷水，此时浓烟已经大多被蒸汽取代，依然是什么都看不清。还好，着火的地方很显眼，喷水不会喷错地方。

几分钟后，他们撤出，换下一班。

任燚已经累得胳膊都快抬不起来了，每一次的呼吸也都难以提上气来。空呼戴久了就会这样，他道："咱们上去透口气，顺便换一个空气瓶，时间应该快到了。"

任燚走出商场大门，大口呼吸着新鲜的空气，向消防车走去。他从消防车里拿出三个新的空气瓶，递给身边的孙定义，想把另外一个递给高格时，发现高格并不在身后。

"人呢？"任燚问。

孙定义换着空气瓶，说道："他没出来，还在里面吧。"

"你把这个给他送进去，然后提醒所有人查看一下自己的空呼余量，不够的赶紧来换。我喘口气，马上回去。"

"好。"孙定义提着空气瓶回去了。

任燚一边抹汗，一边扯了扯防护服的领口，想让冷空气稍微进来点儿，在超高温的环境下待了太久，那种浑身好像要烧起来的感觉令人难受到了极点，此时有一点儿凉风进来，能缓解不少。

但他并没有"享受"太久，很快就回去了。

他还没踏进商场，孙定义就急急忙忙地跑了出来，神色有些慌张："高格好像不见了。"

任燚皱眉道："什么叫不见了？"

"我在里面找不到人，对讲机呼他没反应。"

“他会不会上厕所了？”任燚说出口后自己都觉得牵强。

“上厕所也不会不回话啊。”孙定义紧张地说，“我问了好多人，都没看到他，我还进设备间找了，也没找到。”

任燚心头一紧，快步跑回了商场，直奔设备间。

任燚返回商场，见所有人都在找高格。他问道：“确定设备间里没有人？”

“没有，我们都找过了。”

“最后是谁看到他的？”

众人面面相觑。

孙定义焦急地说道：“可能是我们。”

“报警器呢？他的报警器有没有响？”

每个消防员身上都有一个报警器，能检测到携带者是否跌倒，一旦倒下超过二十秒就会发出高分贝警报音，虽然现场环境嘈杂，但那个声音也不可能听不到。

“都没听到。”

任燚有些发蒙，一个大活人怎么可能凭空消失了？他深吸一口气：“我们再顺一遍，你、我和高格本来在喷水，然后换了下一班，下一班是谁？”

“是我们。”刘辉道，“我们三个。”

“我们出来的时候，高格在我们后边，谁看到他去哪儿了？”

刘辉几人面面相觑：“好像就没看到人。”

“怎么可能没看到？”孙定义吼道，“就这么小个地方，就一扇门，里面没有，也没人看见他出来，人能去哪儿？掉老鼠洞了？”

“哎呀！”一旁一个中年男人突然叫了出来。

战士们齐齐看向他。

“设备间里真有一个洞！”他急忙说道，“是为了检查地下水电设备留的，平时用铁板盖着，铁板肯定是烤化了。”

任燚急了：“那个地方在什么位置？有多深？”

男人描述了一下大概的位置，几人赶紧冲了进去。为避免再有人掉下去，他们拴着绳子，猫着腰摸索。设备间里雾气弥漫，能见度极低，任燚头顶的灯在地上扫出了一片黑影，他甩了甩绳子，走了过去，果然发现了一个洞。他吼道："高格！高格！"

下面毫无回应，但能看到模糊的人影。

任燚顺着梯子爬了下去。

烟气比空气轻，因而往上走，地下的烟就没那么浓。任燚看到高格的空气瓶被挂在了梯子上，人是半蹲着的，但已经昏迷，很可能是掉下来的时候头撞到了梯子。

任燚摸了摸高格的脉搏，松了一口气。他看了一下高格的空呼余量，已经有红光在闪烁，证明空气含量极低。

任燚把绳子卡扣拴在高格的腰带上，拽了拽绳子，上面的人把高格吊了上去。

高格被抬到了外面，脱下面罩，他的皮肤呈现不正常的潮红，身上湿得就像从水里捞出来的一样，全是汗，呼吸短促而困难。

"先把他的衣服脱下来，救护车来了没有？"任燚问道。

"应该马上到了。"

他们七手八脚地把高格身上厚重的战斗服脱了下来，将他的脖子垫起，尽量让他顺畅地呼吸，他的皮肤热到发烫，他们就用水给他降温。

在救护车来之前，高格恢复了一点儿意识，用沙哑的嗓子要水喝。

任燚坐在他旁边，给他喂了点儿水，心有余悸地说："兄弟，你吓死我了。"如果他们晚发现一会儿，后果不堪设想，他岂能不后怕？

火场里就是有各种各样意想不到的情况，他们小心再小心，也难以完全避免，实在令人无力。

"救护车来了。"

战士们把高格送上救护车之后，又赶回去继续灭火。

其间，他们轮班进去冲水，又轮班蹲在路边吃盒饭，光是每个人的空气瓶就至少换了三次。他们从中午一口气忙到晚上，用了整整七个小时才将火扑灭。

火被扑灭后，战士们都累得站不起来。在不足十度的深秋夜里，他们躺在地上，丝毫不感觉冷，设备间里的高温蒸汽仿佛渗入他们的每一个毛孔，直到现在都没有消散。

返回中队时，任燚让消防车绕了路，把自己和孙定义放在了鸿武医院。

高格刚刚做完检查，正在病房里休息。他已经醒了，中度脑震荡，身上有不同程度的烫伤，虽然不严重，但还是得留院观察几天。

进病房时，高格正在跟老婆孩子视频，见他们来了，就把手机转了过来："闺女，这是任叔叔和孙叔叔，打个招呼。"

"叔叔好。"小女孩儿乖巧地叫道。

任燚和孙定义跟他老婆都认识，她们母女不在北京，但曾经两次来中队一起过年。

高格跟她们聊了两句，就挂断了电话："火灭了？"

"不灭我们能过来吗？"孙定义抹了一把脏兮兮的脸，"你在空调房里待得舒不舒服？"

"可舒服了。"高格挤眉弄眼地说，"羡慕死你。"

任燚笑骂道："别贫，你现在感觉怎么样？"

"身上疼，还有点儿晕，不过没大事儿。"高格不解地说道，"我到现在都不知道到底发生了什么。"

孙定义解释道："那个设备间里原来有一个检修口，有梯子下到下一层的，本来是有铁板盖着的，结果铁板烤化了。"

高格感叹道："那里面什么也看不见。"

"是啊，我们找了你半天，你就跟凭空消失了一样，要不是一个电工想起来了……"任燚沉声道，"当时你的空呼马上就没气了，太危险了。"

高格故意大笑两声，安慰他们道："大难不死，必有后福。"

"我们就来看看你，你没事儿我们就回去了。你多休息几天，把老婆孩子接来，好好聚聚。"

高格点头："我老婆买了明天的票。"

两人走出病房。当任燚转身的时候，只觉得脖子上一阵火辣辣的痛，他"嘶"了一声。

"怎么了？"

"你帮我看看脖子这里。"

孙定义掀开任燚的衣领，皱眉道："烫出泡了。你的领子是不是没扣好？"

任燚想起自己在外面的时候曾经敞开领子散热，后来听说高格不见了，急急忙忙就回去了，哪里顾得上这个？

领口是他们的防护服比较薄弱的地方，虽然做了很多防护措施，但这里毕竟连接裸露的皮肤，脖子以上的部分只能靠帽帘来保护，不管怎么样都不可能做到一丝不透，所以这里是承受热辐射最高的地方。

任燚的领子还没粘好，自然就被高温蒸汽烫伤了。

“走，去处理一下。”

任燚道：“我自己去，你回中队吧，好好休息一下。”

“不差这一会儿，走吧。”

两人找到护士，脱下衣服一看，脖子上烫了几个鹌鹑蛋那么大的嫩红水泡，有一个还被领口磨破了。

“你都感觉不到吗？”护士埋怨道，“泡都磨破了，很容易感染的。”

任燚苦笑道：“我刚才身上热得要命，哪儿都疼，真没感觉到。”

护士开始给任燚处理伤口。

孙定义在一旁看着护士在水泡上刺了小口，流出大量的组织液，任燚直皱眉头，但没有吭声。他有些看不下去了：“我去给你拿药。”

“好。”

过了一会儿，孙定义拿药回来了：“任队，我看到宫博士了。”

任燚猛地抬起头来：“在哪儿？”

护士的针不小心刺在了他的后背上，他“哎哟”了一声，护士按住他：“你别乱动啊。”

任燚看向孙定义：“在哪儿呢？你没看错吧？”

“他那天仙一样的长相还有看错的？就在外面，他好像在押解犯人。”孙定义道，“我去把他叫过来吧。”

“哎，别……”任燚想阻止孙定义，可人家转身就出去了。

他现在脏兮兮的，分明不是见面的好时候。

很快，宫应弦就随着孙定义进来了，他看到任燚怔住了。任燚穿着一件被汗浸透了的蓝衬衫，防护服裤子的背带还挂在肩上，脸上、身上全是黑乎乎的烟灰，脖子上有一片红色的伤痕，那脏污的模样跟纯白的诊室形成了巨大的反差，一身劫后余生的疲倦与狼狈。

宫应弦快步走了过去，急声道：“你受伤了？脖子怎么了？”

任燚满不在乎道：“我刚出了个警，没事儿，一点儿烫伤。”

宫应弦看着任燚脖子上的水泡，眉头紧蹙，过了半天才道：“很疼吧？”

“还行啊，护士妹妹可温柔了。”任燚眨了眨眼睛，“水泡而已，几天就消了。”

护士擦完药，嘱咐道：“任队长，这个破了就没办法了，千万要保护好那层皮，不要摩擦，不要沾水，这样以后疤痕淡得快。”

“好，谢谢啊。”任燚站起身，“你来医院干吗？周川？”

宫应弦点点头，目光还停留在任燚的烫伤上：“周川今天出院。”

“太好了，终于能把这家伙关起来了。”任燚问道，“其他人审得怎么样了？”

“有很大的进展。”宫应弦道，“我送你们回中队，等你好了我再跟你说。”

“我只是烫伤，又不影响什么。”

“走吧。”

任燚犹豫道：“我们俩这么脏，怎么坐你的车啊？”

“我没开车，坐警车来的。”

孙定义搓了搓手：“哇，我还没坐过警车呢。”

“你要不要来个全套体验？”任燚揶揄道，“他有手铐。”

“那不用了。”

上了车，宫应弦和任燚坐在后座，任燚就往一旁挪了挪，生怕蹭到宫应弦。宫应弦白了他一眼：“别躲了，你还能坐车顶上吗？”

任燚嬉笑道：“我怕你发病。”

“你……我勉强可以忍。”宫应弦轻声说。

任燚会心一笑。

警车把他们送回了中队，任燚抱着一点儿期待问宫应弦：“你要不要进来坐坐？你要是不赶着回分局的话。”

“好吧。”

进了中队，战士们都过来询问高格的情况，得知高格没事后，又纷纷关心起任燚的伤来。

任燚解释了一番，就带着宫应弦去了自己的宿舍。

在他们中队，只有中队长和指导员有单人宿舍，装修虽然很朴素，但卧室、浴室、办公室一应俱全。

宫应弦站在屋内环视四周，他虽然来过几次凤凰特勤中队，但任燚的宿舍他还是第一次进。比起任燚那个已经几年不住人的家，这里更有生活气息，更有任燚的气息。

“喝水吗？”任燚突然有点儿紧张，生怕被他嫌弃不够整洁。

“不用。”

“那你坐一会儿，我去洗个澡。”任燚想起自己脖子上的伤，护士刚嘱咐过不能碰水，可他连看都看不着。他轻轻“啧”了一声，自言自语道，“这怎么洗？”

“我帮你吧。”宫应弦道。

任燚瞪大了眼睛，头都不敢回。

“啊？”任燚诧异地看着宫应弦。

“你叫我上来不是为了这个吗？”宫应弦双臂交叉于胸前，“你一个人怎么洗？”

“呃，我……”任燚想象了一下那场面，顿时尴尬起来，他犹豫地说，“你不嫌我脏吗？”

“嫌。”宫应弦毫不犹豫地说，“我帮你拿着花洒，留意不要碰到你的伤口，然后你自己洗。”他顿了一下，一副勉为其难的样子，“脖子附近我可以帮你擦一下。”

“还……还是算了吧。”任燚干笑道。

宫应弦挑眉：“你一个消防员，是没洗过集体澡堂吗？”

任燚语塞，他可是两年前当上中队长才有独立卫浴的。

“还是说你在我面前不好意思？”宫应弦微微勾唇，调侃道，“自卑吗？”

任燚挺直了胸膛，叫嚣道：“你非要帮忙，我给你这个机会。”

宫应弦扬了扬下巴：“你抓紧时间，我还要回分局。”他说着脱掉了西装外套。

“你拿一套干净的睡衣给我，最好是新的。”

“我只有作训服。”

宫应弦皱了皱眉：“就是你们那个像维修工的衣服？”

任燚翻了一个白眼：“对，就是那个像维修工的衣服。”也不怪别人嫌弃他们的衣服，他们自己也觉得挺难看的。任燚从柜子里拿了两套洗干净的，一套递给宫应弦。

宫应弦沉默地看着手里火焰蓝色的消防员作训服，明显已经洗涤过很多次，布料都有些发皱变形，且完全没有被熨烫过。

“都是洗干净的。”任燚将自己手里那套消防员作训服凑到鼻尖闻了闻，“还是香的呢。”

“你管这廉价洗衣粉的味道叫‘香’？”宫应弦瞪了他一眼。

“啧，我这儿就这个了，要不你别穿。”

宫应弦不大情愿地说："好吧。"

任燚斜睨着他："'好'是穿……还是不穿啊？"

宫应弦把作训服扔给任燚："我才不穿这种东西。"

任燚傻眼了。

"都是男的，怎么了？"宫应弦看了看手表，催促道，"你能不能快一点儿？"说着把手表也摘了下来，放在桌上，然后泰然自若地开始脱衣服。

任燚无奈道："你可以穿着内裤，我有新的。"

任燚拿起自己的作训服，转身进了浴室。

不一会儿，宫应弦进来了："水热了吗？"

"嗯。"

宫应弦走到任燚身后，查看了一下任燚的伤口："这伤好了，颜色至少要两年才能淡下去。"

"那晒黑点儿就看不出来了吧？"

"除非你晒成黑人。"将水淋到了任燚的背上，"好了。"

任燚只得别扭地洗了起来，他的肢体十分僵硬，洗一个澡洗出了半身不遂的感觉。

"毛巾给我。"

宫应弦的声音突然在任燚耳边响起。那声音天生带着优雅与空灵，仿佛与凡间喧嚣隔了一层空气结界，纯净无瑕，时而听得人心神一颤。

任燚犹豫了一下，把毛巾递给了他。

宫应弦拿过毛巾，轻斥道："你刚才差点儿碰到伤口。"他用湿毛巾擦拭着伤口周围的皮肤。

"看不着嘛。"任燚小声说。他是一个见惯了各种各样的事故，常年穿梭于各种各样的危险场所的消防战士，尤其作为指挥员，心理素质第一要求就是处变不惊、沉着冷静，可是为什么他现在这么紧张？太㞞了，真丢人。

宫应弦把毛巾搭在了任燚的肩上："好了，你自己洗吧。"

平时洗澡任燚一般五分钟速战速决，这次他在里面磨蹭了二十分钟才出去。

此时宫应弦正坐在自己的床上，拿自己手表的表带逗淼淼玩儿。

虽然宫应弦连逗猫的时候都在面无表情地端着，好像不是在逗猫而是在做实验，但那画面在任燚眼里依旧很温馨。

“洗完了？”宫应弦抬头扫了他一眼，“这么慢。”

“我怕碰着伤口，有点儿费劲。”任燚道，“你别拿那么贵的东西逗它，把它惯坏了，到时候它还能看上九块九包邮的逗猫棒吗？”

宫应弦朝任燚的办公桌抬了抬下巴：“我出来的时候，它把我的表扫地上追着玩儿。”

任燚瞪大了眼睛：“嘿，这个败家玩意儿！表摔坏了吗？”

“摔不坏。”宫应弦拎着表带一上一下地继续逗猫，“摔坏了我也不会让你赔的。”

“有您这句话我就放心了。”

“因为它也是我的猫。”宫应弦看着任燚，“对吧？”

任燚笑道：“对。”

宫应弦用手指点了点淼淼的小脑袋：“你什么时候可以和 Sachiel 一起玩儿？”

“Sachiel 是谁？”

“我的蓝血蛇，你记得吗？那条很漂亮的蓝色的蛇。”

任燚回忆了一下，他确实在宫应弦的爬行馆里看到过一条非常特别的通体水蓝色的蛇，但是那蛇很快就藏进树里了。他道：“哦，它不是哧溜一下就不见了吗？”

“蛇出不出来看心情。”宫应弦解释道，“它是我养的第一条蛇，已经九岁了，Sachiel 是水之天使的名字。”

“你在开玩笑吧？”任燚指着淼淼，“你不是认真的吧？”

宫应弦解释道：“第一，蓝血蛇是绿树蟒的蓝色变异种，没有毒；第二，猫的神经反应速度比蛇快，蛇欺负不了它，当然，得等它长大一点儿。”

“不行，不行，不行。”任燚上去用一只手握住了淼淼整个脑袋，“淼淼，你别听这个人瞎说啊，我不会让你去跟蛇玩儿的。”

宫应弦抿嘴一笑：“说不定它喜欢跟蛇玩儿。”

“等它长大了再说。”任燚把淼淼拎到一边，“你要回分局了吗？”

宫应弦看了一下时间，点点头。

“你要是回去审周川，我就跟你一起去。”任燚道，“你跟我说案情有很大进展，我不想错过了。”

“你刚受了伤，还是休息吧。”

“这点儿伤？”任燚指了指自己的脖子，不屑道，“这算什么伤啊！”

宫应弦站起身：“那好吧。”

“走。”任燚披上外套。

宫应弦走了几步，不舒服地皱了皱眉：“你的裤子我穿着有点儿紧。”

任燚斜了他一眼，不爽道：“你什么意思？”

“你是语言功能不全还是理解能力有障碍？”

“咱俩个头也没差几厘米，尺寸能差到哪儿去？”任燚不服气地说。

宫应弦鄙视地看了他一眼：“人体器官是等比缩放的吗？”

“你……”任燚气坏了，“有本事你别穿好吧！”

“是你害我裤子湿……”

“停停停停停，别说了！”两人正经过门厅，随时可能碰到中队的战士，这被人听了去可怎么解释？任燚连忙告饶。

宫应弦耸了耸肩，露出一抹揶揄的笑。

任燚原本以为消防员的工作够苦了，一年没多少假，二十四小时都得值班，但跟宫应弦相处了一段时间，他发现警察也挺惨。他们大部分时间都是在中队待着，出警毕竟是少数情况，但警察，尤其是刑警，几乎没有不加班的时候。

此时已经快九点了，宫应弦仍然要赶回分局工作。

任燚调侃道：“你说你，好好一个富二代，拿着比我低的工资，干着没比我少的活儿，我时常想到你啊，就觉得特有意思。”

“你时常想到我吗？”宫应弦看着任燚。

任燚朝他眨巴了一下眼睛，用开玩笑的口吻道：“是啊，我时常想你。”

“你想我什么？”宫应弦却是很认真地问。

“瞎想。”任燚走到了车门边，偏头看着宫应弦，“那你也会时常想我吗？”

宫应弦点点头：“会。”

“那你想我什么？”

“想你是一个奇怪的人。”

“我怎么奇怪了？”

宫应弦迟疑了一下：“跟别人都不一样的奇怪。”

任燚走到车前，道：“今天你开车吧。”他其实很累了，毕竟一下午都处于高强度体力消耗状态，且只吃了一个盒饭。但他不想让宫应弦看出来，他只想尽快知道万源小区纵火案的真相。

宫应弦却还是察觉到了："你怎么了？是不是累了？"

"不是，是脖子上的伤，抬胳膊有点儿疼。"

宫应弦皱眉道："我不知道你下午是什么情况，你要是很累就别去了。"

任燚笑笑："我真没事儿，走吧。"

路上，宫应弦跟任燚聊起案子："你肯定想象不到这个案子现在的发展多么出人意料。"

"怎么？"任燚的好奇心顿时被吊得老高。

"我们怀疑彭飞，但又没有证据，于是我让鉴定科的同事把所有我在现场捡到的垃圾都鉴定了一遍。"

"那可不是一个小工程啊。"

"其实没有想象中多，大部分被火损毁得太厉害，没有鉴定价值。你还记得当时我跟你说的电动牙刷刷头和咖啡渣吗？"

"记得。"

"首先你用火灾鉴定的方法帮我们将嫌疑人范围缩小到西边五户，其次是这两样东西起到了大作用。"宫应弦面露一丝得色，"我们从牙刷上提取了DNA，咖啡渣也找到了品类和牌子，这五户里，有咖啡机的有两户。"

"牙刷和咖啡渣都属于谁？"

"没有得到同意，我们没办法进行DNA对比，所以我一个同事在那个小区蹲了两天，搜集了那层楼西边住户所有家庭的垃圾，找到了牙刷的主人，就是2209隔壁2208的住户。"

任燚突然反应了过来："你的意思是说，2209门前那些不属于他家的垃圾，可能来自其他五户？"

"目前能证明的只有两户，因为我们还查到彭飞家就有咖啡机，我们调取了他的网购记录，发现他确实买过一样的咖啡。"

任燚激动地说："这回他没法反驳了吧？"

宫应弦冷笑道："我们拿出这个证据，两个人都承认了，但他们都声称只是想以牙还牙，把垃圾扔在2209门口，纵火与他们无关，其他几户我们还没有问。"

任燚倒吸一口气，这个案子的真相越往深了想越让他害怕："那你有什么打算？”

宫应弦道：“你还记得西边六户除了2209，还有哪一家出了人命吗？”

“倒数第二家吧。”任燚想了想，“最后一家就是彭飞住的2212，2211好像死了一个老人。”

“对，我们打算从他家入手，一会儿你就会见到2211的户主。”宫应弦道，“还有，通过这段时间的调查，我对彭飞这个人的怀疑越来越深，我决定给他做一次测谎。”

“测谎真的有效吗？”任燚皱眉道，“这个东西只能做辅助，在法庭上也无法做证据的。”

“我知道，测谎只是一个手段，我找来一个犯罪心理学的专家，想让他帮我们重新评估一下彭飞这个人。”

“你不是说证据不足，而且他面对周川的时候没有任何反应吗？”

“岂止是周川，他对陈佩都没有反应，这就让我更加怀疑了。更重要的是，现在除了他，我们找不到更合适的烧车嫌疑人的人选。你听过福尔摩斯的那句话吗？”

“‘当排除了一切的不可能，剩下的不管有多荒谬，都是真相。’”

“因为现在找不到新的嫌疑人，我要将他作为嫌疑人，重新审视我手上所有的证据，审视他。”宫应弦眯起眼睛，“如果他犯了罪，无论他隐藏得多好，一定会暴露。”

“那……陈佩呢？”提到这个人，任燚偷偷看了一下宫应弦的表情。

“我想先把万源小区的案子查清楚，反正他也跑不了。”

谈话间，两人已经到了分局。

蔡强正在审周川，任燚站在监控室外，看见周川住了一个月的院，居然还胖了一圈。一想到这个浑蛋能吃饱喝足，而受害者家属却可能食不下咽，任燚就感到难言的愤怒。

“他还是什么都不肯说？”任燚问道。

“他知道我们抓到了陈佩后，在医院的时候态度有点儿松动，不知道蔡强今天会不会有收获。”

“他认出陈佩了？”

宫应弦摇头：“他们有可能在网络上认识，但他们对彼此的容貌都是陌生的反应。”

任燚听见蔡强在拍桌子，对周川威逼利诱。

“走吧，我带你去见2211的户主。”

两人来到另外一间审讯室门外，宫应弦用眼神示意任燚从门上的玻璃窗往里看。

任燚凑近了往里一看，2211的户主是一个五十来岁的妇女，正低着头，仅是从那微微耸起的肩膀也能看出她的不安。

宫应弦低声道：“她并没有被拘留，只是我们要求她来配合调查，她应该已经等了三四个小时了，如果她只是一个普通的受害者家属，或者无关人员，白等这么长时间早生气了，但你看她，只有焦虑。”

“心虚？”

“应该是。”宫应弦推门进去了。

里面的人猛地抬起了头，眼睛一眨不眨地看着两人。

“白女士。”宫应弦翻了翻资料，“你好，让你久等了。”

白女士将肥胖的身体向后靠了靠，令背部贴近椅子的靠背，并尽量远离已经坐在桌子对面的宫应弦。

任燚也坐在了一旁。

宫应弦机械式地说：“白女士，我姓宫，感谢你配合我们的调查，有几个问题希望你能如实回答。”

白女士深吸一口气：“你想问什么？该说的我都跟警察说过好多次了。”

宫应弦点点头：“但你之前是以受害者家属的立场说的，现在不一样了。”

白女士瞪着宫应弦：“什……什么意思？”

“我们有理由和证据怀疑，你和二十二楼西边的其他四户邻居都曾经在起火前往2209的家门口扔过垃圾。”

白女士故作镇定地说：“反正他喜欢在门口堆垃圾，我就是赌气，扔了一下，怎么了？”

“你们以前也扔过吗？”

白女士犹豫着不知道怎么回答。

“2209的女主人说以前你们并没有类似的行为，只是吵过架，贴过大字报。怎么就这么巧，在起火的当天，你们五户同时往2209家门口扔了垃圾呢？”

“我看到别人扔垃圾，我也扔了。”

“你看到谁扔垃圾了？”

“我忘了。”白女士别过头，“扔了垃圾，不代表我们就放火了吧？”

“嗯，但你们扔的垃圾助长了火焰的燃烧，要承担一定的责任，至于是什么责任，就看你们对纵火是否知情了。”

“我不知情！”白女士激动地说，“我根本不知道会着火，我要是知情，怎么可能让我妈被熏死！”

宫应弦冷声道：“正是因为你的母亲也在火灾中吸入浓烟而送医不治，我才不能理解，你为什么要包庇害死你母亲的凶手？”

白女士身体一抖，目光开始闪躲。

“你知道是谁干的吧？其实你们可能都知道。这是一次有预谋的报复，也许这个报复的后果超出了你们的预估，你们害怕了，怕被牵连，所以不敢说出真相，对吗？”

任燚心中一惊，其实他刚才在车上已经猜到了宫应弦的意思，但真相真正从宫应弦嘴里说出来，还是令他震撼不已。莫非这是一起集体纵火犯罪？这在他的从业生涯里还从来没有碰到过，难怪宫应弦会说，案情的走向会出乎他的意料。

白女士用力摇头：“我不知道你在说什么。我是扔了垃圾，我们邻里早就商量过，他扔垃圾，我们就往他家门口扔垃圾。我们也是生气，他们一家子不要脸，我们就……就扔了几袋垃圾，怎么了？不是我们放的火。”

“你明知道是谁害死了自己的母亲，却因为怕担责任而不敢说，你母亲在天有灵，可是一直看着的。”

白女士额上冒出了细汗。

“白女士，我知道你的顾虑。你怕说出来会被当成共犯，对法律无法交代，对家人也无法交代，你还可能受到了别人的威胁，对吗？”

白女士不说话。

“我很同情你。”宫应弦倾身向前，“西边六户里，除了2209的男主人，只有你失去了亲人，太不公平了，对吗？那个男人恶心了你好几年，为什么他死了还要搭上自己的母亲？为什么其他人家就没事？这一个多月，你睡得好觉吗？是不是每天都在担惊受怕，怕我们查到线索？结果你看，果然查到你头上了。”

白女士的声音变得尖锐起来：“你别说了，我不知道！”

“你可以不知道，因为我还可以问其他人，这么多户人家，只要有一个人把你们供出来……”

白女士低头看着桌子，肢体非常僵硬。

“我说过我同情你，我也同情你的母亲，所以我第一个来找你，就是想给你一个戴罪立功的机会，你不要这个机会，你敢保证别人不要吗？你年纪大了，又没有前科，如果你主动立功，肯定能从轻处理，但你如果继续帮别人扛雷，包庇那个害死你母亲的人，那你就是又不孝又愚蠢。你已经犯了一个大错了，你还想犯第二个大错吗？”

白女士颤抖着，泛红的眼圈落下了泪来。

任燚做出不耐烦的样子：“忙了一天了，这都几点了？应弦，我看别在这儿浪费时间了，明天不还有好几户要问吗？”

宫应弦回了任燚一个了然的眼神，点点头：“也是。”他合上笔记本，“白女士，今天麻烦你了，请回吧。”

白女士抬起头，惊讶地看着两人站起身。

任燚背过身，小声对宫应弦说：“2207 的住户是一个年轻人，要前途的，肯定比她先松口。”

宫应弦煞有介事地点点头，作势要走。

“等……等一下。”白女士叫道，“你们让我等了这么久，这就要走？”

“白女士，你什么都不肯说，是在浪费彼此的时间。时候不早了，都回去吧。”

“等等！”白女士迟疑地说，“如果我把我知道的都告诉你，是不是不……不判我有罪？”

“那要看你参与犯罪到什么程度。”

“我只是扔了垃圾，我可什么也没干呀。”

宫应弦和任燚对视了一眼：“走吧。”

“是小彭让我们扔的！”白女士急忙道。

两人齐齐看向白女士。

白女士捂着嘴，哽咽道：“我们一起商量怎么治 2209 的住户，小彭就说，说他们怎么恶心咱们，咱们怎么恶心他们，咱们往他家门口一起扔垃圾。”

“所以你们就约好了，周五那天一起往 2209 门口扔垃圾报复？”

白女士点头：“可是没人说要放火，真的，我们不知道会着火，我们要是知道，还待在屋里干什么？谁想放火烧自己家？”

“那为什么你一开始不说？”

白女士哭道：“小彭说，我们都是共犯，死了这么多人，烧了这么多房子，要是警察知道了，我们……我们也要担责任的，所以谁都不能说。”

“他说得没错，但责任也有轻重之分，如果你们真的只是扔了垃圾，跟纵火无关，那就不至于承担刑事责任，但是包庇犯罪，可比你扔个垃圾严重多了。”

“我不敢，我不敢包庇，我知道的都告诉你了。”白女士哭道，“我自己的娘都死了，我是真的不知道啊。”

两人把痛哭不止的妇人送走后，一时心中五味杂陈，谁也没说话。

“我感觉她说的是真的，住户们可能真的只是扔了垃圾，并不知道会着火。”

宫应弦思索道：“其他人也许不知情，但彭飞未必。只是按照现在的证据，依然证明不了他知情或者参与过纵火。”

“对了，那个车主呢？是否能查到什么动机？”

“车是随机挑的，跟周川说的一样，车主不认识他们，生活圈子也毫无交集。”

“那案情的关键还是在这三个人身上，只是一个比一个难对付。”

宫应弦冷声道：“陈佩他一直要求见我，但我这几天没有见他，而是让言姐去审他，这也是言姐的意思，她怕我受到影响。”

“他要见你？”任燚惊讶地问道，“他想干什么？”

“多半是他想跟我谈条件。”宫应弦目光阴沉，“他知道自己脑袋里有我想要的东西。”

任燚喃喃道：“这三个人只要能击溃一个，其他两个就不攻自破了。”

“可惜我们缺少关键证据。”宫应弦疲倦地揉了揉眉心，“希望其他人那里有进展。”

“我们去看看蔡强和周川吧。”

“好。”

两人走到另外一间审讯室，但没有进去，而是敲了敲门。

蔡强抬头，透过玻璃看了两人一眼，然后起身出来了。

“怎么样？”

蔡强带上门，打了个哈欠：“这家伙真的又㞞又坏，他提了条件，说在审判之前不住拘留所，住医院，如果我们同意，他就开口。”

宫应弦皱了皱眉：“他嘴里的东西有多少价值？”

“他知道我们抓到陈佩了，他说他知道一些关于陈佩的事，足够我们定罪。”

任燚问道：“那烧车的人呢？”

蔡强苦笑一声：“哎，你现在看看微信群，愁死我了。”

宫应弦掏出手机一看，脸色骤变：“这是彭飞的不在场证明了？”

“对，烧车那天晚上，他说自己住在朋友家，没有人可以证明，但是十一点多他曾经下楼买烟，监控拍到了他，那个时间再赶去烧车现场是不可能的。”

“这个不在场证明，为什么他一开始不说？”

“他说他刚想起来。”蔡强骂道，“放屁，他是故意的，他在试探我们知道多少，然后故意扰乱侦查。”

宫应弦沉默了，他紧紧握住了拳头，神色阴晴不定。

任燚暗自心惊，这个彭飞的心思也太深了吧！让警察把他当成嫌疑人查了半天，不仅把警察知道多少都摸了个底，最后还摆了警察一道。有了这个不在场证明，等于顺着他这条线做的工作可能都白费了。

宫应弦冷声道：“难怪他敢威逼其他住户统一口径，他知道我们证据不足。”

“这个浑蛋太阴了，导致我们现在很被动。”蔡强看了一眼审讯室，“恐怕只能答应他的条件了。”

“这个咱们明天讨论。”

蔡强点点头：“都这么晚了，我们回家吧。”他冲任燚调侃一笑，“任队长，你真的不考虑转行啊？我看你对办案热情很高啊。”

任燚也笑道：“你问问你们领导一个月能给我开多少钱，我一定认真考虑。”

蔡强哈哈笑了起来。

和蔡强告了别，两人往停车场走去，任燚一路上哈欠连连，肚子也饿得不行，寻思着回到中队应该点个什么外卖。想到吃的，任燚犹豫着要不要叫宫应弦一起去吃个饭。虽然两人第一次吃饭的过程十分别扭，但现在他们关系挺好的，宫应弦应该会答应吧？

“任燚。”

"我说老宫啊……"

两人同时开口。

宫应弦斜睨着他。

任燚哈哈笑道："你别看不上这个称呼，要是所有人都这么叫你，你占多大便宜啊。"

"你以为谁都像你一样。"宫应弦轻哼一声。

任燚笑道："你要知足，真的，你想想我，不管是'小任'还是'老任'，都是我吃亏。"

宫应弦不禁一笑："少贫了，赶紧上车，我送你回去休息。"

两人上了车，任燚摸着饿瘪了的肚皮："哎，你饿不饿啊？"

宫应弦刚要开口，就像被传染似的也打了个哈欠，眉宇间浮上难以掩饰的倦意："还好，你饿了？"

任燚看着宫应弦疲累的模样，想邀他去吃夜宵的话就说不出口了。自己累了一天，宫应弦又何尝不是？还是算了吧。他道："还行，咱们回去休息吧。"说完，又是一个哈欠。

"你这么累，开车没问题吗？"

"没问题，我习惯了。"宫应弦驱车前往中队。

"我啊，平时还有个假，我好像没怎么见你放过假。"任燚困得眼皮直打架，他微微调整了一下椅背，找了一个舒服的角度倚靠着。

"我也有假，只是没放。"宫应弦道，"我有很多事要做，我不需要假期。"

"人不能一直绷着的，劳逸结合的道理你总知道吧？"

宫应弦摇摇头："我缺时间。"

那个二十年的追诉期就像一头不停在身后追赶的野兽，让他不敢、不愿、不能停下来，他必须坚信真相就在前方，努力地奔跑。

任燚轻叹一声："你这个人啊，耳根子太硬了。"

宫应弦不置可否。

车厢内一时安静了下来，任燚看着眼前的挡风玻璃，由于特殊的光影，他能看到玻璃上反射出的宫应弦模糊的脸，他沉默地看着，猜想着宫应弦此时心里在想什么，而他的心也变得出奇地平静和安宁。

他的眼皮越来越沉。

过了没多久，宫应弦听到身边传来均匀的喘息声，他看了一眼副驾驶座上的人，任燚就这么睡着了？

宫应弦轻轻转动方向盘，将车开到路边，然后用最轻柔的力道缓缓踩下刹车，让车平滑无波地停了下来。

宫应弦挂好停车挡，别过头，沉默地看着陷入睡梦中的任燚，眼眸在暗淡的光线中忽明忽暗。然后，他好奇地倾身过去，仔仔细细地打量任燚的脸。

这真是太诡异了，他从来不曾对任何人产生这样的好奇。

是因为任燚是他的第一个朋友吗？

也许盛伯和言姐他们说得对，自己是需要朋友的，人都需要朋友，有一个朋友完全不是一件麻烦的事，甚至让他觉得高兴，任燚这个人的存在让他感到高兴。

因为他以前没有过人类朋友，对朋友感到好奇也是理所当然的，有探索的欲望，也是理所当然的，他喜欢探索未知。

宫应弦找到了说服自己的理由。才安下心来。他看着熟睡的任燚，不想打扰，便在一旁安静地看起了案子的卷宗。

不知过了多久，任燚打了一个喷嚏，把自己打醒了，他睁开眼睛，迷糊地说："我……我睡着了？"

宫应弦别过头看着他，看着他窝起来的脖子上堆叠出了双下巴，都觉得好玩儿："嗯。"

任燚坐了起来，大大地打了一个哈欠："你怎么都不叫我？我到……我去！"他惊讶地看着表，"我睡了两个小时？"

"一个小时四十二分钟。"宫应弦拿了一瓶矿泉水递给他，"你今天到底出了个什么警，这么累？"

任燚大致给宫应弦描述了一下："累倒还好，主要是被高格吓得不轻。"

宫应弦皱眉道："这样你还非要跟我去分局？你应该好好休息。"

任燚笑道："没事儿，我睡一觉又活蹦乱跳了。"

宫应弦发动了车："走吧，我送你回去。"

"都这个点儿了，你送我回中队，你再回家，到家都要两三点了吧？"

"我可以开快点儿。"

"算了吧，你家那么远，你也累了一天了，疲劳驾驶多危险。"

"没事，我习惯了。"

"什么没事儿啊？你……"任燚正说着，肚子里突然传来咕噜咕噜的叫声，特别响。

宫应弦扑哧一笑："你饿成这样？"

任燚拍了拍自己的腹肌："你不饿？"

"有点儿。"

"不如去我家吧，这里离我家很近。"任燚笑道，"你吃过泡面没有？我给你煮泡面吃。"

"泡面又不是什么好东西。"

"你听我分析啊。"任燚一本正经地说，"第一，点外卖你肯定不吃，你嫌脏；第二，现做太慢；第三，你没吃过泡面，缺少这样一段人生体验，今天晚上正好补上。"

宫应弦轻轻一笑。

任燚故作轻松地问："而且我家还有你的枕头，你去不去？"

"车子这不正往你家开吗？"

3. 交换纵火

到了家，任燚简直困意全无。他精神抖擞，难抑兴奋地说："你先去洗澡，我去给你煮泡面。"

"好。"宫应弦熟门熟路地将脱下来的西装和领带挂在衣架上。

"浴室冷的话，把浴霸打开啊。"任燚嘱咐完，走进厨房，拿出几包泡面，又准备了鸡蛋和火腿肠，烧水煮上。想了想，他又打开冰箱翻了半天，找出一袋三鲜馅儿的速冻饺子。只吃泡面好像有点儿寒碜，他想象了一下"宫大小姐"那挑剔的眼神，禁不住笑了出来。

泡面先煮完了，任燚拿出两个碗分了一下，把用单独的锅煮的白白嫩嫩的荷包蛋摊在面上，然后把火腿肠切成椭圆形，一片一片地摆在荷包蛋周围，尽力地让这两碗面看起来像样一点儿。

宫应弦洗完澡出来了，他一身清爽，皮肤白得好像会发光，刚吹过的头发柔软地贴在脸侧，看上去比平日还年轻几分，好像一个大学生，哪怕是那略厚的秋季睡衣，都遮挡不住那宽肩长腿的优越身材。

任燚站在不远处欣赏着。

宫应弦看了一眼桌上的面："你还摆盘了？有进步呀。"

"我尽力了啊，要速度快的话，就这些东西了。"任燚笑道，"吃吧，吃饱了好好睡一觉。"

宫应弦坐了下来，用筷子挑起几根面，吹了吹，小声说："烫。"

"你慢慢吃，一会儿就凉了。"任燚吃了一口面，"嗯，泡面这个东西挺邪性，一段时间不吃就会想。"

"是吗？"宫应弦将信将疑。

"你不一样。"任燚补充道，"你这个人总跟别人不一样。"

宫应弦一只手支腮，凝视着任燚："你是在夸我吗？"

任燚顿了一下，含笑道："是。"

"你也跟别人不一样。"宫应弦说完，继续低下头吹自己的面。

突然，宫应弦道："你厨房里还有东西吗？"

任燚一惊，站起身就往厨房里跑——他忘了锅里还煮着饺子，这么大的开锅的声音居然都没听见。

饺子汤已经喷得满灶台都是，他赶紧把火关了，低头一看，太惨了，一锅饺子大多就像遭了酷刑一般，有的还落了个"身首异处"的下场。

宫应弦不知何时走了过来："你煮了什么呀？"

"面皮儿……肉丸汤。"

宫应弦凑过来一看："这不是饺子吗？"

"你还认识饺子？"任燚尴尬地说。

宫应弦居高临下，白了他一眼："我现在忍着不嘲笑你，你不要挑衅我。"

任燚轻咳一声："你看它们哪里长得像饺子？这就是肉丸汤。"

"随你的便。"宫应弦返回了餐桌。

任燚给自己盛了一碗饺子，端了过去。

宫应弦难以置信地看着任燚："你还吃？"

"不能浪费食物啊。"任燚吃了一大口，"嗯，好吃，有虾仁儿。"

宫应弦嗤笑着摇了摇头，也终于吃下了第一口泡面。

任燚期待地问："怎么样？"

"跟我想象中差不多，浓重的人工香精的味道，不过还可以。"

任燚笑了笑。他知道宫应弦不擅于表达，又因为从小到大吃穿用度都是好东西，所以"还可以"已经是不错的评价了。他看着宫应弦一口一口地吃着泡面，也食欲大增。

宫应弦看了几次任燚的碗，犹豫片刻，道："你给我来点儿你的面皮儿肉丸汤吧。"

任燚一怔，惊讶地问道："真的？"

宫应弦羞恼道："少废话。"

任燚立刻去厨房给宫应弦盛了一小碗，憋着笑看宫应弦。

"我是为了不浪费食物。"宫应弦解释道，"你真该跟这锅东西道歉。"

"对不起。"任燚老老实实地说。

宫应弦被他逗笑了。

任燚含笑看着宫应弦试探着吃了一口饺子，心想，宫应弦也许是一个温柔的人，只是他用冷漠疏离武装了自己。

第二天早上，任燚起得比平时在中队还早，准备了一桌丰盛的早餐。他在厨房忙活的时候，戴着耳机给他爸打了个电话。根据他的经验，他爸一早上起来的时候几乎很正常。

“你怎么这么早来电话？出操呢？”任向荣正在喝粥。

“嗯，老任啊，我有两个事儿想跟你说。”

“怎么？”

“一个事我上次跟你提过一嘴，王阿姨他们全家要回老家了，我在给你找新的保姆，你提前有个心理准备，年后就得换了。”

“放心吧，我又不是小孩儿。”任向荣顿了一下，声音低了几度，“就是不知道新保姆能不能适应。”他心里清楚，过去换过那么多保姆的问题出在自己身上。

“这个不是你需要操心的，你吃好睡好就行。”

任向荣轻轻叹了一口气。

“还有一件事。”任燚道，“爸，过去的事儿你还记得多少？”

“你指什么？”

任燚犹豫了一下：“宝升化工厂和宫家着火案。”

任向荣不解道：“你为什么突然问这个？”

“我们最近发现了一个网站，是藏起来的，很难找到的，里面有很多难以监管的犯罪，这种网站统称暗网，这个网站聚集了全世界的纵火癖和纵火犯。”

“还有这种网站？”任向荣又惊又怒。

“对，我们发现最近发生的几起案子都多多少少跟这个网站有点儿瓜葛，最新的调查甚至牵扯出了当年那两个案子。”

“那这也是警察的事儿啊。”

“我最近不是一直在协助警察嘛。”任燚道，“爸，医生说，你这个病有一个特点，就是经常忘了最近发生的事儿，但有时候能记起很久以前的事儿。你能不能帮我想一想，看看当年的资料什么的？这事儿很重要。”

“没问题，我想一想。”

“我把一些电子资料发你手机上，你让王阿姨给你打印出来看，这两天我回趟家，咱们好好聊聊。我格外关注这个案子也是有原因的，我会跟你解释。”

“行。”

挂了电话，耳机里传来音乐声，任燚跟着轻哼起来，心情愉悦地煎着鸡蛋。

任燚将早餐准备好，宫应弦也起床了。大约是昨天睡前吃了东西，他的眼睛有点儿浮肿，眼圈泛着一层薄红，配着那还未打理的头发，整个人散发出慵懒的气息。

任燚整理着碗筷：“快吃饭吧。看看，这才是我真实的水平。昨晚那个肉丸汤忘了吧。”

宫应弦调侃他：“你昨晚可不是这么说的。”

任燚白了他一眼：“新的一天，新的我。”

“严格来说，现在还在同一天。”

“哎，你烦不烦？下次你做。”

“可以啊。”宫应弦随口道。

任燚瞪着他：“我说做饭。”

“我知道。”

“你会做饭？”

宫应弦耸了耸肩：“像你说的，按照菜谱做，能差到哪儿去？”

任燚乐了：“好，那我等你给我做饭。”

吃完饭，宫应弦把任燚送回中队，自己回了分局。两人约定一直保持案情的进展沟通，毕竟他们都预感到，案子到关键时刻了。

在中队一上午都没什么事儿，他们打了场篮球，跟高格视频通话了，很快就到了吃饭时间。

吃饭前，任燚收到宫应弦的微信消息，说他们开完会，决定同意周川的条件。

任燚回道：便宜这家伙了。

周川虽然能出院了，但烧伤需要长期治疗、护理，他知道自己如果进了拘留所，会折腾掉半条命，拘留所的卫生条件和医疗条件哪能跟三甲医院比？

宫应弦道：“他正在供述跟陈佩和炽天使有关的线索。”

“太好了。”任燚回了条，“老宫加油！”还加了个贱兮兮的表情包。

任燚发完表情包之后，就盯着那个界面，看着宫应弦正在输入，又停止，再次显示正在输入，而后还是什么都没说，直到第三次显示正在输入，终于发过来三个简短的字：回头说。

吃完午饭，孙定义想打牌，但任燚没去，他回宿舍睡午觉去了。

正当任燚睡得迷迷糊糊的时候，警铃响了。他猛然睁开眼睛，翻身下床，往楼下跑去。

“队长，志新大厦有人要跳楼。”

“去看看。”任燚心想，志新大厦不就在鸿武分局对面吗？跑到公安局门口跳楼，多半是有诉求的，通常也不是真的想死。

虽然任燚有这样的推测，但他也不敢怠慢，以最快的速度出车，赶往现场。

路上，任燚刚想给宫应弦打电话问问情况，邱言的电话却先打进来了。任燚接了起来：“喂，邱队长。”

“任队长，是你们出警吧？”

“是啊，怎么回事儿？”

邱言苦笑道：“拜托你一定快点儿来，这事对我们影响特别不好，领导发脾气了。”

“别着急，你先告诉我怎么回事儿。”

“电话里说不清楚，我现在还得给领导回电话，我们现场见。”说完她急匆匆地挂了电话。

任燚问丁擎：“报警人怎么说？”

“一个老头要跳楼，老头的儿子在下面，来了一堆记者。”

“原因呢？”

“不知道啊。”

他们很快赶到了现场，志新大厦底下已经围了好多人，媒体的采访车把路都堵了一半。楼顶的护栏外果然站着一个老头，大声号着“警察欺负百姓”之类的话，楼下一个中年男子正情绪激动地接受媒体采访。

任燚道：“让媒体车把路让出来。”

孙定义下了车，协调媒体车给消防车让路。

他们下了车，先把气垫充上气，放在了楼下，不过那老头在五楼楼顶，以这样的高度和他的年纪，就算掉在气垫上，恐怕也是非死即残。

宫应弦和邱言朝任燚走了过来，任燚看到宫应弦，就控制不住地露出笑容：“你跟我上楼，咱们一边走一边说。”随行的还有孙定义等人。

邱言满脸怒意：“我们分局有个民警，今年刚考进来的小姑娘，楼上那个老头是她大伯，楼下的是她堂哥。”

“这是要干啥？”孙定义不解道。

“这个小姑娘的父亲上个月车祸去世了，家里就她一个女儿，她父亲留下两套房产和几十万的现金，现在她大伯以他们家没有儿子为由，说她父亲的所有财产都该归长孙就是她堂哥所有。”

孙定义瞪大了眼睛：“他脑子进水了？”

崔义胜摇摇头：“你别说，现在真的还有很多地方的人有这种封建思想。”

“他们不懂《继承法》吗？”

“未必是真不懂。”任燚不屑道，“就是欺负孤儿寡母，想吃绝户呗。”

宫应弦道：“听说他们在老家已经闹过了，我那个同事不想跟他们纠缠，就把自己母亲接到北京来住，然后他们就闹到分局来了，被我们赶出去之后，就跑到这儿来要跳楼。”

“这还不抓起来关几天？”孙定义叫道。

“还不是看在他们是亲戚的分上，留了个情面？”邱言愤愤道，“这回没有情面了。”

谈话间，几人已经上了顶楼天台。有三个警察正围在老头周围，严阵以待地劝着他。

老头一看到邱言，指着她说：“你就是小高的领导，是不是？你让小高来！她敢不敢来见她大伯！”

邱言冷冷地看着他：“小高正在工作，高先生，请你从上面下来，不要做危害自身安全且毫无意义的事。”

“她还工作什么？”老头叫道，“她这个没良心、不要脸的女娃子！她爸上学的时候吃了我家多少饭，她孝顺过我这个大伯吗？她一个女娃子又不传宗接代，她上什么班？要什么房子？”

“根据《继承法》，逝者财产的第一顺位继承人是配偶、子女、父母，这三者健在，怎么都轮不到……”

"什么法不法的！"老头吼道，"法才有了几年？咱们老祖宗的传统可是几千年了。他高厚德但凡有个儿子，我都不操这心！女娃子终究是别家的人，我这么做是为了谁？还不是为了高家的香火！我儿子是长房长孙，他高厚德没有儿子，死了之后就该全是我儿子的。"

孙定义翻了一个白眼，小声说："摔死他算了。"

任燚让孙定义去左侧站着，崔义胜则去右侧。任燚慢腾腾地走了过去，同时用绳子将自己与扶栏拴在一起。

老头指着任燚道："你别过来，我老命一条，死就死了。"

"大爷，大冷天的在天台吹风，不难受吗？"任燚好整以暇地看着他，"下来吧。"

"你别过来！"老头叫道，"让小高来见我！"

"小高不愿意见您。"任燚凑到栏杆边上，往下看去，"这么高，摔下去可就没了。大爷，现在是法治社会，你就是死一万遍，法律也不会把你兄弟的遗产判给你儿子，哦，倒是你的遗产可以顺顺利利地给你儿子。"

"那我就让所有人，让记者，让老百姓都知道，是警察逼死我的。"老头状似疯癫地喊着。

任燚暗骂了一句脏话。这老头固然可恨，可要真跳了，邱言等人都免不了责任。虽然他并不相信老头会跳楼，但这样社会影响不好，还可能影响小高的前途。

估计这老头打的就是这算盘，让小高妥协一二，反正不能空手回去。

任燚又返回来，跟邱言和宫应弦低声商量："你们有什么好办法吗？"

宫应弦道："他肯定不是真的想跳，我们也不想让小高过来，满足他的要求，他会得寸进尺。"

任燚道："拖着？这个办法不太好。楼顶又冷，风又大，这老头看着身体一般，时间久了，他体力不支，可能会发生意外。"

"那你的意思是？"邱言皱眉看着任燚。

"我的战士都准备好了，对付跳楼的我们还是挺有经验的，你给小高打电话，跟他谈条件，吸引他的注意力，我们找机会把人救下来。"

"我让小高怎么说？"

"一分都不给，就刺激他。"

宫应弦道："你小心点儿。"

“放心吧。”

邱言掏出手机：“高先生，我现在给小高打电话，你们可以沟通。”

老头叫嚣着：“你让她来！她躲在警察局里干什么？她敢这么不孝，她就不敢来见我？”

电话接通了，邱言跟那边说了两句，然后按下免提。

老头叫道：“高晓月，你给我滚出来！”

“你到底想怎么样？”电话那头传来脆亮的女声，“你们这样闹是犯法的。”

“我是老大，就是高家的法！你这个不要脸的孽障！你爸上学的时候吃我家多少饭！我结婚的时候家里就给买一台缝纫机，到了你爸妈就有电视机，不是我看他是弟弟让着他，他凭什么？你爸妈都是废物，生了你这个没用的女娃子还不孝顺。”

高晓月颤声道：“我爸吃你几口饭？没还你吗？这些年借给你多少钱？让你还了吗？我爸给堂哥找了多少份工作？他有一个干得下去吗？大伯，我爸刚走，你就这么欺负我和我妈，村里人要怎么看咱们高家？”

“村里人都骂你这个女娃子没用，不孝顺，大逆不道！”老头喊道，“我儿子是高家唯一的儿子，是要给高家传宗接代的，你早晚要嫁进别人家，我们高家的财产跟你和你妈有什么关系？”

高晓月气得带了哭腔：“现在是法治社会，法律不会纵容你的规矩，我和我妈才是我爸的继承人，我们家的财产跟你才没有关系。”

任燚给孙定义使了个眼色，两人悄无声息地翻过护栏，慢慢靠近老头。

老头大骂道：“放屁！你是高家人，你就要遵守高家规矩。我看你和你妈可怜，也没说什么都不留给你。那套老房子留给你，新房子你得过给你大哥！”

“不可能，大伯，你别发疯了，别丢人了！”

“你才丢人！你妈生你这个女娃子给高家丢天大的人！”老头高亢地骂着，余光突然瞄到有人影靠近，转头一看，才发现任燚不知何时已经走到自己身边，他叫道，“你别过来，我跳了！”

任燚做了一个安抚的手势：“大爷，有什么诉求您也得活着说呀，别闹了，这上面很危险，掉下去就没命了。”

“你别过来，我知道你们想干什么，你们想把我抓起来。反正你们是警察，你们想抓谁就抓谁。”

“第一，我不是警察，我是消防员；第二，警察不是想抓谁就抓谁。不过您和您儿子啊……”任燚“啧啧”两声。

老头瞪着他：“我们怎么了？”

“寻衅滋事，妨碍公务，侮辱国家公职人员。大爷，我劝你们别闹了，不然可真要进去了。”

“进去就进去，警察还能把我怎么样？死我都不怕！”老头一只手松开了栏杆，作势要跳，“除非她高晓月同意把房子过给我儿子，否则我就要闹，有一口气我就闹！我闹到她丢工作，闹到她没脸见人！”

孙定义道：“那你就跳下去死吧，任队，咱们别救了。”

老头骂骂咧咧的，同时频频往下看，双腿有点儿发抖。

任燚道：“大爷，这么冷的天，我们出来一趟挺不容易的。您看您到底是跳啊，还是不跳啊？您跳不跳跟我们真没什么关系，我们是好心劝您，别作了，没用的。”

老头眼看着两人在逼近，吼道：“高晓月，你把一套房子过给你大哥，你同不同意？你同意我就不计较了，你不同意，我让你们娘俩不得安宁！”

高晓月喊道：“你做梦！”

老头气得浑身都在发抖，这时，正好一阵寒风吹过，风里掺杂的沙土迷了他的眼睛，他晃着脑袋想躲开，结果因为站了太久，浑身乏力，手上没抓住，整个人坠了下去。

“啊——”老头发出惊恐的尖叫。

任燚飞身扑了过去，一把抱住了老头，两人同时坠落，最后被安全绳吊在了半空中。

“任燚！”宫应弦看着任燚纵身跳楼，哪怕有那根安全绳，他仍觉得血液逆流，浑身发冷。他快步跑到栏杆前，焦急地往下看去。

任燚抬起头，嘿嘿一笑。

宫应弦松了一口气。

老头吓晕了，跟被抽了筋一样瘫软在任燚怀里。

几人合力把他们拽了上来。任燚突然感觉腿上一热，低头一看，老头居然尿裤子了。

任燚骂了一声，随即跳了起来。

众人都哈哈大笑起来。

任燚气急败坏地把身上的救援服脱了下来。幸好现在是冬天，救援服里还穿着衣服，要是夏天里面光溜溜的，他脱都没法脱。他把救援服踢给崔义胜："交给你了。"

崔义胜不情愿地"哦"了一声。

邱言鄙夷地看了老头一眼："吓晕了？"

任燚笑盈盈地看着宫应弦："我刚才那纵身一跃是不是特帅？自带电影特效。"

宫应弦剑眉紧蹙，表情严肃："给我看看你的伤。"

"放心吧，没碰到。"

宫应弦轻喝道："别动。"他翻开了任燚的衣领，查看任燚的烫伤，见那层皮还完好无损，这才放下心来。

任燚一抬头，发现邱言正看着自己，连忙道："邱……邱队长，你的同事情绪怎么样？"

邱言道："哦，没事。这种老无赖，我们会想办法解决的，不能让人欺负到警察头上来。"

"那就好。"

邱言道："应弦，你那边还在审犯人，你先回去吧，这里我来善后。"

"好。"宫应弦低声对任燚说，"你忙完了来分局。"

任燚朝他比了一个 OK 的手势。

几个警察和消防战士把那老头抬下了楼，等楼顶只剩下任燚和邱言的时候，邱言轻叹一声："谢谢你了任队长，这种破事儿，真是让人哭笑不得。"

"你不容易啊。"任燚笑道，"家事最难处理了，尤其碰上不讲理的，你想好怎么办了吗？"

"先吓唬，最好关上几天，让他们知道小高不可能妥协，然后给一点儿小利，一两万块钱，多半就能打发了。"

任燚点点头："对付这种人，也许有用。"

邱言疲倦地揉了揉眉心，从兜里掏出烟，先向任燚示意。

任燚摆摆手："谢谢，不用了。"

邱言抽出烟和打火机，火星却被大风吹灭了。

见状，任燚往一旁挪了挪："我给你挡着。"

邱言冲任燚微微一笑，那笑容妩媚又充满风情。她凑近几步，几乎是贴近了任燚怀里，按下打火机，给自己点上了烟。

任燚察觉到气氛有些不对头。

邱言抽了一口烟，而后将烟气轻轻地喷在任燚脸上，淡笑道："任队长帮了我们这么多忙，有时候我都不知道该怎么谢你了。"

任燚不着痕迹地往后退了一点儿："客气了，都是应该的。"

邱言目光盈盈地看着任燚："你应该给我一个机会感谢你。"

任燚笑道："邱队长，你真的客气了。咱们虽然工作性质不同，但本质都是为人民服务。"

邱言扑哧一笑："是我暗示得不够明显吗？还是你装傻？"

任燚有些尴尬地笑了笑："邱队长。"

他想，以宫应弦和邱言的熟稔关系，他应该和她保持些距离。

邱言仰头看着任燚，顾盼生辉，樱唇微挑，美艳不可方物："你要不要约我出去？"

任燚看着邱言，温和地说："邱队长，说实话，我真的受宠若惊，但是我……"

"你有女朋友了？"邱言笑道，"没有吧？我们分局的女警察可都打听清楚了。"

"没有，但是我有喜欢的人了。"

"是吗？是什么样的女孩子呀？"邱言优雅地拨了拨头发，"比我漂亮吗？"

"邱队长，你是我见过的最优秀、最漂亮的女人，但是这种事是没法比的，对吗？"

"那倒是，我再好，万一合不来，可能连'朋友'都做不了。"邱言直勾勾地盯着任燚的眼睛，目光突然变得犀利起来。

任燚顿时有些无措。她是在试探自己？莫非，她是在为宫应弦"筛选"朋友？除此之外，他找不到她这番试探自己的用意。宫应弦身边的人，好像都对这个"大小姐"格外保护。

"朋友嘛，肯定要合得来。"

邱言笑了笑，抽了一口烟，沉默片刻，轻叹道："任队长，你是一个值得尊敬的好人，我和应弦也都把你当朋友，尤其是应弦，他很信任你，他……"邱言的神色变得有些伤感，"他是个非常缺乏社交能力的人，所以我们会格外担心他，希望你能理解。”

“我明白，我们刚认识的时候，他是挺难相处的。”任燚小心地说，“因为他的身世确实……”任燚点点头，不置可否。

“不止是身世的原因。他的少年时期，性征发育不明显，又因为是东方人，在学校经常被人骚扰，还曾经被一个中年男子跟踪、拍照长达半年，甚至试图绑架他。”

任燚脸色骤变：“那个人抓住了没有？”

“抓住了，那人有侵害儿童的前科，现在都没放出来。”邱言摇了摇头，“还好应弦从小练武，骚扰他的人不少被他打进医院了。他因为这些事转过四次学，直到上大学才好些，所以他这样‘离群索居’，除了小时候的事，跟青春期的遭遇也有关。”

任燚深吸一口气，感觉手脚发凉，整个人有种直往下坠的错觉。

“你是他真正意义上的第一个朋友，我的心情很复杂，既怕你伤害他，也怕他伤害你，你懂我的意思吗？”

“我懂。”任燚郑重地说，“邱队长，我不敢承诺你什么，但是我一定会谨慎、真诚地和他相处。”

“谢谢你。”邱言歉疚又感激地看了任燚一眼：“那我先回分局了。我们正在审周川和彭飞，你忙完了可以过来听。”

“好，我一会儿就过去。”

邱言走后，任燚有些疲倦地倚靠在栏杆上，仰头看着天，发出了一声叹息。

他没想到，宫应弦的少年时期还经历过这些，仅是听着就让人头皮发麻。这让他对宫应弦更加产生一种责任感，他会让宫应弦有一个可靠的朋友——宫应弦需要一个朋友。

任燚下楼后，让孙定义做好善后再回中队，自己径直去了鸿武分局。

刚才要跳楼的老头原本应该送医院，但救护车来了他死活不肯上，怕花钱，现在还在警局大厅里嚷嚷，任燚进去的时候，他儿子已经被戴上手铐了。

邱言冷冷地说：“高先生，如果你继续在这里扰乱公务，我们也会逮捕你，我说到做到。”

老头骂道：“你敢！你把我儿子放了！”

“爸，你年纪大，他们不敢拘你。他们要拘你，你就跳楼！”他儿子嚷嚷道。

任燚鄙夷地瞪着他，实在忍不住骂道：“你真是一个又蠢又不孝的废物，贪自己堂妹的房产不算，还让自己的父亲豁出脸面、豁出命来陪你耍无赖。今天你们除了手铐，什么都得不到。”

“你……你是谁？关你什么事？”

任燚道：“邱队长，这位大爷没满七十周岁，可以拘吧？”

邱言双手环胸，冷冷一笑：“可以。”

“那别跟他们废话了，直接拘了吧。”

邱言给自己的下属使了个眼色。

两个警察上去就把老头扣了起来。

父子俩终于害怕了，大声叫嚷着，但最后还是被拖走了。

“任队，你今天也太帅了吧！”熟识的女警夸赞道。

任燚笑道：“那是，我一直都这么帅。”

几人又扯了几句，邱言就带着任燚前往审讯室。

正巧，两个警察推着坐在轮椅上的周川从走廊对面走过来。

周川见到任燚，眼神里说不清是恨还是怕，抑或两者都有。

两人擦身而过，任燚问邱言：“他瘸了吗？”

“没有，但烧伤之后肌肉萎缩，走路比较困难。”

任燚冷哼一声，心想：咎由自取。

任燚进入审讯室，宫应弦和蔡强正在商量着什么。

蔡强戏谑道：“任队长，我刚刚没去现场，但你的壮举可在警局里传开了啊。”

任燚笑道：“你快别夸我了，我该飘了。”

邱言问道：“怎么样了？”

宫应弦面露不悦：“周川今天就会从拘留所转回鸿武医院。”

“为了这个人渣，还要我们出钱让他住特护病房，还要分派警力去看着他。”蔡强的口气很不好，“不过他提供的信息确实有价值。”

“他供出陈佩了？”

宫应弦点点头：“周川是四年前上大学的时候接触炽天使的，他说自己并没有纵火癖，只是喜欢猎奇，所以上过很多暗网，但他只是看，没有参与。毕业之后，他因为性格无法适应社会，工作没多久就待业在家，为了糊口，产生了靠暗网交易赚钱的念头。但他胆子小，不敢犯罪，所以只是拍拍火灾相关的视频。”

“所以他并没有接触过炽天使在国内的核心用户？”

“恰恰相反。因为他懂技术，接触过几个用户，那些人偶尔花钱让他帮忙，不过都是线上的，没有一个见过面。”

“都有什么人？”

“他不愿意说，只说跟陈佩有关的，听起来他是真的害怕。”

“那他都说了什么？”任燚好奇极了。

宫应弦轻轻舒出一口气，看了一眼自己的卷宗，道：“炽天使的国内用户有一个组织，虽然不清楚这个组织跟炽天使的创办者有没有关系，但这个组织可能跟多起纵火案有关。”

任燚一惊。

“周川说，组织是他自己推断出来的，实际并没有固定的形式，或者有他也不知道，他只是接触了几个成员，而且可能是比较外围的成员，但这个组织的势力很庞大。”

“他是怎么知道的？”

“他说那些人在炽天使的消费很高，一次几十万他也见过，而且在参与直播的时候，曾经不止一次聊过什么纵火案是他们干的。他不确定他们是否吹嘘，但他从那些人的言谈、花销，以及论坛中一些捕风捉影的帖子里，推测出组织的成员有较高的社会地位。”

蔡强道：“其实我们分析，周川还知道一些确切的消息但是不肯说。他肯定是知道什么，才会那么害怕。”

“没错。”邱言沉思道，“他很可能受到了威胁。”

“他一开始就是不肯说的，且明确表现出了害怕。”宫应弦问任燚，“你还记得吧，那次在医院。”

“我记得，他确实害怕了。”

“现在他肯说了，一是陈佩被抓了，事已成定局，二是他的伤非常折磨人，如果被丢进拘留所他会过得很痛苦，所以才开口，但还是有所保留。”宫应弦道，“不过，当务之急是破万源小区的案子，他已经提供了足够的证据。”

任燚一喜：“能给陈佩定罪了？”

宫应弦的眼眸透出一丝阴寒，他缓缓点了点头。

“我们今天一天效率奇高，审了周川和陈佩，以及陈佩的两个小弟，还逮捕了陈佩的女朋友，查获了一笔赃款。”蔡强跷着二郎腿，“一会儿彭飞就到了，胜利在望。”

宫应弦说道：“周川自从在第四视角被我们抓到之后就有了警觉心，一些重要的交流不再使用自己的电脑，而是去网吧、图书馆之类的地方。他说我们被那个‘交换纵火’的帖子误导了，那个帖子至少和万源小区的案子无关，因为那种帖子一看就是新人发的，或者纯粹是为了吹牛，真正要犯罪的人，绝对不会在炽天使上留下任何公开交流的痕迹。”

“那么他们怎么交流？”任燚迟疑道，“难道我们一开始就猜错了，万源小区和烧车案不是交换纵火？”

“是不是交换纵火，恐怕得从彭飞嘴里挖掘真相。根据周川的说法，小谭最近也有类似的发现——炽天使对自己的用户有一个内部的忠诚度评分，根据用户注册年限、活跃度、消费额、言论激进程度等，将用户吸纳进更隐秘、更高一级的地方，那是暗网中的暗网，只有组织内的人才知道，周川也没有进去过。”

“那周川有什么证据能指证陈佩？”

“周川说，陈佩跟他一样，都没有纵火癖，都是被‘雇用’的。”蔡强接过话头，“被一个叫作红焰的人雇用。”

“红焰？”邱言喃喃，“我这一上午也错过太多了，红焰就是组织的成员？”

蔡强点点头：“周川说，他的所有关于火灾的消息，有一半是通过媒体得知，一半是通过这个叫红焰的人。红焰曾经付钱要他纵火，但他不敢，所以他一直只是拍摄、直播。他曾经从红焰口中听说过陈佩这号人物，但不知道名字，也没见过面，陈佩一被抓，他就对上号了。而陈佩在放火的时候，一定录了像，因为这样他不仅可以拿佣金，录像还可以卖一个好价钱，陈佩的录像就是最好的证据。”

“那录像在哪里？他和红焰又是怎么联络的？”

“红焰的消息，他要用来交换减刑，现在他不肯说。而录像一定还被陈佩藏在什么地方，因为现在警方正在查案，陈佩肯定要等风声过了再卖。”

“那我们还得找录像？”任燚道，“这不是大海捞针吗？”

宫应弦冷笑：“陈佩的一个小弟已经供出来了。”

任燚击掌道：“太好了！”

“在录像中，我们可以看出陈佩没有料到火势会失控，他试图阻止火势向西边蔓延，然后他的电话响了，他问火太大了怎么办，电话那头的人指导他关闭西边的窗户和楼梯间门，保持东边窗户和楼梯间的门敞开，其中，他提到过两次‘2212’，也就是彭飞的家。”

“通话记录可以追踪吗？”

“不能，一次性手机。”

“这样的证据，陈佩无法抵赖了吧？”

“这个人我们过招了七八次，一直耍无赖，这回证据确凿，终于招了。他说他收到一笔现金，让他在指定的时间、地点引燃堆放在2209门前的垃圾。他以为当时是大白天，火会很快被扑灭，没想到火势会失控，然后委托人突然打电话给他，问他情况，教他控制火势，让他千万不要烧到2212。”

“这么说，红焰就在附近。”任燚沉思道，“纵火犯喜欢在犯罪地点周围观看自己的杰作，不过他们都喜欢自己动手，因为给予他们最大快感的是纵火的过程，他怎么会把这么‘享受’的过程交给别人？这个红焰一部分符合纵火癖的特征，一部分又不符合。”

“这一点也让我很不解，我有一种猜测。”宫应弦道。

“什么猜测？”

“你知道什么是红焰吗？”

任燚愣了愣：“红色的火焰啊。”他一时想不出这个名字有什么特别。

邱言眼前一亮：“难道是指火焰温度与颜色？”

任燚恍然大悟：“原来如此，红色的火焰是火焰中温度相对低的！”

“没错，周川所说的组织如果真的存在的话，成员之间必然有等级上的分别，这是任何组织架构都无法避免的。我们假设红焰是最底层的成员，那么他的行为可能受到更高层的人的指使，所以他的行为不能用来判断是否有纵火癖。”

邱言眯起眼睛：“当陈佩纵火的时候，红焰一直在附近观察，估计是发现火势失控，所以打电话给陈佩，提醒陈佩不能烧到2212。彭飞和红焰又是什么关系？从目前的线索看来，两人不太可能是一个人。”

“我也认为他们不是一个人。周川和陈佩都说，红焰一直是单线联系他们，他们没有办法联系对方，所以也无法追踪。陈佩以前就经常帮人干一些脏活，红焰不知道通过什么途径有了他的号码，给钱很痛快，但他没见过红焰，只能确定对方是一个中青年男子。”

“那么关于你的事……”任燚看着宫应弦，“陈佩也是从红焰那里得知的？”

宫应弦摇摇头：“这个问题陈佩说要见到我才肯说，邱队长要我暂时不要见他，以免影响万源小区的案子。”

邱言道：“陈佩是一个亡命之徒，不是周川那种轻易可以吓唬的。他知道自己免不了死刑，却依然握着这个秘密不松口，一定有别的目的，我认为现在不能被他扰乱视听。”

“总之，有了这些证据，我倒要看看彭飞还怎么狡辩。”蔡强重重哼了一声。

“整件事情越来越明朗了，只是不知道彭飞是怎么跟炽天使或那个神秘组织扯上关系的。”

宫应弦冷声道：“等他一会儿告诉我们吧。”

任燚虽然很想看看彭飞面对这些证据时的反应，但下午有领导要过来视察，他看看时间差不多了，必须要赶回去。

宫应弦将他送到会议室门外：“你回去忙吧，晚上我给你打电话，告诉你结果。”

“好。”任燚看着宫应弦略有些青黑的眼圈，“你注意休息，办案要紧，身体也要紧啊。”

“没事，越接近真相，我的精神就越好。”宫应弦沉声道，“在我们面前的可能不单单是一两个纵火犯，也不单单是一个网站，而是一个犯罪组织，一想到这个，我就觉得睡觉都在浪费时间。”

任燚按了按宫应弦的肩膀：“你不能这么想。第一，你不是一个人，你还有我……我和邱队长；第二，越是重大的事情，越不是一朝一夕能解决的，不要逼迫自己。我们每天都在获取更多的线索，胜利绝对属于正义，属于我们，不要操之过急。”

宫应弦看着任燚：“不愧是中队长，挺会激励人嘛。”

“我会的事情多了去了。”任燚嬉笑道，“你有的是时间慢慢发掘。”

宫应弦淡淡一笑，而后犹豫了一下：“你什么时候还有空？”

“怎么了？”

“再审陈佩的时候。”宫应弦抿了抿唇，“我希望你也在。”

任燚：“当然，必须的，我一定在。”

宫应弦：“那回见。”

“拜。”

任燚指指会议室的门：“你进去忙吧。”

“嗯。”宫应弦点点头，退回了会议室。

任燚转身靠在墙上，用手按住了心脏，面上露出一个苦涩的笑容。

4. 宝升化工厂案

任燚回到中队后，准备换身衣服接待领导，可他刚进大楼，就被曲扬波叫住了。

“来来来。”曲扬波招呼他，“你跟我来趟车库。”

任燚看见曲扬波正在摆弄手里的单反相机，问道：“你拍什么呢？”

“激情动作片儿。”曲扬波随口答道。

任燚嘿嘿一笑：“这种事儿找我就对了。”

一到车库，任燚看到消防云梯伸出了一截，李飒正倒挂在云梯上，下面的战士们都在鼓掌起哄。

“这是干什么呢？”任燚看得有点儿胆战心惊，“谁让她上去的？”

“指导员说要剪一部短片放咱们微博上。”孙定义努了努嘴，“每个人都分配了几秒钟，这是她自己要做的。”

李飒笑着对任燚招招手：“哈啰，任队。”

“哈你个头啊，疯丫头。”任燚看了曲扬波一眼，“拍什么？拍完赶紧让她下来。”

曲扬波道：“李飒，我数‘三二一’开始，这回结束了不要笑场啊。”

“OK。”

“三，二，一。”曲扬波将镜头对准了李飒。

李飒倒挂着开始做起了仰卧起坐，动作利落又快，一口气做了二十来个，在最后起来的那一下双手抓住云梯，两条长腿甩了下来，全身绷得笔直，几乎没有晃动，手一松，人稳稳落地，整套动作如行云流水，帅气极了。

“好。”众人鼓掌吆喝。

曲扬波也叫道："好好好，过了过了。"

任燚嗤笑一声："这么折腾干什么啊？"

"咱们飒姐现在人气可高了，有不少粉丝想看她呢。"丁擎道，"任队，你也露个脸嘛，你露个脸，微博关注度绝对噌噌往上涨。"

"不露。"任燚撇撇嘴，"当年给天启消防拍宣传片儿，我被笑话好几年，我几个哥们儿一见面就学我。"他指了指曲扬波，"就是你非要让我上的。"

一个今年刚进来的小战士笑嘻嘻地说："任队，我从小看你的片儿长大的。"

孙定义突然立正站直，挺胸收腹，一副正经的模样，眼神炯炯，看着远方，装腔作势地念道："消防安全系万家，防患要靠你我他。"

众人哄笑不止，任燚抬起长腿就要踹他们。

曲扬波无辜地耸耸肩："我响应上级命令而已，现在也是。你这个甩手掌柜知道我宣传任务有多重吗？你不露脸也行，好歹露个肉吧。"

任燚故作严肃地说："你把我当什么人了？"

"我没把你当人。"曲扬波看了看表，"领导快来了，你赶紧脱吧。"

任燚抱怨了一声"怪冷的"，但还是把上衣脱了下来，露出健硕无一丝赘肉的上身，一阵风从车库的通风口吹了进来，他略一哆嗦。

"哇，这胸，这腰，咱们要火。"刘辉啪啪鼓掌。

曲扬波从各个角度拍了好几张照片，满意地说："不错，有素材了。"

任燚凑过去看了看屏幕，也挺满意的："发我手机上。"

曲扬波白了他一眼："你要干吗？"

"我自己的照片怎么用还得跟你汇报啊？"

曲扬波推了推眼镜，露出一个坏笑，压低声音说："四火呀，你想拿照片去撩谁啊？"

"你别管，发给我。"

"知道了。"

"对了，让你帮我查的事，你查得怎么样了？"

"我打听了一下，支队的档案室比较完整，但是现在找不到理由调出来，我找朋友帮忙呢。"

"谢了。"这些事他其实可以找支队陈晓飞帮忙，但正因为陈晓飞和他爸是老战友、老交情，他才更加要避嫌。本来以他的年纪当特勤中队队长就显得资历不够，他知道自己合格，但别人未必这样认为。

下午，凤凰特勤中队接受了领导的视察。自从消防改制，成立应急管理部以来，各个中队都在适应与改革，尤其在人力配置和宣传上下了不少功夫。他们是鸿武区唯一的特勤中队，所以什么事都需要做表率，最近曲扬波的工作量确实很大。

陈晓飞是陪着总队领导来的，在领导面前，他对任燚和曲扬波的工作不吝夸赞，但临走的时候，陈晓飞还是悄悄提醒了任燚，说凤凰特勤中队近几个月有两个干部进了医院，让任燚注意。

任燚心里也很不好受，虽然孙定义和高格的伤都不重，而且几乎属于不可抗力，但任何意外的发生，指挥员都不可能无责。他害怕的从来不是担责任，而是不能将兄弟平安带出去，再平安带回来。

把领导送走之后，任燚感觉比出警还累，腮帮子都笑僵了。曲扬波在这样的场合就如鱼得水，他就如坐针毡，所以别人笑他们是一个主内，一个主外，倒也是事实。

任燚也懒得吃晚饭，回宿舍窝着去了。

他把淼淼抓过来拍了几张照，发给了宫应弦，并写道：我们的猫长大了一点儿。

过了许久，宫应弦发过来一张水蓝色的大蟒蛇的照片：可以和Sachiel一起玩儿吗？

任燚咧嘴一笑，回道：不可以。

宫应弦又没有回复了，任燚猜他现在应该很忙，就反复看着他们的聊天记录，心想：下次一定要找机会拍张合照。

任燚看了看表，时间还早，他决定回趟家，跟他爸聊聊宝升化工厂的案子。

任燚到家的时候，任向荣刚吃完晚饭。

任燚让保姆回避了：“老任，我上次跟你说的事儿，你想起什么没有？”

任向荣的表情有几分严肃：“你先告诉我，为什么突然要问那么多年前的案子？其实上次我跟你聊这个案子的时候，看你表情就不大对劲儿。”

任燚看了一眼任向荣旁边的茶几，上面堆着一大沓资料，正是跟这起案子相关的。他走过去，从里面抽出一张泛黄的纸，正是那张印有他爸将宫应弦救出火场的照片的旧报纸。他指了指照片上的小男孩儿，声音有些沉重：“这个小孩儿叫宫应弦，现在是鸿武分局的一名刑警，这段时间我协助警方调查纵火案，对接人就是他。”

任向荣惊讶道：“你什么时候知道的？”

“就是上次咱们聊起这件事，我听过宫应弦的一些传闻，又觉得这个姓氏比较少见，上网一查才确定的。”任燚轻道，“爸，宫应弦一家四口，只有他从那场火灾里活了下来，他坚称他爸不是自杀的，是做了替罪羊被灭口。”

任向荣怔怔地看着任燚，似乎一时难以消化这个事实。他喃喃：“灭口是因为宝升化工厂案？”

“必然的，宝升化工厂案最后判定的最大责任方就是他爸爸，死人也没法为自己辩护。”

任向荣皱起眉，沉默良久，道：“当年这个孩子这么小，根本还不懂事，你怎么确定这一切不是他无法接受现实而产生的幻想？”

“我相信他。”任燚脱口而出。

任向荣瞪着任燚。

任燚自知这句话毫无说服力，他又道：“我知道对一个人的信任不能做判定真相的依据，但是这个案子确实有可疑的地方。”他把那个戴鸟面具的嫌疑人的事说了出来，“如果说宫应弦孩童时的记忆不够靠谱，那么现在抓到的这个犯人说的话，完全可以佐证当年在现场确实有过这么一个人。”

任向荣倒吸一口气，苍老的面容上浮现出复杂的表情，他喃喃：“难道真的是谋杀？”

“爸，宫应弦和邱队长十八年来都在追寻真相，现在好不容易有了新的线索，你可能是当年唯一同时参与过宝升化工厂案和宫家灭门案的消防员，你帮帮我们。”

任向荣神情凝重地看着任燚：“我可能是现在唯一还活着的。”

任燚皱眉道：“你能想起还有谁吗？我打算再去找其他前辈聊聊。”

任向荣思索道：“宝升化工厂案出动了十二个中队，当时参与过一线救援，并且现在还活着的，已经不多了，而宫家当年就在鸿武区内，参与救援的有两个中队，同时参与过这两起救援的……”他想了一会儿，“我得看看当年的名单，我现在只能记得我和老陈。”

当年陈晓飞是他爸的副队长，这个答案任燚有所预料：“在没找到确凿的证据前，陈叔那边我不想惊动。”

任向荣点点头："我正想提醒你，晓飞现在是支队长了，有些事不要莽莽撞撞去打扰他。既然你觉得当年的案子确实可疑，我也相信自己的儿子，现在我把我能记得的，从头到尾给你讲一遍。"

"对于宝升化工厂爆炸案和宫家失火案，所有情况我当年全部写在出警报告里了，我现在的记忆不可能比当时的出警报告更详尽。"任向荣先给任燚打了预防针，"我也不知道能帮你多少。"

"我明白，出警报告我都看过了，我会问一些报告里没有的。比如，这起爆炸案有没有可能是人为的？"任燚问道。

任向荣摇摇头："事故原因是乙酸乙烯爆炸，爆炸燃烧物又引燃其他化学品，引起连锁爆炸。而乙酸乙烯的爆炸原因，据调查是工人在将化学品转移到反应釜中时，由于摩擦塑料管壁产生了静电，静电产生的电火花引燃了化学品的挥发气体。但这都是根据事后留存的种种物证判断的。实际上当时整个车间都被炸毁，十二名工人和技术人员当场死亡，爆炸之前究竟发生了什么……"他指了指头顶，"只有老天爷知道。"

"这个判断是比较合理的。"任燚道，"那个年代的安全措施和意识都还比较落后，也缺乏现代的各种防患和监控技术。"

任向荣叹道："那些安全条例啊，每一个字背后都是血泪总结出来的教训。"他想了想，"难道爆炸原因的调查结果也有问题？"

"不，目前没有任何证据能怀疑它是人为故意制造的。"

任向荣松了一口气："我也觉得不太可能。不过就算不是故意的，生产事故也必定有人要负责任。"

任燚面上显出几分沉重。

一起生产事故，从化学品诞生之前一直到发生意外之后，其中每一个人接触到的每一个材料以及期间发生的每一件事，都可能是那只轻轻扇动翅膀的蝴蝶，最终引来石破天惊的大风暴。

就拿宝升化工厂这个案子来说，化学原料的制作环境和纯度如何，储存和运输条件是否合格，分装和使用方式是否合规，对操作人员的培训和管理是否到位，事故预案和组织救援能力是否到位，每一个细节之于生产安全来说都至关重要。所以，在这个连事故原因都很难取证调查的案子里，管理方和生产方自然负担最大的责任。

在这起事故里，首先，调查组认为将化学品导向反应釜的塑料管材质不达标，而储存桶的接地线老化，两者共同造成电阻过大、静电积聚，是引起爆炸的主要原因；其次，其他化学品在仓库里的堆放间距、数量、温控、通风等不合格，在一次爆炸后化工厂没能及时控制火势，两者共同造成了二次爆炸，扩大了事故损伤，最终造成了一百三十七人死亡，二百六十九人受伤，经济损失达七点二亿元的轰动全国的大型生产事故。此外，化学品泄漏所造成的次生灾害损失更是难以估量。

当时，宝升化工厂的采购员、工程师、车间主任、保安队长、厂长一干人等全部被刑拘，宝升集团管理层也都被强制调查。

最终，采购不合格材料、使用老化设备、管理失职等所有的重大责任，都落到了“畏罪自杀”的集团董事长宫明宇身上。

宝升集团在经历资产重组之后，已经改名换姓，经过几年的复原，重新在化工行业占据一席之地。

回忆起当年的事，任向荣依旧难过不已，讲到救援时的危险和失去的战友，更是禁不住红了眼圈。

任燚心中一阵愧疚，觉得自己要求他爸重新回忆那么残酷的往事实在是不孝，他道：“爸，化工厂的案子我大概了解了，我之后自己去找资料，你给我说说宫家的火灾吧。”

任向荣抹了抹眼圈：“那个呀，太惨了，太惨了。”

任燚想到宫应弦遭遇的一切，就难抑阵阵心痛。任何语言、任何画面都无法描述宫应弦经历的地狱，任何人，哪怕有再多的同理心、再强的共情能力，也都无法体会宫应弦的痛苦。这让他生出一种无能为力的愤怒。

任向荣缓缓说道：“事情过去太多年了，很多细节我也记不清了，印象最深的，就是进入火场之后，他们一家四口抱成一团，缩在浴室的窗台下面。”

任燚的手微微颤抖起来。

“父母用身体为儿女挡着火，那女孩又把最小的弟弟挡在身后，一家三口人都烧得面目全非，只有那个小男孩儿，几乎毫发无伤。”任向荣的声音已然哽咽，“女孩儿当时还没死，听说在医院白白遭了几天的罪。”

任燚低下头去，呼吸变得异常艰涩。

“当我把那个孩子抱出来的时候，他吓傻了，不会叫，不会哭。”任向荣背过脸去。

任燚深吸一口气，尽量用平缓的语气说：“爸，以你干了一辈子消防的经验和直觉，你觉得是男主人放的火吗？”

任向荣沉默了一下才道："直到调查结果出来之前，我都没想过会是自杀。他们表现出强烈的求生欲，所有通往出口的路都被大火封堵了，一家人躲进了浴室，但浴室窗户上有防盗网，他们没能砸开。"

"一点儿都不像是自杀。"任燚重复了一遍。

"不像。"任向荣道，"不过实施自杀之后又后悔的也不是没遇到过，况且火灾调查在那个年代完全是警察的工作，我们的工作在救完火、救完人并提交出警报告之后就结束了。后续我知道了调查结果，虽然觉得不可思议，但也没有多想，毕竟宫明宇刚经历那么大的变故，是有自杀动机的。"

"你还能记起更多细节吗？"

"当时我觉得重要的，肯定都写在出警报告里了。"任向荣思索道，"我昨天还把我的出警报告的草稿看了一遍，帮助我回忆。起火原因肯定是纵火，有助燃剂，有故意封锁逃跑路线，但门窗都完好，没有外力强行进入的痕迹。"

"那么宫应弦说的戴面具的人呢？当时房子里还有没有其他人的痕迹？"

任向荣皱起眉："至少我们进去的时候没有，烧成那样的房子，活人是待不住的，所以那个人肯定早就离开了。"

"一点儿迹象都没有？"任燚道，"爸，你再仔细回忆一下，有没有什么比较特别的细节？"

任向荣又想了许久："一般要自杀的人，尤其是带着全家自杀，都会选择温和、无痛苦的方法，比如烧炭、吃药。宫明宇从小就是富家少爷，一辈子没吃过苦，怎么想都不像会选择这么惨烈的死法的人，何况还是带着老婆、孩子一起。出事的时候，他们一家人都穿着睡衣，看起来是从睡梦中惊醒的，这也不符合自杀人的特征。尤其是宫明宇这种留过洋，在那个年代就很注重衣着打扮的人，活着的时候体面，死的时候怎么会不要体面？"

"你说得对，就算是普通人，自杀的时候也希望体面地走。"

"我们当时一起出警的人，没有一个想到那是自杀。现场明显是纵火，但是调查结果出来之后，说宫明宇因为遭遇化工厂事故后打击过大，精神状态异常，所以一切似乎解释得通。"任向荣突然想到了什么，"等等，起火点。"

"什么？"

“当我进入火场的时候，客厅火很大，但我直觉客厅不是起火点，好像是燃烧不充分。或者当时还有别的细节，让我根据经验判断那里不是起火点，火是顺着助燃剂蔓延到那里的。但这只是我第一直觉的判断，作为消防员，我判断这个是为了首先保证自己和战士们的安全。可后来调查报告显示，起火点就是客厅。我当时也没有怀疑，因为火灾调查不是我的工作，就像警察也不能来质疑我怎么救火。”

任燚一惊：“如果起火点的判断有问题，那么受害人的求生路线就有问题啊。”根据房屋结构、现场留存证据、受害者体能和最终被发现的位置，能够还原受害人的求生路线，而起火点对于判定求生路线起到关键作用。不仅如此，起火点对于整个事故原因的调查都是至关重要的。所以任何一起火灾调查，第一个要寻找的就是起火点。”

要是起火点首先就判断错了，那么反映出来的求生路线就可能是错的。假设起火点就在宫明宇返回卧室的路上，那么他放完火就无法通过，最后又怎么会和全家人出现在浴室？这样的逻辑漏洞，完全能够证明宫明宇不是放火者。虽然这只是一个假设，但任向荣作为第一现场的救援者，根据经验和直觉的判断往往是非常有参考意义的。

任燚道：“爸，这点很有价值。宫应弦正在用现代技术修复当年的现场照片，我决定重新做火灾调查。”

任向荣轻叹一声：“儿子，如果当年这个案子真的是谋杀，那其中牵扯的人可就多了，你知道你们要面对什么吗？十八年了，翻案要付出太多代价了。”

任燚笃定地点点头：“爸，你不要阻止我。”

“我不阻止你。”任向荣平静地说，“你的脾气跟我一个样，我知道阻止你也没用。”

任燚露出一个洒脱的笑：“爸，消防员的使命就是救人，不放过一个纵火犯，就等于不放弃一个受害人。”

“照片修复完了，也给我看看，也许我能想起来更多。”

“好，我……”任燚的手机突然响了起来，是宫应弦打来的，他接通了“喂？”

“任燚，你在中队吗？”宫应弦的声音有些低落。

“在，怎么了？”

“我在中队。”宫应弦顿了一下，轻声说。

任燚察觉到电话那头的人情绪不大对，立刻站起身："你等我，我马上到。"

任燚匆忙离开家，赶往中队。虽然只有一条马路之隔，但他第一次觉得这路程有点儿远。

马路对面，他看到了宫应弦停在中队门口的车，他快步跑了过去。

车窗缓缓降了下来，夜色的黑、车身的黑和内饰的黑，仿佛形成了一张令人窒息的网，唯有宫应弦那瓷白如玉的俊颜，是其中的一束光，狠狠穿透了如织的黑暗，让整个空间都亮了起来。

任燚心中升起一股冲动，既然他曾经拯救过那么多人，他也能成为宫应弦的光，为其驱散十八年来笼罩于头顶的阴霾。

宫应弦打开车门下了车，语带斥责："你的大衣呢？怎么穿成这样跑出来？"

任燚回过神来，才发现自己连外套都没拿，难怪出门的时候他爸一直在叫他。

宫应弦打开后备厢，从里面拿出了一条毯子。他将毯子抖落开，披到了任燚身上，还故意用力勒紧："衣服也不知道穿，你想什么呢？"

任燚裹了裹毯子，笑道："你的后备厢怎么什么都有？"

宫应弦没好气地说："我把你关在后备厢，才叫什么都有。"

"我可以住你后备厢。"任燚脱口而出。

宫应弦怔了怔。

任燚笑道："只要包吃包住有 WiFi。"

宫应弦盯了任燚片刻，表情专注得仿佛是真的在思考这件事一般。

任燚调戏他道："你真的想养我？我挺好养的，吃得不多，还能干活儿。"

宫应弦撩起毯子的一角，罩在了任燚脸上："你吃得还不多？"

任燚把毯子拽了下来，咧嘴笑道："你嫌弃我啊？"

宫应弦的表情有些别扭，他岔开话题道："你为什么从那边回来？回家了？"

"嗯，我回家看看。"任燚打算去支队把当年的资料都看一遍，如果真的能找到有关起火点存疑的证据，再告诉宫应弦。他知道宫应弦对新的线索有多么期盼，所以更害怕让人空欢喜。

“那你在家吃的饭？”宫应弦低下头，用那擦得锃亮的手工皮鞋轻轻踢开一块小石子，“好吃吗？”

“我晚上没吃饭，一下午都在陪领导，没胃口。”

宫应弦抬起头，双眸溢彩：“我也没吃。”

任燚心中一动：“你是专门来找我吃饭的吗？”

“下了班跟朋友一起吃个饭，很正常吧？”宫应弦抬了抬下巴，凶巴巴地说，“不行吗？”

任燚心里雀跃极了：“当然行了。走走走，你想去哪儿吃？今天哥请客。”

宫应弦从后备厢里拎出自己的饭盒。

任燚翻了一个白眼：“你还要吃盒饭啊？其实我的工资还可以，你不用给我省一顿饭钱。”

宫应弦把饭盒放到任燚怀里：“我就要吃这个，我才不吃别人做的东西，谁知道干不干净。”说着径直往中队里走去。

“那你是不是除了家里的厨师和我做的东西，其他人做的都不吃？”任燚跟在他后面开心地说。

宫应弦轻轻“嗯”了一声。

两人一起回到了任燚的宿舍，路上碰到了几个战士，他们对宫应弦的出现习以为常了。

任燚一开房门，猋猋就要从门缝里溜出来。他现在大部分时候把猋猋关在自己屋里，平时出去玩儿也有人看着，最近小东西心野了，总是想往外跑。

宫应弦弯下腰，一只手把猋猋抓了起来，那戴着手套的修长手指轻轻抚摸着猋猋背上的烧伤疤：“它是胖了点儿，比照片看着还明显。”

“我喂得好吧？”任燚把饭盒放在桌上，将椅子摆好，然后做了一个“请”的姿势，“用餐吧。”

宫应弦脱下长风衣，顺手搭在了任燚胳膊上，又优雅地解开西装扣子，才施施然地坐在了椅子上。

任燚僵硬地看着自己胳膊上的衣服，哭笑不得。他认命地把衣服挂在了衣架上，同时腹诽了一句“大小姐”。

宫应弦脱下手套，拿起筷子，看着眼前的食物，慢慢换了一口气：“我跟彭飞斗了一下午，也没什么胃口，到现在才觉得饿。”

任燚早在电话里就听出了宫应弦情绪低落，必然跟案子有关，他放柔了嗓音：“你饿了就好好吃饭，没什么事比吃饭更重要了。”他夹起一只海虾放进嘴里，“这虾真新鲜，你快尝尝。”

宫应弦也吃了一口：“其实彭飞……”

“先吃饭。”任燚打断宫应弦的话，“吃完饭我陪你聊，现在不要提他，不要想他。”任燚指了指自己，“你看看我这张英俊潇洒的脸，想我就好了。”

宫应弦勾唇一笑，他看着任燚，心真的慢慢平静了下来。

两人不再提工作，而是聊起了健身，并且约好了下次要切磋一番。

吃完饭，任燚才问起案子的进展。

宫应弦轻叹一声：“彭飞招供了。”

“这不是好事儿吗？”任燚惊讶地说，他以为宫应弦闷闷不乐，是又受到了阻碍。

“当我们把这两个月搜集的所有证据摆在他面前，他终于没法抵赖了。只是这个案子让我觉得非常地……”宫应弦面部的肌肉牵动，做出了一个难以形容的表情，“恶心。”

任燚静静地听着。

“彭飞说，他从来没有听说过炽天使，他只是半年前在一个体育爱好者论坛上发帖抱怨自己的极品邻居，就是在他和2209的男主人发生争执被警察调解之后。”

“难道是红焰主动找的他？”

宫应弦微微颔首：“有一个自称与他同病相怜的人回复他的帖子，两人聊了一段时间，那个人说可以帮彭飞教训2209的男主人，但彭飞也要帮他教训自己讨厌的人，这样就没人能查到是谁干的。”

“这不就是交换纵火？”

“但彭飞说自己一开始并不知道那个人要纵火，他给我们展示了两人的聊天记录，从头到尾，没有人提过纵火。对方只是怂恿彭飞要以牙还牙，把垃圾都扔到2209门口，剩下的交给他，他会给2209男主人一个终生难忘的教训。”

“彭飞就相信了？”

“彭飞一开始半信半疑，他也留了一个心眼儿，觉得法不责众，就让其他邻居跟他一起往 2209 门口扔垃圾。他说他没想到会发生火灾，甚至死了人。出了那么严重的后果，他自然不敢承认。并且他将西边的所有邻居召集到一起，威胁其他人一个字都不准说，否则全部是共犯。”

任燚倒吸一口气，顿觉身体涌入一股寒意：“你的意思是，西边的每一家一开始就知道凶手是谁？”

宫应弦沉重地点了点头。

任燚顿时理解了宫应弦为何感到“恶心”。

从案发到现在，两个月了，他们有无数次机会坦白，但他们选择了沉默或是撒谎。他们表面上是受害者，实际上没有一个无辜。为了保全自己，哪怕自己的亲生母亲、邻里、消防战士枉死，也要继续隐瞒真相，阻碍警方破案。现在回想起来，当初案件调查的进展那么慢，跟那些难以辨别真假的口供有很大关系。

“那烧车案……”

“出事之后，彭飞被那个人要挟，必须履行承诺。他听说只需要烧一辆车就答应了，但他留了一个心眼儿，花钱让自己表弟去干这件事，给自己做一个不在场证明。”

“所以你们一开始的判断没错，他看到周川没有反应并不是装的，他是真的没见过周川。”

“对。”宫应弦闷声说，“这个案子破了，却没人高兴得起来，一是红焰还没有抓到，二是整件事太荒唐了，只是因为邻里纠纷，就无辜葬送了这么多条人命。”

任燚心里亦是堵得慌。

人总是在愤怒的时候有所选择，而这选择几乎是错的。

谁又能想到生活中普通的矛盾会造成这样无法挽回的悲剧，在这个邻里纠纷的故事里，好像没有真正的好人，也没有真正的坏人，每个人释放出一点儿小恶，恶便会聚沙成塔，令人胆寒。

“不管怎么样，案子破了，也能稍微告慰受害者和家属了。”任燚叹息道。

宫应弦咬了咬牙，目露寒芒：“不够，红焰还没有抓到，一切的始作俑者还没有抓到。我一定会抓到他，我一定要把他送上刑场！”

“你会抓到他的。”任燚目光笃定，“不只是红焰，那个传说中的组织，还有你最想抓到的十八年前的凶手，都会被你一网打尽。”

宫应弦凝望着任燚："你对我这么有信心吗？"

任燚点点头："你是我见过的最优秀、最聪明、最有毅力的人，我觉得没有什么是你做不到的。"

宫应弦愣了愣，然后缓缓露出了一个特别好看的，能让日月都暗淡的笑容："你也很好。"

就在这时，任燚的手机响了起来。那部手机就摆在桌子中央，两人同时瞄了一眼屏幕，来电显示的名字是：骁。

宫应弦顿时坐直了身体，脸上的笑容也消失了。

任燚一把抓起电话站起身，装出闲适的样子踱步到窗边："喂？"

"哥。"

只是简短的一个字，任燚已经听出了三分醉意，七分沮丧，他惊讶地问道："你怎么了？"

"我……"祁骁带着哭腔道，"你能陪我喝杯酒吗？"

"你这是怎么了？我现在中队值班呢，我既不能离开，也不能喝酒。"

"可是我……我就在你们中队楼下。"祁骁抽泣着。

"你在楼下？"任燚的头皮一阵发麻。

宫应弦瞪起了眼睛，面上涌现明显的怒意。

"我在楼下，我就是想见你，不喝酒也没关系。"祁骁的声音听来十分可怜。

任燚知道宫应弦不太喜欢祁骁，可祁骁都到中队了，别说两人有不浅的交情，就算是陌生人，他身为消防员，也永远不能把求助的人拒之门外。

此时，他听见电话里传来刘辉的声音："哥们儿，你怎么了？需要帮助吗？"

任燚赶紧道："你等等，我现在下去接你。"

宫应弦从椅子上站了起来，不知是有意还是无意，刚好挡在了门口。他人高马大的，顿时把任燚的路封堵了。

任燚有些心虚地看着宫应弦，解释道："我一个朋友，喝多了，我去看看他。"

宫应弦眯起眼睛，口气很是冷淡："那个叫祁骁的演员。"

"是。"

"好啊，我跟你一起去。"

任燚只得硬着头皮跟宫应弦一起下了楼。

北方的冬夜，气温已经逼近零度，祁骁只穿了一件皮衣和牛仔裤，显得非常单薄，他眼圈泛红，一身酒气，头发也无精打采地趴了下来。

刘辉看到任燚，道："任队，他说他找你。"

"对，是我朋友，你回宿舍吧。"

祁骁抬起手，冲着任燚晃了晃，露出一个比哭还难看的惨笑："嗨。"

任燚走到他身边，皱眉道："你怎么了？发生什么事了？"任燚看到他这副样子，着实有些担心。

宫应弦双手插兜，面无表情地盯着祁骁。

"我从剧组里跑出来的，"祁骁笑了两声，哽咽道，"小演员真的没人权。"

任燚轻叹一声："你进来说吧，外面这么冷。"

祁骁往前走了两步，脚下突然一个踉跄，往前扑去，任燚眼明手快接住了他。

宫应弦微微抿了抿嘴唇，虽然脸色未变，但额上的青筋鼓了鼓。

祁骁就干脆吊在了任燚身上，道："哥，你背我好吗？"

任燚低声道："祁骁，这里是我工作的地方，被人看到不好，我扶你吧。"

祁骁点点头。他似乎才发现宫应弦，"哎呀"了一声："你是那个……那个博士。"

宫应弦一言不发，眼神十分冷漠。

祁骁喝多了，大约没看出宫应弦对他的态度，还嘟囔着："你不是警察吗？"

任燚一边扶着祁骁往里走，一边解释道："我在协助他办案。"

宫应弦冷着脸跟了上去。

祁骁还嚷嚷着："你当演员肯定火，就是别签……别签我那家公司。"

"好了，你别说了，先进去休息一下。"任燚没有把祁骁带到自己宿舍，而是送进了给探亲家属住的临时宿舍。

任燚把祁骁放在了床上："我去给你倒杯水。"

"不用。"祁骁拉住任燚的手，"我不想喝水，我想喝酒。"

"你不能再喝了，尤其不能在我们中队喝酒。"

宫应弦盯着祁骁拉住任燚的那只手，顿时怒意翻腾。这个人一身酒气，又脏兮兮的，干吗随便碰任燚！他沉声道："任燚。"

“嗯？”任燚转头看着他。

宫应弦一时却不知道该说什么，他憋了半天，叫道：“还不去倒水！”

“哦。”任燚起身给祁骁接了一杯水，“你喝点儿水，醒醒酒。”

祁骁没有接水，而是嘴一撇，眼泪掉了下来。

“你别哭啊。”任燚连忙安慰道，“你想说什么就跟我说，是不是在剧组受委屈了？”他拿出纸巾给祁骁擦眼泪。

宫应弦一脚踹在了凳子上。

那金属腿擦地的动静非常大，任燚吓了一跳，回头看向宫应弦，宫应弦赌气地别过脸。

祁骁开始絮絮叨叨地说自己被删戏份，被打压，公司又不重视他，不帮他，也不给他好资源，越说越委屈难过。

任燚轻声安慰着他。两人刚认识的时候，祁骁还没满二十岁，这几年他看着祁骁在娱乐圈里摸爬滚打，确实吃了不少苦，只可惜付出并不总是有回报。

祁骁哭了一会儿，明显是困了，声音也小了，眼皮也直往下垂。任燚摸了摸他的头，轻声说：“你好好睡一觉吧。”

祁骁虽然喝了酒，但并没有醉，所以还有分寸，他点点头。

宫应弦看见任燚低头不知在和祁骁说什么，两人靠得那么近。

任燚给他盖好被子：“你睡一觉，烦心事儿就是昨天的了，明天什么都会好的。”

祁骁勉强一笑。

任燚起身退了出去。

门一关，宫应弦就道：“你把手伸出来。”口气十分不悦。

“啊？”任燚不明所以。

“伸出来。”宫应弦瞪着任燚，脸上浮着一层薄怒。

任燚不明所以地伸出了手。

宫应弦从兜里掏出消毒水，泄愤一般用力按着喷嘴。宫应弦先用酒精给任燚洗了手，然后把他全身都喷了一遍。

任燚闭着眼睛，闻着刺鼻的酒精味儿，心里暗骂宫应弦。

消完毒，宫应弦似乎还没消气：“里面那个人是不是智力有问题？自己工作不顺利找你有什么用？”

任燚无奈道：“他只是想找人说说话，排解一下。”

“他凭什么找你？”

“我们是朋友啊。”

宫应弦的脸色青一阵白一阵，怒道：“他……他又脏又臭，你为什么要跟一个又脏又臭的人做朋友？”

任燚皱了皱眉。他脑海中出现了祁骁涨红浮肿的脸。祁骁平时很开朗，也不是矫情懦弱的性格，在自己面前掉眼泪是头一遭，不是真的委屈难过，哪个男人愿意把这么狼狈的一面展示给别人？宫应弦这番话令他不大舒服，他耐着性子解释道：“祁骁平时不这样，你之前也见过他的，谁还没有个挫折的时候。”

宫应弦没想到任燚会为祁骁说话，顿时气得不轻：“那你就回去陪他吧！”宫应弦转身就走。

“哎！”任燚赶紧追了上去，他拉住宫应弦的胳膊，“你怎么……”

宫应弦却一把甩开了任燚的手：“你别碰我。”

任燚怔了怔。一开始宫应弦对他也是这么不客气，但那时候他只觉得可气又可笑，如今再被宫应弦嫌弃，他感到分外难受。他勉强一笑，调侃道：“哎哟，你不会吃醋了吧？”

这句话令宫应弦更加羞恼：“我只觉得脏。”

任燚心里也泛起怒火，他沉声说：“你早点儿回去休息吧。”

宫应弦握紧了双拳，转身走了。

回到车里，宫应弦静默地坐了一会儿，面上突然闪过一丝狰狞，他狠狠地捶了一下方向盘，车喇叭发出刺耳的声音。

为什么？为什么任燚要有除他以外的朋友？

宫应弦走后，任燚返回了自己宿舍。他看着桌上还没来得及收拾的饭盒，沮丧地叹了一口气。

他倒是不怪祁骁，只是祁骁来的时候确实一身酒臭，他还要去照顾。

他一点儿都不想跟宫应弦闹别扭，只是今晚宫应弦那么生气，不知道又要多久不理他了。

任燚一头栽倒在床上，疲倦地闭上了眼睛，却心烦意乱，辗转难眠。

第二天醒来，任燚发现祁骁已经不见了。他早上六点起床，说明祁骁是半夜走的。手机上果然有一条祁骁四点多发的微信：哥，我赶回剧组了，不好意思，给你添麻烦了。

任燚心里很不是滋味儿，他一时也不知道该怎么安慰祁骁，只好回道：任何困难都会过去的，你要对自己的未来有信心。

不一会儿，祁骁回了一个大笑的表情。

任燚退出了这个聊天框，暗自叹了一口气。

上午的训练刚结束，高格带着老婆、孩子来中队了。他今天出院，多请了几天假，打算好好陪陪家人。

任燚笑道："你怎么一出院就往中队跑？"

"小孩儿非要看看消防车。"高格摸着女儿的脑袋，"这就当我们逛的第一个景点了。"

崔义胜笑道："副队，我看你是为了蹭午饭，这时间点踩得。"

"这都被你小子发现了。"高格笑骂道。

曲扬波从高格怀里接过他女儿："青青，叔叔带你去看大大的消防车好不好？"

小姑娘认真地说："我能开大大的消防车吗？"

曲扬波笑道："等你长大就能开。"

曲扬波带着高格的老婆、孩子去车库参观了。

任燚拍了拍高格的肩膀："你恢复得怎么样？"

"我没事儿，这不几天就出来了？不过还得回医院换药。"高格道，"听说你也烫伤了？"

"我就脖子那一点儿。"任燚道，"你好好放松放松，你开我的车，带弟妹和侄女儿把周边都逛一逛。"

"不用了，我租一台车就行了。"

"别废话，吃完饭我去给你拿钥匙。"

这时，曲扬波突然从车库里返了回来，朝任燚招了招手。

任燚走了过去："怎么了？"

"今天下午你去支队，把你想拷的资料全部拷贝一份，然后也顺便拷一些其他的分散在各个年代的，各个类型的事故，理由是案例教学。我都安排好了，尽量别让太多人看到。"

任燚一把搂住曲扬波的脖子："波波你太棒了，谢谢啊。"

曲扬波无奈道："我上辈子肯定是欠了你，这辈子伺候你来还债了。"

"可不是？你上辈子一定是抛弃我的负心汉。"

"你快滚吧。"

任燚吃完饭就赶去了支队，他原本还纠结了一下要不要去跟陈晓飞报个到，结果陈晓飞出去开会了，倒省了他一番解释。

任燚在档案室里找到了他要的两份事故报告，这些报告在几年前已经做了电子档备份，但原始资料还是要留二十年才会销毁。任燚看着文件上的字迹，有部分来自他爸，因而格外眼熟。

任燚把原始文件和电子档对比了一下，发现照片的清晰度不是很理想，跟几年前拍摄时的光线、角度、相机像素有关，也跟拍摄人员的认真程度有关，毕竟要整理以百万计的纸质资料，不可能每一张照片都精挑细选。

这些资料本身就年代久远，若是翻拍的时候不注意，老照片会缺失很多细节。于是任燚用单反将所有的图像资料都认真拍了一遍，并把电子档案也一并拷走了。

任燚回到中队，把资料都打印了出来，他将厚厚的资料放在桌上，支着下巴想了半天，掏出手机拍了一张照片，发给了宫应弦：我从支队档案室里拿到了当年事故的完整报告。

然后任燚就盯着对话框。

过了好几分钟，他看到对话框的门帘上显示正在输入，输入了半天，最后还是一句话都没发过来。

任燚扑哧一笑，觉得宫应弦真的就跟小孩子一样，虽然有时候很气人，但他就是没办法认真跟宫应弦生气，总是主动为其找起借口来。

他又发过去一段话：你还生气呢？你是小学生啊？这么小心眼儿。

几秒过后，宫应弦的电话打了过来，任燚一下也没耽搁，按下了通话键。

宫应弦气冲冲的声音响起：“你说谁是小学生？说谁小心眼儿？”

“我，我，行了吧？”任燚笑道，“你还生气吗？”

宫应弦轻哼一声，冷冷地说：“你那个演员朋友呢？”说到“朋友”二字，他简直是咬牙切齿。

“他半夜就走了。”任燚问道，“你早上吃了什么呀？中午吃了什么呀？”

“我早上吃的蛋包饭，中午吃的三明治。”宫应弦说完之后就开始懊恼，他为什么要回答这么弱智的问题？

“哇，听起来挺好吃的，我真想跟你一起吃。”任燚轻笑着，“你的保温盒还在我这儿呢，下次我给你送过去，我们一起吃饭好吗？”

宫应弦的脸色瞬间缓和了，但他还是用勉为其难的口吻说道：“随便吧。”

“那这些资料……”

“等我这两天把万源小区的案子处理完，现在牵扯到那么多人，不好收尾。”宫应弦顿了一下，“我手里的那些照片也修复完了。”

“很好，到时候把所有线索集合起来，重新做火灾调查。”

“另外，今天我们得到了一点儿红焰的线索。”

“哦？说来听听。”

“根据小谭这段时间在炽天使的卧底工作，加上一些过去案件的检索，我们怀疑红焰可能跟五年前的一起焚尸案有关。”

“焚尸？”

“对，五年前，一对早起散步的老夫妻在桥洞下发现了一具烧焦的尸体，经过尸检，认定尸体是四十至四十五岁的男子，死因是钝物重击颅骨，死后被焚烧，身份到现在都没查出来，所以是一桩悬案。”

“小谭是怎么发现的？”

“他在炽天使网站上看到了这个案子的照片。警方不可能公布照片，这几张跟路人拍摄后流传到网上的版本也不一样，这说明照片很有可能是凶手拍摄的。小谭顺着发帖人的ID继续调查，发现这个人在炽天使上至少活跃了三年，他的英文语法有不少错误，而且是中国人常犯的错误，此外，当年发现尸体的位置符合我们根据犯罪地理学三圆理论推断出的红焰的活动范围。”

任燚赞叹道：“厉害！如果周川和陈佩能够透露更多关于红焰的线索，你们就有可能抓到他啊！”

“没错，但陈佩对红焰的认识确实有限，如果他知道更多，他早就谈条件了，反而是周川隐瞒了不少。周川有减刑的空间，所以他早晚会开口的。”

“现在这几个人都被抓了，我担心那个红焰听到风声会跑路。”

“我们也担心，现在这个案子是分局的头等要案之一，大家都在加班加点工作。”

任燚想起宫应弦疲倦的眉眼，提醒道：“你要注意休息，别把自己弄得太累了。”

“嗯。”

“那你忙吧。啊，对了……元旦，我们一起跨年怎么样？”

宫应弦沉默了一下，随后，他清雅的声音响起：“好啊。”

5. 爆炸

吃完晚饭，上完晚课，任燚把自己关在宿舍里研究事故报告。

宝升化工厂的案子非常复杂，光是各个中队长和上级指挥长提交的出警报告就多达三百多页，还有涉及化工专业领域的调查，他根本就看不懂。这还只是消防部分的，无法想象当年专案组的调查报告有多少内容。

他看了一会儿报告，实在看不下去了，便将化工厂的案子放到了一边，开始看宫家纵火案。

虽然他已经有了心理准备，但是深入了解报告的内容和现场的照片后，他的情绪也被逐渐带入十八年前那个猛烈燃烧的地狱，他情不自禁地在其中寻找当年那个小小的身影，可当他真的找到与宫应弦有关的内容时，又心疼得不知所措。

这是世上最残酷的悲剧，偏偏独留下一个六岁的孩子承担。

任燚看了几页报告，那薄薄纸张里透出的沉重令他压抑得喘不过气来。他无法遏制自己去想宫应弦，那些焦灼破败，那些残垣断壁，那些黑暗与恐怖，泪水与痛苦，都透过文字和图像穿刺进他的心里。他只要一想到那个小小的宫应弦曾经置身这样的深渊，恐惧着，疼痛着，绝望着，哭泣着，而自己却只能站在十八年悠悠时光长河的隔岸相望，什么都做不了，就心痛得无以复加。

他在火场里救过那么多人，却独独救不了他。

任燚心烦意乱，一时也没看出什么名堂来，他拿着手机犹豫了很久，还是忍住了给宫应弦打电话的冲动。

当他决定去洗澡睡觉的时候，警铃响了。

任燚和战士们纷纷冲出宿舍，迅速又有序地统一汇集到了车库，穿戴起装备来。

值班通信员报告道："任队，鸿武医院、鸿武医院……"

任燚心里一紧："鸿武医院怎么了？"

"爆炸了！"通信员说的这三个字一样是一个爆炸性的消息。

战士们都蒙了。

任燚脑子里嗡嗡直响，但他很快冷静下来，他一把抢过出警单："什么规模的爆炸？"他看着手里的纸，出警单一向只是描述报警人的口述内容，一般不会很详细，此时也看不出什么。他快速说道，"平台车以外的，全出。"

路上，任燚听到总队又调派了骡巷口中队和三宁中队，支队参谋长许进也正前往鸿武医院。动用三个中队的警情，规模绝对不小。当时第四视角酒吧失火，也是出的他们三个中队。而医院更是重中之重的单位，战士们明显比平日紧张、严肃。

任燚正想打个电话问清楚，手机却率先响了起来，是宫应弦打来的，他心里似乎预感到了什么："应弦，鸿武医院……"

"周川……周川……"宫应弦的呼吸十分急促，其中掺杂着强烈的愤怒与焦急，"可能被灭口了。"

任燚的大脑呈现短暂的空白，接着，他只觉气血上涌，满腔难言的愤怒与震惊。

这群畜生居然如此胆大妄为！

任燚完全能体会宫应弦此时的惊怒，他安慰道："应弦，你冷静一下，你在现场吗？"

"我正赶往现场。"宫应弦的声音依旧在发抖，"你呢？"

"我也在路上，你知道现场的情况吗？"

"我只知道爆炸点就是周川的病房。"宫应弦喘着粗气，咬牙切齿道，"现在西侧病房坍塌，周川几乎没有生还的可能，这群浑蛋……畜生……"

他们才刚刚窥见这个犯罪组织模糊的影子，对方就杀人灭证。周川可能是现阶段最大的突破口，他的死对宫应弦的打击颇大。何况，还连累了无辜的群众。

"他们敢做出这样的事，是狗急跳墙了。策划时间这么短，一定会留下很多破绽。"任燚以笃定的口吻安慰道，"放心吧，你离抓到他们又近了一步。"

宫应弦深吸一口气："你还要多久能到？"

"六七分钟吧，你呢？"

"我也差不多。"宫应弦迟疑了一下，"你不要挂电话。"

"怎么？"

"就是不要挂。"听着任燚的声音，宫应弦能感觉到自己逼近爆发的怒火正在缓缓地平息。

"好，我不挂。"任燚轻咳一声，"医院的设计图和消防预案调出来没有？"

"这里。"丁擎将平板电脑交给任燚。任燚接过后，一边看，一边低声说，"医院那边你还知道什么消息吗？"

"把守病房的值班协警失联了。"宫应弦沉声道，"恐怕凶多吉少。"

"也未必，等我们到现场看看坍塌的情况。"

"我们的原定计划是明天去医院。经过这段时间的工作，周川已经要松口了，没想到他们会先下手。"

"看来周川知道的比我们想象的还多，一旦他开口，警方就能抓到红焰，所以红焰才会铤而走险。"

"这个人比陈佩还危险，陈佩只是一个拿钱办事的地痞流氓，最多耍耍狠，他却敢炸医院、杀证人。"宫应弦狠声道，"死不足惜的畜生。"

几分钟后，消防车抵达了鸿武医院。医院门前停着数辆警车和救护车，他们是第一个到达现场的中队。

任燚看着不远处的住院部，西侧四层楼从二楼开始坍塌，一层已经被压毁，三楼和四楼还保持着大致的形状，但严重倾斜，墙体皲裂，甚至将楼体撕开一条大大的裂缝，有人从窗户里挥着衣服喊救命，医院内部正在进行人员疏散，场面混乱不已。

任燚面色凝重，他知道今夜必然是一场硬仗，他叫道："把照明打开。"

司机打开了消防车上的火场照明设备，一束强光照在坍塌的楼体上，现场情况触目惊心。

"任队，这里好像有人，我听到声音了！"一个战士指着废墟道。

"孙定义，带一班、二班去挖。"任燚指挥道，"三班把云梯升上去，先把楼上的人救下来，没有我的命令，大家不准深入楼体。"

"是。"

一班、二班的战士开始往外搬碎石块，云梯也缓缓向有人求救的窗口移动。

一个穿着白大褂的男子走到任燚身边道：“任队长是吗？我是副院长，我姓宋，今天我值班。”

任燚还在研究平面图，闻言问道：“宋院长，你知道坍塌的部分有多少受困人员吗？”

“至少有七十人。”宋院长焦急地说，“其中一些是没有行动能力的病人。”

“有没有医护人员能取得联系？”

“有，三楼和四楼都有被困的医护人员，一楼和二楼就……”宋院长忍着眼泪，“不知道情况怎么样。”

“任燚！”刚刚抵达现场的宫应弦朝任燚跑来，同时还有邱言、蔡强等人。

任燚看到宫应弦，心中莫名安定了几分，两人四目相对时，有难以形容的情绪在涌动。他朝宫应弦点了点头：“你们现在尽快组织力量搜寻周边吧，从爆炸到现在才过去不到二十分钟，凶手很可能还在附近围观。”

邱言道：“我们已经第一时间派出大批警力了。”

宫应弦道：“如果能确定是什么性质的炸弹，对抓捕凶手会更有利。”

“这恐怕得等到挖掘的时候了，我们……”不远处，消防车的警笛声接续响起，任燚拍了拍宫应弦的胳膊，“我们参谋长到了。”

一辆消防巡逻车开到了任燚面前，许进下了车，同时后座又下来一个人——陈晓飞。

骡巷口中队队长王猛和三宁中队队长林少平也前后报到。

“队长，参谋长。”任燚敬了一个军礼，把平板电脑递给他们，简单介绍了一下现场的情况。

陈晓飞观察了一下现场，道：“探测器和搜救犬马上就到了。王猛，把你们的平台车开到楼后面，尽快协助凤凰中队疏散三、四楼的群众。少平，你带两个人从三楼进去看看情况，不要太深入，注意安全。老许，任燚，我们研究一下建筑图。”

“是。”

他们围着坍塌部分的楼体转了几圈，先从外部观察损坏情况。

这个住院部是鸿武医院最早建设的一批楼之一，楼层矮且设施较为陈旧，但内部结构简单，就是一排走廊、两边房间的横平竖直的设计。

为了不影响其他病人，周川的病房被安排在西侧走廊尽头，爆炸后引起的坍塌也主要集中在最后几间病房，没有影响主体结构，这已经是不幸中的万幸。

过了没多久，林少平的声音从对讲里响起："陈队长，我们基本探明了三楼的情况。西侧消防通道已经完全损毁，无法下到二楼。三楼的钢结构正在承受上下夹击的压力，目前看来还是稳固的，但不排除二次坍塌的风险。另外，我从三楼裂缝里看到二楼有火光，不知道是不是爆炸引燃了什么东西。"

几人齐齐看向大楼，并不见火，这说明火还不大。陈晓飞道："保险起见，通知医院把电闸和输暖管道都切断。少平，你们撤出来吧。"

这时，通过云梯和登高平台，消防战士们将三楼、四楼的三十六名被困群众全部撤出，除一人伤势严重外，其他人都没有致命伤。

而一班、二班也将一名被压埋的妇女救了出来，快速送往了急救室。

宋院长急忙道："陈队长，暖气可以切断，但电闸不能完全切断啊！楼里还有依靠呼吸机的病人，还有手术室在做手术。"

"你把电工找来，看看能不能尽量把坍塌部分的电源切断。楼里面已经起火了，如果造成电线短路，断电也是早晚的，你们要早做准备。"

宋院长连忙点头："我去找电工。"

陈晓飞将三名中队长都召集到面前，严肃地说道："一楼、二楼还有大量病人和医护人员被困，从三楼下行的楼体已经损毁，只能从一楼或二楼的楼体裂缝里进去搜救。这次任务很危险，注意不要加剧结构压力，不要太过深入，这点你们都给我听好了，不要太过深入，一旦发现坍塌的前兆必须立刻撤出。"

三人齐声道："是。"

"你们一人带两个战士，分三组，每组不准单独行动，发现伤员及时汇报，不要急着救人，要先观察是否有救人的条件。剩下的人，我会安排在外部搬运碎石。"

"是。"

"陈队长。"

任燚一转头，就看到宫应弦不知何时站在了他们身边。

宫应弦冷静地说道："陈队长，我是鸿武分局刑侦一大队刑警宫应弦，我请求跟他们一起进去。"

任燚双目圆瞪："宫应弦！"

宫应弦淡淡地扫了他一眼："消防救援难免对现场证据造成破坏，我想要最原始的证据。而且尽早了解爆炸物，对抓捕凶手非常关键，如果等到几天后清理废墟时再分析爆炸物，就错过了最佳时机。"

任燚按住宫应弦的肩膀将他向后推去："抓坏人是你的工作，但救援是我的工作，你瞎掺和什么？"他看着宫应弦认真坚定的眼神，不免心慌。去坍塌的建筑里搜救太危险了，他怎么可能让宫应弦跟着他去拿命冒险？

陈晓飞皱眉道："这位小同志，我们各有分工，你不是专业救援人员，你不要妨碍我们的工作。"

宫应弦一把抓住了任燚的手腕，看着陈晓飞，目光犀利："引起这次爆炸的是我正在办的案子的污点证人，他是被灭口的。掩埋在那个废墟之下的，不仅仅是凶手想要掩盖的真相，还有我的同事，还有无辜的百姓，还有万源小区死伤的居民和你们牺牲的消防战士的公道！"

现场顿时一片静默。

任燚咬牙道："宫应弦，我知道你着急，我也着急，但你知道里面多危险吗，那不是……"

"怕危险我当什么警察！"宫应弦厉声道。

任燚盯着宫应弦赤红的双眸，两人互不相让地瞪着对方。

"陈队长。"一个中年男子走了过来，他面容刚毅，身材魁梧，一看就是一个硬汉。

任燚在鸿武分局见过此人两次，他是鸿武分局刑侦一队的大队长赵鹏飞。

"陈队长，你让他去吧。这个案子现在是我们分局的头等要案，凶手参与了至少三起纵火案，还牵扯到一个犯罪组织。加上这个……"赵鹏飞朝坍塌的楼体抬了抬下巴，"涉及至少两位数的人命。哪怕能早一天抓到他，我们也愿意承担风险。"

陈晓飞叹了一口气："老赵，你这是为难我。"

许进低声道："队长，任燚一直在协助他们调查的纵火案，背后隐藏着一个专门纵火的犯罪组织，这个组织是我们共同的敌人。现在唯一的证人被杀了，我理解他们的心情。"

赵鹏飞神色凝重道："老陈，那里面还埋着我们年轻的警察，我们非常迫切地需要线索，需要抓到凶手，你帮帮我们。”

任燚握紧了发抖的双拳，无奈地看着陈晓飞，陈晓飞最终点了头。他一把拽过宫应弦：“你跟我去换衣服。”

两人一起跳上消防车，任燚关上了车门，一把将宫应弦按在了座位上，怒道：“你为什么非要做这些玩儿命的事！上次化学罐车侧翻也是，你为什么非要把自己置于危险中？”

宫应弦恶狠狠地瞪着他：“那你呢？你为什么要做这些玩儿命的事？为什么非要把自己置于危险中？”

“这是我的工作！”

“这也是我的工作！”宫应弦拔高音量，“我的工作就是不惜一切代价打击犯罪。”

任燚气得脸都涨红了。

两人就在狭窄的空间里面对面地坐在椅子上，宫应弦看着任燚涨红的脸、紧抿的唇和上下起伏的胸膛，那双好看的眼睛里满是对自己的担忧。他心脏狠狠一颤。

任燚将一套荧光橙色的救援服扔到他身上：“穿上。”

宫应弦没有接救援服：“我不穿别人的衣服，我要穿你的。”

任燚气得直翻白眼，粗暴地脱下了自己身上的衣服，重新扔给宫应弦。

宫应弦换上任燚的救援服。

任燚也换好衣服，严肃地说：“宫应弦，你听好了，从现在开始，你必须严格服从我的命令。我不是说说而已，你必须完全按照我的指示行动，明白吗？”

“明白。”

“你发誓，你发誓绝对不会自作主张，绝对会服从我的命令。”任燚加重了语气，“平时我可以什么都听你的，但救援的时候不行。你擅自行动不仅会危及自己的生命，还可能连累他人，所以……”

宫应弦凝望着任燚的眼睛，郑重地说：“我发誓，我会服从你的命令。”

任燚深吸一口气：“走吧。”

“这个是照明的，这个是求救的，这里有救援绳，这里有急救包，这个口袋里装着一些破拆的小工具，安全帽全程都不能摘下来。”任燚把帽子扣在宫应弦头上，帮他调整着下颌的固定带。

宫应弦看着任燚认真的模样，心里十分受用。

“紧不紧？”任燚问道。

“正好。”宫应弦嘴角轻扬：“但衣服有点儿紧。”

任燚“嘁”了一声：“别装啊，我的衣服是你自己要穿的，有本事你脱下来。”

“怎么，伤你自尊了？”宫应弦调侃道。

任燚勒了一下他的衣领：“多大年纪了，还比大小？说你是小学生你还不乐意。”

“我没有比，我只是陈述事实。”宫应弦很坦然地说。

任燚不愿意继续这个话题了：“行了行了，走吧。”

任燚带了孙定义和刘辉，王猛跟林少平也分别带了自己的人。他们身上都背着垫木、撬棍、便携灭火剂等工具。

剩下的战士们排成了两列纵队，接力往外搬石头，以最快的速度从外部清理废墟。

他们走近了坍塌的楼前，一楼从大厅连接西侧病房的走廊有一段空隙可以通过，他们脑门上的探灯照了进去，能见度只有几米，里面黑漆漆的，全是东倒西歪的石块，看得人心里发毛。

王猛道：“我们走这边，少平，你们从楼后面的窗户翻进去吧。”

“OK，随时联系。”

任燚道：“走，我们上二楼。”

“二楼可能起火了，小心点儿。”

“放心。”

四人踩着瓦砾爬上了二楼。二楼作为爆炸楼层，损毁程度不亚于一楼，空气中弥漫着一股奇怪的味道。

宫应弦皱了皱鼻子，面上显出疑惑。

任燚打头阵，小心翼翼地顺着墙根往前走：“有人吗？消防员！”他看到最近的一个病房，拐进已经变形的门，“有人吗？”

光源随着任燚的脑袋移动，他看到屋内天花板塌了大半，病床完全被压扁了，地上淌了一大摊血，但不见人。任燚心中一沉，虽然不抱希望，但还是决定过去看看。

越靠近外侧，楼板越是岌岌可危，任燚谨慎地摸了过去，趴在地上，往掉落的天花板缝隙里看：“有人吗？”当光源移到深处，视线里赫然出现半个被砸碎了的脑袋。

任燚惊恐地倒抽了一口气，挣扎着往后缩了几下。

“任队，怎么了？”孙定义紧张地问道。

“没……没事。”任燚脑海里挥之不去的全是那个碎裂的头颅和暴凸的眼球，他深呼吸，努力平复下心跳，却难抑悲悯之情。虽然仅是匆匆一瞥，但那分明是一个年轻的女孩子，他沉声道，“这个房间没有生还者。”

宫应弦伸手想把任燚拉起来，却在握住他手的瞬间感受到他的颤抖，于是宫应弦蹲了下来，在黑暗中看着那张苍白的脸，胸中有如针刺：“你还好吗？”

任燚点点头，一时说不出话来，他反握住宫应弦的手，紧紧握着。

宫应弦低声道：“是化学炸弹，不是物理炸弹。”

“你知道是什么炸药了？”

“我有猜测，但不确定，得找到更多的残留物才行。”宫应弦道，“现场没有火药味，只有化学品的味道。其实我一开始就怀疑是化学炸药，因为能把楼体炸成这样的物理炸弹，体积不会小，在人来人往的医院里会比较显眼，何况门口还有警察把守，但化学品，很小的体积也能造成巨大的反应。”

“那会不会有毒？”

“刚才救下来的受困群众没有中毒的反应，说明凶手没有放有毒的化学品。不过各种化学品起反应之后很难避免完全无毒，只要剂量不高就没事。”

“这边有人！”刘辉喊道，“还活着！”

宫应弦站起身，顺势把任燚也拽了起来。

几人循着声音走了过去，刘辉在另外一间病房的角落里找到了一个男人，他虽被压埋在石块之下，但墙角的三角区域将石块的一部分卡住了，没有压实。

“先生，醒一醒。”孙定义轻轻拍了拍他的面颊。

男人的眼睛被鲜血糊住了，他的眼皮颤动了几下，最终只是半睁着，发出微弱的声音。

“把石块抬起来试试。”

四人试图将那一块钢筋混凝土的天花板抬起来，但他们使出了浑身力气，也只抬动了分毫，无奈只得又放了回去。

“不行，这样不行。”任燚将几块垫木摆在了脚边，“我们一起抬这边，先把木头垫进去。”

“好。”

“一、二、三！”

四人齐齐使力，终于将天花板抬起了一点儿，任燚趁机用脚尖一顶，将垫木塞进了缝隙里。

有了第一块垫木的支撑，他们又往里塞了好几块，压迫在男人身上的重负终于解除了。

任燚放下身上的装备，从被抬高的墙角缝隙下蹭了进去，抓住了男人的胳膊，叫道：“拖！”

三人抓住任燚的腰带和双腿，把人往外拖。

幸好任燚和那男人都不胖，最终被拽了出来。

男人头上脸上全是血，脏器也受伤了，看来情况十分危险。

任燚累得一时躺在地上爬不起来，宫应弦忙道：“你伤着没有？”

任燚笑着朝他比了一个大拇指：“刘辉，孙定义，你们俩把人抬下去。”他通过对讲道，“丁擎，找人在下面接一下。”

“是。”

两人走后，任燚从地上爬了起来，他徒劳地拍了拍身上的灰，往前面黑漆漆的、布满残垣断壁的地方抬了抬下巴：“爆炸点在走廊尽头，根据设计图纸，还有三个病房的距离。”

宫应弦点点头：“氯的味道越来越浓了。”

“什么东西？”任燚也觉得越来越臭了。

“氯，我怀疑爆炸物是三氯化氮，只是不知道是什么方式合成，又是怎么引爆的。三氯化氮是强氧化剂，易燃。”

“看来里面真着火了。”任燚道，“只是楼房都成这样了，可燃物估计也不太好找，应该不会造成大面积燃烧。”

“不大面积燃烧也危险。我们越往前走，味道会越刺激，气体还有腐蚀性，虽然不是强腐蚀性，有衣物遮盖的皮肤没事，但眼睛和鼻黏膜可能会受不了。”

任燚冲对讲道：“孙定义，你们回来的时候带上几个防毒面具。”

“好嘞。”

“这个三氯化氮是怎么爆炸的？”

“有几种方式：在密闭容器里加压或加热可以产生爆炸；与几种化学品混合也可以产生爆炸；甚至空气中粉末过多，遇明火、高温也可能引起粉尘爆炸；或者受潮、受热之后燃烧，跟其他易爆品产生反应。”

“这玩意儿也太容易爆炸了吧。”

“嗯，氯的几种混合物都是比较常用的爆炸物。”

“在你们化学界常用吧？我以前可没遇到过。”

“没遇到过是好事。”宫应弦的声音异常冰冷，“这证明红焰本人或身边有化学专业的人，比起单纯的纵火，生化武器要可怕得多。”

任燚心里一沉：“你说得对，如果这次他们有意制造生化武器，在医院这样人口密集的地方不知道要造成多少伤亡，太可怕了。”一想到那些虽然没有发生，但有十足隐患的可能，他就感到背脊发寒。

孙定义和刘辉去而复返，带回了防毒面具。他们戴上面具，往更深处摸去。

越往前，越接近爆炸中心，楼体坍塌得越严重。前面的路被封堵得厉害，他们只能爬进去。

许进突然说道：“中队长汇报一下情况。”

王猛和林少平还在一楼搜索被困者，任燚道：“我们距离爆炸点比较近，但这里很难通行，我们……嗯？我看到火了。”

在层层瓦砾碎石中间，有一束亮光在黑暗中闪烁，简直像无尽深渊中飘动的一抹鬼火，令人胆寒。

“火烧得大吗？是什么引起的？”陈晓飞问道，“我们在外面也看到了。”

“应该不大，不确定是什么引起的，但它可能阻挡了我们去爆炸点的路。”

“你先确定情况再行动，如果没有前进的条件就退回来。”

“是。”

任燚道：“我先爬进去，看看火有没有阻断我们的路。”

“我跟你一起去。”宫应弦道，“如果火阻断了路，那前面就是我们最接近爆炸点的地方了，我想要的东西也只能在那附近搜索。”

任燚直视着宫应弦：“你确定？那可是火啊。”

宫应弦深吸一口气：“我说过，我害怕但我不退却，而且有你在呢。”

那一句“有你在呢”顿时让任燚心潮涌动，他竭力掩饰住情绪的变化，结巴道："好吧，你跟在我后面。"

任燚又道："我先给你打个预防针，我们现在穿的不是灭火战斗服，所以没有隔热阻燃的效果，靠近火源会非常非常热，你受不了就退出去，不要勉强。"

"知道，走吧。"

孙定义拿出救援绳："任队，绑上绳子吧。"

"好。"任燚将两人拴在了一根绳子上，绳子的另一头在孙定义手里，"把你们身上的灭火剂都给我们。"

他们只带了便携的灭火剂，但关键时候肯定比没有强。

任燚一眼望进废墟深处，心里也有些发怵。这里随时都有二次坍塌的风险，他们往前的每一步，都可能是在靠近死神。

明知危险也义无反顾，这就是消防员。

任燚与宫应弦对视："走吧。"

宫应弦回给他一个平静无畏的眼神。

任燚扭头往前爬去。从此处到爆炸点，不过十几米的距离，平日里迈上几步就到，此时却举步维艰，他们必须在坑洼不平的瓦砾堆里艰难地寻找下一个落脚点，还要随时注意头顶的支撑结构是否稳固。

任燚一边爬，一边喊着："有人吗？消防员！有人吗？答应一声，消防员——"

越往前爬，火光越盛，任燚已经能听到那熟悉的燃烧的噼啪声，空气温度也明显在升高。

"有人吗？消……"

"嘘。"宫应弦突然道，"安静。"

两人静了下来，屏息听着。

一道微弱的求救声传入耳中。

"这边。"任燚循着声音的方向费力地爬了过去，在墙根下发现了抱在一起的两个人，看模样是一对夫妻。

"救……救命……"丈夫脸上满是尘土，眼下有两道干涸的、脏兮兮的泪痕。

任燚发现丈夫只是受了轻伤，并没有被困，但他怀里抱着的女人，半身被压在石块下。

"她怎么样了？"任燚挪到两人身边，发现妻子还有意识，但是嘴唇煞白，明显是失血过多，更糟糕的是，他发现她的小腹隆起。

“她的腿被压住了，救救我太太，她怀孕了。”丈夫哭道，“我搬不动这块石头。”

任燚用那沉静的声音安抚道：“别急，我看看。”

宫应弦抓住妻子的手腕，摸了一下脉搏，已经很微弱了，他朝任燚悄悄摇了摇头。

任燚看了看压在妻子身上的石块，少说要五六个成年男子才有可能搬动，且不仅仅是重量的问题，石头的末端支撑着一段梁柱，一旦挪动了它，不知道会有什么后果。他摸了摸额上的汗：“先生，这块石头太沉了，我们几个搬不动，就算搬动了也很危险，可能会把我们埋了。你先跟我们出去，之后……”

“不行。”丈夫抱紧了妻子，“我不能把她一个人留在这里。”

妻子低声说：“老公，你走吧，我……我不行了。”

“我不走。”丈夫摇着头，哽咽着说，“我不走，她……她怕黑，我不能把她留在这儿，她还有我们的孩子。”

任燚心情沉重地说：“兄弟，前面起火了，也许不久就会烧到这里，空气会越来越稀薄，你留在这里非常危险，不但帮不了你妻子，还会危及自己的生命。”

“我不会走的。”丈夫依旧摇着头，“她怕黑，我不能走。要死我们一家人死在一块儿。”

“你走吧！”妻子哭道，“老公，你走吧，我不怕了。我……我不行了，你别陪我送死，求求你了，快走吧！”

无论妻子怎么劝，丈夫都不愿意离开，夫妻俩抱头痛哭，令人心酸不已。

任燚叹了一口气，仔细观察四周，思索着救人的办法，他按下对讲机：“我发现一对被困的夫妻，压埋物无法挪动，一是太重，二是可能引起二次坍塌。”

陈晓飞道：“有没有可能切割？”

“切割的震动太大，也可能引起坍塌。”

陈晓飞沉默了一下，又道：“截肢呢？”

“她是孕妇，撑不住的。现在只有充气垫可以试一试。”

“充气垫也可能引起坍塌。”王猛道，“二层承受着上面两层楼的压力，还着了火，千万别动结构。”

“只要置换的时候小心一点儿，也许能在不触动结构的情况下把人救出来。”任燚咬了咬牙，“陈队，她快不行了，我们必须得试试。”

陈晓飞当机立断：“马上安排救援。”

任燚从兜里掏出压缩饼干和水：“你喂你太太吃点儿东西，保存体力，不要让她睡着，马上就会有人来救你们，我们还得继续去前面看看。”

“谢……谢谢。”

任燚冲宫应弦道：“我们继续往前吧。”

两人奋力地往前爬去。

宫应弦道：“你有没有感觉越来越热了？”

“是啊，火势在蔓延，一会儿可能呼吸也会不畅。”任燚道，“这个防毒面具可以过滤毒烟，但没办法提供氧气，我们不能久留。”

宫应弦看着前面越发明亮的火光，倒吸一口气。也不知是对火的恐惧令他焦虑，抑或空气中的氧含量降低，他已经开始感到胸闷气短。

当任燚爬到倒数第二个病房时，空气温度已经达到了令人不适的地步，身上暴汗。他也终于看清了着火源，他按下对讲机道：“陈队，我们现在爆炸点隔壁，起火源是一个电暖器。可能是老式楼房暖气不足，病人自己放了一个。因为周围都是钢筋混凝土，所以没怎么扩散，但是热辐射温度太高了，可能过不去了。”

“那就不要深入了，我们从外面看着火势明显变大了，现在也没法喷水，你们注意氧气含量。”

“爆炸的病房是不是完全塌陷了？”宫应弦问道。

“从外面看是的，从里面看……”任燚道，“看不清，但应该是完全堵住了。”

“我要尽量靠近一些。”宫应弦抬起手，“你看，我捡到了一点儿东西。”

“这是什么？”

宫应弦费力地爬到任燚身边，两人挤在狭小的空间里，肩膀撞着肩膀：“给我一点儿水。”

“你口袋里有，我的给那对夫妇了。”

“在哪儿来着？”

任燚朝宫应弦的腰摸去，然后从他兜里掏出了一瓶水。

宫应弦在掌心倒了一点儿水，将那白色结晶撒了进去，那东西很快就溶解了。

“这是什么东西？”

“溶于水……”宫应弦道，“可以确实是铵盐了。”

“铵盐是什么？”

宫应弦把那白色结晶凑到任燚鼻尖，一股恶臭冲入任燚的鼻子，他立刻呕了一声：“什么鬼东西？一股屎味儿。”

“铵盐，遇热可以放出氨气。”宫应弦喃喃道，“以铵盐、尿素混合二氯异氰尿酸钠，就可以生成三氯化氮，只要受热就会爆炸。让邱队长听对讲机。”

任燚按下对讲机：“陈队，把邱队长接入频道。”

宫应弦对邱言道：“言姐，凶手使用的炸弹混合了氯、氨等有强烈刺激气味的化学品，这种味道一时半会儿散不掉，让警犬去找。另外，查一下近期相关化学品交易的记录，铵盐是不允许零售的。”

“我知道了，马上去查。”邱言担忧地说，“你们什么时候出来？我看到几个消防员带着什么东西进去了，说里面有孕妇。”

“对，我们很快就会出去，放心。”

“注意安全。”

“凶手做了一个定时炸弹？遥控炸弹？”任燚思索道，“我是不太了解化学炸弹的原理，但物理炸弹的基础我们是学过的，受热是很难被远程遥控的，物理炸弹要定时或者远程控制，需要电控的引芯。”

“这不是什么问题。化学炸弹需要的是反应，有些反应需要时间，有些反应需要压力、温度和湿度配合，以三氯化氮做爆炸物，我有至少四个方案可以做成延迟起爆。”

任燚“啧啧”两声：“你这个人有点儿危险。”

宫应弦轻笑一声：“是啊，所以不要惹我生气。”

“哪儿敢啊。”

宫应弦收起水壶：“再往前看看吧。”

任燚犹豫道：“应弦，再往前，你就能看到火了，整个房间都在燃烧。”

宫应弦于黑暗中凝视着任燚明亮的双眼：“我知道。”

“而且很热，你没有受过训练，可能受不了这种热。”

“我知道，我不会退回去的。”宫应弦目光坚毅，“再说了，你不是消防员吗？有你在……”他的睫毛微颤，轻声说，“火也没那么可怕。”

任燚顿时心潮涌动，他咧嘴一笑：“对，我是消防员，有我在，火永远都不能伤害你。”

宫应弦也笑了。他不是不怕火，远远地感知到火的热度，他已经在战栗了，可任燚的存在给了他莫大的勇气去面对火。他一生都希望能战胜这个梦魇。

任燚拿出了便携灭火剂，拉开了安全阀，一边爬，一边朝着最近的火星喷去。虽然这点儿灭火剂阻挡不了火势，但能降低他们周围的温度。

热辐射烧灼着两人的皮肤，那种疼痛令人心生退意，身体仿佛要被烤化了，他们连眼睛都很难睁开。

任燚受过训练，比正常人能耐热得多，而宫应弦被烤得连头都抬起来。他一是不敢把脸露出来，二是不敢直视火光。

任燚挡在宫应弦身前，一口气把几个灭火剂全喷完了，才稍微降下温度，令他们得以坚持着往前爬。

灼痛和恐惧充斥着宫应弦身上的每一个细胞，此时的每一秒都度日如年，他强行抑制住了撤退的冲动，咬紧牙关，搜集着附近的可疑物品。这里距离爆炸中心近，他发现了不少残留物。

燃烧消耗了大量的氧气，任燚感到呼吸越发困难，他低声道：“应弦，我们该往回返了，氧气越来越稀薄了。”

“好。”宫应弦也有些顶不住了。

由于空间狭窄，不便回身，他们只能倒退着往后蹭。

远远地，他们听到身后有人交谈的声音，多半是去救那对夫妻的。

受到诸多因素的限制，任燚提出用充气垫的方法实施救援，就是将瘪的气垫塞进缝隙里，然后液压充气，撑起来的气垫可以置换被压埋的人，这样一来，既能救人，又能尽可能保证不触动上方的结构。

当然，这是最理想的情况。

现实是，他们刚刚远离火场，就听到头顶发出古怪的声响，有尘土和碎石不住地落下。

任燚心里一寒，叫道：“快撤！”

两人使出浑身力气快速地往回爬，但爬了没多远，周围就开始地动山摇，大小石块纷纷掉落。

宫应弦猛地扑到了任燚身上，抱着他向墙角翻滚而去，并将任燚压在自己身下。

“应弦！”任燚挣扎着要起来，宫应弦却用身体的重量死死地压着他，将他护在身下。

一块落石砸在了宫应弦的后背上，他闷哼一声，痛得眼前模糊了，却没有挪动分毫。他用低哑的声音在任燚耳边说道：“别怕。”

任燚被宫应弦压制着动弹不得，心下一片绝望，眼泪夺眶而出。

他们会死在这里吗？不，是他把宫应弦带进来的，要死也是他该死，宫应弦不能死在这里！

不知过了多久，震动终于停止了。

短暂的眩晕后，任燚听到耳边传来焦急的呼唤，他的身体也被轻轻摇晃着。他撑开一条眼缝，沙土便争先恐后地流进了眼里，痛得他用力甩了甩脑袋。糊住口鼻的沙土被他甩掉了一些，像溺水之人刚刚得以浮出水面，他猛地倒吸了一口气，沙土顿时呛进了喉咙，他剧烈咳嗽了起来。

宫应弦轻拍着任燚的背，他重重松了一口气：“没事就好。”

任燚脱下手套，揉掉眼睛里的沙子，他回过神来：“我们……我们在哪里？”

“还在人间。”

任燚心中一惊，猛然想起了什么：“你刚刚是不是受伤了？”他想要查看宫应弦的伤势，可一动，才发现他们被挤压在两块石头拼挤出来的缝隙之下，空间狭窄到翻身都困难。

“没事，不严重。”宫应弦避重就轻地说。

“让我看看。”任燚伸手探向了宫应弦的后背。

宫应弦想躲，但也无处可躲，当任燚的手触到他后背时，他本能地缩了一下。

任燚摸到了温热的、湿黏的东西，这触感他一点儿都不陌生，是血。任燚的脑子嗡的一声响，身体如坠冰窟。他声音颤抖着道：“你……你流血了。”

“我自己看过了，没大事。我已经求救了，他们正在……”

“任燚，任燚，你醒了吗？任燚！”陈晓飞焦急的声音从对讲机中传来。

任燚抓起对讲机：“陈队，我醒了，我刚刚应该是被沙子糊住了口鼻，有点儿窒息，加上……”他试探着呼吸了一下，“这里空气越来越稀薄了。”

“你们要冷静，不要慌张，不要动。我们知道你们在哪里，正在研究救援方案。你们离出口不远，我们会用激光切割机在合适的位置开洞。”

“我们不慌。”任燚嘴上这么说，声音却有掩饰不住的慌乱，“但是宫警官他受伤了，流血了，陈队，务必快点儿啊。”

“我们正在努力。”

“那对夫妻呢？孕妇怎么样了？”

“他们已经被救出来了，孕妇正在医院抢救。本来气垫的方案成功了，结果把人救出来之后，气垫不堪重负松动了，才会造成楼体晃动。”

“救出来就好。”总算有个好消息。

宫应弦凑过去道：“让我们队长放心，我没大碍。”

任燚从身上翻出便携的急救包：“你转过来，我做点儿应急处理。”

宫应弦勉强侧过身去。

任燚拿起自己的安全帽一看，灯已经砸坏了。他掏出一支小手电，叼在嘴里，照射着宫应弦的伤口。

肩胛骨上有一道长长的口子，还有若干小的伤口。

任燚眼眶一热。

宫应弦察觉到他异常的沉默，低声解释道：“没有伤到骨头。”

任燚吸了吸鼻子，他拿出一小瓶过氧化氢，含糊地说：“我要给你清洗一下，有点儿疼。”

“我不怕疼。”宫应弦的声音十分平静。

任燚咬紧了嘴里的小手电，将过氧化氢倒在了宫应弦的伤口上，鲜血混合着泥污，顺着那坚实宽厚的背淌了下来。

宫应弦绷直了身体，却没有发出任何声音。

倒完过氧化氢，任燚又打开了碘附，他犹豫道：“这个真的疼。”

“来吧。”

由于是便携的急救包，碘附是装在一次性软塑料管里的，量不多，他打开之后，小心翼翼地均匀洒在了那道伤口上。

宫应弦身体一抖，闷哼一声。在任燚心里，宫应弦又干净又精致，甚至有时候“娇滴滴”的，他不愿意看到这个人有一丁点儿狼狈和痛苦。

好不容易消完毒了，任燚给他撒上一些止血粉，盖上了一片纱布。以眼下的条件，只能这样简单处理了。

宫应弦轻轻舒出一口气，翻过身来。他背部受伤，不能躺着，空间也不够他坐起来，只能趴着，可他身下尽是凹凸不平的瓦砾，可以想象有多难受。

任燚柔声说：“你趴我身边吧。”

宫应弦犹豫地看着任燚。

“我这里是墙根，稍微平一些。”任燚朝他伸出手。

宫应弦凑了过去，缓缓地趴在了任燚身边，但身体还紧绷着。

任燚：“放松。”

宫应弦这才慢慢放松身体，终于稍微舒服了一些。

两个人从未如此靠近过，哪怕是在这随时可能送命的废墟之下，对方却给了彼此莫大的安慰。

说来奇怪，他从小就有洁癖——在家里出事之前就是——这样脏兮兮的环境，这样脏兮兮的两个人，原本应该让他极度不适，可他丝毫没有异样的感觉。

此时任燚的内心跟宫应弦一样百转千回。他一想到宫应弦受伤是为了救他，便又感动又内疚。

“你还疼不疼？”任燚难受地说道。

“不疼。”

“怎么可能不疼？”

“除了火，我什么也不怕。”宫应弦有些执拗地说。

任燚咬了咬下唇，艰涩地说：“你干吗要救我？”

“废话。”

“我让你听我命令的，谁准你擅自行动的？”任燚小声说。

“我听了，但这些石头不听。”

“我是消防战士，这种时候都是我耍帅，你干吗抢我风头？”

“我是警察，我的职责是保护人民生命财产安全，你也不例外。”

“那你救我只是因为我是‘人民’啊？”

宫应弦认真地说：“不止，你是我的朋友。”

任燚的心中涌入巨大的暖意。

宫应弦低声道：“氧气越来越少了。”

“嗯。”任燚也感觉到呼吸越来越困难。

燃烧不仅仅消耗了氧气，还产生了一氧化碳，他们的防毒面具刚刚就砸破了，加上空间逼仄，此时两人都有些头晕、恶心，这是一氧化碳中毒的前期征兆。

他们还能撑多久？二十分钟？半小时？一个小时？

不可能再久了，如果短时间内不能得救，他们有好几种死法。

任燚懊悔不已："我不该让你进来的。"

"是我自己要进来的，跟你无关。"宫应弦的口吻一直很平静，"放心，我们不会死的。如果老天爷要收我，不会让我活到现在，你也一样。世界上还有那么多恶人在逍遥法外，我们不会死在这里。"

任燚用力换了一口气："你说得对，我们不会死在这里。"他张了张嘴，迟疑地叫了一声，"应弦，我问你一个问题。"

"嗯？"

"你……你喜欢邱队长吗？"

"喜欢。"宫应弦毫不犹豫地说道。

任燚沉默了一下，又问道："是男女之间的那种喜欢吗？"

"不是。"宫应弦道，"她是我姐姐最好的朋友，也是我的姐姐。"

"你问这干吗？"宫应弦好奇地问道，他脑中灵光一闪，皱眉道，"难道你喜欢她？"他的语气沉了下来。

"怎么会？不是。"任燚忙道。

"追求言姐的人太多了，我以为你……"宫应弦口气稍缓，"真的不是？"

"真的不是。"

"那就好，你不准喜欢言姐。"

"为什么？"

"你不是不喜欢她吗？你问为什么干什么？"

"好奇不行吗？"

"不准就是不准。她是我姐姐。"宫应弦轻哼一声，没好气道，"你问这些到底要干吗？"

"我们要保持清醒，只能聊天。"任燚又道，"那你从来没有喜欢过任何人吗？"

"没有。我认为，如果真的有那个人，我必须不排斥她的身体，又要和她心灵相通。目前只有言姐能做到，但我对她不是那样的感情。"

“而且，爱情是没有用的东西。”宫应弦果断地做出了结论。

任燚张开嘴想说点儿什么，但又堵在喉间说不出口，同时，他的大脑越发眩晕起来，神志也开始模糊了。

宫应弦亦是昏昏欲睡。

任燚突然警醒了几分，他晃了晃宫应弦：“不要睡觉，绝对不能睡觉，咱们继续聊天。”

宫应弦用力掐了自己一把：“好，好。”

任燚拿起对讲机，还没说话，就听到墙的那一面传来窸窣之声，他虚弱地叫道：“我们在这里，在这里！”

“任队，你们坚持住，我们马上救你们出来。”

是孙定义的声音。

“我们氧气不够了，能不能伸一条水管进来？”

“我们试试。”

由于大脑缺氧，两人的眼皮都快睁不开了。

过了一会儿，一墙之隔的外面动静越来越大，他们不停地商量着什么，最后，从石块的缝隙里插进了一小截一根细细的水管。

“任队，能看到吗？”

任燚用手电照了照：“看到了！”他伸长了胳膊去够水管，却根本够不着。

“我来。”宫应弦身体已经乏力，但还是强撑着向前。

宫应弦终于揪住了那一小截水管的头，叫道：“我抓住了。”他将水管往里拽，但只拽了几厘米就卡住了，但那源源不断流入的清水，已经给了他们莫大的希望。他怒道，“赶紧来吸氧。”

“你先吸。”

“别废话，过来点儿，不然够不到。”

任燚费力地挪了过去，但那一小截水管实在太短了，他只能尽力贴近宫应弦。

“快点儿啊！”宫应弦催促道。

生死关头，还是命要紧，任燚也顾不得那么多了，只好继续往前蹭。

他们终于挪到了水管面前。水中少量的氧气是他们现在赖以生存的希望，他们将口鼻凑近水，大口大口地、贪婪地呼吸着。

很快，他们的大脑无暇思考更多了——即便有这小小的水流，略微延缓了窒息，可一氧化碳的毒性也侵蚀了他们的神经。

任燚听到了激光切割机作业的声音，也听到了宫应弦的呼唤。

“任燚，不要睡！”宫应弦自己亦是在强撑着，他拍打着任燚的脸颊，用水喷任燚的脸，“不准睡，我们马上就得救了，别睡！”

切割机的声音越来越大，任燚甚至能看到头顶溅下来的火星，他拼了命想睁开眼睛，眼皮却犹如有千斤重，他努力地想看清宫应弦，焦距却逐渐缺失。

宫应弦一咬牙，将自己所剩无多的氧气灌进任燚的口中。

任燚处在神志抽离的边缘，意识到宫应弦在救自己，可他已经无法思考了。

在最后的关头，那块封堵他们的墙终于破开了一个大洞，一股清新的空气猛然灌了进来，带来了救命的氧气。

任燚再醒来时，人已经在医院里了。

由于颅压还没有降下来，他整个人昏昏沉沉的，太阳穴一抽一抽的，头特别疼，花了好几分钟才恢复神志。

他伸出手，探向自己的脖子，皮肤是完好的。从火场里出来的人几乎全是一氧化碳中毒，他救过太多人，知道如果症状严重，急救员当场就有可能切开气管。看来自己的情况还不算很严重。

那宫应弦呢？宫应弦怎么样了？

他按下铃，不一会儿一个护士进来了：“任队长，你醒了？”

“跟我一起送来的人呢？”任燚紧张地问道，“他怎么样了？”

“宫警官啊，他不严重，他现在正在高压氧舱治疗呢，过一会儿就结束了。”

任燚松了一口气：“我昏迷多久了？”

“十几个小时，你也刚从高压氧舱回来。”护士道，“给你陪床的人好像刚刚出去了，要不要帮你叫他？”

“不用，谢谢你了。”

“‘谢谢’应该是我们说。”

任燚不解道：“怎么？”

“每次有危险，都是你们第一个往上冲，那么多人都是你们拼着命去救的。”护士有些不好意思地说，“你们太不容易了。”

任燚笑了笑："为人民服务嘛。"

"你看着跟我儿子差不多大。"护士叹息一声，"想想要是我儿子做这么危险的工作，我肯定每天都牵肠挂肚。你父母是不是也很担心你呀？"

"哈哈，还行，我爸也是消防员。"

护士看着任燚的目光充满敬意："辛苦你们了。"

任燚咧嘴一笑。

护士走后，任燚的意识和记忆都缓过劲儿来，开始回想昏迷前发生的种种，心中顿时百感交集。

不行，现在不适合胡思乱想，毕竟他的脑子跟糨糊一样。

他正纠结着，病房的门被推开了，曲扬波拎着一个暖水壶进来了。

"哎呀，你醒了。"曲扬波走了过来，"感觉怎么样？"

"头疼，其他还行。"

"头疼很正常，毕竟脑子进水了嘛。"

任燚瞪着他，实在是没力气跟他拌嘴。

曲扬波咧嘴一笑："学名——脑水肿，典型一氧化碳中毒病症。"

"没有人再受伤了吧？现场现在怎么样了？"任燚隐隐能听到类似施工的声音从窗外传来。

"还在挖呢，一时半会儿清理不出来，可能还有生还的。"曲扬波道，"这些医生、护士也很不容易，从昨天到现在都没休息，要安置住院部的病人，还要抢救受伤的人。"

任燚也叹了一口气，道："医院啊，本身就是一个有很多伤心事的地方。"

"还好你的伤不严重，昨天我们真的要被你吓死了。"曲扬波至今都心有余悸。

"我的命硬着呢。"任燚朝他潇洒一笑，试图安慰他。

"你们俩的命都挺硬的。"曲扬波给任燚倒了一杯水，"你还记得昏过去之前发生什么了吗？"

任燚："都快死翘翘了，还能记得什么？"

"你真不记得了？"曲扬波推了推眼镜，"我帮你复盘一下？"

任燚紧张地吞了吞口水。

"你不记得宫博士给你做人工呼吸了？"

"你们怎么知道的？"任燚拼命回忆了一下，好像……好像当时他们正好把墙切开了？

“你想起来了吧？”

任燚抿了抿唇，快速说道：“那又怎么了？他是为了救我。我也给别人做过人工呼吸啊。你训练的时候也给人做过人工呼吸啊。谁没做过人工呼吸啊？”

曲扬波满脸笑意：“是啊，大家都做过，你这么紧张干什么？”

“谁紧张了？”任燚羞恼道，“还有谁知道？”

曲扬波掰着手指头，做出认真思考的样子：“我给你数一数啊，一个，二个，三个……大概一百来号人吧。”

任燚骂了一声。

“现在不确定了，网络这么发达，大家都有手机，估计很快整个鸿武区的消防队和警队就都知道了。”

“我好歹是你们的队长，不能给我留点儿面子吗？”任燚的头皮都炸开了，这以后还不得天天被他们调侃？

“那没办法啊，那么多人都看到了，其他中队的也看到了。”

任燚：“都那种时候了，命都快没了，谁还在意那个？”

“是吗？你真不在意？就算你不在意，不知道宫博士在不在意。”

这句话正戳在任燚的心上，他转着眼珠子，心里一阵阵烦躁，他沮丧地说道：“这下真是尴尬了。”

“一个人工呼吸有什么尴尬的。”

任燚道：“宫应弦在哪个病房？他回来了吗？我去看看他。”

曲扬波指了指旁边的病床：“喏，他睡在你旁边。”

“啊？”任燚一惊。

这时，病房的门再次被推开，宫应弦坐在轮椅上，被推了进来。

任燚的脑袋一阵剧痛，紧张得手心都出汗了。

宫应弦看到任燚，表情顿时变得不自然，他轻咳一声：“你什么时候醒的？”

“刚刚，你好点儿了吗？”。

曲扬波也笑道：“宫博士，做完治疗了，感觉怎么样？”

“没大碍了。”宫应弦皱眉道，“医生说我们至少要住院一周，每天在高压氧舱治疗一小时。”

曲扬波道：“毕竟是一氧化碳中毒啊，得把血液里的缺氧纠正过来，你们好好配合，才能早点儿康复。”

护士伸手要扶宫应弦上床，宫应弦马上躲开了：“我自己可以。”他站起身，躺到了床上。

护士是一个年轻的姑娘，顿时有些尴尬。

任燚连忙道：“他有洁癖，不是针对你。”

护士姑娘俏脸一红，笑着点点头，离开了。

曲扬波“啧”了一声：“任四火，不要对着小姑娘乱放电。”

“扯淡，我才没有，长得帅又不是我的错。”

宫应弦盖好被子，沉默地看着前方。

曲扬波跟任燚对视了一眼。

两人认识十几年，同事六年，默契十足，一个眼神都能猜到对方在想什么。曲扬波在问任燚，自己是不是应该撤。

任燚悄悄摇了摇头。他是真的有点儿不敢跟宫应弦独处，他感觉宫应弦的心情不是很好。

曲扬波只好给他们打圆场：“哎，你们救的那个孕妇手术很成功，不仅腿保住了，孩子也保住了。”

“太好了。”

宫应弦也抬起了头。

“这个母亲太伟大了，为了不伤害胎儿，不肯全麻，遭了很大的罪。”

任燚感慨道：“男人都未必受得了这种痛。”

宫应弦不禁想起了自己的母亲，他的心脏抽了抽，低声道：“为母则刚。”

“宫博士，你拼了命进去带出来的证据，邱队长昨晚就带回警局了。他们一晚上没睡，正在全城搜索凶手，听说有进展了，一会儿你可以问问。”

“好。”

“那边还在挖掘呢，希望还能救出人，或者找到更多证据。”

这时，门外有人敲门。

“进来。”

病房门被用力地推开了，一道蓝色的影子像旋风一般卷了起来，速度快得令两人眼晕。

他定睛一看，竟是宫飞澜，身后还跟着盛伯。

宫飞澜咋呼道：“哥，你没事吧？听说你给任队长做人工呼吸了！”

宫飞澜一句话让屋内两人的头皮都炸了。

宫应弦顿觉脸上火辣辣的，任燚悄悄转过脸去，对着拼命憋笑的曲扬波翻了一个白眼。

宫应弦板着脸道："在医院里不要大呼小叫。"

"哥，你怎么样了？"

"你来医院干吗？不上学吗？"

"我放学了才来的。"宫飞澜看着宫应弦，担忧地说，"你哪儿受伤了？他们说你中毒了。"她又转向任燚，"任队长，你是不是也中毒了？"

任燚轻咳一声："跟你那次一样，吸入一氧化碳了，过几天就好了。"

宫飞澜松了一口气："我还是在网上看到的消息，都没人告诉我。我一看出事的是鸿武医院，就知道肯定有你们。"

"放心吧，没事的。"

宫飞澜仔细把宫应弦打量了一番，小声说："你住院都不告诉我，我很担心你的。"

宫应弦的态度柔和了一些："我告诉你也没什么用，还影响你读书。"

宫飞澜撇了撇嘴，一副不太服气的样子。她又走到任燚的病床前道："任队长，你什么时候才能好呀？"

盛伯给宫应弦倒了一杯水："少爷，要不要买一个那种氧舱，我们回家去治疗？应该有单人用的。"

宫应弦低头喝水时悄悄看了任燚一眼："不用了，等送到了说不定我都出院了。"

"我们会想办法尽快送过来。"

"算了，不折腾了。"

盛伯有些惊讶，以前宫应弦都是能不来医院就坚决不来医院，被迫要来，也是能早离开就早离开，这次要至少住院一周，他居然妥协了？

任燚冲宫飞澜笑了笑："要不了一周就出院了，没事儿的。"

"听说你们差点儿被埋了。"宫飞澜捂着心口道，"我在网上看到爆炸现场都吓死了。"

"这不是被及时救出来了吗？"

"及时救出来还要做人工呼吸？"宫飞澜叫道，"肯定是很危险吧？对吧，哥，当时任队长是不是很危险啊？"

任燚暗暗揪住了被子，真想把这丫头扔出去。

宫应弦亦是尴尬不已，敷衍地“嗯”了一声。

“上次我们学校也做了急救培训呢，不过我们做人工呼吸的时候用的是假人。”宫飞澜眼睛一亮，露出一个坏笑。

盛伯偷偷笑了起来。

任燚拼命给曲扬波使眼色，让他救场，他假装不解其意，津津有味地欣赏两人的脸色。

“指导员，你有没有看到啊？”宫飞澜兴奋地说。

曲扬波笑道：“我看到了。”

“哇，你有没有拍照或者录……”

“飞澜！”宫应弦喝道，“你再闹就回家。”

宫飞澜顿时蔫儿了，又跑到宫应弦身边撒娇：“你不要生气嘛。”同时偷偷回头，用嘴型对曲扬波说，“发给我”。

任燚趁机瞄了宫应弦一眼，见其面容僵硬，眼神不善，看来是真生气了。

盛伯把大厨做的晚餐准备好，几人一起吃了顿饭。

吃完饭，护士过来吊水，曲扬波回中队了，盛伯也把宫飞澜送回了家。

当病房里只剩下两人时，他们不可避免地陷入了尴尬。

任燚率先打破沉默，他若无其事地问道：“你肩上的伤怎么样了？”他看宫应弦一直要微侧着身，必然是挺难受的。

“骨裂，这段时间右手行动会不太方便，过两三个月就好了。”

“哈哈，还好你是左撇子。”

宫应弦看了他一眼：“你呢？感觉怎么样？”

“就是头疼，有点儿晕，还行吧。”任燚躺在床上，看着一滴一滴往下掉的药水，“能活着已经是万幸了。”

“当时你确实很危险。”宫应弦低声说，“再晚点儿救出来可能会休克。”

“我知道。”任燚笑道，“哎，我还没跟你说，谢谢你救了我。”

宫应弦沉默了一下，道：“不客气。”

任燚绞尽脑汁想着接下来要聊点儿什么，可他一时也真的不知道该怎么缓解尴尬。

自从经历过废墟下发生的事，两人之间的气氛不像从前那么放松了，他不知道宫应弦心里是怎么想的，是不是和他一样尴尬。

算了，只要表现得自然一点儿就好了，说来说去也没什么大不了的，胡思乱想什么？

宫应弦又偷偷瞄了任燚一眼，想说些什么，欲言又止。

任燚突然道："哎，我们看电影吧。扬波给我拿了投影仪来。我们对住院可有经验了，装备都很齐全。"

宫应弦道："不了，我要分析证物。"他拿起床头柜的电脑，看了起来。

任燚无奈道："你都受伤了，能不能休息一会儿？"

"现在是抓到凶手的黄金时间，拖得越久，他越可能隐匿或逃走。"宫应弦道，"你不是头疼吗？那还看什么电影？睡一觉吧。"

"我睡不着。"任燚侧躺着，默默地看着宫应弦完美的侧颜，"不如你给我讲讲案子吧。"

宫应弦依旧目不斜视地盯着电脑："根据我们带出来的证物，加上不断挖掘出来的东西，我已经分析出凶手使用的爆炸物和反应方式。"

"说来听听。"

"简单来说，凶手制造炸弹的主材料是从家用消毒水里提炼的，爆炸反应分两部分完成。第一部分，在二氯异氰尿酸钠中加入崩解剂，放入一个密闭的塑料瓶里起引芯的作用，同时给予凶手离开大楼的时间。第二部分，是通过进一步的化学反应生成易燃易爆的三氯化氮。三氯化氮的爆炸威力很强，当那个做引芯的塑料瓶爆炸时，就会把三氯化氮引爆。但是三氯化氮反应的过程中会释放氯气，很臭，很快就会被察觉，所以从凶手在房间里放下爆炸物到他离开大楼，时间不会很长，最多就几分钟。"

任燚听得有点儿蒙，但大致还是听懂了："这就是凶手制造定时炸弹……不，应该叫延迟炸弹的方法？"

"对，这种方法其实风险很高，因为化学品的反应受很多因素的影响，如果提前爆炸了，他也跑不了，这个人必然对自己的能力非常有自信。"

"你估算过这个反应具体需要几分钟吗？"

"最多不超过五分钟。氯气的味道扩散得很快，周川不可能闻不到。"

"那这个方法很可能失败啊。"

"这已经是短时间内成功率最高的方法了。"宫应弦沉声道，"因为门口有警察把守，对出入的每一个人都需要核对证件和物品，所以凶手不能带任何可疑的东西进去。我上面说的那些东西，全部都可以伪装成清洁剂，味道、外形也跟平常的消毒水、清洁剂类似。”

任燚倒吸一口气：“太可怕了！凶手就这么当着警察的面儿蒙混过关！”

“制造这个炸弹的人有深厚的化学知识，他所使用的东西都是从日常用品里提炼出来的。”

“这些东西全部可以从日用品里提炼？”

“对，用洗衣粉、消毒水、清洁剂、泡腾片。”宫应弦眯起眼睛，“他知道购买化学原料需要登记身份证，容易被查到，所以一开始追踪化学原料一无所获。今天早上我醒了，我分析完了之后，让他们去追踪泡腾片。这种当量的爆炸，需要提炼至少一大桶的化学品，这要消耗大量的原材料。”

“找到可疑的人了吗？”

“你还记得我跟你提过的犯罪地理学的三圆理论吗？”

“记得，什么意思？”

“解释起来有点儿复杂，总之，我们已经判断出红焰的活动范围。今天白天，大队派出大批警力走访了那个活动范围内的一百六十七家药店和超市，发现几天前一个人分别从三十多家店，买了好几公斤的泡腾片。”

“拍下他的样子了吗？”

“拍下了，虽然戴了帽子和口罩，但是跟医院监控拍到的，在爆炸前匆匆离开的清洁工的身形一样。”

任燚倒吸一口气，赞叹道：“你们的效率真高。”

宫应弦咬了咬牙，眼中闪过一丝狰狞：“他在挑衅我们，挑衅警察，挑衅法律！抓不到他，我们有什么脸面戴这枚警徽！”

6. 信徒

从昨天傍晚发生爆炸到现在，刚好过去了二十四小时，警方已经查到了这么多的线索，抓到红焰也只是早晚的事。

任燚冷哼一声："他自作聪明，你们要通过周川找到他，恐怕还要费不少功夫，现在倒好，他暴露了自己。"

"他是狗急跳墙了。没抓到陈佩之前，他还心存侥幸，陈佩一落网，他就知道周川一定会出卖自己，所以才铤而走险。"宫应弦分析道，"其实仔细看，这起爆炸做得不够谨慎周密，留下不少尾巴。哪怕时间有限，换作是我，也可以做得更干净。有化学背景的人，心思都非常缜密，因为在做实验的时候，一点点儿微小的差错都可能带来失败，甚至是致命的危险。所以我怀疑，提供炸弹制作方法的和实施爆炸的不是同一个人。"

任燚一脸讶然："你的意思是说，红焰不是那个有化学背景的人？"

这时，病房门被推开了，他们的水吊完了，护士进来拔针。

待护士走后，两人继续刚才的话题。

"不，认为红焰就是爆炸的实施者，是先入为主的想法。红焰究竟是谁，又在这起事件里扮演哪个角色，只有抓到凶手才知道。"宫应弦开始噼里啪啦地在电脑上打字，"我让小谭同时在大数据里抓有化学背景的人，跟失业记录、犯罪记录，与纵火、爆炸有关的网络言论之类的做交叉比对，也许能找到线索。"

任燚看着宫应弦修长白皙的手指在键盘上优雅地"跳舞"，屏幕的背光反射在他的脸上，衬得皮肤幽白无瑕，而瞳仁异常地明亮，真像电影里那些外形完美但没有感情的人工智能。

突然，宫应弦的右手顿了一下，他的眉头也皱了起来。

任燚立刻绷直了身体："你是不是碰着伤口了？"

宫应弦没说话，只是微微握了握拳头，打字的速度明显慢了下来。

"我都让你好好休息了，你这样会影响身体的复原，以后更耽误事儿。"

"我写完这封邮件。"宫应弦道，"快了。"

"就这封邮件啊，你再不休息我就跟邱队长告状了。"

宫应弦按下了发送键："好了。"

任燚："那我们看电影好不好？"

"好吧，现在睡觉确实太早了。"

两人虽然头疼，但都已经睡了许久，而且心里装着太多事，确实是睡不着。

任燚从床头柜上拿起投影仪："这个前几天高格刚用过。"他眼前突然一阵虚晃，手一滑，投影仪咣当一声砸在了地上，"哎……"他赶紧下了床，双脚一沾地，眼前更加眩晕，他不得不扶着床稳住身形。

"你怎么样？"宫应弦紧张地问，"是不是发晕？"说着就要下床。

"你别动，我缓一缓就好。"他们血液中的氧含量偏低，所以很容易感到头晕，尤其是有多余动作的时候。他靠着床蹲下来，缓了一会儿，道："嗯，没事儿了。"他打开投影仪，却发现怎么按都没反应，"不会摔坏了吧？"

"我看看。"宫应弦接过去，摆弄了一下，"好像是摔坏了。"

"完了，扬波又该骂我了。"任燚沮丧地说，"他老说我不当家不知柴米贵。"

宫应弦微微蹙眉："这个俗语一般用于夫妻间和母子间。"

"哈哈，是啊，扬波就像我老婆似的。我是中队长，主要管训练和救援；他是指导员，管财务啊，人力啊，后勤啊之类的。"任燚笑着说，"我主外，他主内，是不是就跟我老婆一样？"

宫应弦把投影仪扔回给任燚。

任燚继续摆弄着投影仪："这可怎么办？能修吗？电影也看不成了。"

"用我电脑看吧。"

"电脑屏幕有点儿小吧？虽然我的视力挺好的。"

宫应弦拍了拍自己身边的位置："过来看。"

任燚顿时僵住了。

宫应弦白了他一眼：“你到底看不看？”

“看。”任燚走了过去，“咱们看点儿什么？”

“你想看什么？”宫应弦回过神来。

“我随便。”任燚仰卧在宫应弦的靠枕上，“你的被子味道真好闻。”淡淡的，十分干燥，带点儿草药味，吸上一口就像在净化肺部。

“你现在盖的也是我的被子。”

两人的床品都是盛伯带过来的。

“也是啊，可是怎么就没那么明显的味道呢？”任燚恍然大悟，“是你身上的味道。”

宫应弦抬起胳膊，闻了闻袖子：“有吗？我闻不出来。”

“有。”

宫应弦轻轻嗅了嗅，似乎不太满意：“过氧化氢的味道。”

“看这个吧。”宫应弦指了指屏幕，“言姐推荐给我的。”

任燚扫了一眼，片名叫《僵尸》，封面海报也是非常扣题的诡异惊悚风格。他打了个哆嗦：“干吗要看这个？”

“言姐说好看。你不是说随便吗？害怕了？”

“怕……倒不至于，就是在医院里，看点儿搞笑的多好！这种封建迷信的有什么好看的？”任燚心想，这小子肯定是故意想看自己出糗，忒坏了。

“不怕就好。”宫应弦二话不说按下了播放键。

电影一开篇，色调是阴天的青灰，气氛十分压抑。

任燚已经开始紧张了，他悄悄拿起手机，一到吊诡的配乐响起，就假装低头玩手机。

宫应弦一把夺过他的手机：“是你要看电影的。”

任燚欲哭无泪。他从小就怕这些东西，说出去确实有点儿丢人，所以他一般不告诉别人。

突然，一个惊悚的画面毫无预兆地蹦了出来，任燚吓得一激灵，差点儿从床上摔下去。

电影确实很吓人，之后每到恐怖镜头，任燚索性闭上了眼睛。

当宫应弦发现时，任燚已经睡着了，面容沉静，呼吸平稳，看来睡得非常好。

待任燚醒来，天已经亮了，他好像很久没有睡过这么踏实的一觉了，甚至睡得有点儿累。

突然，病房门打开了，任燚一抖，闭上眼睛赶紧装睡。

“别装了。”宫应弦嘴角轻扯，毫不留情地拆穿他，“我看到你醒了。”

任燚只好睁开眼睛，还故意打了一个大大的哈欠：“我刚醒，你上哪儿去了？”

“打电话。”宫应弦面带一丝得色，“警方同时锁定了三个嫌疑人，现在正一一核实。”

“哇，这速度太牛了！怎么这么快找到的？”

“没有任何犯罪是无迹可寻的。”宫应弦解释道，“追踪提纯化学品所需要的原材料和器皿，就能筛出一个大致范围。氯相关的化学品具有强烈刺激性气味，不可能在人口密集区和群居公寓进行，这样又筛掉了一部分。根据准备和作案时间、作案手段等细节，侧写出凶手的年龄、性格、作息习惯，根据监控视频，判断出凶手的身高、体态、特征。所有的线索加在一起，最终符合嫌疑人条件的就没剩几个人了。”

任燚拍了一下床：“抓人了吗？”

宫应弦点头：“已经出警了，先抓回来配合调查。”

“他们有化学背景吗？”

“没有，一个都没有。”宫应弦冷哼一声，“制造炸弹的果然另有其人。”

“顺藤摸瓜，早晚会把他们一网打尽。”任燚从床上爬了起来，“那个，不好意思啊，占着你的床了。”

宫应弦挑眉：“你现在才想起来不好意思？”

任燚嘿嘿一笑。

“你饿不饿？”宫应弦看了看表，“盛伯马上就送早餐过来了。”

“还行。”任燚伸了个懒腰，下了床，“我平时都是八点吃早餐。”

“一会儿多吃点儿。”

任燚拉开窗帘，窗外阳光正好，只是远处清晰可见的爆炸现场令人感到压抑。他问：“现场清理得怎么样了？”

“估计再过两天能清理完。”宫应弦神色凝重道，“目前死亡人数是六人。周川……找到了他的部分残骸，我的同事也牺牲了。”

任燚揪紧了窗帘，胸口有一股郁结之气，上不去，下不来。这种愤怒，如今只有凶手伏法的消息能稍微缓解了。

病房门被敲响，宫应弦以为是盛伯：“进来。”

门被推开了，进来的却是拎着盒饭的李飒。

“你怎么来了？”任燚有些意外。

“本来大家都想来看你的，但是太忙了，指导员让我来的。”李飒笑着招呼道，“宫博士。”

“你们中队有女消防员？”宫应弦看着李飒身上的衣服，有些意外。

“是啊，上次去你没看到她吗？她叫李飒，是我们今年招聘进来的专职消防员。”

“我现在还在专勤班。”李飒把盒饭放在了桌上，“不过我过段时间就可以上前线了，是吧，任队？”

任燚“嗯”了一声：“明年我可以让你进一次火场，看看你的表现。”

李飒欢喜道：“我一定好好表现。”她把盒饭打开，“指导员说医院的伙食不好，李师傅专门给你做了营养餐呢。”她看了宫应弦一眼，“听说宫博士只吃自己家的饭菜，所以我就没带您的。”

“没关系。”宫应弦悄悄打量了一下李飒，见她放下饭菜就开始手脚麻利地给任燚整理被褥，还收拾起任燚换下来的衣服。

“衣服我给你拿回中队洗了。”

“好。”任燚拿起一个包子啃了一口，“啊，怎么是素的？我想吃肉。”

“你住院不能吃太油腻的。”李飒把衣服收拾好，又开始扫地，“对了，指导员让你赶紧把手机充上电。”

任燚都不知道自己手机没电了。手机通电开机后，他看到了曲扬波一大早发来的微信：叔叔知道你住院了，说要去看你，你赶紧给他回一个电话。

任燚嘴里的包子差点儿喷出来。他一查，果然有好几个他爸的未接来电。他赶紧拨了回去。

“喂，爸，哎呀，没什么大事儿，我吸了点儿一氧化碳而已。”

“没事的，你不要来。你也看新闻了，现在医院很忙乱，我过几天就出院了。”

“真的没事，乖啊，你好好在家待着，一出院我就请假回去陪你。”

任燚好不容易把他爸哄住了，松了一口气。他冲宫应弦咧嘴一笑：“其实我爸也是消防员，几年前刚退休。”

宫应弦有些惊讶：“真的？”

“是啊，而且我爸……”任燚看了李飒一眼，“找机会我给你讲讲我家老任的故事，可牛了。”他一直没找到机会告诉宫应弦，他爸和宫家的渊源，他原本是希望能从他爸那儿得到有用的线索之后再说，免得让宫应弦空欢喜。现在看来，他爸能记得的已经全部告诉他了，剩下的就需要他们自己去搜寻了。

“好。”

李飒扫完地，又提上垃圾袋去扔垃圾了。

宫应弦看着李飒出了门，感觉她就像一个女主人一样帮任燚忙里忙外。他问：“她经常做这些家务吗？”

“这不叫家务，这叫内务。”任燚理所当然地说。

中队的公共内务都是轮班做的，干部少做，新人多做，当然，个人内务都是自己做的，只是伤员有特权。

“她经常帮你做这些‘内务’？”

“是啊。”燚吃得正香，也就没注意到宫应弦的表情和语气有什么不对。

宫应弦不说话了，靠在床上莫名其妙地生起了闷气。他觉得，任燚的朋友实在太多了，而他却只有任燚一个朋友。

“盛伯会不会带点儿肉过来啊？没有肉我觉得都吃不饱。”

“不知道。”

任燚这才察觉到宫应弦好像不大高兴：“你怎么了？”

还未等宫应弦回答，一阵巨响突然传来，接着楼体震动。

两人像触电一般从床上蹦了起来，对视一眼，眸中全是惊惶。

爆炸声离他们很近，就在这栋楼里！联想到前天刚发生的事，他们不由得全身发冷。

还未等他们回过神来，第二声爆炸声响起，与刚才的能量差不多，楼体震动，但威力似乎不足以伤害结构。

门外传来尖叫声和奔跑声。

宫应弦和任燚的手机同时响起。

"李飒，发生什么事了？"

"言姐，发生什么事了？"

李飒粗喘着气，压低声音说道："有个人……有个人要闯医院，被门口值守的警察拦住了，然后他就扔了不知道什么东西，会爆炸的东西。"

任燚从李飒的电话里听到了声嘶力竭的叫喊声，那声音听来十分疯狂，但背景音太过杂乱，他听不清对方说了什么。

李飒马上道："这疯子说他有毒气炸弹，还说什么要净化所有人。他堵在门口，不准大厅内的任何人离开！"

宫应弦挂了电话，从自己的衣服里摸出配枪，别在了后腰，扭头就往外冲，任燚也跟了上去。

宫应弦突然回过身："你从安全通道尽快离开。"

"不行，我得疏散群众。"任燚正色道，"你要小心。"

宫应弦深深地看了任燚一眼："你也是。"

任燚问道："李飒，你现在哪里？"

"我在二楼扶栏这里。"

这栋楼的一楼大厅一直挑高到二层，所以从二层扶栏处可以看到一层的部分情况。

任燚跑出病房，发现所有医护人员都在安抚和转移病人，病人和家属则慌乱不堪，场面十分狼狈。

他很快找到了李飒。跑到李飒身边，往楼下望去，却只看到坐在大厅里不敢动弹的医护人员和患者。大厅的一个询问台被炸翻了，大理石地面上留下了一道坑，还有血迹。他急声道："人呢？"

"他躲在角落里，这个角度看不到。"李飒朝一个方向指了指，"这个人有备而来的，他躲的位置是狙击手的死角，现在大厅里的人都成了他的人质。"

"他有什么诉求？"

"不清楚。"

"谁受伤了？"

"没看清，可能是有警察被炸伤了。"

任燚把李飒从地上拽了起来："你先协助我疏散群众。"

二层以上有诊室、手术室、化验室和病房等，天还没亮的时候，挂号的人已经排起了长龙，此时各个功能区都在满负荷运转，保守估计需要疏散上千人。

任燚和李飒配合医护人员，将能够行动的病人及家属引到南面的安全出口撤离。

很快，在不远处住院部清理废墟的消防员先赶到了。他们中队是刘辉和丁擎带的两个班在值早班，还有其他中队的人。任燚指挥着他们去帮忙转移行动不便的病人。

又过了几分钟，警察也到了，医院门外围满了警车，任燚隐隐听到高音喇叭喊话的声音。

任燚不知道此刻宫应弦在何处，在做什么，他心里很担心，却又没有空暇担心。

仿佛心有灵犀，宫应弦竟恰好打来了电话。

任燚赶紧接下电话："喂，你在哪儿？"

"我藏在一楼的走廊拐角处。"宫应弦刻意压低了声音，"你呢？"

"我在上面疏散人群，人太多了。"任燚此时简直焦头烂额，"还有很多行动不便的老人，一时半会儿不可能疏散得完。那个人真的有毒气炸弹吗？"

"他手上有两种炸弹，一种是用于投掷的小体积炸弹，应该是过氧化氢原液，浓度在百分之四五十的时候，发生碰撞就会爆炸。还有一种是他声称的有机磷，也就是沙林毒气，神经类毒素，如果是真的，一旦爆炸，会造成大量人员伤亡。"

任燚倒吸一口气："他会不会只是虚张声势？"

"我想应该是真的。"宫应弦沉声道，"过氧化氢也可以从消毒水里提取，有机磷可以从杀虫剂和农药里提取，制作过程可比之前炸死周川时的炸药简单多了。"

"他是你们锁定的嫌疑人之一吗？"

"对，他叫吕博青，应该就是他们口中的红焰。警察早上已经出发去他的住处实施抓捕了，他应该是发现了，只是他没有选择逃跑，而是选择……"宫应弦的声音有一丝颤抖，"这几天医院戒严，到处都是警察和保安，这个人想要进医院的时候被我一个同事拦住了，现在那个同事被炸伤了，我们正在跟他协商把伤者抬出来。"

“他到底想干什么？”任燚低吼道。

“他想要陈佩。”

“他疯了吗？”

“他说他是火焰的信徒。”宫应弦语调凝重地说，“我们面对的是一个非法邪恶组织。”

任燚僵住了。

“他是有备而来的，他所处的位置是狙击手死角，同时大厅没有遮挡物，任何人靠近都会被发现。他威胁有任何人靠近或试图离开就会引爆炸弹，所以我现在是唯一有可能制服他的人。”

“我能帮你什么？”

“你先疏散群众，做最坏的打算。然后，我们会把陈佩带到现场跟他对话，以此交换那个受伤的同事，那时候可能会出现机会，能够将他分神的机会，我只要一个机会，就能将他当场击毙。”

“好，保持联系。”

任燚挂了电话，继续去协助疏散群众。他已经感觉头越来越晕，本身他和宫应弦都不应该有过多的活动，任何活动都会消耗他们血液中本来就不足的氧气，但此时他必须坚持到底。

刘辉跑到任燚身边：“任队，那边的病房是重症监护室，里面的人都不肯撤离。”

“过去看看。”

任燚走到重症监护室，见所有医生和护士都还在如常地工作，两个消防员正在劝说他们撤离。

“我们真的没法撤。病人不能离开监护室，病人不撤，我们也不能撤。”值班医生解释道，“我们一会儿会把门窗缝隙都堵起来，万一真的炸了，能扛一会儿吧？”

任燚也想去劝两句，却根本不知道该说什么。重症监护室的病人都依赖仪器，难道让他们丢下病人自己跑吗？

这时，李飒也跑到任燚身边：“任队，手术室里还有人，怎么办啊？”

“能撤的必须撤啊，宫博士让我们做最坏的打算。”

两人又跑到手术室，发现两间手术室的灯都亮着。任燚按下了紧急铃。

不一会儿，左边手术室走出一位护士。

任燚急声道：“楼下有一个带了毒气炸弹的疯子，这里随时可能爆炸，你们必须马上撤离。”

护士叹了一口气：“里面有一个孕妇正在生产，我们撤不了。”

“想想办法转移啊。”

“转移不了，她有一点儿胎位不正，刚刚爆炸时孕妇已经受到了惊吓，她正在承受很大的心理压力，这时候任何意外都会给她和胎儿造成危险。”护士道，“你们先疏散其他病人吧。”

这时，右侧手术室的门也打开了，走出来的是年轻的女医生。

任燚刚要开口，女医生率先说道：“任队长，外面的情况我们已经知道了，我们主任正在给一个老人做心脏手术，不可能中断的。”

任燚急声道：“你们是医生，应该比我更了解沙林毒气，现在谁也不知道那个疯子带了多少毒气，一旦爆炸，整栋楼的人都会有危险。”

“我们了解，但正因为我们是医生，更不能在危急关头放弃患者。”她显得很平静，“辛苦了，你们先转移其他人吧。”

任燚和李飒对视一眼，无奈的同时，又对他们肃然起敬。

慢慢地，总队调来了更多消防员参与疏散群众的工作，疏散工作有条不紊地进行着。任燚担心宫应弦的情况，便跟李飒下了楼。

他们站在一楼楼梯口处，能看到大厅里不下百人席地而坐，个个神色忧虑慌张，不远处，扔了一堆手机。

而在大厅斜对面的走廊里，任燚看到地上趴着一个人，正是宫应弦，宫应弦也看到了他们。

门外的谈判专家喊道：“吕先生，陈佩已经到了现场，我们不可能把他交给你，但如果你同意让医生对我的同事进行救治，你可以跟他对话。”

吕博青喊道：“让他进来，我要看到他。”

“你可以从窗户上看他，他就在车上，你看。”

沉默片刻，吕博青又道：“陈佩也是火焰的信徒。”

“吕先生，请你允许医护人员救治我们的受伤同事。”

“不！”吕博青吼道。

任燚越听越觉得荒唐愤怒。

李飒气得浑身发抖。

任燚给宫应弦打了一个电话：“你还好吗？你冷不冷？”两人出来

的时候都只穿着睡衣，此时大厅大门敞开，冬日的寒风呼呼地往里灌，刚才忙乱的时候没察觉，现在稍微一静下来，冷得人牙齿都在打战。

“还好。”宫应弦道，“地上有暖气，趴着吧。”

任燚朝宫应弦招了招手：“你听到这个疯子说什么了吗？”

“听到了。”宫应弦道。“火崇拜是人类原始文明中最先出现的一种自然崇拜，因为火是天上的闪电赋予的，是天火。”

“我一开始以为只是一群有纵火癖的疯子，没想到居然是一个组织。”

“也许这个组织是用来控制纵火癖达到自己目的的幌子，也许正好相反，纵火癖对于火的渴望和崇拜已经达到了要成立组织、党同伐异的地步。随着我们了解和深入，这个案子的严重性只增不减。”

“现在怎么办？他还在拖时间。”

“他不是在拖时间，他在讨价还价。”

“他弄这一出就为了见陈佩吗？”

“不，他最重要的目的应该是献祭，他知道自己会被警察抓住，会判死刑，所以决定在最完美的舞台上完成自己的落幕表演。”

任燚大骂一声。

只听谈判专家又喊道：“吕先生，你就是红焰吧？在你没有成为红焰之前，你对火抱着怎样的想法呢？你喜欢火，但也许你并不想伤害人，对吗？”

“在我没有成为红焰之前，我对火的热忱也曾经让我费解。”吕博青突然变得激动起来，“但是……但是紫焰指引了我，我这才明白，我热爱火，是因为我心中有火种。”

“紫焰是谁？”

吕博青颤声道：“紫焰是领袖。”

任燚感觉心肺都要炸开了：“这些人的脑子到底是什么构造？”

宫应弦道：“任燚，警察正在想办法吸引他的注意力，让我可以靠近他，我只需要四到五秒就能跑到狙击位，我需要你们帮我。”

“你说。”

“一会儿警方会利用陈佩，让他的目光暂时离开被他监视的大厅，这时候你们要想办法跟现场一个医护人员取得联系，让他们在救治警察的时候制造大的动作，越让他措手不及越好，给我制造一个机会。”

“好，我们想办法。”任燚看了看形势，从一间办公室里拿了笔记本和纸，在上面快速写了一行字。

然后两人从楼梯口处往前爬，他们离人质并不远，但再往前就会被人发现，人质已经对他们使眼色和摆手制止了。

任燚将本子展开，上面写着：救人的时候，分散歹徒注意力。

几个医护人员微微点头，但他们个个额头冒汗，眼神慌乱，显然心里根本没有主意。

任燚一转头，发现李飒不见了，他心里一惊，就要退回去找李飒。很快，李飒从办公室里出来了，身上套了一件白大褂。

“你干什么？”任燚悄声问。

李飒答道：“这些医生太紧张了，会露馅儿的，任队，让我去吧。”

“要去也是我去。”任燚瞪着眼睛道。

“你还穿着病号服呢，一眼就能看出来。而且你的身体还没好，万一出差错怎么办？”李飒目光坚毅，语气沉静，“交给我吧。”

任燚咬了咬牙：“万事小心。”

李飒朝医护人员打手势，让他们告诉她可以过去的时机。

谈判专家和吕博青还在僵持，最终，吕博青终于松口：“好，你们可以救这个警察，你先让陈佩从车上下来，让他靠近一些。”

“陈佩下来了，你看清楚，看清楚了。”

一个医生快速给李飒招了招手，李飒猫着腰跑了过去，最后就地一滚，以极快的速度融入了人群中。

任燚心脏狂跳不止。

李飒扭头朝他比了一个大拇指。

吕博青道：“你们来两个医生，把这个警察抬走。”

李飒跟一个男医生站了起来，冷静地走到受伤警察身边，那个男医生正是宋副院长。

任燚对宫应弦道：“时机马上来了，你准备好了吗？”

“我看到他们过去了，我等你的信号。”

宋副院长蹲下身，用手指压住了警察的血管，检查他的伤口。

李飒则抬头对吕博青道：“吕先生，他的脊椎受伤了，现在不宜挪动，我们需要现场对他进行急救。”

吕博青用一双病态的、浑浊的眼睛瞪着她：“我不管，你们不能离开我的视线，要么把他抬出去，要么就这样救。”

宋院长指了指吕博青脚边："吕先生，我们可以用你旁边的凳子做一个简易的固定架，保护他的脊椎，然后再把他抬出去。"

吕博青看了一眼脚边，没有回答。

门外的谈判专家喊道："吕先生，我们没看到同事平安是不会让陈佩开口的。"

吕博青恶狠狠地说："快点儿弄。"

李飒跟宋副院长对视一眼，给了他一个安抚的眼神。

任燚握着手机，大气也不敢喘，用极低的声音说："应弦，准备。"从他的角度只能看到李飒一步步走向墙角，最后消失。

李飒看着吕博青怀里抱着一个大大的盒子，外表看来就像快递盒，但其中藏着的却是绝不能被释放的、吃人的恶鬼。

她的心脏像打鼓一样快速跳了起来。

吕博青旁边的椅子其实是一楼保安亭里的一把很老旧的木椅子。李飒不时偷偷看着吕博青，走到了椅子前，故意装出搬不动椅子的样子，两手抱起，一步步往回挪。

吕博青似乎被她慢吞吞的动作激怒了："快点儿！"

李飒深吸一口气，给宋副院长使了个眼色，她突然看向窗外，露出受惊吓的表情，而后咣啷一声，将椅子砸在了地上，发出很大的声响。

任燚在电话里叫道："现在！"

吕博青先是一愣，然后本能地想将头微微探出窗外，毕竟所有的警车、警察都在医院外面。可这个条件反射的动作在下一瞬被他的理智硬生生遏止了。

李飒和宋院长同时扑倒在地，大喊道："趴下！"

反应快的人质已经抱头卧倒。

吕博青回过神来，面容顿时因惊怒而扭曲，举起炸弹就要抛扔出去。

"砰——"

一声枪响，子弹击透了吕博青的三角肌，肩膀上顿时血柱喷涌。吕博青跪倒在地，炸弹也脱手掉在了地上，他挣扎用另一只手再次抓起炸弹。

"别让他扔出去！"任燚记得宫应弦说过，过氧化氢遭遇激烈碰撞就会爆炸，这个毒气炸弹的"引芯"肯定就是过氧化氢。

任燚一边往前跑，一边看向宫应弦。只见他开了一枪后，仅仅是手枪的后坐力就让他单膝跪在了地上，任燚便知道他已经开始缺氧了。

不仅仅是宫应弦，任燚也感觉眼前越来越眩晕。他们自从被人从废墟里救出来到现在，才进行过一次注氧治疗，血液里的氧含量还十分低。

李飒扑到了吕博青身上，不顾一切地去抢他手里的炸弹。

吕博青吼了一声，用手肘狠狠撞在了李飒的眼角，抓着炸弹就往前爬。

任燚跑了过来，就地一跪，用膝盖压住了吕博青的小臂，一拳砸在他的脸上。

吕博青发出垂死般的号叫，他将手伸进了兜里，掏出好几个透明的玻璃小药瓶，里面晃荡着蓝色的浓稠液体。

过氧化氢！

任燚和李飒同时伸手去抢！

“砰——”

又是一声枪响，吕博青的脑袋像一个西瓜一样炸裂开来，全部展示在任燚面前，展示在在场所有人面前。

大厅里发出此起彼伏的尖叫声。

李飒就扑在吕博青身上，她被那些组织液喷了满脸满身，整个人都呆滞了。

警察已蜂拥而入。

宫应弦蹒跚着走到任燚身边。他脸色煞白，气管就像被人捏住了一般，每一次呼吸都提不上气。他的身体逐渐瘫软。

任燚一把扶住了他，却无力支撑他的身体，两人双双倒在地上，倒在了吕博青喷溅了一地的组织液里。

宫应弦轻声抱怨：“好脏。”

“我在呢。”任燚柔声道，“睡一觉吧。”

宫应弦真的听话地闭上了眼睛。

任燚的意识也在逐渐远去，耳边传来各种各样难以分辨的声音。

任燚再次醒来，发现自己正在氧舱里吸氧，手上还吊着药水。他第一时间四处寻找，看到旁边躺着宫应弦后，才放下心来。

之后，两人被推回了病房，但宫应弦一直没有醒。

许多人在病房里等着，有陈晓飞、曲扬波、高格、孙定义、盛伯、邱言，他们一照面，众人都露出关切的眼神。

任燚虽然满脸倦意，但还是勉强一笑，伸手比了个“V”，并问道：“李飒怎么样了？”

“她受了点儿刺激，受了点儿伤。她很坚强，你放心吧。”曲扬波道。

“小点儿声。”任燚看了宫应弦一眼，“让他好好睡一觉。”

邱言走到病床前，温柔地摸了摸宫应弦的头发，沉声道：“多亏了应弦，我们才能在这么短的时间内锁定嫌疑人，只是还是晚了一步。”

“这次除了歹徒，只有一个警察同志受伤，已经是不幸中的大幸了。”陈晓飞心有余悸地说，“如果那个毒气炸弹真的爆炸了，后果不堪设想。”

邱言叹道：“是啊，当年伦敦地铁爆炸案，用的就是有机磷类毒气，还好你们阻止了他。”

“那个警察同志怎么样？”

“没有伤及要害，他会康复的。”邱言抿了抿唇，目光突然变得犀利起来，“我从警十年，鲜少见到这么穷凶极恶的歹徒。”

任燚很理解邱言此时的心情，短短四十八小时内，警察一死一伤，面对的还是同一个凶手，简直令人悲愤到了极点。他问道：“红焰已经死透了，但帮他制作炸弹的那个有化学背景的人呢？”

“还在调查。”

“有没有可能是他说的什么‘紫焰’？”

“不确定。按照应弦对他们组织等级的判断以及吕博青的说法，紫焰应该是这个邪恶组织的头目。我们网络犯罪科的同事也正在暗网上寻找紫焰的痕迹，现在这个案子已经是我们分局的头等要案。”

“现在只剩下陈佩这个关键的证人了。”

“目前是的。我们会派人二十四小时看着他，等应弦出院就立刻提审。”

正聊着，敲门声响起，一个护士抱着一个婴儿走了进来。任燚一看，正是早上他在手术室外见到的护士。

“任队长。”护士笑了笑，“你在忙吗？”

“没事，不忙。”

护士抱着孩子走了过来：“这就是早上那个孕妇生下来的孩子，男孩儿，特别健康，母子平安。”

任燚心中颇为触动：“太好了！”

“好！”孙定义带头鼓起了掌。

任燚“嘘”了一声，指了指宫应弦，众人都轻声笑了。

“他妈妈想让你们看看他，让我代替她向各位道声谢。”

任燚接过护士手中娇嫩的婴儿。婴儿还没有睁开眼睛，皮肤泛红发皱，小嘴微微嚅动着，不知道在做着什么美梦。任燚忍不住笑了笑，又问道：“那个做手术的老人呢？”

护士道：“他没能撑过手术。”

任燚怔住了。

当他们跟凶手进行生死较量的时候，不远处紧挨着的两间手术室里，医生和病人同样在与死神进行生死较量，最后，一个新生，一个死亡，冥冥中似乎在喻示着生命的轮回。

生与死是如此庄重，偏偏有人对此毫无敬畏之心。

任燚很高兴吕博青被当场击毙，吕博青想用自己的死去献祭，偏偏死得毫无价值。践踏生命的人，终究会被生命所践踏。

护士安慰道：“医院就是这样的地方，有喜有哀。人间百态，你待上几天就能看尽。其实当时你让我们撤退的时候，我们也不是不惜命，就是看得多了，觉得死亡不是特别遥远、特别可怕的事，生死有命嘛。”

任燚用指尖摩挲着婴儿柔嫩的脸蛋，心中感慨万千。

消防、警察、医生，尽管工作方式和方法不同，但目的都是一致的——救人。他们让人知道恶有所报，祸有所依，是构建人安全感的基石。

凶手选在这样的地方制造出这样的罪恶，同时制造出的还有恐惧，因此格外不可饶恕！

众人陆续离去了。

到了下午，宫应弦才醒过来。

宫应弦睁开眼睛，注视了任燚两秒：“你没事吧？”

任燚笑道：“你该问问自己有没有事。开完枪就晕了，不知道的还以为中枪的是你呢。”

宫应弦皱起眉：“当时我确实有点儿晕。”

“所以你第一枪打偏了？”

“没有打偏，故意的。”

任燚扑哧一笑。

宫应弦羞恼道：“真的是故意的。我想留他一命，毕竟他知道很多事情，而且大厅里那么多人，我不想造成恐慌。结果他还藏了一些小炸弹，我怕伤到你们才不得不击毙他。”

“我相信你。”任燚想起邱言曾经摸过宫应弦的头发，便也伸手顺起宫应弦的头发来，连位置都跟邱言一模一样，“你的枪法那么准，怎么会打偏呢？你一定是怕吓到小朋友吧？”

宫应弦点点头。

任燚心想，宫应弦真的是一个内心温柔又孤独的人，只是用冷硬的外壳将自己全副武装起来而已。他道：“这次你立功了。”

宫应弦沉默了一下，道：“是我们没有尽快摸到这个邪恶组织的脉络，是我们申请让周川回到医院，是我们没有早一步抓到吕博青，如果我们……”

“你再说这种话，我就不让你说话了。”任燚轻声说，“没有人能预料到罪犯的动机与动向，所有的罪与恶都是他们造成的，你们已经尽力了，千万不要有自责的想法，只要以后继续尽力，尽全力。”

宫应弦怔怔地看了任燚半晌，轻轻点了点头。

任燚松开了手：“这回咱们应该能好好住院了。”

“嗯。”宫应弦抬头看着任燚，“你知道当时吕博青手里抓着的是什么吗？”

“过氧化氢啊，你说了。”

“是高浓度的。”宫应弦想起当时的场景，头皮依旧发麻，“过氧化氢的浓度越高，越不稳定，浓度达到百分之七十及以上的，甚至晃一晃都可能爆炸。装在小药瓶里的过氧化氢，虽然剂量小，但离得近，炸死、炸伤都有可能。他是用来当子弹使的。”

任燚骂道：“他真歹毒。”

“制服歹徒不是消防员的工作，是我的工作。”宫应弦直视着任燚，“上次在化学罐现场我抢了你的活儿，这次你抢了我的活儿，我们算扯平了，以后你不准擅自行动。”

任燚讪讪道：“你这个人真的很记仇。”

宫应弦轻哼一声。

“还好有你神勇一枪，解决了所有危机，对吧？”

这话自然令宫应弦十分受用：“当然了。”

宫应弦迟疑了一下，装作若无其事的样子说：“晚上也一起看电影吧。”
任燚心中一喜：“好啊，但是不看鬼片了。”
“看什么都行。”

卷四 惧

1. 悲哀的理由

住院那几天大概是任燚这几年最轻松，也最幸福的时刻。

他不用训练，不用上课，不用出警，每天和宫应弦一起聊天、吃饭、散步、看电影。

两人也都恢复得很好，明天就要出院了。

宫应弦一大早起来就开始做仰卧起坐，任燚一个星期没动，也感到身体有点儿钝，但他不急着运动，反而懒洋洋地躺在床上看宫应弦。

宫应弦将外面的睡衣脱了，上身只剩一件贴身的黑色自发热衣，从这个角度看去，刚好能将他绷紧成块状的胸肌和肱二头肌、薄削的腰肢尽收眼底，更不用提那双伸得笔直的，长得没边的腿。

这具身体充满了刚强的美，给人以力量感。

不过，他越看越觉得不对劲儿。宫应弦这都做多少个仰卧起坐了？这小子是不是故意在炫耀？他问："你做多少了？"

"平时一天两百个。"

任燚傻住了。

"你呢？"宫应弦在换气的空当问道。

"我没数过。"任燚心虚地说。

宫应弦一口气做完仰卧起坐，流了一身汗，顿觉神清气爽。他从地上跳了起来，一边拉伸，一边问任燚："你不活动一下？"

"最后一天了，我再享受一下。"

宫应弦低笑一声："懒蛋。"

任燚感觉整个人都轻飘飘的："我今天就想当一天懒蛋。"

"随便你吧。"宫应弦道，"我去洗个澡，早饭应该快送来了。"

任燚躺在床上，用力舒展了一下身体，然后头枕着胳膊，看着天花板傻笑。

手机屏幕在旁边闪了闪，任燚拿起手机，看到祁骁发来的微信消息：哥，最近干吗呢？

任燚回道：我没干吗，老样子。

祁骁：你最近放假吗？

任燚不打算说自己住院的事：没有，年底中队特别忙。

祁骁打了电话过来，声音听来懒洋洋的："我最近要休息一段时间，所以都会在北京。你请个假嘛，或者我去中队找你玩儿？"

"中队是工作的地方，你尽量还是不要去中队吧。"任燚委婉地说，"你不去外地拍戏吗？"

祁骁叹了一口气："上次的事，我跟经纪公司闹得有点儿僵，最近都没戏拍，烦死了，我在考虑解约。"

"你想清楚再做决定，反正我相信你未来的发展会很好。"

祁骁笑了笑："你总是安慰我。"

"我是说真的。"

"啊，好无聊啊。"祁骁抱怨道，"你也好久都没跟我们玩儿了。"

任燚轻笑道："我的工作太忙了。"他受伤的事不想让太多人知道，自然也就不想见朋友。

这时，宫应弦推开了浴室门，带着一身热腾腾的蒸汽出来了，任燚本能地缩了一下身体，想去遮挡正在听电话的那只手。

宫应弦可是刑警，对人的微表情变化非常敏感，他皱起了眉："你在跟谁打电话？"

任燚连忙道别并挂了电话："祁骁，闲聊一下近况。"

宫应弦不悦地"哦"了一声。他知道自己没权利阻止别人交友，但不高兴的权利他还是有的。

任燚讪笑："你好像真的不太喜欢他啊。"

"嗯。"宫应弦毫不客气地说。

"为什么呀？"

宫应弦瞪着任燚。

任燚悻悻道："也不重要。"

这时，宫应弦的司机把早餐送来了。任燚一边吃饭，一边哄宫应弦。

宫应弦的脾气被任燚总结为“大小姐脾气”不是没有道理的，来去都快，虽然容易生气，但也容易哄，不一会儿就笑了出来，这页也算揭过去了。

办完出院手续已经是下午了，邱言来接他们出院。

路上，任燚坐在车后座，看着两人不时地交流案情，一对俊男美女真是般配又养眼。

“红焰的背景和社会关系我们梳理得差不多了，现在对那个有化学背景的人也有一些线索，得一个一个去证实。那个人太狡猾了，没留下太多痕迹。”

“我能肯定他们至少见过面，绝对不是像红焰和陈佩那样，只是电话联络。因为调配化学原料，尤其过氧化氢这种非常不稳定的物质，必须专业人士来操作，否则很可能先把自己毒死、炸死。”

“我们会找到他的。”

任燚忍不住道：“你刚刚出院，不回家休息一下啊？这就急着要工作了？”

“我觉得我恢复得挺好的。”宫应弦回头看了他一眼，眼神带笑，“你不也一样要回中队？”

“哎，也是，我一个星期没看着他们，怕他们上房揭瓦了。”

邱言将车停在了中队门前：“任队长，你好好保重身体。”

“放心吧。”

“任队长。”邱言叫住正要下车的任燚，“无论以私人名义，还是站在职业立场上讲，我都想认真地感谢你。”

任燚笑了笑：“不客气。”他朝宫应弦挤了挤眼睛，“回见。”

“明天，”宫应弦道，“明天我就要审陈佩，你明天早上来分局吧。”

“没问题。”

任燚走进中队，站岗的战士看到他，咧嘴一笑：“哇，任队，你回来了！”

“是啊，你是不是想死我了？”

“我想死你了。”

操场上，一群战士正在做常规的训练，高格领队。

远远地，高格就看到了他，脸上顿时堆起笑容，命令道：“向后转。”

一群人齐齐转过身来，看到任燚，眼睛均开始发亮。

任燚神气活现，大步走到他们面前，嘿嘿一笑："不错，看来我不在你们也没偷懒嘛。"

高格高声道："欢迎任队长康复归队，鼓掌！"

战士们抬起手，用力鼓掌，整个操场都回荡着热烈的掌声。

任燚挺直腰身，朝他们敬了一个军礼。

鼓完掌，高格道："好了，原地解散。"

战士们呼啦一下子全部拥向了任燚，他们叽叽喳喳，像一群小鸟一样。

"任队，医院伙食好不好？你好像胖了。"

"胡说，我没胖。"

"任队，听说你跟那个'警队一枝花'的宫博士住一个病房，感觉咋样啊？哈哈哈。"

"任队，有没有认识漂亮的护士小姐姐啊？给我们介绍一下啊。"

任燚感觉自己像对着鸭子群撒了一把米，实在是应接不暇。突然，任燚发现李飒站在包围圈的外面，淡笑着看他们。任燚指指李飒："你一会儿来我办公室一趟。"

任燚带上办公室的门，指了指凳子："坐。"

两人面对面坐在了办公桌前，任燚看着李飒。

李飒性格爽朗不矫情，又有些男孩子气，作为唯一的女性融入中队也没遇到什么明显的阻力，这点让起初担心和存疑的任燚松了一口气。

但这次发生的事恐怕对她的影响不小。

任燚还没开口，李飒率先说道："任队，指导员找我谈过了，我也做心理干预了。其实不用这么夸张，我没事儿。"

"关注你们的身心健康是我们的责任，我不认为有什么夸张的。当时的情况不应该由你去冒险，之后发生的事也让我和指导员很担心你。"任燚盯着李飒，"是人都看得出来你状态不好，我不希望你用一句'没事'来敷衍我。"

李飒低着头，摆弄着自己的手指头，没有说话。

任燚道："他的死状吓到你了吗？"那个场面太过血腥，确实不是一般人能消化的。

但李飒果断摇头："我以前在消防队服役两年，该见的都见了，我不是害怕。"

“那你心里在想什么？”

李飒再一次沉默。

任燚耐心地等着。

良久，李飒开口：“任队，你第一次看到有人死在你面前是什么情况？”她解释道，“我说的不是抢救无效死亡，不是到了现场人已经遇难了，就是……就是像他那样，前一秒还活着，下一秒就……”

这回轮到任燚静默了。半晌后，他道：“我加入中队第二年，刚刚被允许进火场。”他回忆起当年发生的事，竟觉得历历在目，“有一个小区着火，我们到了之后，五楼阳台上有人呼救，是一个阿姨，跟我妈年纪相仿，她被困在防盗网内无法逃生，火已经烧到她身上了，她一直惨叫，一直叫救命。”

李飒屏息听着。

“队长带着我们上去，我们用了最快的速度，升云梯，喷干粉，夹防盗网。隔着防盗网，那个阿姨抓住了队长的袖子，求我们救她。当时，她的皮肤已经开始炭化，头发已经着火，我们恨不得徒手撕开防盗网，可是最后……”任燚的目光黯淡不已，“她就死在了我们面前。”

李飒轻轻颤抖着：“这不太一样，那个阿姨很可怜，但吕博青是一个杀人犯。”

“我知道你会这么说，可你并没有因为他该死而对他的死无动于衷，对吗？”

李飒抿了抿唇，轻轻点头。

“你跟我想的一样。有这些困惑的不止你一个人，这反而证明了你正在成为一名合格的消防员。”

李飒不解地看着任燚。

任燚正色道：“消防员每天都在面对生死存亡，当一个人需要我们救援的时候，我们从来不考虑这个人是无辜的，还是有罪的，唯一需要考虑的，就是怎么救人。虽然这次我们不是为了救吕博青，而是为了阻止他伤害别人，但对生命有敬畏，对同类有悲悯，恰恰就是一个消防员最应该具备的品质。”

李飒呆住了。

任燚轻声说：“一个鲜活的人眨眼间死在你面前，如果他是一个好人，你会为自己没能救他而内疚、痛苦，如果他是一个坏人，你甚至无法给自己足够的理由为他默哀，可你偏偏是感到悲哀的。你悲哀的是生命凋零，与是谁无关，这是很正常的情绪，你不必为了这个苦恼。”

李飒倒吸一口气，呼出的气息明显在颤抖：“任队，你为什么会知道我在想什么？”

任燚淡淡一笑，没有作答。

作为一个消防员所要承受的痛苦，他几乎都承受过。

哪一个老资格的消防员没有因为无能为力在夜里痛哭过呢？

李飒抹了一把脸，沉默良久，然后才不好意思地笑了笑：“我也在调节自己，过几天就好了。”

“如果你心里还有什么堵的地方，随时来找我聊天。指导员虽然很聪明，口才了得，但指导员不上前线，没有我那么了解战士的心理。”任燚朝李飒眨了眨眼睛。

李飒笑着点了点头。

“哦，还有，根据我的经验，你这次多半是立功了，等支队的消息吧。”

“立不立功的，我真的不在乎。”李飒坦然地说，“如果真的要给我奖励，我想要的，任队你一直都知道。”

任燚凝视着她：“李飒，你能告诉我，你为什么这么想要做战士吗？起初我以为你是为了当干部来过渡的，你也有做干部的条件，但我发现你对上前线太执着了，这种执着可未必是好事。”

李飒与任燚对望着，目光坚毅而平静。突然，她站起身，脱掉了外套。

当她开始脱毛衣的时候，任燚愣了一下：“喂，你……”

李飒利落地脱掉了毛衣，里面穿着一件贴身的背心。

任燚的面色沉了下来。

李飒转了个身，向任燚展示了一下自己后背和肩头一片烧伤的皮肤。那些丑陋的疤痕就像盘踞在她身上吸血的怪兽，衬在细致的皮肤上，更显触目惊心。

任燚久久说不出话来。

李飒平静地穿好了衣服，朝任燚敬了个军礼，退了出去。

任燚瘫靠在椅背上，叹息一声。

任燚洗了个澡，换了身衣服，甚至特意用发胶抓了抓头发，就为了让自己看上去精神一些。然后他离开中队，往家里走去。

其实任燚也不过一两个星期没回家，但他总觉得过了很长时间。也许是这些日子里发生了太多太多的事，多到他静下心来想一想都觉得像拍电影一样不可思议。

他到家的时候，桌子上摆满了饭菜，一眼扫过去，全是自己爱吃的。

他提前给保姆打了电话，保姆做完饭就回去了。此时其实已经过了他爸平时吃饭的时间，他爸显然是在等他。

任向荣看到任燚，表情有一丝触动，但又生生忍住了，嘴里还佯怒道："你不是今天出院吗？就不能早点儿回来？"

任燚笑了笑："我回中队处理点儿事情，这不处理完了就赶紧回来了，生怕耽误您老吃饭。"

任向荣哼了一声："你恢复得怎么样？"

任燚甩了甩胳膊腿："屁事儿没有了。一氧化碳算什么？我可是老消防的儿子，我在我妈肚子里就有抗体了。"

任向荣忍不住笑了："你净胡说八道。"

任燚坐在了桌前："爸，咱们吃饭吧。"

席间，任向荣问起出警的经过。

普通民众在新闻上看到的只有医院的第一次爆炸，后面吕博青挟持人质的事，上面不让媒体报道，怕造成恐慌，所以任燚也没有告诉任向荣，怕他更担心自己。

任向荣听完之后气愤不已："这些杂碎越来越猖狂了！其实按理说，以前的治安远没有现在好，纵火犯更多，可是现在有网络呀，这些变态居然通过网络凑到一块儿去了。"

"是啊，这是现在警察最头疼的事，警察认为他们已经形成了组织。"

任向荣深深皱起眉。

"崇拜火，把烧死人说成是净化人，非常疯狂。这个组织在国内还潜伏着许多成员，而且可能跟十八年前宫家的案子有关。"

任向荣惊讶地问道："真的？"

任燚沉重地点点头："所以我上次才急着找你了解当年的事情。"

"但我好像也没帮上啥忙。"任向荣摇了摇头，"我老糊涂了，是真记不清了。"

"爸，你留下的出警报告就帮了很多忙了，我也从支队那里调出当年的资料了，如果不是这段时间发生这些事，我们早就开始调查了。"

任向荣面色凝重道："这是一件大事呀。"

"没有宫家的案子，这也是一件大事，只是现在这个邪恶组织的水更深了。"任燚放下了筷子，"爸，其实今天我跟你说这些，还有件事想跟你商量。"

"你说。"

"从第四视角酒吧失火，到现在鸿武医院爆炸，这几个月发生的几起案子，都或多或少跟这个组织有关，也都是我出警的。尤其是这次，我协助警察抓住了他们的三个人，我有点儿担心被报复。"任燚不敢跟他爸说他和宫应弦的信息早已经被挂在了炽天使上，之前他没想到事情会这么严重，现在他不得不重视。

他在读大学的时候修过一点儿跟纵火有关的犯罪心理学课程。纵火癖大概率看起来比较"孬"，性格内向，身体素质和个人能力中下，求偶能力低，导致性压抑。纵火能让他们体会到自己的力量通过火被放大的快感，而对火的掌控让他们感觉自己强大。正如宫应弦所说，纵火癖大多是懦夫。

这类人纵火，通常不是为了杀人，对人的伤害只是纵火的附属后果。

所以一开始他们认为，纵火癖没有胆量来挑战警察、消防员这种传统意义上"硬汉"形象的男人，加上北京治安这么好，所以他们没有特别放在心上。

但鸿武医院出事之后，任燚真的害怕了，因为那被曝光的家庭住址里住着他最重要的亲人。

虽然大部分纵火癖都是懦夫，但不可否认还有很多类型的纵火癖要危险得多，比如通过纵火再灭火救人来满足自己病态的英雄主义情结的人，比如以用火虐杀人为乐的反社会人格，再比如邪恶组织。

原本吕博青应该符合大概率纵火犯侧写的，他的性格、经历、外貌也都让他看起来求偶能力低下，可当一个人被洗脑之后，这些侧写就要被推翻，因为他的行为已经不受自己控制了。

所以，任燚一脸为难地说："爸，在警察打掉这个组织之前，我想把你送去养老院住一段时间。"

任向荣没有说话，而是慢腾腾地喝了一口水。

任燚心中充满内疚。他知道他爸多么不愿意去养老院，这个曾经像山一样坚毅、强大的男人，从来不愿意服老。

可是看到那群疯子做出的事之后，出于安全考虑，他不得不做出这个决定。他艰涩地解释道：“而且王阿姨也要回老家了，我让中介找了几个保姆，都不太满意，我怕没有合适的人照顾你，养老院起码专业些……”

“你不用说了。”任向荣闷声道，“你的担心有道理，那就去吧。”

任燚更加难受了：“爸，对不起。”

“这有什么可道歉的？消防员帮着警察抓坏人，天经地义。我们天天跟火作战，怎么会怕那些躲在黑暗里的臭老鼠！”任向荣道，“我答应去养老院，也不是因为害怕，而是不想让你工作的时候还分神担心我。”

“我知道，我都知道。”任燚鼻头微酸，难受地说，“爸，等结案了，我就立刻去把你接回来。”

任向荣不置可否，只是淡淡一笑：“你专心做你应该做的事，不用为我操心。”

父子俩商量了一下时间，再过几天就是元旦了，任燚打算去几家养老院看一看，选一选，元旦后就把他爸送过去。

他自己就算被变态疯子盯上了，也义无反顾，但他一定要保护好家人。

2. 尘封的线索

任燚晚上是在家睡的，第二天一早返回中队。

今天，宫应弦要审陈佩，他必须到场。他回来换身衣服，吃完饭就过去。

吃过早餐，曲扬波把他叫到一边："哎，我刚接到支队的电话，两个事儿。"

"你说。"

"一个是鸿武医院爆炸案，总队和公安那边要给你们表彰。"

"好啊。"

曲扬波照着他的胸口捶了一拳："恭喜。"

任燚笑笑："表彰是挺不错的，但这次我真高兴不起来。"

"我明白，但不管怎么样，表彰都是你们应得的。"曲扬波道，"还有一件大事，红林体育馆元旦接了一场慈善演唱会，是宋氏传媒承办的，给前段时间发生地震的西北灾区筹款。"

"这么赶？没几天了啊，怎么现在才通知？"

"地震之后紧急筹备的，本来时间就有些仓促，你之前又住院，我就没告诉你。消防预案的审核和实地考察、整改，王猛都帮你做了。"

"报了多少人？"

"三万。听说一开始报五万的，没给过。现在分局批了，支队也批了，但是鉴于最近出了很多事，上头要求双倍的警力和消防。"

"三万人也不少啊。"任燚皱眉道，"消防预案和设计图发给我看看。"红林体育馆就在他的辖区，不算是大型体育馆，估计是因为元旦期间几个大型体育馆早就被提前订了，而地震又是突发事件，否则以宋氏传媒旗下歌手的号召力，不可能只开三万人的演唱会。

“资料已经发你邮箱了。”曲扬波也有点儿郁闷，“本身节庆期间就是出警高峰期，还要我们配两倍的人力。”

“既然上头有要求了，肯定会调其他中队给我们的。”任燚打开邮箱，扫了一眼消防预案，然后指着体育馆外围的分流护栏，“为什么这里布防特别多？人流进出又不止这一个通道，不能把所有压力都放在正门。”

“这个听说是防粉丝的，因为演唱会开始后，正门会拥堵大量无法入内的粉丝和企图浑水摸鱼的黄牛。”曲扬波想起了什么，“哦，还有，宋居寒要来压轴，三万张票太少了，他的粉丝肯定不会善罢甘休的。”

“什么？”任燚“啧”了一声，“这不是添乱吗？”

宋居寒是华语乐坛的顶级流行歌手，自从他退出娱乐圈转幕后后，已经很少在公开场合露脸，他偶尔发的新歌也全部走线上渠道，从不出去宣传。等于粉丝很久没见到他了，这次他突然出现，还要唱歌，粉丝不疯才怪。

任燚几年前曾经被调去安防宋居寒十万人的演唱会，那人气十分恐怖，如果这次宋居寒来，不知道会额外引来多少人，全部是安全隐患啊。

“所以这次的安防工作难度挺大，也是跨年期间最重要的工作，你得尽快去现场考察了。”

任燚看了一下表：“现场肯定得看好几遍，但我一会儿得跑趟鸿武分局，晚上去吧，我那边完事儿会通知你们的。”

“好。”

时间差不多了，任燚打车去了鸿武分局。

他一进分局大门，就被堵在了大厅，受到了热烈欢迎。

“哇，任队长，你现在算是半个警察了！”

“任队长威武！”

邱言正好经过，她含笑道：“我提议，我们给任队长鼓个掌，感谢他和凤凰特勤中队长期为警方提供的帮助，好不好？”

大厅里顿时传来阵阵掌声。

任燚心里有些感动，他合掌道谢：“其实我更想感谢你们，肉麻话我就不说了，我们齐心协力，弄死那帮畜生！”

“说得好！”

有人调侃道："任队长是不是又来找宫博士啊？一起住院都没聊够啊？"

"那当然了，他们两个可是'人工呼吸'之交。"一个女警做出陶醉的夸张表情。

周围传来一阵笑声，突然，邱言轻咳一声，笑声就像断崖瀑布一样戛然而止，每个人的脸顿时憋得通红。

任燚回头一看，宫应弦不知何时出现在他们背后，好整以暇地看着他们。

"哎呀，宫博士。"几人有些尴尬。

任燚扑哧一笑，上去熟稔地勾住了宫应弦的肩膀："我说老宫啊，咱们的清誉可能洗不干净了。"

不少憋着笑的人开始破功。

那个女警笑得前仰后合："哈哈哈，'老宫'，任队长，你做了一件整个分局女警都想做的事，实在让人佩服。

宫应弦挑眉看着任燚。

众人哄堂大笑。

宫应弦拍开他的手，换作以前，他早该生气了，可此时他只是佯怒地呵斥任燚一句："你成天胡说八道？跟我走。"

宫应弦没有带任燚直接去审讯室，而是先把他带到了监控室，两人并肩而立，目不转睛地看着里面的陈佩。

良久，任燚率先开口："从医院回来之后，他有什么变化吗？"

"有，之前他的态度很嚣张，在拘留所也跟别的嫌疑人打架，从医院回来之后，变得沉默寡言了。"

"他害怕了？心虚了？"

宫应弦摇头："不知道。反正现在他是我们最大的线索，无论用什么方法，我都要撬开他的嘴。"

任燚看着陈佩，想着这帮疯子做的事，眼中泛起了杀意。

"对了，有一件事。"宫应弦道，"这个组织太过危险，我们以前小瞧他们了，你父亲不能再住在那个曝光的住址了。"

"我们俩想一块儿去了，我已经在处理了，你呢？你要不要搬家？"

"我家没事。我又加了一重安防，多雇了几个保镖，要非法闯入几乎不可能。你住在中队也比较安全，就是尽量不要单独行动了。”

“嗯，你也要小心。”

“你打算把你父亲送去哪里？亲戚家？”

“我打算送他去养老院住一段时间，那里有专业护理人员。”

宫应弦皱眉道：“我上次跟你说过，我入股了一家专攻心脑科的私立医院，那里刚好有阿尔茨海默病的临床研究所和康复中心，设备和环境都是国际一流的，你为什么不跟我商量一下？”

任燚抓了抓头发：“这又不是很难解决的事，我不想麻烦你。”

“这事关你的父亲，这么重要的事，麻烦我一下又能怎么样？”宫应弦不太高兴地说，“朋友难道不该互相帮助吗？”

任燚笑了笑：“应弦，还是算了吧，我们都知道这个病是治不好的，早期也许能延缓，现在做什么治疗都没用了。而且，我不能随便接受这种馈赠。”

“就算不治疗，单纯去那里接受看护，也比任何一家养老院护理得好。”宫应弦道，“如果你是觉得不好意思，也完全没必要，医院每年都有不少实验志愿者的名额，还有公益医疗名额，都是免费的。当然，他们不会在你父亲身上做任何有风险的实验。”

任燚有些为难。

宫应弦似乎十分坚持，而他也确实希望能给他爸最好的环境。比起一个陌生的商业机构，他当然信任宫应弦。

宫应弦凝视着任燚，低声说：“我想帮你……”

任燚心中大为感动。

“就这么定了吧，这几天我带你去医院看看。”

任燚犹豫着点了点头。

宫应弦朝里面的人抬了抬下巴：“我们进去吧。”

“你准备好了吗？”任燚看了他一眼。

宫应弦目光幽森，寒意四射：“我准备了十八年。”

两人走进审讯室，陈佩闻声抬起头，脸上没什么表情，那双疲倦的眼睛里甚至也没有他们，整个人好像是空的。

宫应弦坐在了陈佩对面，直勾勾地盯着他。

任燚则靠墙站在一旁。他还记得宫应弦上次面对陈佩时的场景，他得防止宫应弦失控。

随后，邱言也抱着一叠资料进来了，坐在了另一侧。

宫应弦目光阴冷地盯着陈佩的眼睛："你不是一直想见我吗？你不是说，有些事只能当面告诉我吗？现在你可以说了。"

陈佩懒洋洋地挪了挪屁股："我犯的事儿，是不是一定是死刑？"

"警察只负责查案，判决要移交法院。"

"你别装，你们会不知道？"陈佩冷笑道，"我的律师说了，蓄意纵火杀人和过失杀人，结果可差得远了。我真没想杀人，就他给的那几万块钱，不值得我挨枪子儿，谁知道火越烧越大。"

"这个你去向法官解释吧。"

"我也不想死，谁想死呢？是吧？"陈佩看着宫应弦，"我知道很多你们想知道的东西，可我要是死定了，我凭什么告诉你们啊？"

"你想提条件。"邱言冷冷一笑，"在你前面刚有个人提过条件，你也不陌生，就是那个周川。他把你们供了出来，换取不在看守所羁押而是住医院，结果呢……"邱言的身体微微前倾，犀利的双眸紧盯陈佩的眼睛，丰润的唇做了一个"砰"的口型。

陈佩的脸色愈暗："反正我横竖都是死，炸死了反而痛快。"

"如果你真有死的觉悟，就不会要求见我了。"宫应弦敲了敲桌子，"还有，你提条件也要先掂量一下自己的筹码够不够，我们凭什么相信你的线索有价值？"

陈佩低笑两声："装什么呢，小宫警官？我就凭你上次听到鸟面具的反应。"

宫应弦眯起眼睛。

"我可以免费送你一点儿线索。那个戴着鸟面具的男人，红焰认识。"

宫应弦的喉结上下滑动，双手在桌子底下紧握成拳，看着陈佩的目光几乎是要吃人。

平时宫应弦都是一个冷静，甚至是过分冷静的人，可只要牵扯到当年发生在自己身上的惨案，控制情绪就变得艰难了。

任燚怕宫应弦又被陈佩激怒，及时插话道："你又不是纵火犯，你也不上炽天使，你只接触过红焰，那个人当然是红焰告诉你的，所以这句话是废话，我们早就猜到了。"

邱言点头道："依然没有价值。"

“错。”陈佩道，“这还真不是他告诉我的，我不说，你们永远不会知道我是怎么知道的。”

邱言道：“陈佩，你似乎没有搞清楚状况。现在不是我们求着你说，而是你求着我们听。你不想死，就要想尽一切办法让自己立功，我们的调查结果会对判决产生很大的影响。”

陈佩没说话。

“其实你现在没有选择，如果你不说，肯定是死刑，你说了才有可能活下来。既然你已经知道自己横竖是死，还不想办法自救？还对我们有敌对情绪？”邱言摇了摇头，轻叹一声，态度突然柔软了几分，“陈佩，你的敌人是我们吗？对，是我们抓的你，但我们也只是工作而已，我们之间无冤无仇啊。你再仔细想一想，你的敌人是我们吗？法律不会帮你，红焰只想杀你灭口，现在只有我们才真的有可能帮你。”

任燚在心里叫了一声好。

他听过几次审讯，发现邱言的审讯水平比宫应弦高出很多。宫应弦很聪明，擅长抓逻辑漏洞，擅长用超强的判断力和实打实的证据击垮嫌疑人，但他不擅长交际。他连普通人他都交流不好，何况是罪犯。他跟嫌疑人之间永远是对抗的，这种对抗情绪有时候会让嫌疑人惧怕开口，或是至少会增加获取有用信息的难度。

邱言却是会软硬兼施的，她可以施压也可以怀柔，必要的时候还会利用自己女性的身份让对方放松警戒，她显然更知道怎么以最小的代价获得最大的价值。

果然，陈佩的眼神有了一丝松动。

邱言道：“如果你把你知道的一五一十告诉我们，对你的减刑非常有帮助。”

“我怎么知道你不是在忽悠我？”陈佩轻佻地上下打量邱言，“你这个模样，忽悠男人很有一手吧？”

宫应弦显出怒容，刚要张嘴就被邱言抬手制止。她勾唇一笑：“你现在也只能选择相信我们，相信我们，你还有希望，否则就什么都没有了。”

陈佩的面部肌肉有些僵硬，眼神飘忽不定。

“来吧，你把整件事从头到尾原原本本地告诉我们，争取立功。”

陈佩沉默了片刻，说：“我想抽烟。”

邱言从怀里掏出一包烟，抽出一根塞进了陈佩嘴里，帮他点上了火。

陈佩陶醉地吸了一口烟，整个人放松地瘫靠在椅子里。

三人静静地看着他。

“我当年坐牢的时候，认识一个狱友。”陈佩道，“你们不用费心去查，这个人在监狱里中风了，没了。”

宫应弦握着笔，不容置喙道：“名字。”

“刘大勇，是一个油耗子，砍了货车司机进去的。”陈佩吞吐着烟圈，“我们一个监室，关系不错。以前吹牛的时候，他跟我说过一件事。早年他跟他兄弟专门在高速公路加油站从那些跑长途的大货车油箱里偷油。”

“他一般在什么范围作案？”

“周边城市吧，他们挑那种偏僻的、人少的加油站。”陈佩接着道，“有一天，他们正潜伏在加油站，等着开夜路的司机来这里休息。大概四点钟，有一辆车过来加油。是一辆黑色轿车，是那个年代看着挺贵的车。”

“他还记得是什么车，什么牌照吗？”

“他不认识车，也没留意牌照，反正大半夜极少会有高级轿车去那种偏僻的地方加油。那个人加完油，就把车开走了，这也都正常。”

众人凝神听着，感觉接下来就是重点了。

“但是过了一会儿，那辆车居然又回来了，然后又加了一次油。”

“间隔多长时间？”

“大约半小时吧，半小时不可能油跑没了吧？但那个人就是回来加油了。那个人加完油，把车开到一边上了个厕所，然后往垃圾桶里扔了一个大盒子，这才开车走了。”

听到这里，几人还是一头雾水。

“那个年代大家都穷，刘大勇觉得那个人是有钱人，就想看看他扔了什么，就去翻垃圾桶。他翻出来一个糕点盒子，结果打开一看，盒子里面是食品包装袋、饮料罐、票据、地图、废纸之类的杂物，其实都是垃圾，但是这些垃圾全部整整齐齐地摆在盒子里，就像摆礼物一样。”陈佩道，“几张废纸上有一些红色油漆笔画的画，画也很奇怪，几乎都是规则的形状，圆的、方的、三角的，稍微复杂的图案也是规则对称的。还有一些线条，线条一样是规则的，直线就笔直笔直的，波浪线就每一个上下起伏的弧度和间距几乎一样。其中一张纸上，画了一个完全对称的鸟的面具。”

宫应弦的呼吸开始变得沉重起来。

陈佩直接把烟灰弹到了地上："刘大勇觉得这些没什么用，当时就扔了，那个人虽然挺奇怪的，但他也没怎么放在心上。结果第二天，你们家就上新闻了。"

宫应弦的嘴唇微微颤抖着："你是怎么知道我的？"

"你别急啊，听我说完。你们家离刘大勇当时住的地方不远，很多人听说之后，都去看热闹。现场已经封锁了，但陆续在往外清理东西，其中有一个塑料桶，就是那种最普遍的白塑料桶，各种容量都有，刘大勇偷油的时候也用。塑料桶已经烧得就剩一小半儿了，桶上面有一条红色油漆笔画的波浪形的刻度线，跟那张废纸上的波浪线一模一样。"

邱言皱眉道："那他为什么不报案？"

陈佩乐了："报案？怎么报案？说，警察同志，我三更半夜去偷油的时候，发现一个人不大对劲儿？刘大勇是当吹牛放屁说的，即便他觉得有问题，他干吗自找麻烦啊？关他什么事啊？"

"然后呢？"宫应弦沉声道。

"监狱里吹大牛的到处都是，比这玄乎得多了，我也就当一个故事听听，听完就忘了。"陈佩道，"后来我出来了，四处找活儿干，不知道怎么的，那个红焰就联系上我了，后来的事你们都知道了。"

"你仍然没说，你是怎么知道我的，又为什么说出鸟面具。"

陈佩把最后一口烟抽完了："我放完2209的火，知道出大事了，我觉得红焰就给我那几万块钱，亏了。他说过事后会跟我买录像，我就等着他联系我。他果然联系我了。我跟他要二十万，他说可以，但要我再干一件事，他给我四十万。"

任燚心里一紧："目标是我们？"

陈佩点点头，看着宫应弦："他还说，要是我能直播，收入更高。他给了我一份你们的资料，我才知道你姓宫，你就是当年那家人的小孩儿。我一下子就想起刘大勇告诉我的事了。"

任燚只觉得头皮发麻。原来那个时候红焰就已经想要对付他们，只是没找到合适的人选。他咬牙道："然后呢？你是怎么知道那个人是他们组织里的？"

"我问了。我看完资料直接问他，'当年这户人家着火，也是你们干的？'"

邱言的声音也失去了冷静，尖利地问："他怎么回答的？"

陈佩道：“他说，‘你不需要知道这个问题。’这不更可疑了？”

宫应弦低下了头，极力压抑着胸中的戾气。

“后来，你们搜捕得越来越紧，我只想跑。我跟红焰要钱，并且威胁他，说我知道当年的案子是谁干的。我装模作样地提了几个点，比如黑色轿车，带刻度线的油漆桶，还有鸟的面具。说到鸟面具的时候，他就有反应了，说要跟我见面谈。”

“所以，你实际只知道刘大勇说的那些。”

陈佩目露凶光：“对，看来鸟面具挺重要的，所以你抓我的时候，我也用这个诈你。”

宫应弦换了一口气，剑眉紧蹙，久久没有吭声。

原来陈佩只是从别人嘴里听说了一些虚虚实实的信息，他不免有点儿失望，但这也是意料之中的。陈佩当年不过是一个小孩儿，不可能跟案子有什么直接的联系。

无论如何，有总好过无。只是这些线索已经被尘封了十八年，就算像挖化石般一层一层扫去上面的封土，也未必能够找得到。

邱言问：“你还有什么要补充的吗？任何事、任何细节都可以。仔细想想刘大勇说过的话，仔细想想你和红焰的对话。”

陈佩摇摇头：“我暂时想不出什么了。”

宫应弦想起什么，问道：“你刚刚说，刘大勇当年是跟兄弟一起去偷油的。他有提过他的兄弟吗？”

陈佩想了想：“没有。”

任燚开口道：“当时刘大勇跟你说这件事的时候，他是怎么评价的？他觉得那个人是纵火的人吗？”

陈佩嘲弄一笑：“他一个小学文化的人，觉得自己是名侦探，你说呢？他觉得他发现了大秘密。谁知道他说的是不是真的，或者是不是添油加醋的？反正我不知道。”

眼看着似乎问不出太多东西了，邱言阖上了自己的笔记本：“陈佩，你提供的信息还是很有价值的，你老实配合我们，确实有立功表现，我们也会说话算话。”

陈佩看着邱言：“我有没有可能不枪毙？”虽然他在竭力掩饰，但神情里已经透露了内心深处的恐惧。

“没有任何人能给你打包票，但现在你的律师在给你辩护时多了一些筹码。”

陈佩缓缓低下头去。

任燚看着陈佩颓丧的模样，心中不免痛快。他当然希望陈佩能判死刑。一个杀害无辜的人，只有在自己的生命要被剥夺时，才能体会到生命的可贵，才能告慰受害者及家属。

邱言站起身：“你如果想到什么要补充的，随时告诉我们。”

三人离开了审讯室。

门一关，宫应弦的整个身体靠在了墙上，他脸色苍白，眼神空洞。

审讯期间，他听着陈佩诉说当年的种种，那其中的每一分、每一秒，都在逼迫他回忆那场焚烧一切的火，这是何等的痛苦。

任燚拍了拍宫应弦的肩膀，安抚道：“你今天真厉害，一直很冷静。”

邱言也道：“应弦，我知道这个过程对你来说很痛苦，但比起过去线索断裂，一无所获，这样巨大的进展值得我们高兴。”

宫应弦点点头：“言姐，我有强烈的预感，只要我们能将这个组织一网打尽，就能找到当年的凶手。”

“我也这么想。”邱言看了看手机，“紫焰和那个有化学背景的人，蔡强正在追。我让其他人去查刘大勇，他提供的线索，一定会成为我们的突破口。”

任燚道：“还有，我已经调出了当年所有有关这个案子的消防队报告，你那边的照片也修复完毕了吧。我们随时可以重做火灾调查了。”

“好，太好了！”宫应弦咬了咬牙，眸中迸射出熊熊火光。

邱言匆匆离开了，任燚看了看表：“我下午还有事，中午……”

“一起吃个饭。”宫应弦掏出车钥匙扔给任燚，然后指了指一间会议室，“我在里面等你。”

任燚一笑：“是，少爷。”他拿上钥匙去停车场。

过了一会儿，任燚拎着那个保温箱回来了。他对这个保温箱非常熟悉，因为他不止一次吃过宫应弦的盒饭，只是今天感觉它明显比平日重不少。

任燚走进会议室，将保温箱放在桌上，道：“今天保温箱怎么这么沉？你不是只准备午饭和晚饭吗？”

“你打开看看。”宫应弦用一种似乎是邀功一般期待的眼神看着他。

任燚打开保温箱一看，最上面的一盒就是炸排骨。这种高油、高热量的东西，根本不是宫应弦爱吃的。

“哇，这都是给我准备的？”任燚开心地将饭菜一盒一盒地拿出来。

“不然呢？”宫应弦道，“我看你在医院很喜欢我家厨师的手艺，你如果吃腻了中队的饭菜，我可以每天让司机给你送饭。”

任燚笑道：“偶尔开个小灶还行，哪能经常搞特殊？”

“那……”宫应弦想了想，道，“我每天都备上你的，放在车上，你随时都可以吃。”

任燚一边吃，一边道：“对了，有个事儿。”

“说。”

“上次咱们说好一起过元旦的。”

宫应弦抬起头，眼睛一眨不眨地看着任燚：“是啊，我们说好了的。”

任燚有些郁闷地说：“红林体育馆元旦有一场慈善演唱会，上头非常重视，要配两倍的警力和消防，我请不了假了。”

“但是，我想……”任燚试探地问，“你喜欢看演唱会吗？”

“会在体育馆开的，都是通俗类的吧？”宫应弦摇头，“我没关注过。”

“都是流行歌手，有那个宋居寒，很红的，你听过吧？还有十几个歌手，唱得都不错。”

“好像听说过。”宫应弦依旧不太开心的样子。

“你跟我一起去演唱会怎么样？”任燚道，“我们的主要职责是审查和防患，开场之后通常也不干什么，大部分时间就是站着。我到时候会在离舞台近的地方，我们就当一起去听一场演唱会跨年，不也挺好吗？”

宫应弦眼神一动：“一起听演唱会？”

“是啊，这也是很寻常的朋友之间的活动嘛。而且啊，因为这个宋居寒要来，前排的票听说都炒到二十万了，咱们可以在最好的位置免费听，多过瘾啊。”

宫应弦睨了任燚一眼：“你喜欢那个什么宋居寒？”

“还行吧，我听过他不少歌。哎，这哥们儿长得贼帅，前几年我做过他另一场演唱会的安防，但是没有近距离看到真人。这次是我领队，咱们可以去后台了。”任燚笑道，“我回头问问飞澜要不要签名，她那个年纪的小孩儿都喜欢。”

“她那个年纪好好读书就行，追什么星！”宫应弦不客气地说。

“要个签名也不耽误什么嘛。”任燚起身去添米饭，“那就这么定了，咱们一起去听演唱会？”

趁着任燚转过去，宫应弦快速拿起手机，搜索了一下“宋居寒”。他匆匆扫了一下网页上的照片和报道，确实是相貌非凡。

任燚看着宫应弦：“嗯？好不好呀？”

“可以。”宫应弦面无表情地答道。

“哇，太好了！”任燚开心地说，“我还从没跟人一起去听过演唱会呢，你是第一个。我上学的时候不喜欢这些，就喜欢打游戏。”

这话倒是宫应弦爱听的，他神色稍缓：“那我要准备什么吗？”

“你调好班就行。哦，对了，你别穿这身衣服啊。去演唱会穿西装的都是保镖，你穿得休闲一点儿。”

“知道了。”宫应弦又道，“这两天我要集中调查刘大勇这个人，周三或者周四我带你去我说的那家医院看看，你可以把你爸爸一起带来。”

“周三吧，我自己去就行了，我爸行动不太方便。”任燚真诚地说，“应弦，谢谢你。”

“不客气。”

吃完饭，任燚返回中队，然后带上几个人一起去了红林体育馆。

红林体育馆约莫是十年前建的，是比较常见的中空蛋形结构，当年的消防设计就是他们中队参与完善的，之后他也参与过几次大型活动的安防，对这个体育馆还是比较熟悉的。

不过，平时的活动最多出两辆消防车待命。多半是这段时间出了好多事，上面比较紧张，要求双倍的消防保障。

由于节庆期间是出警高峰期，他们本来就需要在中队布置足够的警力，现在还要分来体育馆一部分，至少需要三个中队协作了。

检查的时候，孙定义颇兴奋地说：“任队，我能悄悄把我对象带进来吗？她可喜欢宋居寒了。”

“嗯，别声张啊。”

“遵命遵命。”

“哇，这个组合也来啊！他们的歌可有劲儿了！”高格看着体育馆上挂的超大幅宣传海报。

“宋氏传媒旗下本来就有好多当红歌手，还请了一些嘉宾，这次演唱会的目标是筹款一个亿，我看是轻轻松松的。”

任燚的眼睛不断地在承办公司提交的流程方案、消防预案和现场之间来回移动：“把无人机放上去吧。”

孙定义放出无人机，让它绕着体育馆盘旋。

他们考察了三个小时，任燚才满意地说：“不错，我都没挑出什么大毛病。”

高格顿时松了一口气：“你住院的时候，我们和王队长反反复复不知道改了多少次，就怕你出来觉得不行。”

任燚嘿嘿一笑：“还没结束呢，我要晚上再来看看，白天和夜晚也许能发现不同的问题。”

“是。”高格笑道，“附近有个涮羊肉的店，是老字号，可好吃了，咱们去吃个饭，回来天不就黑了？”

“走走走。”

周三下午，宫应弦来中队接上任燚，两人驱车前往医院。

这家私立医院距离凤凰特勤中队有将近二十公里，跟从前过个马路就能回家的便利自然不能比，但也不算很远。

路上，任燚问起他们对刘大勇的调查。

“我们找到了他儿子和他的一个表弟，正在进一步调查。他的那个表弟就是当年跟他一起偷油的，但刘大勇入狱的那次，不知道为什么他没被抓，可能是跑了。我们答应不追诉当年的事他才承认，他也记得有那么一回事。”

“他记得多少？”

“毕竟是十八年前的事了，线索有限，我们正在引导他回忆。不过，他帮我们确定了是哪一个加油站，只是那个加油站早就不在了。”宫应弦目视着前方，“我们也在翻当年的车辆记录，中石油的雇员记录，寻找一切可能的线索。”

“刘大勇说的那个桶，我印象中应该是作为证物保存了，至少照片还留着，我当时没留意什么刻度线。我回去翻一翻。”

“等过完元旦，我们把目前为止搜集的所有线索集中到一起，重做火灾调查。”

“好。”

谈话间，他们到了医院。

私立医院的气质和公立医院截然不同，没有熙熙攘攘的人群，没有焦虑匆忙的神色，甚至没有四处弥漫的消毒水味儿，如果遮住医院的牌子，这里看上去就像一个高端的研究所。

接待宫应弦的人早已经等在门口，是一个医生带着两个护士。

“宫博士，您好。”医生十分恭敬地含腰致意，“您好久没来医院了。”

“你好。这位是任队长，我在电话里已经向你说明情况了。”宫应弦对任燚道，“任燚，这位是韩医生，他的老师是你父亲的主治医师，平时的治疗和康复由他负责。”

韩医生笑道：“任队长您好。宫博士说的我的老师，是国内脑科泰山北斗级别的人物，在国际上也很有名气。他老人家在几个医院里挂职，也经常出差，平时不常来这里，但您父亲的所有情况我都会跟他及时沟通的。”

任燚有点儿蒙，他以为他爸就是来养老的，没想到宫应弦真的打算让他爸治疗，还找了这么厉害的医生。他疑惑地看着宫应弦。

宫应弦神色如常：“走，我们进去看看环境。”

韩医生带着他们把医院大致转了一圈。任燚从来没进过私立医院，被里面的豪华程度震撼了，各种精密高端的，动辄几百上千万的仪器频频令他咋舌。

韩医生最后带他们看了一下病房。给他爸安排的是一间八十平方米的豪华病房，所有设施一应俱全，比五星级酒店还高档，这个病房快跟他家差不多大了。

任燚终于忍不住了，把宫应弦拽到了阳台：“你这也太夸张了吧？咱们之前说的不是这样啊。”

“有什么不对吗？”宫应弦道，“这里环境很好，会有专人照顾你父亲。”

“不是，这太奢华了，这是住院还是度假啊？我真的不能接受，就算我接受了，我爸也绝对不会住的。”

宫应弦的表情看上去很无辜：“为什么？我只是希望你父亲得到好的医疗和照顾。”

任燚耐心解释道：“应弦，我真的很感谢你，真的。但是这个地方正常消费的话，一天不得好几千？我没办法接受这样的好意，我爸是退休干部，老古板，他更不行。我要是让他住这里，他肯定要骂我是不是收人钱了。”

宫应弦皱起眉，不说话了。

任燚也有些郁闷：“要不我还是送我爸去养老院吧，我肯定找一个好的，你不用担心。”

“可我们不是朋友吗？”宫应弦有些失望地说。

任燚心里一软。他抓了抓头发，不知该如何回答。他一边为宫应弦的好意而感动，一边又觉得为难。

平时他蹭宫应弦几顿饭，没什么大不了的，可平白接受这么大额的馈赠，无论是从朋友的角度，还是从他职业的角度，都不是一件好事。可是他看着宫应弦失落的模样，又不忍心拒绝。

宫应弦扭过头，静静地看着窗外，眼神中有难掩的落寞：“任燚，我有很多钱。”

任燚一怔。

“但是，钱对我来说没什么意义。”宫应弦垂下眼帘，午后的阳光投射在他完美的侧颜上，就像一道圣光突然赋予了雕塑生命，那被精雕细琢过的面部线条非凡而又生动，他缓缓地说，“如果能做些什么，钱就会有意义。”

任燚顿觉鼻头一酸，竟有一点儿想哭。他为了掩饰，半开玩笑半认真地捶了宫应弦一下：“讨厌，你干吗对人家那么好？”

宫应弦也被他逗笑了：“这样吧，我让他们换一间普通的病房。”

“我……”

“不准再推辞。”宫应弦定定地凝望着任燚，那眸中流光溢彩，就像被注入了阳光的碎片。

任燚无法拒绝这样的眼神，他突然伸手抱住了宫应弦，两手横过他的肩膀，轻轻拍了拍。

宫应弦愣了愣。

任燚小声说了一句：“谢谢你。”

“……不客气。”

就在这时，背后传来开门的“吱呀”声。

韩医生热情地说：“任队长，您觉得怎么样？”

“哦，我们刚刚商量……”

宫应弦抢着说道："换一间普通的单人病房吧。"

韩医生愣了愣，但也没有多问："好的。"

"去看看。"

参观完那间普通的病房，任燚心里稍微释怀。虽然这儿比公立医院好了太多，但至少看起来很正常。

一个护士拿着档案夹，甜笑着对任燚说："任队长，我们已经完善了您父亲的资料，您父亲不仅是退休干部，还有多项功勋在身，因此医保可以报销大部分的费用，余下的费用则计入我们的公益支出，我们的公益扶持对象是包含退伍老兵的。您看看还有什么问题吗？"她将资料递给任燚。

任燚惊讶地问道："我只提供了基本信息，其他的你们怎么查到的？"

"社保账号里就显示了很多呀。"

韩医生马上凑了过来，笑着说："其实不瞒您说，因为您是宫博士特别关照的，我们为了更好地服务您的父亲，所以稍微做了一点儿调查，也拿到了您父亲之前的医疗记录。我们认为您的父亲在我们的新型治疗手段下，病情会有明显的改善。"

"哦，我也希望，那就麻烦你了。"任燚心想，这人拍马屁拍得真到位。

"您客气了。"韩医生看向宫应弦，一脸激动地说，"当我们得知任队长的父亲就是当年救过您的消防员后，我们都深为感动。您这么多年都不曾忘记他，这种真情真是世间罕见！我们一定会好好照顾任老先生的。"

宫应弦原本平静的表情突然骤变："你说什么？"

任燚也蒙了。他原本打算抽空告诉宫应弦的，没想到就这么毫无预兆地泄露了，他顿时有些不知所措。

韩医生更是一头雾水，支吾了半天，不知道自己哪句话说错了。

宫应弦在脑内消化了一下韩医生说的话，难以置信地看向任燚，眼神凌厉而带着些惊惶，像受到了莫大的欺骗。

任燚觉得宫应弦的神情有些古怪，即便是感到惊讶吧，为什么似乎还有些愤怒？他料想过无数种反应，也绝对没有哪一种是这样的。他一时只能归结为宫应弦是太惊讶了，于是他一把抓起宫应弦的手腕："走，咱们换一个地方说。"

任燚一口气把宫应弦拽到了安全通道里，他组织了一下措辞，有些无奈地说：“其实我一直想找机会告诉你的。”

“什么时候？”宫应弦面无表情地看着任燚，语气有些咄咄逼人。

任燚被噎了一下。他意识到宫应弦的反应真的不大对劲儿，格外地冷硬，这显然不是他的错觉。他想了想，掏出手机，翻开相册，找到了一张照片，展示给宫应弦看。

宫应弦定睛一看，身体顿时僵硬了。

是那张任向荣抱着六岁的宫应弦从火场里出来的照片，摄于十八年前，刊于当时的报纸上。

宫应弦看着照片的拍摄时间，面色更加阴沉了：“你两三个月前就知道了。”那时候两人刚认识没多久。

任燚诚恳地解释道：“我一直没告诉你，有两个原因。刚开始是因为我们实在不熟，我不想让你觉得我在攀关系、套近乎。后来，是因为你家的事，我想我爸应该知道些什么，但他的病很不稳定，我怕他什么都不记得了，告诉了你，反而让你空欢喜一场，所以我想先跟他谈谈，这回我确实从他那里得到了一些有用的信息，所以我才打算告诉你。”

宫应弦伸手接过任燚的手机，定定地看着，目光越发阴沉。

“你生气了？”这与任燚料想到的任何一种反应都不一样，其实他也不确定宫应弦该有怎样的反应，毕竟这张照片会勾起太多痛苦的回忆，只是那莫名的怒意实在令他不安和不解。

宫应弦突然抬起头，目光透出一股难以形容的凌厉：“你父亲鼻子上也有一颗痣吗？”

任燚愣了愣：“我是遗传他的。”任燚忍不住摸了摸鼻子，这个问题未免太奇怪了。

宫应弦低声道：“没想到我们那个时候就有联系了。”

“是啊，这世上的事真是有太多巧合了。”任燚皱眉道，“我不是故意不告诉你，但是这也不用生气吧？”

宫应弦的神色十分复杂：“我不喜欢你有事瞒着我。”

“我只是一直没碰到合适的时机。”其实在两人变得越来越熟之后，这件事在他心里就变得越来越尴尬，刻意说出来，显得他好像在邀功，他一直期望宫应弦能自己发现，没想到从第三个人口中说出来，场面更诡异。

宫应弦深吸一口气，似乎在压抑着什么：“当时，你父亲是第一个进入火场的吗？”

“应该是，他那时候是中队长，就是我现在这个位置，有危险都是第一个领头上的。”任燚问道，“你为什么会问起‘痣’？”

宫应弦脑海中泛起混乱的画面。多年来，他已经在催眠师的帮助下竭力去复原自己童年的记忆，可还有大面积的空白与模糊。

当时在烧车案的现场，类似的场景、温度、气味给他营造了类似于当年的环境，所以当他看到任燚鼻梁上的痣的时候，他一下子就重温了那段碎片化的记忆。

记忆中有这么一个人，同样在鼻子上有一颗痣，这个人似乎很关键，可他拼凑不起更多了。

一直以来，他都对当时的消防人员有所怀疑。要伪造证据将谋杀歪曲成自杀，恐怕非一方力量所能做到。大约十年前，他们就查过当时出警的那批消防员，但一无所获，也就没有再深入，毕竟他们的调查重点是警方。而那个时候，他既没有对任这个姓氏有什么特别的想法，也还没有唤起关于“鼻梁痣”的记忆。

如今这个消息串联起好几个疑点，让他一时不知该作何感想。

为什么任燚要隐瞒他这么久？

任燚不解地看着宫应弦，等待着他的答案。

宫应弦避重就轻地说：“我有点儿模糊的印象。”

“关于这颗痣？”任燚道，“过去那么久，你当时又小，不记得长相但记得某些特征，也很正常。”

“你父亲给了你什么线索？”宫应弦又问。

“他说当年的出警报告记录的一定比他现在记得的多，他还对起火点有些质疑，让我去查。”

宫应弦暗暗握紧了拳头：“你什么时候送你父亲过来？我想见见他。”

“等忙完那个演唱会。”任燚给宫应弦打了个预防针，“不过，我爸现在有一半的时间是不清醒的，要是他发病了，你别介意。”

“不会。”宫应弦的眼眸中涌动着复杂的情绪。

任燚心里有些堵得慌，他总觉得宫应弦的一系列反应都很不寻常，而且有什么事在瞒着他。他是直来直往的性子，索性问道：“你到底怎么了？”

“我只是很震惊。”宫应弦突然想起了什么，“你父亲如果当时出警了我家的案子，他应该也参与过宝升化工厂的救援吧？”

“是啊，当时征召了十三个中队呢，我爸还因为那次救援立了二等功呢。”任燚皱眉道，“应弦，你是不是有什么事没跟我说？”

宫应弦抿了抿唇，他岂能说，我在怀疑你的父亲？他不想怀疑、不愿意怀疑，可他难以控制发散的思维。他沉吟片刻道：“我只是想起了很多不好的回忆。”

任燚轻叹一声。

“你父亲救了我，我应该感谢他。”宫应弦也认为自己想得太多了，至少他相信任燚，他就不该无根据地怀疑任燚的父亲。

任燚这才稍微放松：“不用谢，那是我爸的职责。”

宫应弦凝视着任燚：“以后你不要再瞒着我任何事。”

“遵命。”任燚想要缓解一下气氛，开玩笑道，“你看看我们，用文艺点儿的说法，简直就是命运的羁绊，哈哈哈。”

宫应弦：“嗯，确实是命运。”

任燚咧嘴一笑：“都是缘分，哈哈。”

宫应弦转过身：“回去吧。”

“你从小到大交过很多朋友，其他朋友，也像……我们这样吗？”

任燚毫不犹豫地说：“不，你跟其他朋友不一样。”

宫应弦深深地盯进了他的瞳眸里，语气变得急切起来：“哪里不一样？”

“……你比他们都重要。”任燚的目光清澈而坦荡。

宫应弦的心跳变得急促起来，他压抑着欣喜，生硬地说：“我……你不能骗我。”

“……我没有骗你。”

宫应弦深吸一口气：“我们……回去吧。”

3. 宋居寒

新历年的最后一天。

今天，注定会是繁忙又疲累的一天。即便没有一个要坚守到半夜散场才能收工的演唱会，大的节假日向来也是消防队出警的高峰期。

于是任燚取消了今天的训练，让大家睡个饱觉，养精蓄锐。

临近午饭的时候，就来了一个厨房着火的警情，高格带队过去了。

下午，任燚召集二班、三班开了个会，布置任务，明确分工，然后出发前往红林体育馆。

演唱会在晚上八点正式开始，六点钟陆续放人进场。除了正门外，还额外开了两扇门缓解人流压力。嘉宾则直接从地下停车场进入会场。

支队派了王猛的骡巷口中队跟他们一起出勤，骡巷口中队是距离他们最近的一个中队，经常一起执行任务。

任燚和王猛站在场馆外面，看工作人员忙进忙出。此时才下午两点，场馆外面已经排起了队，大多是年轻的小姑娘。

王猛拿出一根烟递给任燚，任燚摆了摆手。

“听说这次的前排票炒到二十多万了？”王猛抽了一口烟，“太疯了吧。”

“是啊，吓人。”

“我对这些东西就没兴趣。我当消防员之后啊，一看着人多就难受。”王猛摇了摇头，“有这力气不如在家躺着听歌。”

任燚笑道：“你想想，票这么贵，咱们不花钱，位置还好，赚大发了。”

“哈哈，也是。”王猛无意间看了任燚一眼，突然“咦”了一声。

"怎么？"

"你的头发是不是抹发胶了？"

任燚狡辩道："没有啊。"

"我摸摸。"王猛伸手去摸。

任燚闪避不及，被捉了个正着。

王猛嘲笑他道："这羽绒服和靴子也都是新的吧？我刚刚还隐隐约约闻到点儿香水味，还以为是我的错觉呢。干吗呀，任大帅哥？"

任燚"啧"了一声："你闲不闲。"

"那我肯定比不上你忙啊。"王猛调侃道，"你是今晚约了人啊，还是看到现场美女多想表现表现？"

任燚羞恼道："去去，忙你的去。"

王猛大笑着走了。

任燚后退几步，挪到消防车的后视镜前，对着镜子整理了一下头发，然后露出一个帅气的笑容。

晚上六点左右，大部分的嘉宾都已经到了，集中在休息室化妆。

任燚可以自由地在场馆任何一个地方走动，他看着那些前呼后拥的歌手穿着绚丽的舞台服，准备迎接万众瞩目的时刻，突然就有点儿理解祁骁拼了命想红的心情。

任燚的手机振动了一下，是宫飞澜发过来的信息，问他宋居寒到了没有。

自从他告诉宫飞澜自己负责这场演唱会的消防执勤，可以帮她要宋居寒的签名后，小丫头已经兴奋了好几天。

任燚回了一条消息：还没，到了通知你。

这时，宫应弦的电话打了进来。

"喂，应弦，你到了吗？"

"到了，我在你说的这个六号门。"

"好，你在那儿等我，我马上去接你。"

当任燚赶到六号门的时候，发现宫应弦正被一群女孩子围在中间，他鹤立鸡群，整整高出了她们一个头。

"应弦？"任燚跑了过去，不知道发生了什么事。

"骗人吧！你一定是艺人！告诉我们你的名字嘛。"

“哥哥，你是宋氏传媒的新人吗？你是唱歌还是演戏啊？我们会支持你的哦。”

“我不是。”宫应弦的眉头紧拧着，不停地往后退。他看到任燚过来，眼睛一亮，如释重负，赶紧给任燚使眼色。

任燚憋着笑，过去给他解围：“哎哎，美女们，他不是明星，你们别围着他了。”

“不是艺人干吗戴口罩啊？而且这么帅，身材这么好。”

“他真不是，他是我的同事。”任燚指了指自己的衣服。

一群女孩子愣了愣，然后发出此起彼伏的尖叫声。

“消防员都这么帅的吗？我要粉消防员。”

“是哪个消防队的？我要去参观！”

任燚趁机拉住宫应弦的手，把他从人群里拽了出来：“好了好了，你们还不去排队？去晚了要排很久的。”任燚拉起他就跑。

两人一口气跑进场馆才慢了下来。

任燚回头一看，宫应弦上身穿着一件米色的短款羽绒服，下身穿着牛仔裤和雪白的运动鞋。他的头发也没有用发胶固定，而是随性地散落在额前，哪怕口罩遮住了大半张脸，依然看得出帅气逼人。

任燚从来没见过宫应弦打扮得如此青春洋溢，就像一个大学生一样，难怪那些小姑娘见了他要走不动路。

宫应弦扯下了口罩，有些不自在地顺着任燚的目光看了看自己的衣服：“怎么了？很奇怪吗？”

任燚：“……”

宫应弦轻哼一声：“是你让我穿‘休闲’的衣服的。要不是因为你，我才不来这种闹哄哄、脏兮兮全是人的地方呢。”

任燚傻笑了一下：“你今天超帅。”

宫应弦微怔，心头顿时雀跃不已，面上却做出不以为然的样子：“是吗？”

“真的，超帅。”任燚笑道，“当然，你穿西装也很帅，各有各的帅。”

宫应弦禁不住勾唇一笑，他也很想用同样的话夸奖任燚，可有点儿不好意思开口。

“好了，进去吧。”

大牌歌手都有独立的化妆间，门关着他们看不到，余下的人就在一个敞开式的大休息室里。

两人站在一个不碍事的角落里看热闹："你看，那几个人是'稻草虫'乐队，老牌乐队了，他们的歌很好听的。"

"哦。"

"那个好像是什么选秀出来的组合，我也不认识。哇，这些小姑娘这么瘦，平时都吃什么呀？"

宫应弦扫视了一圈："那个宋居寒呢？"

"他那种大牌，肯定不会这么早来的，而且来了也有独立的房间。"任燚拉开大衣的拉链，给宫应弦展示了一下内袋里的一块签名板，"不过我跟主办说好了，一会儿可以进去要个签名，给飞澜的。"

宫应弦不是很高兴："你不用惯着她。"

"她不能来已经挺可怜了。"

"她平时就不好好学习，马上要考试了，当然不能让她来参加这种活动。"

"所以我要个签名鼓励她一下嘛，你也不要对她太严格了。"

"她爸妈不和睦，又常年出差不在家，如果我不管她，谁管她呢？"

任燚顿时有些心疼宫飞澜。

宫应弦换了一个话题："你们来这儿主要做什么？"

"其实最主要的工作是前期的消防预案审核，如果不合格就要根据我们的要求整改，审核完了验收。今天来，一个是监督他们是不是根据要求落实了，还有就是应对突发情况。"任燚道，"其实基本没什么事儿，所以我才让你过来玩儿。"

"整个场馆都检查过了？"

"检查好几遍了。"任燚道，"各个门也都有安检，还有警察执勤巡逻。"

宫应弦点点头："最近发生太多事了，我有点儿敏感。"

"我明白，我也一样，上头也是有这种顾虑，所以这次安防都是双倍的。"任燚笑道，"防患于未然，但也不用过度担忧。走，演唱会要开始了，我刚刚踩过点儿，有个特别好的位置。"

任燚将宫应弦带到主舞台的侧边，那里是专门给安防和工作人员通行的，不但视野好，而且没什么人。

虽然是仓促准备的演唱会，但舞台效果可一点儿都不打折扣，近距离看着那绚丽的灯光，听着那极具穿透力的音乐，令人浑身血液沸腾。

任燚兴奋地跟着节拍晃起了身体。

宫应弦起初有些受不了这种嘈杂的环境，但慢慢地也被音乐和身边的人感染了，他偷瞄了一下任燚，那发亮的双眼和大大的笑容令他会心一笑。

“哇，虽然这个位置好，但要是在人群中肯定更high。”任燚一把拉起宫应弦的手，举在头顶摆了起来，口中也跟着唱了起来。

宫应弦点点头：“嗯，有点儿意思。”

任燚扭头看向宫应弦，那张动人心魄的俊颜上闪过不断变换的光影，给这张脸又平添几分神秘与迷离。

突然，任燚的对讲机响了起来，他接下通话键：“说。”

“任队，宋居寒来了，你不是要签名吗？”

“OK，我马上来。”任燚拉着宫应弦，“走，去后台。”

两人来到后台，主办方的负责人已经在等着他，并提醒他道：“任队，这种大明星吧，可能脾气都有点儿那个，要是有怠慢你的地方，你别往心里去啊，辛苦你们了。”

任燚笑道：“放心吧，谢谢了。”

负责人敲了敲门，里面回了一声：“进来。”

打开门，他恭敬地说：“寒哥，这是我刚刚跟您说的任队长。”

任燚和宫应弦往屋里看去。

休息室的一侧，几个做妆发的工作人员正在整理衣服和造型用品。另一侧，靠墙摆着一张奢华到与这里格格不入的红色大沙发，沙发上坐着两个人。一个正戴着耳机，低头看书。另一个则将头枕在对方的腿上玩儿手机，两条大长腿折叠晃荡在扶手之外。

玩手机的男人头也没回，“嗯”了一声。

看书的人意识到有人进来，抬头一看，一边摘下耳机，一边颠了颠膝盖，低声说：“起来了。”

“我没打完呢。”玩手机的男人小声撒娇。

下一刻，他的手机就被没收了。他嘟囔一声，只好翻身站了起来。

宫应弦皱了皱眉，隐约察觉这两个人之间的气氛不太寻常。

任燚是第一次近距离看宋居寒，顿时有些看呆了。

宋居寒的母亲是中德混血超模，所以他有四分之一雅利安血统，瞳仁和发色非常黑，而皮肤很白，五官融合了西式的深邃和中式的神秘，极为俊美。加上拥有一把迷离慵懒的嗓音和优越的创作能力，以及宋氏传媒太子爷的背景，他一出道就风靡全亚洲。

比起这种充满侵略性的美貌，宋居寒旁边的人被衬得有些平凡。

其实那人亦是三庭五眼，身材高挑修长，气质沉稳持重，只是从发型到穿着都十分严肃正经。

任燚能猜到这个人是谁，现在宋居寒的助理，何故。

宋居寒冲任燚露出职业笑容："你好，任队长是吗？辛苦你们了。"

"啊，应该的。"任燚回过神来，"不好意思，宋老师，是不是打扰你们了？"

"不会，时间还早。"宋居寒的目光一直都在宫应弦身上，他眉毛微挑，肆意地将人上下打量了一番，"这位是……"

宫应弦面色愈冷，有些不耐烦。

"他是我同事。"任燚道。

宋居寒一副不太相信的样子："真的？"

"真的啊。"

"有兴趣做明星吗？"宋居寒叫道，"小松，来。"

一个白胖的男人跑了过来："寒哥。"

"你见过这么帅的消防员吗？"宋居寒指了指宫应弦，"多好的噱头。"

"哇。"小松看了一眼宫应弦，脸都开始发亮，"哇，太帅了！你好你好，我是寒哥的经纪人，这是我的名片，你要不要考虑一下签我们公司？"

宫应弦看着小松递过来的名片，一点儿都没有伸手的意思。

任燚连忙代他接过名片："哈哈，谢谢啊，他会好好考虑的。"

宋居寒伸了个懒腰："任队长，你要签名是吗？"

宫应弦的表情越来越不爽，尤其当任燚的注意力全部落在宋居寒身上时。

"哦，对了。"任燚从怀里拿出签名板，"我妹妹明年要考高中了，能不能麻烦你给她写一句祝福的话？"

"没问题，她叫什么名字？"宋居寒接过签名板。

"飞澜，'飞翔'的'飞'，'波澜'的'澜'。"

“飞……澜……”宋居寒写了一个龙飞凤舞的“飞”字就顿住了，他皱了皱眉，问何故，“‘澜’字怎么写来着？我提笔忘字啊。”

宫应弦则面露怪异之色，看着两人的目光多了些审视。

何故轻咳一声：“三点水，右边一个‘门’，里面一个……”

“你来写吧。”宋居寒把笔递给何故。

“人家要你签名。”

宋居寒朝任燚微微一笑：“你就跟你妹妹说，她有全球绝版签名。”

宋居寒写完之后，任燚拿过来一看：飞澜小朋友，祝你学业进步，考上理想的高中——宋居寒。

任燚欢喜道：“宋老师，谢谢你。”

宫应弦翻了一个白眼。

“客气了。”

“那我们就不多打扰了。”任燚赶紧带着宫应弦出去了。

一出门，任燚就赶紧拍了张照，发给宫飞澜：“哈哈，飞澜绝对开心死了。”

宫应弦低头不语。

“宋居寒人不错啊，也没什么大牌架子。”

宫应弦不屑道：“你看不出他的傲慢吗？”

这话简直令任燚忍俊不禁。说起傲慢，起码宋居寒不吝表面的礼貌客套，宫应弦可是连装都懒得装。

“我在M国上学的时候，被变态骚扰过。”宫应弦刻意想起了一些令他真正感到恶心的回忆，至今都能泛起一层鸡皮疙瘩，“不止一个，不止一次，甚至还有一个跟踪我，谋划绑架我。”

任燚沉声道：“我好像听邱队长说过。”

“算了，不说这个了。”宫应弦察觉到任燚的异样，“你怎么脸色这么白？是不是太冷了？”

“还行，我穿得挺厚的。”

宫应弦：“我看你一定是冻着了。场馆外面有个便利店，我去给你买点儿暖贴和热饮。”

“啊，不用……”

“你在这里等我。”宫应弦扔下一句话，匆匆往场馆外跑去。

任燚靠在休息室外的墙上，看着那长长的、弧形的走廊，宫应弦的背影很快消失在拐弯处。

等了良久，走廊里传来脚步声，他以为宫应弦回来了，来人却让他觉得十分意外。

祁骁怎么会在这里？

祁骁看到任燚，欢喜道："哥，我找了你好半天。"

"你怎么会在这里？"

"我来听演唱会啊。然后我看到消防车，我想这里是你的辖区，也许你会在这里，于是我就去消防车那儿问。你的一个班长，上次我见过的，叫刘辉的大哥，他把我领进来的。"

此时任燚的大脑还有点儿混沌，他道："哦，真巧啊。演唱会都开了好久了，你怎么才来？"

"我睡过头了嘛。"祁骁笑了笑，"而且我也只想听宋居寒唱歌而已。我的票没花钱，我最近正在跟宋氏传媒谈经纪约，人家送我的。"

"恭喜你啊。"任燚勉强笑了笑。

"哥，你怎么了？脸色不太好呀。"祁骁走了过来，一脸关心地问道。

任燚不着痕迹地别开脸，但他此时靠着墙，无处可退，只好站直身体："我没事儿，有点儿冷而已。"

"我也觉得你的皮肤好冰哦，帮你焐一焐。"祁骁将手贴上任燚的脸。

"没事，祁骁，我还要去执勤呢。"任燚拉下祁骁的手，"也快到宋居寒了，你快回去听歌吧。"

祁骁微怔："我怎么感觉你最近有点儿躲着我？"

任燚不太有底气地说："不是，其实我前段时间受伤了，不想让你们知道，最近是真的忙……"

"你受伤了不跟我们说？"祁骁怒道，"你还把我们当朋友吗？"他再次贴上任燚的脸，"你的伤是不是还没好？"

"祁骁，我没事……"

沉重的脚步声响起来。

任燚扭头一看，宫应弦不知何时出现在了不远处，一张脸布满冷意。

任燚的身体顿时有些僵硬。

祁骁的目光在两人脸上转了个来回，宫应弦的敌意让他感到不解，也让他感到畏惧。他记得这个人是警察，或许两人有什么公务在身。他看了看表，自找台阶下：“那我过去了，你好好调养身体。”说完，便扭身走了。

空荡荡的走廊里，只留下两个人沉默以对，冰冷的空气仿佛都凝固了。

临危不乱是一个消防指挥长的基本素养，任燚在自己的职业生涯里无数次证明了自己的专业性，可独独碰上与宫应弦有关的事，他几次乱了心智。

宫应弦沉着脸看着任燚，他只知道他讨厌祁骁，讨厌祁骁侵占他的位置。他只有任燚这一个朋友，他希望任燚也只有他一个朋友，哪怕他知道这样的想法是不合乎现实的，可他控制不了自己的妒意和怒火。

任燚看着宫应弦变幻莫测的脸色，以为他真的误会了：“应弦，我知道你少年时期的遭遇，我理解你，但我跟你认为的那种人不一样，我把你当朋友。”

宫应弦愠怒道：“祁骁那个人看起来就……”

任燚皱起眉：“应弦，你不能以貌取人。”

“我是警察，观人面貌是我的职业，他一看就是个轻浮浅薄的人。”宫应弦冷冷地说，“他是你的朋友，我也是你的朋友，那我有什么特别的？”

“我们是生死之交，当然不一样。”

宫应弦咬了咬牙：“我只有你一个朋友，为什么你不能也只有我一个朋友？”

任燚愣了一下：“应弦……”这话从一个成人的口中说出来，实在别扭又可笑，但当这个人是宫应弦的时候，当他看着宫应弦眼中那孩童般的纠葛与不安的时候，否定的话就怎么也开不了口了。与自己不同，宫应弦恐怕是鼓起了很大的勇气，才走出心的茧房，与他成为朋友，所以这些焦躁，这些执拗，这些占有欲，都情有可原。

宫应弦的眼神却逐渐暗淡了，任燚的沉默在他看来既是拒绝，也是对他说出如此幼稚的话的指责。这一刻，失望、愤怒、伤心、难堪齐齐汇涌心头。

两人就这么沉默以对，心里都很难受，却不知道该说什么。最后，宫应弦转身走了。

任燚在原地怔愣许久，突然，兜里的对讲器发出沙沙的声音：“任队，出事了，赶紧来监控室！”

任燚按下对讲器，沉声说：“马上来。”

4. 跨年演唱会

当任燚赶到监控室时，屋子里除了保安，还有孙定义、刘辉、场馆工作人员，以及这次执勤警力的带队队长张仲。

“发生什么事了？”任燚一路上已经尽力调整好情绪，孙定义虽然平时爱开玩笑——他们平时都爱开玩笑——但正事上绝对一丝不苟，他从孙定义的语气中就能听出事情的严重性。

孙定义指了指监控屏幕：“重新放一遍。”

保安点开一个弹窗，同时解释道：“我刚刚正在值班，突然所有的屏幕都黑了，然后就弹出这么一个视频。”

弹窗先是一片漆黑，几秒钟后，屏幕上毫无预兆地出现了一个诡异的、带笑的鸟面具！

任燚心脏一抖，这个面具莫非就是……

镜头缓缓后退，放大了视野，戴着鸟面具的是一个穿着黑色长袍的男子，他光着脚坐在椅子上，镜头里，除了一个人和一张椅子，只有空无一物的黑暗。

画面诡异极了。

“宫博士，任队长，你们好。”男人开口了，声音经过变声处理，更显阴森可怖。

任燚仅是看着屏幕，已是浑身寒毛倒竖。

“我想你们能猜到我是谁，但出于礼貌，我还是自我介绍一下。”他道，“我叫紫焰。”

紫焰！

“之前发生的所有不愉快的经历，都让我感到很遗憾。其实我们都在做一样的事，我们都试图拯救他人，只是使用的手段不一样罢了。

任燚握紧了拳头。

“你们可曾思考过，火从天降，是对人类的奖赏还是惩罚？火让人类进入农耕世代，开启文明的纪元，但火也剥夺无数生命，湮灭文明的痕迹。在希腊神话中，普罗米修斯盗取火种来到人间，可惜世人都误解了他的用意。他不是救世主，他只是一个传火人，因为火就是上天的意志。火没有善恶正邪之分，它跟雷霆、阳光、清风、雨露一样，凡是来自上天的，都是没有意志的，至少不是人类自作多情解读的那样。它们只是公平地对待人间的一草一木，一人一物。于是水灌溉农田，却也倒灌村庄，于是火燎烤草原，滋养了土壤，春风一袭，又复生万物。于是万物轮回，生生不息。”

众人均是愣怔不已。

男子用那极具蛊惑的语气继续说道：“因而赏与罚、兴与衰、生与死，都是天道。得到上天启迪的人，将用不同的方法对待火。主妇用火烹饪食物，猎人用火取暖，掌权者用火攻城略地，科学家用火推动时代进步。你，任队长——”男子突然伸手指向镜头。

任燚僵硬地看着屏幕。

“你与火斗智斗勇，解救困于火中的人与物。而你，宫博士，你看着自己的家人葬身火海，一生都想从大火的围困中找到出路。而我，用火净化邪恶。多么有趣，我们之间有着不解的缘分，也许这也是冥冥之中的安排吧。”

任燚心想：这个组织头目的洗脑功力真是了得。他道：“张队长，通知邱队长了吗？”参与民间活动安防的警察都是民警，没有刑警，这种事不是他们能处理的。

“通知了，邱队长正在赶来。”

任燚心想，邱言一定会告诉宫应弦，便不再纠结是否该给宫应弦打电话。

镜头再一次拉近，鸟面具被一步步放大，直到充满整个屏幕。

男人缓缓说道：“这样的缘分让你们彼此，让你们和我，在十八年前就有了联系。从前我本能地回避你们，就像罪犯逃避警察，这是不对的，将我们的关系对立为正义与邪恶更是不对的。就像那把燎原的火，虽然它烧毁了草原，但它也丰沃了土壤，留下了大片的耕地，在大火烧尽之前，谁又能说得清对与错呢？所以，我决定燃起这把火，看看我们之间的羁绊，最终会导向一个什么样的结果。”

任燚深深蹙眉，他对这人接下来要说的话有非常不好的预感。

突然，监控室的门被粗暴地推开了。

来人正是宫应弦。

“宫博士！”张队长道，“你来得真快。”

“我在附近。”

此时，屏幕里传来男人的低笑声：“你们此刻所在的红林体育馆，正在举行一场跨年慈善演唱会，我决定送你们一份新年礼物，现在请听好了。”

宫应弦循声看向屏幕，顿时脸色骤变。那个熟悉的鸟面具，像一把刀一样捅进了他心里。

“现在距离新的一年还有一个小时，我在场馆内放置了六枚炸弹，将在整点引爆。”

屋子里传来道道抽气声。

“你们可以在倒计时结束前找到它们，但如果你们试图疏散群众，我会提前引爆；如果你们阻止演唱会进行，我会提前引爆。”男人笑着说，“毕竟，我也想和歌迷们一起听宋居寒唱歌呢。”

孙定义脸色苍白地看着任燚：“任队，他……他会不会是在吓唬我们？场馆我们都检查过了呀。”

“无论你们相不相信，后果自负。”男人展开双臂，“去拯救吧，英勇的消防员和警察。”

视频到这里戛然而止，唯有那个鸟面具凝固在屏幕中央，眼睛的地方挖着黑漆漆的洞，深不见底。

只听了最后一段话的宫应弦指着屏幕颤声道：“这是怎么回事？”

任燚匆匆看了宫应弦一眼：“是那个面具吗？”

“是。”

张仲道：“保安正在监控室值班，然后系统被入侵，播放了这段视频。”

“重新放一遍。”宫应弦道。

当视频重新开始播放时，任燚看了一眼表，他从休息室赶到监控室，看完录像，已经过去了七分钟，现在他们只剩下五十三分钟来找到炸弹。

他丝毫不怀疑紫焰说的话的真实性，因为他见过、经历过这个组织的疯狂与残忍。

宫应弦看完视频，脸上几乎毫无血色："张队长，你现在有多少人手？"

"十五个。"

"邱队长马上就到了，她带了仪器和拆弹专家，但紫焰这么有信心，炸弹一定不是轻易可以找到的。我需要你调集自己的所有人手，把最近一周场馆内外所有的监控录像都用最高倍速看一遍，任何不对劲儿的地方全部挑出来。"

"好。"

"任燚，我需要建筑设计图。"

"已经拿过来了。"孙定义马上将图纸递给了宫应弦。

那图纸厚达百页，根本不是一时半会儿能够看完的。

宫应弦抱着图纸，闭上了眼睛，心中默念着：冷静，冷静，冷静。他再次睁开眼睛，说道："场馆太大了，这样盲目找是找不到的，必须分析他的动机和意图，推测他可能将炸弹放在哪些地方。"

"无论放在哪个地方，现在场馆内有三万多人，随随便便都能造成大量的伤亡。"孙定义焦急地说道，"我们赶紧组织起所有可用力量进行地毯式排查吧。"

任燚摇头："来不及，何况还不能疏散人群，万一他把炸弹放置在人群里呢？"

宫应弦也道："来不及。首先，我们要做排除法，排除他无法放置炸弹的地方。"

安保组长道："我觉得炸弹不太可能放在人群密集的地方。这次安检非常严格，不仅人和包要过机器，还要开包人工检查。舞台和看台设施简单，舞台周围和座椅区也都用金属探测仪检查过了。这种情况下，要把炸弹带入或者提前安置在里面，几乎不可能。"

宫应弦点点头："可以排除露天舞台和看台区。"

任燚问向场馆经理："李总，你熟悉场馆的设计吗？设计图我们看不过来了，我们需要有人帮我们找出哪些地方适合埋设炸弹，哪些地方可以排除。包括电路、采暖、管道、排风，所有的东西。"

李总着急地说道："我刚调来两个月，老陈，你一直在这儿的，你比我熟悉吧？"

安保组长道："场馆我是熟悉，可我也不懂什么结构啊、电路啊之类的，这么大的事，我真不敢说我能帮上忙。”

“你尽力就好。”

“哎呀！”他一拍脑袋，“我想起来一个人，他肯定比我熟悉。”

“谁？”

“场馆的工程师啊。”

宫应弦断然否决：“现在叫工程师过来已经来不及了。”

“他就在场馆，我看到他了，姓何，几年前场馆建设的时候我们就认识，他跟那个大明星一起来的。”

任燚愣了愣：“难道是何故？”

“对，就是何工。”

宫应弦拿上设计图：“去找他。张队，这件事不要扩散，不要引起恐慌，紫焰一定有某种方法监视我们，等邱队来。”

“好。”

任燚也吩咐道：“孙定义，刘辉，你们马上通知参谋长。”

“是。”

宫应弦和任燚出了门，直奔宋居寒的休息室。

宋居寒的演出将在最后四十分钟开始，一直到二十四点，所以现在他很可能还在休息室。

两人一路沉默，直到走到岔路处宫应弦才顿下脚步——他不确定是哪个方向。

“左边。”任燚低声说。

宫应弦却没有动，他的肩膀剧烈起伏着。

任燚知道那个鸟面具对宫应弦的冲击有多大，只是现在不是放纵情绪的时候。

他很想安慰宫应弦，但两人刚刚有过不愉快，他犹豫半晌，才轻声问道：“应弦，你没事吧？”

宫应弦摇摇头：“你先走。”他本就因为任燚的事情情绪敏感，又毫无防备地看到了那个童年噩梦中的面具。当那个面具在蒙尘的记忆中出现时，他拼了命地想看清，却永远都不够清晰。刚刚他终于被迫看清了，在一个既没有心理准备，也没有心理专家护航的情况下，这种冲击对他来说十分严重。

与那个面具关联的那个地狱般的夜晚，熊熊燃烧的大火、惊恐的面容、痛苦的尖叫，全部奔涌进他的脑海。他身形一晃，赶紧用手撑住了墙。

任燚条件反射地按住了宫应弦的肩膀：“应弦，你……”

宫应弦浑身一颤。那只落在他肩头的沉甸甸的、温厚的手，突然之间就成了他所有负面情绪的宣泄口，他应激般低吼道：“你不准碰我！”而后重重挥开了任燚的手。

任燚僵硬地看着宫应弦，下意识地举起双手，做出投降的姿势道：“你别害怕，是我……”

宫应弦大口呼吸，慢慢平复下情绪。他匆匆说了声“对不起”，大步离去。

任燚担忧地看着他的背影，快步跟了上去。

两人匆忙赶到宋居寒的休息室。

此时，宋居寒已经做好了舞台造型。他穿了一身满是夸张的黑色羽毛的长风衣，涂着黑色的口红，衬得脸蛋白皙妖冶。如此大胆的妆发一般人根本驾驭不了，但他坐在那里，风衣垂坠在地，就像一只俊美又魅惑的恶魔，收拢翅膀，在人间缱绻小憩。

小松好奇地问道：“任队长，你们还有事吗？”他有些期待地看着宫应弦，以为宫应弦动了想要当明星的心思。

“宋老师，不好意思。”任燚看向一旁的何故，单刀直入地说，“我想借何工帮个忙。”

何故有些意外：“我？”

“何工，你是红林体育馆的工程师，对吧？”

“是啊。”何故不解道，“这个体育馆是我以前在国企的时候做的项目，你怎么知道的？”他看到宫应弦手里抱着的东西，“那个不会是场馆的设计图吧？”

“我们有很重要的事，需要一个对场馆十分了解的人做顾问，麻烦你……”

“不行。”宋居寒断然拒绝，“不好意思，任队长，我马上就要登台了，他要坐在最好的位置看我唱歌。”

何故道：“任队长，请问到底怎么了？”他见两人面色凝重，加之以任燚的身份不可能做出没有分寸的行为，必定是出了什么事。

“是非常重要的事，我们必须得到你的帮助。”任燚加重了语气。

宋居寒眯起眼睛，口气冷了下来：“任队长，说清楚是什么事，否则我不可能把他交给你。”

“我……”

这种浪费时间的废话宫应弦听不下去了，直接从兜里掏出证件：“我是鸿武分局刑侦一队刑警宫应弦。何故，请你配合警方办案，现在马上跟我走。”

宋居寒腾地站了起来，本能地将何故护在身后，厉声道：“你想干什么？说清楚！”

任燚咬牙道：“所有人都请出去！”

小松看了宋居寒一眼。

何故皱眉道：“小松，你们先出去吧。”

小松这才带着其他人退出休息室。

任燚严肃地解释道：“二位，形势所迫，我就长话短说了。有一个歹徒在场馆里布置了六枚炸弹。”

宋居寒和何故的脸色唰地变了。

“你……你在开玩笑吧？”宋居寒满脸的怀疑。

“没有人会开这种玩笑。”

“那你们还不赶紧疏散观众？”

“不行，炸弹预设的爆炸时间是晚上十二点整，歹徒说了，如果我们疏散观众或者停止演出，他会提前引爆炸弹，我们现在只有……”任燚看了一眼手表，“……五十分钟找到六枚炸弹并且拆除。”

何故沉声道：“到底是什么人干出这样的事？”

宫应弦冷道：“我来不及解释了，前段时间鸿武医院爆炸案也跟此人有关。”

一提鸿武医院爆炸案，哪怕宋居寒和任燚对这种戏剧性的突发事件还有一丁点儿怀疑，此时也不得不相信了。

何故张口道：“好，我跟你……”

宋居寒一把抓住何故的手腕：“我让司机从地下送你走，只有你一个人的话不会有人发现的。”

“你说什么胡话！你没听到任队长和宫警官现在需要我帮忙吗？”

宋居寒怒道：“放屁！他们让你去拆炸弹！”

宫应弦冷道：“是找炸弹，我们有拆弹专家。”

“我不管是找还是拆，你都会接近炸弹，一旦失败了，你就是最危险的。”宋居寒看着何故的眼睛，“你听我的，现在马上走。”

何故正色道：“居寒，你也听到他们说的歹徒的要求了，不准疏散群众，不准停止演出，你的三万歌迷要留下来，所有嘉宾、安防、工作人员要留下来，你也要留下来，你让我走？”

“对。”宋居寒毫不犹豫地说。

“我绝对不会走。”何故更加坚定地说，“我不可能把你一个人留在这里，不可能眼看着三万多人置身险境而我自己逃跑，不可能让坏人毁掉我建起来的体育馆。”

“你……”

宫应弦怒了：“你们又浪费了一分钟！”

见到何故那如山一样岿然不动的目光，宋居寒知道自己劝不动他——一开始就知道。

宋居寒冷冷地瞪着任燚和宫应弦：“你们要把何故完完整整地带回来。”

任燚郑重说道：“我发誓用生命保护何工的安全。”

何故跟着两人离开休息室，他平复了一下情绪：“我们找个地方，我要重温一下设计图。”

三人找到一间办公室，何故将厚厚的图纸放在桌上，深吸一口气，快速翻阅起来，说道：“好几年了，大体我都记得，但细节有些模糊了。我能做些什么？”

宫应弦道：“体育馆太大了，只有五十分钟时间，我们没有办法排查每一个地方，所以我需要你帮助我们用排除法，排除那些不会被放置炸弹的地方，我会给你条件。”

“好。”

宫应弦道：“我们目前只能排除露天区域，原因有三：第一，舞台和观众席进行过多次检查，那里的设施一目了然，无法放置炸弹；第二，本次安检非常严格，不可能携带炸弹入场；第三，那里集中了三万部手机和各种设备，信号极差，如果炸弹放在该区域，歹徒无法控制。”

“有道理。”

“何工，根据你对红林体育馆的了解，留意那些一旦爆炸会造成大量伤亡的地方，一旦爆炸容易引发火灾的地方，耐火等级高和耐火等级低的地方，可燃物多和可燃物少的地方。”

“好。”何故一边看图纸，一边飞速运转着大脑，寒冬的夜里，他的额上已经渗出了一层又一层的薄汗。

宫应弦又对任燚道：“我要再看几遍紫焰的视频，有用的信息也许就隐藏在里面。你帮我随时协调邱队长和张队长那边的进展。”他拉了一张椅子走到角落，面壁而坐，低头看着手机上刚刚发来的视频。

“好。”任燚想到宫应弦要一遍遍地强迫自己去看那段视频，去面对那个噩梦中的面具，就无法不担心他。可现在并不是担心一个人的时候，因为他们要担心整个场馆三万多人的安危。

不一会儿，任燚接到了许进的电话，许进已经组织了好几个中队赶来，陈晓飞也在路上。他快速说明了情况，让许进准备好搜查组，一旦他们确定了大致目标，就要马上进行搜查。

时间一分一秒地流逝着，任燚从未觉得等待的时间是这样煎熬，他双目空洞地看着天花板，想象着午夜十二点整，在全世界迎接新的一年到来之际，他们可能承受怎样的灾祸。

半晌后，何故站起身：“设计图我看完了。”他走到白板前，“炸弹的放置区域，我认为首先可以排除钢梁。”他写下“钢梁”两个字，然后画了叉。

两人同时看向白板。

何故解释道：“红林体育馆是钢筋混凝土框架结构，屋梁由四万多条钢材和近一万片玻璃组成。”

红林体育馆的设计与鸟巢有点儿相似，虽然造型完全不同，也小很多，但都是中空，屋梁都是钢材混合玻璃，这样的设计在体育馆和会展馆里很常见，除了突出功能性外，还非常节能。

“如果我是歹徒，想用六枚炸弹造成大的伤亡，或者引起火灾，我不会在结构上动心思。第一，我们所有的钢和玻璃的耐火等级都符合国际标准，钢材都经过防火涂料的涂覆处理，耐火极限能达到一到两小时。虽然为了节省成本和提高钢梁之间的屈服强度，钢筋经历过预应力处理，会影响耐火性，但这也是有大火的前提下，而预应力处理对爆炸这种外力损伤是有抵抗作用的。简单来说，小规模的爆炸，钢梁之间会彼此支撑，不会大面积塌陷，玻璃是节能夹层玻璃，遇到外力也只会皲裂，没有四散的碎片。大规模的爆炸不现实，那么多炸药不需要找，一眼就能看到。”

任燚道："那结构柱呢？结构柱可是支撑屋梁的，如果结构柱塌了，后果不堪设想。"

"结构柱也可以排除。红林体育馆起支撑作用的结构柱一共十二根，太好排查了，歹徒怎么会放在那么显眼的地方。而且，结构柱的内部我设计了循环冷凝水，这样的设计一是为了节能，二是为了增加耐火强度，整个体育馆耐火和避震强度最高的就是结构柱。"

"墙体呢？"宫应弦问。

"有可能，但体育馆的支撑靠的不是墙体，而是结构柱，墙体坍塌只会造成小面积的伤亡，我认为可以排除。"

"地下？"

"对。"何故在白板上写下地下车库，"这是我认为在整个建筑结构里，最有可能放置炸弹的一个地方。只要炸毁承重梁，就会造成塌陷，而且车库里那么多车，把炸弹放在车里，完美的隐藏。"

宫应弦摇头："这里爆炸，不好造成火灾。我反复看了视频，以紫焰对火的执着，如果纯粹只是杀人，而不是用火，就达不到他所宣扬的'正义'目的。我认为炸弹不会在车库。"

"如果一定要制造火灾，那么歹徒应该会放弃在建筑结构上动心思。"何故叹了一口气，神色有些凝重，"整个场馆有好几套设备系统——锅炉房、煤气管道、太阳能电力系统和储备发电机、回排风系统、冷凝水循环系统、液压排污系统，如果对这些系统进行破坏，有的可以造成连锁爆炸，有的可以引起大火，有的可以输送毒气，或者同时发生。"

屋内陷入了沉默。

宫应弦沉声道："紫焰的视频，还有几个让我疑惑且暂时没想明白的点，但有一件事我可以确定。"

两人齐齐看向宫应弦。

"操控炸弹的人，此时此刻就在场馆内。"

任燚瞪大了眼睛："你是说，紫焰就在场馆内？"

"未必是紫焰，紫焰恐怕不会亲身冒险。"宫应弦分析道，"现在有六家电台和一家网台在直播这场演唱会，为了确保直播信号的稳定，场馆会限流其他卫星信号，这也就意味着远程操控炸弹不可实现。而且，如果我们用信号屏蔽器屏蔽所有信号，炸弹就只剩下定时功能了，这样一来，紫焰就失去了将炸弹提前引爆的控制力，他不会留下这样的漏洞。

所以一定有一个人在现场，即便所有信号都被屏蔽，也可以手动引爆炸弹。”

“手动？那不就意味着那个人也难逃一死？”何故皱眉道，“我听你们的对话，感觉这像是一个邪恶组织。”

“你没猜错。”任燚冷声道，“过去小半年发生的多起案件，都跟他们有关。”想到这几个月的经历，想到那些枉死的无辜群众，殉职或受伤的消防员、警察、医生，以及留给家属的痛苦和带给社会大众的恐慌，任燚就对这帮变态恨得咬牙切齿。

“这样一来，为了确保一个人可以引爆所有炸弹，第一个爆炸的必须能够引起连锁爆炸。”宫应弦看着何故，“这在设备系统上更好实现，对吗？”

何故点点头：“只是这个范围还是没有缩小到可以在……”他看了看表，“……四十分钟内找到。很多管道系统都是遍布整个场馆的。”

宫应弦看了一眼手机：“言姐到了，张队长那边也有进展，我们先过去汇总一下线索。”

三人来到会议室，这里已经成了紧急作战指挥部。

邱言朝他们招手：“来这里，监控有发现。”

坐在电脑前的谭昊纯转过头来跟他们打招呼：“嗨，宫博士，任队长。”

“有什么发现？”

谭昊纯的手指在键盘上飞快敲击着，给他们展示了一段快进的画面。

几人盯了半天，画面看来没有什么变化。

“这是什么？”

“这是一个范例，是晚上九点半到十点之间，几个监控摄像头的画面，它们看起来没有变化，好像是没人经过，其实是被定格了。”

宫应弦皱眉道：“系统很早就被入侵了。”

“当然了，不然他们怎么搞到场馆的设计图的？现在张队长的人正在用最高倍速观看一周内的所有监控视频，按时间倒序看，都看到四天前了，还没有任何异样发现。”谭昊纯抓了一大把薯条塞进嘴里，然后偷偷瞄了邱言一眼，“不好意思，我一紧张就要吃东西。”

邱言拍了一下他的脑袋：“继续说。”

“我分析监控上没有痕迹，有两种可能，一种是监控被篡改，一种就是他们还没看到，时间越往前，第二种可能性就越小，所以我倾向于

第一种。我编过一个软件，可以找出监控被修改的痕迹，但是这些监控有好几个T，今年是肯定跑不完了。刚刚宫博士在群里说，歹徒极有可能在场馆内，于是我用这个软件只跑今天一天的监控，很快就有发现了。”谭昊纯灌了一口可乐，调出一个看来有些复杂的数据分析软件，有几条柱状图显示出峰值，“通过交叉比对，可以看出监控从演唱会开始后就时不时地被修改，为了不引起监控室的怀疑，黑客每次只挑选部分来修改，而且修改的时间也不是持续的。根据黑客修改摄像头的位置和时间，可以描绘出一个人的运动轨迹。”

谭昊纯的手指在键盘上几乎要飞起来，很快，屏幕上显示出一张场馆的平面图，代表路线的线条逐一显示在平面图上，且根据时间不同，颜色也不同，一共有八条，互相交错延伸，看来有些杂乱。

几人沉默地盯着屏幕。

“这些线路一眼很难看出规律，而且一个人要在这些时间里走完这些线路，也几乎不可能。”宫应弦道，“黑客在用这种方法迷惑我们，掩盖歹徒真正的行动轨迹。”

邱言道：“但至少证明，歹徒确实在场馆内，且他的行动轨迹一定就在这团线的范围内。”

宫应弦思索道：“没错，而且还证明了炸弹是演唱会开始后埋设的，炸弹必然是跟着车进入场馆的。”

入场观众都经过安检，但进入车库的车并没有。

“而且是主办方的车。”邱言道，“为了防止观众入场后去后台骚扰明星，一旦入场，就会跟其他区域完全隔离开，无法在场馆内活动。但如果是演唱会的相关工作人员，不但可能在主办方、嘉宾、设备组、媒体组的车里放入炸弹，用各种设备箱或物资将炸弹掩人耳目地带入场馆，还可以用工作证件在场馆内自由行动。”

保安组长马上道：“他们的车跟观众的车是分区的，一共两百多辆车，全部停在负一层。”

宫应弦道：“马上带试纸去检测离子质谱。”

邱言叫来蔡强，带上一组人去检测爆炸物。硝基类炸药是现在最普遍的一种炸药，只要爆炸物曾经在某个物体上停留过，短时间内用试纸加上仪器，就能检测出硝酸根、铵根、磺酸根等离子。

谭昊纯喃喃：“希望强哥能尽快抓到人。”

“即便他抓到人，也只是解除了炸弹被提前引爆的危机。”任燚看了看表，心急如焚，“只有半个多小时了，现在连疏散群众的时间都不够了。”

谭昊纯“啊”了一声，紧张地抖着腿，大把地往嘴里塞零食，小声说：“我……我们可一定要找到炸弹呀。”

何故指着屏幕：“你把这个行动轨迹图给我打印一份，我要跟设计图对比，至少能排除一些地方。”

“好的。”谭昊纯好奇地问道，“您是哪位呀？”

“我是体育馆的设计师。”

这时，任燚的对讲机响了起来，许进说道：“我们已经检查了结构柱、锅炉房、配电室、储电机组等地方，没有发现炸药，歹徒果然不会把炸药放在这些目标大的地方，但以防万一，我们会继续排查，警察那边有什么进展？”

“他们应该很快就能确定带入炸弹的车辆了。”任燚看了宫应弦一眼，“我们还在对可疑的地方进行排除。”

“好，随时沟通。”

宫应弦坐到了一边，双手抱着脑袋，反复回想紫焰在视频中说过的每一个字，连语气的变化也在细细推敲。

邱言走到宫应弦旁边，拍了拍他的肩膀：“别急，冷静下来想。”

宫应弦点点头。

“紫焰是那个人吗？”

“不是。”

“你这么肯定？”

“根据刘大勇的描述，那个人有严重的强迫症，紫焰没有显示出强迫症的倾向。”宫应弦沉声道，“而且，宋居寒是青年歌手，紫焰听他的歌，年龄应该不超过三十五岁。紫焰唯我独尊，他的言辞也充满了自负和自恋。他的这段视频和这次爆炸事件的策划，包括他说话时配合的手势和动作，都体现出他强烈的控制欲和表现欲。种种侧写都不符合当年那个纵火犯的特征。那个纵火犯十八年来销声匿迹，甚至极力掩盖自己的存在，如果他是紫焰，他会恨不得全天下都知道自己的“壮举”。这种需要站在世界舞台的中心尽情表现自己，获取所有人的关注和崇拜的心理，是邪恶组织领袖的普遍特征，也是他们的魅力来源之一。所以，他们两个不是一个人。”

听完宫应弦的分析，任燚倒抽了一口冷气。

这场跨越十八年的、错综复杂的犯罪，这重重迷雾之后，到底掩藏着一个怎样恐怖的真相？

“现在让我疑惑的是……”宫应弦思索道，“究竟紫焰是以什么样的标准，判断一个人有‘邪恶’的灵魂？”

这个问题令所有人都愣住了。

宫应弦自言自语道：“从动机出发，才能判断他的行为。”

他们之前从没有考虑过这个问题。在正常人的意识里，他们所做的一切都是疯狂的、非理性的，以正常人的思维是难以理解的，但现在他们必须去理解。

谭昊纯道：“他们不是一个纵火癖联盟吗？纵火本身就是他们的信仰吧。”

宫应弦摇头道：“也许紫焰心里是这么想的，也许其他人心里也是这么想的，但他们在控制人的时候，一定是以一个正义的理由。紫焰需要这样一个理由来凝聚群体，并用这个理由给所有人洗脑，让他们失去自己的人格，只具备群体心理。而群体也需要这样一个理由，不断地为自己的行为找到一个正确的出发点，当外部对他们进行打击时，他们会用这个正义的理由为自己找借口，然后凝聚力更强。所以，紫焰绝对不会说，我们是因为乐趣而杀人，只会说，我们是为了用火净化邪恶的灵魂，反复地说，不断地说，直到他自己和其他人都相信。”

谭昊纯坐直了身体：“我把近十年所有纵火案都调出来，看看能不能找到这个组织犯过的案子，也许能找到他们对邪恶灵魂的判断标准。”

“他们不可能掩人耳目那么长时间，我认为这个组织真正形成组织，跟炽天使这个网站的传播力有关。”宫应弦道，“所以，把范围缩小到五年。”

邱言思忖道：“如果紫焰不是当年那个凶手，他为什么要戴着鸟面具？”她似乎想到了什么，“应弦，他戴那个面具，可能是为了你，为了搅乱你的思维。”

宫应弦眼神一变：“对，对！他从视频一开始，就以一种与我们对话的口吻在阐述。无论是那个面具，还是他说的话，都让我们觉得，他针对的是我们，是在向我们报复、宣战。但这也许只是他迷惑我们的手段，用来局限我们的思考。其实我们始终没明白，他的动机究竟是什么。”

任燚小声重复道：“动机……”

“这是报复吗？是挑衅吗？还是纯粹地想要犯罪吗？”邱言眉头紧锁，自问自答道，“他的动机到底是什么？”

“普罗米修斯，传火人，火，燎原……”宫应弦反复呢喃紫焰在视频里提到的几个词，陷入了更深的思考中。

所有人都在争分夺秒地试图为自己手头的疑问找到答案，任燚在一旁踱步，他不停地看时间，他既为自己此刻的无能为力感到恼火，又为毫不留情流逝的时间感到恐慌。

这不是普通的新年倒计时，这是几万人生命的倒计时，他们绝对不能失败。

这时，蔡强那边传来消息，他们找到了运送过炸药的车，是负责主舞台搭建公司的一辆器材车，现在已经出发去找负责人。

虽然找到了涉事车辆，但这并不算一个好消息。这种公司由于承接项目大小不一，所以现场搭建这类体力活通常不会雇用专职员工，人员流动性非常大，未必能很快找到歹徒。

张队长那边马上通过监控锁定了涉事车辆，这辆车今天出入了场馆三次，接触并搬运过器材设备的一共有十一个人，都是青壮年男性。

“这个人看着可疑，好几次左顾右盼，好像在观察什么。”

“你把他的照片发给蔡强。”

“宫博士，”谭昊纯道，“国内过去几年的火灾类案件我来这里之前总结过，但量太大了，我需要关键词缩小范围。”

宫应弦道：“筛掉那些欠发达地区失火、报复性纵火、纵火者年龄超过四十五岁、大规模火灾、由于其他原因引起的次生火灾，专注于一、二、三线城市，以火为第一或主要犯罪手段，能够由一个人引起的，在炽天使上有较多文字或影像内容的火灾。”

谭昊纯又往嘴里塞了一把瓜子仁，用力搓了搓双手：“交给我吧！”

任燚忍不住催道：“只剩不到半小时了，如果还不能确定炸弹的位置，真的来不及了。”

宫应弦深吸一口气：“再给我一点儿时间。”

这时，何故那头有了进展：“宫警官，任队长。”

两人赶紧跑了过去。

各种复杂的设计图纸铺了满满一桌子，何故拿着谭昊纯统计出来的那张歹徒的行动轨迹图解释道："我根据这张图，把他在几个时间段内可能去过的地方和设备的埋设线路做了对比，我认为他的目标不是单一的某个系统，而是用爆炸引起连锁爆炸。"

宫应弦眯起眼睛看着图纸："每一次黑客入侵监控的时间都不超过三十分钟，成年人快步走的话，一分钟一百米左右，再加上避开耳目和装置炸弹的时间，来去超过步行二十分钟的距离，很可能就是黑客制造的烟幕弹，可以排除。"

"好。"何故把跨度过远的删掉了，留下来的运动轨迹越来越少、越来越清晰。

"这些分别都是什么设备？"

"这里是锅炉房，但锅炉房是第一个被检查的地方，歹徒不会在这么明显的地方埋炸弹。从锅炉房延伸出去的这条是燃气管道，这几条是水管。燃气管道是最容易造成爆炸、火灾和大量人员伤亡的。"

任燚道："可燃气阀门已经被我们关闭了，管道内残留的燃气不足以形成链式爆炸。"

"对，所以歹徒的最终目标应该不是燃气。在这些线路里，还有两个非常危险的东西，一个是太阳能电力系统和储能发电机，还有一个就是液压系统。前者有着非常庞大的储电量，后者有好几个液压油缸，这个液压系统不仅仅起排污作用，场馆顶上遮雨棚的伸缩，舞台的升降旋转，全部涉及液压。"

任燚道："可是这两样东西都是比较稳定的，电路火灾很好扑灭，而液压油很难燃。"

宫应弦道："何工，你比我们都了解这些设备，你想象一下，如果你是歹徒，你会怎么利用这些东西和六枚炸弹造成最大的损失。"

何故深深皱起眉："原则上我认为，如果没有燃气助燃，这些设备都不会造成大规模的爆炸。"

"但紫焰不可能想不到我们会切断燃气。"

邱言道："也许我们把事情想复杂了，紫焰的目的不是造成多大规模的伤亡，而是传递一个信号，一个宣战的号角，毕竟只要有一枚炸弹在这里爆炸，都会成为国际性的新闻。"

“可这样一来，炸弹的埋设点就可能是随机的了，那我们绝无可能在一个小时里全找到炸弹。我认为紫焰不会设置一个无解的局。”

任燚冷冷地说道：“他可是一个邪恶组织的首领，一个变态纵火犯，难道还指望他会仁慈地给我们提示吗？”

“我认为他会。”宫应弦笃定地说，“因为他的自负。”

众人不解地看着宫应弦。

“如果他只是想要制造一起事件，他就不会专门在事前发这个视频提醒我们。我们在明，他在暗，他可以把我们全部炸死。他说这是一份新年礼物，其实这是给我们下的战书。”宫应弦看向任燚，“他说，我们和他是有联系的，有羁绊的，所以他要燃起这把火。在过去几次的交锋里，虽然他们作了很多恶，但我们也都破了案，抓了人，我们两个甚至上了炽天使的悬赏榜，这让我们无形中成为这个组织的对抗者。而红焰的死，对他们来说是我们的胜利，很可能让紫焰遭到羞辱，甚至挑战了他的权威，所以他要在这个有象征意义的一天，在这个万众瞩目的体育馆里，打败我们。”

任燚只觉手脚冰凉，一股寒意直冲脑门。

宫应弦脑中灵光一现，顿时嘴唇都跟着颤抖了起来：“他在直播。不，是六个媒体台和一个网台正在直播，而他将要在这场直播里进行他的表演，那个组织的人和炽天使上的秘密用户，肯定全部在屏幕前关注着。所以他会设置一场相对公平的游戏，给我们反抗的机会。如果这一开始就是死局，那就体现不出他的力量。他是如此自负和傲慢，他要看着我们垂死挣扎，最后向所有人直播我们的失败。”

邱言咬着红唇，狠狠骂了一句脏话。

何故突然一拍桌子，沉声道：“我想到了！我之前疏忽了，现在我想到了！”

“什么？”

何故扑到桌前，把几张设计图抽了出来，仔细看着。

“何工，到底……”

“防冻液！”何故瞪大了眼睛，“冷凝水循环系统里的防冻液，只有冬天才会添加，防冻液是比较安全的东西，燃点很高，但如果遇到高温和爆炸……”

宫应弦握紧了拳头：“乙二醇的燃点可以达到四百多度，可一旦达到它的爆炸极限……这个水循环系统遍布整个场馆，包括结构柱，也就是说，一旦歹徒利用燃气、储电机或液压油缸的爆炸引爆了防冻液，整个场馆都有危险。”

何故颤抖着拿起设计图：“我现在把这些系统有所交叉的关键节点都标出来，那些地方的附近一定就是爆炸的埋设点！”

任燚看了看表，声音也在发抖：“还有二十分钟。”

这时，蔡强传来消息，监控上拍到的可疑男子是搭建公司招来的临时工，此时已经消失，他们正在整个场馆内搜捕，照片也已经发到了每一个相关人员的手机上。

何故最终标出了二十四个节点，邱言马上把信息发了出去，让警察和消防员组成的多个队伍进行搜查，一旦发现，立刻通知拆弹组。

任燚也想带队去搜查，但被宫应弦制止了：“你留下。”

“我在这里也帮不上什么忙，我去……”

“你留下。”宫应弦加重语气，不容置喙道，“你比大部分警察都更了解这帮疯子，小谭那边很快就要统计完了，我需要你帮我。”虽然这确实是他想把任燚留下的原因之一，但他有更重要的、无法说出口的私心，那就是他希望任燚远离炸弹。无论炸弹最终会不会引爆，他们都不会离开，都要战斗到最后一刻，这是他们的使命。可他希望，如果那一刻真的到来，任燚能在他的身边。

“好吧。”任燚深深地凝视着宫应弦，心脏传来一阵闷痛。二十分钟后，等待他们的究竟是怎样的命运，他已经不敢去想，但能够跟宫应弦生死与共，他也无所畏惧了。

很快，王猛带队的一组消防战士就在一个配电箱里找到了第一枚炸弹，由拆弹组成功拆除。

会议室里传来一阵欢呼声。

这时，谭昊纯的资料收集也结束了。他将全国最近五年内符合宫应弦给出的条件的火灾类案件全部收集起来，一共有四百多宗。

宫应弦皱眉道：“还是太多，删除已经抓到罪犯的。”

案子一下子少了一半。

“打印出来。”宫应弦守在打印机旁，对任燚道，“现在已经来不及详细分析了，根据你的经验、你的直觉以及你对这帮人的了解，挑出那些你觉得像是他们干的。”

任燚点点头。

打印机一边往外吐纸，宫应弦一边快速浏览，他记忆力惊人，几乎一目十行，很快就能把一个案件的简述看完，他看完觉得可疑的，就交给任燚。

两人花了近十分钟，从两百多个案子里挑出了二十七宗。这其中一定有漏网的，也有误判的，但已经能够为他们提供一些基本的参考。

就在他们检索案件的同时，炸弹也被一枚接着一枚地找到并拆除。

宫应弦和任燚又将那二十七宗案子仔细看了一遍。任燚越看越觉得古怪，又说不上哪里不对。这些案子看来毫无联系，地域、背景、受害对象也千差万别，可他还是感觉到其中有什么东西让他从这些简述的背后窥见了一个阴影。

宫应弦双手撑着桌子，脸色阴晴不定。

任燚道："应弦，你看出什么了？"

宫应弦点点头："我们会觉得这些案子有蹊跷，是因为他们都不是报复性案件。但说是意外，又未免过于巧合，这种巧合里面有一点儿人为的痕迹。可假设他们是人为的，又让人说不清背后的动机。"

"对，比如这个，旅行摄影师的房车起火，有疑似人为纵火痕迹。但无法确定，也可能是煤气自燃。"

"这个是一个喜欢在网上发布奇装异服视频的博主，他的公寓起火，纵火者和他都葬身火海，但调查显示两个人并没有社会往来。"

"还有这个，什么涂鸦垃圾桶，有一段时间在网上很火，烧它们的人被抓到了，纵火者说这些垃圾桶看着很异类、很邪恶。"

谭昊纯眨巴着眼睛："他们之间都有什么相似之处吗？"

宫应弦的大脑飞速运转着，为此而感到头痛欲裂，他有些奇怪的念头，却又难以捕捉。

邱言焦急地说道："只剩七分钟了，还有一枚炸弹怎么都找不到。"

"火……"宫应弦喃喃，"火代表上天的意志，上天的意志是什么？是'公平地对待人间的一草一木，一人一物'，'赏与罚，兴与衰，生与死，都是天道'。"

众人焦急地看着宫应弦。

"'火代表上天的意志降临人间，得到启迪的人……'"宫应弦还在不停地重复着紫焰说过的话。

突然，他抬起了头，双目充血，表情甚至有些扭曲。

“你……你想到什么了？”

“我明白了，紫焰所谓的邪恶的灵魂。”

“是什么呀？”任燚急道。

“邪恶的灵魂不仅指人，也可能是一草一木，一人一物。得到启迪的人，就是得到‘火’的人，普罗米修斯盗火，但他不是为了拯救人类，他只是一个传火人，他将上天的意志带到人间，有些人受到启迪，得到了火，有些人没有得到，这里的‘火’不是真正的‘火’，而是‘启迪’。紫焰自比普罗米修斯，他就是那个传火人。大部分蒙昧的人类并没有得到火，这些人是他的目标。可还有一类人或物得到了火，却不受他的启迪，他们就是紫焰所说的邪恶的灵魂。”

众人都听蒙了。

“火是什么？火代表心，代表情绪，代表灵魂，代表生命，代表巨大的能量和蓬勃的精力，‘火’是上天赋予众生的力量。有的人得到‘火’，就像紫焰和红焰；有的人得到火，依旧是芸芸众生，只用来做饭取暖；可还有一类人，他们用‘火’让自己变得强大——无论是外在还是内在，让自己变得与众不同，让火的意志在他们身上失去了公正性。比如大火燎原，矮草都会被焚烧殆尽，可大树只要根系不死，还会重生，公平性在这里受到了质疑。”

邱言惊道：“你的意思是，他所谓的邪恶的灵魂，说白了就是那些太过出挑的人或物？”

任燚终于明白了宫应弦的意思：“其实所谓消灭邪恶的灵魂，就是消灭异己，而越是出挑的人或物，就越有震撼和示范的效果。说白了，紫焰还是为了巩固自己的统治。”

“对，紫焰用这样的逻辑去给他的组织成员洗脑，认为这些人或物不仅仅违背了公平意志，有的甚至会用火来对抗火，比如消防员，有的会用自己的火去感染别人，比如作家、艺术家、歌唱……”宫应弦突然脸色骤变，他神色凝重道，“最后一枚炸弹在歹徒身上，紫焰的最终目标是宋居寒。”

何故僵了僵，在回神的瞬间，拔腿就往门外冲。

任燚眼明手快地拦在他身前：“何工，何工，你先冷静一下。”

何故吼道：“你放开我！”哪怕是最紧张的时刻，他也表现出了非同一般的沉稳，但此时他的眼睛里只剩下慌乱和恐惧。

“何工！”任燚高声道，“你已经帮助我们找到五枚炸弹了，我们需要你用脑子思考，而不是冲动行事。”

何故此时哪里听得进去？他狠狠推了任燚一下，没推开，任燚吃痛地咧了咧嘴。宫应弦大步上前，抓住何故的肩膀把他拖了回来，将人按在了椅子上。

何故大口喘着气，眼神逐渐恢复了清明。

宫应弦直勾勾地盯着何故：“何工，现在所有人都在找那枚炸弹，他能接近舞台的概率很低，你必须冷静下来，才能保护你想保护的人。”

何故低着头，双拳握得咯咯直响。

张队长道：“我们一直在盯着监控，完全没有发现这个人的踪迹，舞台周围也有很多警察和保安，他一出现就能认出来。唯一的可能就是他藏在了什么地方，这段时间一直没有移动过。”

邱言点点头：“他肯定藏在哪里，一旦他开始移动，就是一枚移动的炸弹，即便他无法接近舞台，在任何人群密集区引爆炸弹，也会造成无可挽回的后果。”

何故掏出手机：“我让居寒离开舞台，不对，舞台可能更安全……”他握着手机，一时不知所措，额上的汗狂流不止。

“如果让宋居寒停止演出，一来会打草惊蛇，二来会引起观众恐慌。只要我们确保歹徒无法靠近舞台，宋居寒就是安全的。”宫应弦蹙起眉，“等等，这个叫王瑞的人是负责舞台搭建的，他有机会把炸弹埋设在搭建里。”

任燚急忙道：“对，我们一开始就把观众席和舞台排除了，因为我们以为紫焰针对的是观众，舞台不是一个合适的地方。但紫焰最大的目标是宋居寒，而这个人就是负责舞台搭建的！”

何故惊恐道：“最后一枚炸弹究竟是在舞台上还是在王瑞身上？”

“我们必须假设舞台上和王瑞身上都有炸弹，不能漏过任何一点。”

邱言道：“可是现在舞台上正在表演，我们的仪器没办法在那么多干扰的情况下找到炸弹，还有那么多观众都在看着，万一炸弹是在比较显眼的地方，这……”

“我有办法！”何故道，“只要让舞台停止表演一段时间就可以了，对吗？”

“一分钟就够。”

何故拿起手机：“我有办法可以切断舞台周围的电源，这样一来，所有仪器都没有了干扰，观众也看不见了。”

“你要怎么办到？”

“小松，”何故拨通了电话，“告诉居寒，最后一首歌换成《长夜》，我们需要一分钟的时间，要切断所有电源……别问为什么，他知道我的意思，赶紧去！”

邱言看了一下表：“只剩五分钟了，我们兵分两路，我去检查舞台，应弦，你们去找王瑞。”

何故抬腿就要走，任燚抓住他的胳膊：“何工，你跟着邱队长，但不可以单独行动。”

何故怒道：“你没有权利阻止我怎么行动。”

“我答应过宋老师，会把你完完整整地还给他，他不会有事的，你也不能出事。”

何故看着任燚坦诚又坚定的目光，深吸一口气：“我不会冲动的。”

任燚这才放何故跟邱言一起离开。

谭昊纯思索道：“王瑞会藏在哪里？他不可能藏得太远，他应该预料到自己的身份可能会暴露，怎么保证在最后的时刻能够完成紫焰交给他的任务呢？”

宫应弦道：“舞台埋设炸弹是一道保险，一旦失败，他还有一枚移动炸弹，我想他就算要藏，也不会离舞台太远。”

“他无论藏在哪儿，现在也该被搜出来了呀。”张队长不解道，“舞台周围和后台全被警察翻了个遍，他是插翅难飞啊。”

这句插翅难飞，令几人同时怔住了。

宫应弦慢慢抬起头，盯着天花板：“在上面。”

“屋梁上！”任燚快速道，“屋梁上既有环形的钢架玻璃罩，又有可移动的遮雨棚，藏个把人太容易了！”

他们马上朝最近的检修口跑去。

由于屋梁是钢架“编织”而成的，有攀爬的基础，从内部检修口可以上去，不怕死的，从外部顺着结构柱也能爬上去。

此时，音乐声和欢呼声震得整个场馆都在颤动，远远地，星光闪耀的舞台上，一个人正在唱歌，于几万人环绕之中，他只是一个小小的人影，却爆发出了点燃全场的热量。

这样的人身上真的有“火”，他就是紫焰所指的那把燎原的火。

可以想象，如果在万众瞩目的跨年演唱会上，宋居寒出事了，会造成多么可怕的社会影响！这就是紫焰想要的，他要制造巨大的“恐惧”，以奠定他万人之上的地位。

一群人从检修口爬上了屋梁，整个场馆在脚下尽收眼底，密密麻麻的人群和绚丽辉耀的灯光让这场景充满了梦幻的色彩。

由于屋梁是弧形起伏设计，他们只能看到波峰，波谷则下沉在视野之外，距离主舞台最近的一段屋梁，刚好就在波谷。

从屋梁到主舞台，直线距离有一百多米，但由于落差足够高，抛扔炸弹就算炸不到宋居寒，炸毁了几吨重的舞台搭建或扔到人群中，都是让人不敢去想的可怕画面。

屋梁上虽然能行走，但非常危险，一个不慎就可能从八层楼高的地方摔下去，工人检修都是带防护措施的，而他们没有时间做任何防护。

“王瑞！”宫应弦掏出枪，一边往前走，一边大声喊着歹徒的名字。几名警察严阵以待地跟在后面，任燚也跟了上来。

“王瑞，你已经被包围了。”

一个人影从低洼处闪过。

宫应弦给几人使眼色，让他们从旁边绕过去包抄。

“王瑞，出来吧，我看到你了。”宫应弦举着枪，一步步走了过去。

一个男子正站在屋梁的边缘，手里抓着炸弹，脸上写满了狰狞：“别过来！”

宫应弦寒声道：“王瑞，放下炸弹，否则我会开枪。”

“我不叫王瑞，我是红焰。”

“红焰已经死在医院了。”

“红焰不止一个，每个人都可以成为荣耀的焰火。”

“无论你是谁，你已经被包围了。”

“我随时都会引爆炸弹，你别过来，就站在那里。”王瑞吼道，“我会往人群里扔，下面全是人。”

“紫焰为什么自己不来执行任务？你就这么心甘情愿来给他当炮灰吗？”

几名警察已经绕到了王瑞四周，任燚则在王瑞身后。

“紫焰有着更崇高的使命，而我的使命在这里。”王瑞眼中毫无畏惧，只有病态的兴奋。

宫应弦看了一下表，竟然只剩一分多钟了。此时一秒钟的流逝也足够让人心惊肉跳。

这时，音乐声突然停了，宋居寒的声音响遍场馆的每一个角落："朋友们，再过九十秒，我们就要一起迎接新年了。我给大家准备了一份礼物，一个惊喜，是我最近写的一首歌。"

舞台下传来阵阵笑声和起哄声。

"本来我想修改一下再唱给大家听，但我突然觉得，这首歌非常应景，它的名字叫作《长夜》。"宋居寒轻轻一笑，"每个人都经历过夜晚，有些夜晚长得好像等不到天明，我们在这长长的夜里，忍受着黑暗和梦魇，祈祷着曙光降临。也许你真的等了很久，等到快要绝望了，想要放弃了，希望这首歌能给你坚持下去的勇气，因为长夜一定会结束，黎明一定会到来。接下来，我想陪在场的每一个人度过这个长夜。"

下一瞬，场馆里所有的灯光都熄灭了。

早已有所准备的任燚在灯光熄灭的瞬间打开了手机的手电筒，照向王瑞，宫应弦毫不犹豫地开枪，带了消音器的手枪发出"啾"的一声，一枪命中了王瑞的肩膀。

王瑞受到子弹的冲击力，摔倒在地，炸弹也脱手掉在了地上。

几人一拥而上，但脚下全是交错的钢梁和玻璃，哪怕有光的时候都不好走，此时四周漆黑一片，磕磕绊绊在所难免。

任燚一直拿着手机照明，是唯一没有踉跄或摔倒的，他以最快的速度跑了过去，在王瑞抓到炸弹时，扑到了他身上，两人在钢化玻璃上扭打起来。

任燚一只手将王瑞锁喉，一只手去抢炸弹，王瑞拼命挣扎，用手肘狠撞任燚的腰腹。

宫应弦也扑了上来，一记重拳砸在了王瑞胸骨下方的横膈膜上。

王瑞发出一声像被掐了脖子的惨叫，痛得整个人都软了。

任燚趁机抢走了炸弹。

炸弹上显示的倒计时是十秒。

两人对视一眼。

宫应弦伸手去抢炸弹，任燚却一个翻身从地上站了起来。

宫应弦看着任燚坚毅的眼神，颤声道："你别动。"

任燚抓着炸弹往屋梁的外沿跑去。

“任燚！”宫应弦想也没想，不顾一切地追了上去。

在炸弹的倒计时将要走完的最后三秒，任燚聚起全身力气，将炸弹用力地抛向高空，同时他脚下踩空，从屋梁上滚了下去。

宫应弦飞身而起，在任燚就要从二十几米高的屋梁上摔落时，一把抓住了他的手，他整个身体也被任燚拽着往下滑，他手脚并用，勉强卡住了略凸起于玻璃面的钢架，两人危险地悬在半空中。

炸弹炸响，冲击波像一记无形的重拳，狠击在两人身上，周围的数块钢化玻璃也应声裂开。宫应弦被震得几乎要吐血，但他死死地抓着任燚没有放手。

同一时间，新年的钟声敲响，无数烟火如流星般蹿上场馆上空，在黑夜中绚丽绽放，长达一分钟的“长夜”过后，舞台上重新亮起灯光，奏起音乐。

整个世界的黑暗与沉默，在刹那间变成了光明与喧闹，就连炸弹爆炸的声音和火光，都被巧妙地掩饰了。

任燚仰头看着宫应弦，有万千话语，却不知道该从哪句说起。

宫应弦也看着任燚，他也想说些什么，可他疼得开不了口。他的内脏剧痛，还一只手抓着一个成年男子，整个身体都好像从外部撕扯。他只能勉强吐出三个字：“坚持住。”

其他人都跑了过来，一个拽一个地抓住宫应弦和任燚，将两人一点点儿拖了回来，直到拖回安全地带。

宫应弦始终没有撒手，在脱险之后，怒骂道：“你不要命吗？”想到任燚向下坠落的身体，他就怕得肝胆俱裂……

任燚鼻头一酸，这是宫应弦第几次救他了？

他瞬间没有了力气，看着满天绽放的烟花，幻想着此时此刻，他和宫应弦还在继续听着演唱会跨年，一起欣赏浪漫的烟火。

原本这是一个多么好的夜晚。如果，什么都没有发生就好了。

张队长带其他人去把王瑞铐了起来，抬下去送医。

逐渐缓过来的两人从玻璃上坐了起来。

相顾无言。

好半晌，任燚道：“结束了。”

宫应弦沉默着。

“咱们这次干得太漂亮了。”任燚笑笑，“还好没有一个无辜的人受伤。”

“嗯。”

任燚透过玻璃，看着下面正在跨年狂欢的人们，他们沉浸在喜悦的气氛中，浑然不知过去的一个小时里发生了怎样惊心动魄的故事。他自嘲一笑：“本来我是想约你一起听演唱会，也没想到会变成这样。”

宫应弦也低头看了一眼，轻声说：“演唱会还没结束。”

但漫长的夜晚已经结束了。

从屋梁上下来后，任燚发现宫应弦就站在检修口外面的走廊上，一看到他，宫应弦就冷着脸说：“你去救护车上检查一下。”

任燚心想：他是在等我吗？

他连忙说：“你也要检查一下。”

“走吧。”宫应弦信步往外走去。

任燚跟上了宫应弦的脚步，他十分想求证，他们现在算是和好了，还是在冷战，宫应弦是愿意跟他恢复朋友的关系，还是彻底不想再接触了。可他不敢问。

两人来到救护车前，急救员分别给他们听了一下内脏：“去医院做个检查吧。”

“不用了。”宫应弦冷着脸说。

“用。”邱言走了过来，双手环胸看着他，“你能比急救人员更专业吗？人家让你去医院你就去医院，快上车。”

宫应弦原本还想反抗一下，但老远见到宋居寒和何故朝他们走来，他扭头就上了救护车，还把车门关上了。

“任队长。”何故走到任燚面前，歪着头看了看救护车，“宫警官受伤了吗？我想跟他当面道个谢。”

“没大事。”任燚无奈一笑，“他不太擅长社交，你不用在意。”

宋居寒耸了耸肩：“要不是出了这种事，我还是不相信他是警察。”

“邱队长，任队长，谢谢你们。”何故伸手与他们相握，诚挚地说，“也感谢今晚的警察和消防员，你们救了所有人。”

邱言笑道：“何工，我们才应该感谢你。没有你的专业帮助，我们不可能在这么短的时间内找到所有炸弹。”

“是啊，何工，真的多亏了你，你真是太牛了！”任燚握着何故的手用力晃了晃，“还有宋老师，也谢谢你的高度配合，最后这首歌真是太巧妙了，让拆弹组成功找到了炸弹，而且没有引起观众的恐慌。”

宋居寒看向何故，两人会心一笑：“任队长，我从来没有经历过这么惊险的事，还好有你们在，让我们，让这么多观众都能平安回家，谢谢。”

任燚含笑点点头。

“哥！”远处传来一声叫喊。

这声音令任燚的神经顿时紧绷了起来，他偏头一看，果然看见远处正在朝他拼命挥手的祁骁。

宋居寒的粉丝都被拦在隔离带外面，保安力量不够，消防员也在帮忙维护秩序。

任燚想假装没看见，祁骁却发现了站在一旁的刘辉：“刘辉大哥，让我进去一下啊。”

刘辉不知道他们之间的门门道道，就放祁骁进来了。

“哥，怎么回事啊？来了这么多警车和消防车。”祁骁跑到任燚身边，又紧张又兴奋地看着宋居寒，恭敬地叫道，“寒哥，何总。”

宋居寒没拿正眼看祁骁，只是随意地点了点头。

“哥，你认识寒哥吗？”祁骁眼睛发亮地看着任燚。

“呃，我找宋老师要过签名。”

祁骁殷勤地说：“寒哥，我是一个新人演员，我正在跟CoCo姐谈经纪约呢，要是成了，以后也是你的员工了。”

宋居寒挑了挑眉：“哦，是吗？”他看了看祁骁，又看向任燚，“这是你弟弟吗？”

任燚不自在地点点头：“是我朋友。”

祁骁很是亲热地一把搂住了任燚的肩膀：“我跟我哥认识好多年了，我哥特照顾我。”

当着宋居寒的面，任燚不好扫祁骁的面子，他不着痕迹地往前一步，躲开了祁骁的手，淡笑道：“祁骁是一个不错的演员，如果有合作的话，希望宋老师稍微照顾一下。”

宋居寒颔首：“没问题，算我还任队长一个人情。”

祁骁兴奋到一张俊脸上全是光彩：“谢谢寒哥，谢谢寒哥。”

几人又聊了两句，宋居寒和何故就告辞了。

邱言嘱咐他好好检查身体，也去忙善后了。

当只剩下任燚和祁骁时，祁骁面露一丝尴尬，他小声说：“哥，谢谢你，我真的打算签宋氏传媒了，宋居寒一句话对我来说就是天翻地覆的变化。”

任燚知道刚才祁骁在利用他和宋居寒套近乎，但并不在意：“我明白，祝你成功。”

“我走了。”

“再见。”

祁骁倒退了几步，笑了笑：“也许有一天，你会在很多地方看到我，多到你不想看都不行。”

任燚也笑了：“希望有那一天。”

祁骁摆摆手，忍着鼻酸，转身走了。

任燚打开救护车的门，上了车。

宫应弦坐在车里，斜睨着他，目光冰冷。

任燚坐在宫应弦对面，敲了敲隔板：“走吧。”

5. 谁是邪恶的灵魂

到了医院，之前给他们治疗的医生调侃道："你们这是要加入我们医院 VIP 啊，才出去几天又回来了。"

任燚苦笑道："是啊，打折吗？满减吗？"

"又不用你花钱。"

两人做完一套身体检查，已经是半夜。

虽说没有什么大碍，但理应休养几天，只是两人现在根本不可能把时间浪费在休息上。

紫焰已经彻底疯了，这次体育馆的阴谋没有得逞，他绝不会善罢甘休，谁知道之后又会做出什么丧心病狂的事情，必须尽一切力量早点儿抓到他。

宫应弦从医院出来，就把一堆单据扔进了垃圾桶。

任燚偷偷看了他一眼："你饿不饿，要不要……"

"我要回现场。"

"现在？"任燚看了看手表，都快三点了。

"言姐他们还在现场取证，现在是抓捕歹徒的黄金时间。"

"那你注意休息。"

"你父亲在家不安全，紫焰今晚受到挫败，极有可能针对我们进行报复，天亮后，我派人去接他。"

"好。"虽然有些仓促，但宫应弦说得有道理，任燚现在根本不放心他爸一个人在家，他现在就想回家陪他爸。

宫应弦凝视着任燚，严肃地说："还有，在我们抓到紫焰之前，你不要单独行动，平时都待在中队，出警也要格外小心。"

任燚道：“你也一样，无论是回家还是工作，都要加倍小心。”

宫应弦几不可见地点头，转身走了。

任燚看着宫应弦的背影，忍不住叹气。根据成年人的默契，他们应该当作什么都没发生过，他们现在除了私交，还有很多工作上的往来，在正事、大事面前，不可能幼稚到玩儿什么冷战、绝交。

只是隔阂终究是有了，再难消除。

到了家，上夜班的保姆惊醒了，他便“嘘”了一声。他悄悄走到任向荣的房间，打开门，看见他爸正在安睡，悬吊了一整夜的心终于回落了原位。

他回到自己房间，倒在床上，只觉又困又累，连一根手指头都不想动了。

这一晚发生的事，仿佛有一个世纪那么漫长。他原本期待的演唱会跨年夜，被毁了个彻底。他的情绪就像过坐山车一样，接连经历了喜悦、伤心、惊恐、失落，此时已是百感交集。

闭上眼睛，眼前浮现了今夜发生的种种。他已经没有力气产生任何激烈的情绪，现在他只想睡一个好觉，也许他能做一个没有争端，没有伤害，也没有犯罪的普通的梦。

他沉入了梦里。

第二天一早，宫应弦派了车来。

任燚早已跟他爸沟通过了，但他怕他爸多想，就没提医院和宫应弦的关系。不过一早上起来就要收拾行李，他爸还是抱怨了两句“怎么这么仓促”。

最近发生的事越严重，任燚越不敢告诉他爸，即便是他自己都为安全感到担忧，又如何说服他爸放心呢？现在唯一能让他放心的，就是把他爸送到一个保密的，二十四小时安防的，有人照顾的地方，宫应弦入股的医院确实是最好的选择。

到了医院，一切手续都办好了，韩医生把任燚叫到一边，殷勤地说：“任队长，您就放心把老队长放在我们这儿吧，宫博士特意嘱咐过了，我们全院都非常重视。”

“那就麻烦你们了。”任燚看了看头顶，“这里到处都是摄像头吧？”

“是的，二十四小时安防和护理，非常安全。”韩医生笑道，“您也随时都可以来看他，我们对老队长的治疗和复健安排，也会及时与你跟进。”

“好的，谢谢你们了。”

任燚回到病房，任向荣正在熟悉床头的智能开关，见他进来，说道：“这里环境太好了。”

任燚笑了笑。

“一个月多少钱啊？”任向荣有些不安地说，“这地方可比养老院贵多了吧？”

“你的医保报了一部分，他们医院还有针对老兵的公益医疗，所以没花多少钱。”

“真的呀？”任向荣高兴地说，“那真挺好。”

任燚坐在床边，温言道：“爸，这段时间我特别忙，可能不能经常来看你，咱们平时可以视频，好吗？”

“你别把我当小孩儿，你忙你的，还有一个月就过农历年了，肯定好多事呢。”任向荣看了他一眼，“你是不是昨晚去执勤没睡觉啊？你看你的脸色，都发青了。”

“我忙到挺晚的，演唱会嘛，后面有好多善后的事。”

“我看了一会儿电视就去睡了，闹闹哄哄的我也不爱听，还挺顺利的？”

任燚面上掩饰得很好：“顺利，我还要了一个大明星的签名呢。”昨晚的事被完全封锁了消息，即便现场有人对种种反常感到怀疑，也不会有途径去知晓或证实。

任燚把他爸安顿好，连饭也来不及吃，又匆匆赶回了中队。

路上，他分别接到许进和宫应弦的信息。许进要他下午跟曲扬波去支队开会，跟这次的事有关。宫应弦则要他下午去分局录口供。

任燚一回到中队，就被战士们团团围住，纷纷追问起他昨晚的细节。换作平时，他少不了要吹吹牛，渲染一下自己的英勇事迹，但此时他一点儿心情都没有。

他把所有人召集到会议室开会，严肃地说：“过去几个月，我一直在配合警方办案，很多细节我没告诉你们，不过经过鸿武医院的事，大家多少也都知道了，我们碰到了一个以纵火为主要犯罪手段的邪恶组织，这次演唱会险些出大事，也是他们干的。”

众人的表情也跟着凝重起来。

“演唱会的事要严格保密，这个不用我多说了，我现在想说的是我们后面的工作。这个组织非常邪恶、疯狂，根据警方目前的推测，多年来，他们在全国各地发动过多起纵火案，有些还被伪装成了意外。他们一直隐藏自己的存在，但他们作恶太多，随着警方的调查，现在已经被发现了。所以这个组织的首领开始主动出击，对我们是报复也好，挑衅也好，总之，昨晚的演唱会他如果得逞了，造成的损失不可估量。好在他没有得逞，但他肯定也不会善罢甘休，他的行为会越来越乖张疯狂，我们要有心理准备。”

曲扬波沉声道：“警方现在掌握了多少线索？”

“已经掌握了很多，现在还活捉了一个成员，相信警方一定可以将这个组织一网打尽。但取证和抓捕都需要时间，在没有抓到他们之前，我们有理由相信消防员是他们攻击的目标之一。”按照宫应弦当时的分析，消防员是用火对抗火的人，自然也是紫焰所谓的“邪恶灵魂”的代表。

战士们面面相觑。

“今天下午，我既要去分局录口供，还要跟指导员去支队开会。这次危机不仅仅是人民的、警察的，也是消防队的。因为罪犯是一帮有组织，被洗脑，还具备各种专业知识的纵火犯，而且因为之前跟这个组织相关的几个案子都是我们中队参与救援的，所以这个组织盯上了我，很可能干出危及我们整个中队的事。”

高格道：“咱们不怕他们。”

“对，我们不怕他们，敢来就拿水枪喷死他们。”

“我知道大家不怕，我们是正义的一方，正义必不惧怕邪恶。但我要求大家从现在开始，一是尽量不单独行动，二是对之后每一次的出警都严加小心，也许那里面就有那个组织布下的陷阱。下午我们也会跟支队讨论，怎么更好地保证大家的安全，同时做好日常工作。”

散会后，曲扬波一脸沉重地说：“没想到事情会闹得这么大，本来以为只是国外的一个暗网，谁想到会牵扯出这么多案子。”

“如果没有牵扯出这么多案子，以前那些被害人就永远得不到正义，以后也还会有更多被害人。”任燚深吸一口气，“这也证明他们的气数尽了。”

曲扬波看了看手表："咱们几点去支队？总队现在非常重视，上午公安总局的领导找咱们总队的领导开了会，现在需要消防和警方全力配合，陈队长要跟我们好好商量一下。"

"我要先去分局那边录口供，要不你跟我一起去分局吧，之后咱们再一起去支队。"

"好，走吧。"

路上，两人聊起昨晚的细节，曲扬波语重心长地说："任燚，我知道你这个人一腔热血，但你别忘了你爸还需要你，凤凰特勤中队这么多兄弟也需要你，你不能不要命啊。"

任燚故作轻松地说："谁说我不要命了？我可惜命了，昨晚真是紧急情况，不然还能怎么办啊？"他不是不怕死，只是每个人都有愿意用生命去守护的东西，如果不处理炸弹，宫应弦就会有危险，下面的观众也会有危险，那个时候，他根本没有时间思考，只是本能那么做罢了。

曲扬波摘下眼镜，揉了揉疲倦的眉眼："我真是有点儿害怕。"

任燚看了看曲扬波，心里有些不好受。

"我开始以为是独立案件，多坏、多变态的犯罪咱们也不是没见过，但我万万没想到，这会是一个组织。说实话，我真的有点儿害怕了。我担心你的安危，担心所有人的安危。"

"我明白，我也害怕。"任燚苦笑道，"今天一早我把我爸送走了，那个头子可能盯上我和宫博士了。"

"你做得对，以后你也不要单独行动了。"

任燚点点头："相信邪不胜正吧，我们一定会抓到他们的。"

两人到了分局，任燚进去录口供，但见整个分局的气氛跟平时不一样，尤其是女警，非但不像平时那样热情欢迎他，还几乎无视了他，正兴奋地讨论着什么。

宫应弦和蔡强都在，蔡强道："任队，你早来一会儿就好了，何工前脚刚走，他还问起你呢。"

"何工刚走？是不是宋居寒陪他来的？"

"是啊，不愧是明星，他可真好看啊。"

任燚顿时明白女警们为什么这么激动了。

宫应弦轻咳一声："说正事。"

任燚把昨晚发生的事详细描述了一遍，整个过程没花费太多时间，因为宫应弦几乎都知道。

录完口供，蔡强去忙别的了，屋里只剩下两人面面相觑。

任燚抓了抓头发："那个，王瑞怎么样了？"

"他做完手术了，死不了。"宫应弦道，"我们已经把他调查清楚了，紫焰特别擅长对这种不善于融入社会的人进行洗脑，我们会找来他的家人，配合心理医生做干预。只要让他摆脱邪教的操控，他就会配合我们，紫焰给我们送了一个有利的证人。"

"太好了。"任燚道，"对了，我爸已经在医院那边安顿好了，谢谢你。"

"不用客气。"

两人之间又陷入尴尬的沉默。

原本他们已经是有聊不完的话题的朋友，一夕之间就变成了这样。

宫应弦收拢资料："听说上午公安和消防的高层开了会，这次的案子会配置更多资源，我们一定会尽快抓到紫焰的。"

任燚："有你在，罪犯肯定会抓到的。"

宫应弦面无表情地站起身："我先走了。"

"那个，火灾调查什么时候做？"任燚道，"现在你家的案子也跟这个组织有关了，也许能找到关联线索。"

"我实在抽不出空来，只能半夜了。"

"半夜就半夜。"任燚道，"这对你很重要，对我也很重要。"

宫应弦看着任燚："为什么对你重要？"

"呃，因为对你重要，对我就重要。"

任燚为了缓和气氛，勉强笑了笑："那要不就今晚吧，本来我们也是说好过完年的。"

宫应弦迟疑了一下："好，今晚，我晚上派人去接你。"

"不用了，我自己开车去就行，我记得你家怎么走。"

"不行，我说过，你不要单独行动。"宫应弦收拾好资料，"等我通知吧。"他走了两步，又顿住了，"把淼淼带上。"

任燚愣了愣心里终于涌入一丝暖意。

离开了会议室，他去找曲扬波，两人一起去了支队。

曲扬波正跟一个熟人聊天，见任燚出来了，就走了过来，盯着他的脸："你怎么了？口供录得顺利吗？"

“顺利。”

到了支队，他们开了一下午的会。总的来说，就是讨论凤凰特勤中队和任燚个人目前面临的威胁，以及全力配合警方尽快抓到紫焰及其他邪恶组织成员。

开完会，任燚让曲扬波先回去，他自己去了一趟支队的火灾调查科，他想了解火灾调查方面的历史。十八年前，火灾调查还没有成立专门的科室，而是由警方负责，但找来的顾问也全部是消防专家，所以在这里应该可以了解到当年的火灾调查主要是用什么手段、工具。

火灾调查科里几个资格老的，要么曾经是他爸的下属，要么也跟他爸认识，多是因为身体、家庭、学历等各种事情没能继续往上走，才调来这里的。

因为这是一个上升空间有限的地方，所以人员一直很稀缺，上面也在招聘和培训新人。

任燚跟几个熟人打了招呼，也遇到了之前协助他调查的张文。

一个老调查员知道任燚的来意后，颇为不解地问他为什么对这个感兴趣，被他搪塞了过去。

最后，老调查员让张文带任燚去档案室和仓库，那里有很多以前的资料，还有一些退役了的器械。

张文看到任燚还挺高兴的：“任队长，现在队里都传开了，说您帮警察破了好多案。”

“也有你的功劳。”任燚敷衍了几句，他现在没心情提，转而问道，“你最近怎么样？转事业编了吗？”

“今年应该有希望，不过前段时间有个保险公司想挖我，他们也需要火灾调查员，工资反正比这儿高多了，我还挺犹豫的。”

“你还年轻，不急着做决定。”

两人来到档案室。

张文道：“这些资料里有火灾调查的发展史，退役的器材什么的不在这里，我可以带您去看。”

“行，我先看看资料，这些可以借走吗？”

“您跟孟科长打个招呼，过段时间送回来就行，器材也是。”

“好，你忙去吧。”

任燚在档案室里翻了一下午的资料，了解一下当年的调查水平，会有助于他发现宫家的案子里的漏洞。毕竟十八年间，科技发展得太快，很多东西现在用高级仪器可以轻易查出来，以前却是没有那样的条件。

最后，任燚借走了一些资料和器材，返回中队。

他从昨天到现在只睡了四个小时，此时已经疲累不已，便回宿舍睡了一觉，直到晚上十一点多被电话吵醒。

“喂？”任燚一边打哈欠一边接了电话。

宫应弦清冷好听的声音在电话那头响起：“我在你们中队。”

任燚猛地从床上坐了起来：“你不是派司机来吗？”

“司机不配枪。”宫应弦，“你收拾好就下楼。”

“好……好。”

挂了电话，任燚已经清醒了许多。宫应弦是担心他的安全，所以亲自来接他吗？他抓起在他身边睡觉的淼淼，用脸蹭了蹭它毛茸茸的脑袋。

上了车，任燚发现宫应弦满脸倦意，眼下一片青色的阴影。

任燚皱眉道：“你从出事到现在睡觉了没有？”

“眯了一会儿。”宫应弦不甚在意地说。在演唱会发生的事无论是紫焰的事还是任燚的事，都让他难以入眠，所以他不停歇地工作到现在。

“我来开车吧，我好歹睡了一会儿。”

两人交换了位置，任燚把淼淼放到宫应弦身上：“你也睡一会儿吧。”

“我睡不着。”宫应弦摸着淼淼，“它长大一点儿了。”

“天天吃，当然会长大了。”任燚道，“你把椅子放下，多少休息一下，睡眠不好会影响思考能力。”

宫应弦把椅子放倒，稍稍舒展了一下腰身，然后拉开羽绒服的拉链，把淼淼塞进了怀里。

淼淼探出一个小脑袋，喵了一声，乖巧地趴在宫应弦身上，蜷缩好身体准备继续睡，显然很满意这样温暖的包裹。

“它多久洗一次澡？”隔着羽绒服，宫应弦轻拍着淼淼的身体。

“自从它来了就没洗过澡。”任燚发动了车，“在宠物店养伤的时候洗过，猫几个月洗一次没关系吧？”

宫应弦白了任燚一眼：“到我家洗吧。”

任燚淡笑道：“你嫌它脏还塞怀里？”

“我不嫌它脏。”宫应弦想了想，解释道，“它是脏，但我不嫌弃它。”

“看来你的洁癖有好转。”

“没有。”宫应弦道，“它是我的猫。”

6. 密室火场

两人就这么沉默着一路开车到了宫应弦家。

盛伯依旧热情地接待了任燚，可此时面对盛伯的笑容，任燚只感到心虚。

到家后，宫应弦把淼淼交给保姆："给它洗个澡，我也去洗个澡。"

盛伯开心地逗了逗淼淼，然后就带着任燚来到餐厅："任队长，你饿了吗？我们准备了夜宵，都是你爱吃的。"

任燚干笑道："谢谢。"

"演唱会你们玩得开心吗？"盛伯笑眯眯地说，"少爷还特意让我去给他买了休闲的衣服，他好久都没穿那样的衣服了，好像回到了学生时代，真是让人怀念啊。"

"哦，还行，挺好听的。"

"少爷也是第一次听演唱会呢，以前让他去人多的地方，哎哟，简直跟要他的命一样。他只有为了工作才愿意强迫自己忍耐很多事，但是因为任队长，他好几次突破自己的限制。庞贝博士非常高兴，他说你对少爷的鼓励作用比任何方法都有效。"

"庞贝博士？"

"是少爷的心理医生，少爷能像现在这样基本融入社会，都是他多年治疗的成果。他还说下次回北京想见见你呢。"

"哦，好。"

"庞贝博士说，一个能让少爷真正打开心扉的人，才能对少爷起到最大的引导作用，所以少爷有你这个朋友真是太好了。"盛伯殷勤地给任燚倒了一杯热茶，"任队长，我们真的不知道该怎么感谢你。"

任燚被夸得都不好意思了。他吃了几口就放下了筷子，干笑道："盛伯，我来之前吃过饭了，现在吃不下了。"

"哦，没关系，你们晚上不是要工作吗，要是饿了随时叫我。"

任燚不想在这里继续面对盛伯殷切的目光，便提出想去看淼淼洗澡。

他过去的时候，淼淼已经快洗完了，任燚便帮着保姆把它的毛发吹干了。

洗干净之后的淼淼皮毛又软又香，就连曾经被烧伤的地方也长出了细细的茸毛，不那么明显了。任燚抱着淼淼，打算去给宫应弦看看。

任燚走到宫应弦的房门前，却发现门没有关，主人好像十分匆忙地进去了，所以门仅仅是虚掩着。

任燚轻轻敲了两下门，没有回应。他顿时有点儿担心。宫应弦是极度注重隐私的人，进卧房不关门几乎不可能。想到宫应弦近两天没睡觉，那脸色明显是非常疲倦，且透出低血糖的迹象，他犹豫了一下，轻轻推开了门，发现宫应弦穿着浴袍趴在床上。宫应弦拖鞋没脱，被子也没盖，并不像是准备睡觉的架势。

糟了，他不会是晕倒了吧？

任燚有些着急了，他走过去轻声叫道："应弦？应弦？"

宫应弦却毫无反应，只是呼吸平稳，看来似乎睡得很沉。

任燚把淼淼放在了一边，他记得宫应弦睡眠非常浅，不可能这样都不醒。

如果叫不醒的话，他就得叫医生了。

任燚推了两下宫应弦的肩膀："应弦，醒一醒，你怎么了？"

宫应弦突然睁开了眼睛，任燚吓了一跳，连忙缩回手。

"你干什么？"他刚洗完澡，只罩了一条浴袍。

宫应弦甩了甩脑袋，清醒了几分："你进来做什么？"

"我送淼淼过来给你看，然后，我看你好像晕倒了？"

"怎么可能？我洗完澡出来太困，想躺一下而已。"

任燚松了一口气，把淼淼递给他："你想睡就继续睡，不要太累了。"

宫应弦用修长的食指挠着淼淼的下颌，任燚也轻轻弹了一下它的小脑袋。

两人聊起了淼淼最近爱在猫砂盆外拉屎的"恶行"，他们之间终于找回了一些从前的融洽。

待邱言到时，已经很晚了。

当三人齐聚在那间放满证物的书房时，每个人都戴上了一张平静的面具。

邱言与任燚平静地打招呼，任燚与宫应弦平静地对视。

好像一切都很平静，但想到即将要面对的东西，其实两人都是心潮涌动。

经过一段时间的准备，宫应弦不仅把当年所有的影像证据都做了修复，甚至根据设计图、照片和记忆，搭建了一个房屋的透视模型。

而任燚也带来了他从消防队找来的所有资料。

邱言围着桌上的模型转了一圈："跟我记忆中的差不多，还原得很好。"

宫应弦低着头，静静凝视着这栋三层别墅的模型，没有说话。

"任队长，任队长？"

任燚猛然惊醒，茫然地看着正在唤他的邱言道："不好意思，我可能……"

"你困了吗？"

"还好。"任燚走到一边，拿起咖啡喝了一口，"没事，我们开始吧。"

邱言首先说起时间线："应弦看到面具人大约是在凌晨两点，当时他起夜上厕所，看到一个戴鸟面具的人在院子里活动，他感到害怕，就躲进了被子里。应弦的母亲报火警的时间是两点三十六分，报警内容你们都听过了，没有指明有外人纵火，也没有任何言辞指向自己的丈夫纵火。第一个消防中队到达的时间是两点四十四分，进入救援的时间是两点四十八分，三点差三分的时候，应弦被救出，三点三十八分，火被扑灭。"

短短一段时间线的描述，概括了一家四口最后的时光，在恐惧和痛苦中挣扎的最后时光。

宫应弦一动不动地站在一旁，面上是冰冷的表情。为了追寻真相，这些内容他早已经熟悉了千万遍，包括母亲绝望的求救声。他已经麻木了，麻木的背后，是遍体鳞伤下失灵的痛觉神经。

邱言看着任燚继续说道："当时第一时间到达现场的消防中队，是鸿武区第五中队，应弦告诉我，第一个进入火场救出他的消防员，是第五中队队长，也就是你的父亲。"

任燚点点头："第五中队就是凤凰中队的前身，后来经过组织架构的调整，新增了好几个中队，重新规划了辖区，宫家的原址现在已经不属于凤凰中队的辖区了。”

“这样的巧合……”邱言顿了一下，面上浮现一丝难懂的情绪。

“怎么？”

“没什么，只是太巧了。”邱言道，“你们之间，真的有缘分吧。”

换做以前，任燚会调侃几句，但现在他只是淡淡一笑。

宫应弦接过话头：“这个模型是按比例复原的。别墅一共有四层，地上三层，地下一层。地下是车库和储藏间，一层没有客房，全是功能区，二楼南侧这间是我父母的主卧，这两间是客房和书房。”他用激光笔依次指着他提及的每一个区域，“我和我姐住在三楼，南侧并排的这两间。凶手将助燃剂洒在一楼和二楼，火先从一楼开始烧，迅速往上蔓延，由于火把下楼的路完全封堵，且我和我姐姐在楼上，所以我父母一定会上楼。等他们上楼找到我们，我们全家人都被困在了三楼，每个窗户都有防盗网。”

任燚叹了一口气。

那个年代家家户户都装防盗网，直到最近十来年，因为防盗网阻碍逃生的悲剧越来越多，防盗网才逐渐安装了逃生门。

“最后，我们躲进了我房间的浴室。”宫应弦的声音越发深沉，“我对这一段记忆很模糊，在心理医生引导我回忆的时候，我的意识也非常抗拒，那个面具人反而相对清楚一些。”

任燚道：“你当时跟警察说了什么？有提到面具人吗？”

宫应弦摇头：“事发之后，我有将近半年不肯开口说话。在国内的治疗不顺利，我爷爷便送我去了M国。等我能想起一些的时候，早就结案好几年了。”

“所以，你没有向警察提供任何证词。”

“即便有，一个六岁小孩的证词在法庭上也是无效的。”邱言道，“伯父最终会判定为畏罪自杀，就是因为没有足够的证据证明他人纵火。”

任燚围着模型转了一圈，然后拿起资料仔细对比，并将一根标签插在了客厅的沙发旁：“按照报告显示，这里是起火点，但是厨房煤气罐爆炸，也留下了很明显的燃爆和深度燃烧的痕迹。”

邱言指了指一旁的焦黑物体：“这是当时沙发的一段残骸，上面有酒精痕迹。”

“沙发当时确定是摆在这里吗？靠窗这里？”

“对。”

“如果沙发是起火点，助燃剂顺着沙发一路洒到房门、厨房、楼梯口、楼梯，火势在一楼扩散并且上楼……”任燚思索着，“可行是可行，但总觉得哪里有点儿问题。”他继续翻找着照片。

“你看这张。”宫应弦将一张现场照片递给他，“这么大的火，窗帘却没有受到太大损伤，正常吗？”

“窗帘虽然是高度可燃物，但是跟助燃剂相比，肯定是后者更吸引火。”任燚皱起眉，“不过，就算火势是顺着助燃剂蔓延的，窗帘靠沙发这么近，按理说也该烧没了，只烧了一半……”他脑中闪过一个念头，“风。”

“风？”邱言道，“你是说风向？”

“对，风向在火灾中太重要了，能完全控制火的蔓延方向。假设有风往窗帘的反方向吸引火的话，就可以解释为什么窗帘能幸存下一半，那么这个风的方向就是……”任燚查看着别墅的模型，“东面，厨房窗户？”

邱言惊道：“凶手打开了厨房窗户？当时是深秋，不会有人忘了关窗户的。”

宫应弦找出厨房的照片，爆炸过后，损坏严重，仅剩下木框的窗户确实是开启的，但无法判断是人为的还是爆炸冲击波造成的。

“有一个问题。”任燚深深蹙眉，“我可以理解凶手为什么要把火往厨房引，因为厨房有非常多的电器和煤气，但按照助燃剂的痕迹，也就是他浇汽油的痕迹，火势往东，他在客厅点火，你们看这个一层的结构，他这么做，岂不是把自己困在火里？”

两人观察着模型：“是啊，大门在客厅前往厨房的路上，他自己怎么逃生？”

“他只能往楼上走。”宫应弦手里激光笔的红点停留在了楼梯上。

“不太现实，楼梯上也有助燃剂，他在客厅点燃助燃剂，然后往楼上跑？不可能，他绝对跑不过火蔓延的速度。如果说助燃剂是他在点燃客厅之后才倒的，火上浇油，可能引火自焚，有点儿常识的纵火犯都不敢这么干。就算他这么做了之后没有被烧伤，上楼之后呢？窗户都是封死的，他会把自己困在火场。”

“这岂不是一个悖论？难道起火点不是客厅？”

“就算起火点在厨房，他也一样出不去啊。”

三人陷入了沉思，似乎有什么东西呼之欲出，但就是想不出来。

良久，宫应弦才开口道："我们先入为主了，如果凶手不是在屋内点火的呢？"

任燚眼前一亮："对，他完全可以浇完汽油之后，离开别墅，从厨房窗户点火！"

邱言翻看着厨房和客厅的照片："可是这样一来，怎么解释客厅的这些V字烧痕，地板烧坑？这些不都是起火点的证据吗？"

任燚心中一沉，迟疑道："我有一个猜测，但是……"

宫应弦果断地说道："不用但是，你直接说。"

"假如我是凶手，我对火非常了解，对火灾调查的手段也了解，我想伪造男主人畏罪纵火自杀，我首先要做到什么？我要抹去这个房子里我存在过的痕迹，让一切看来都是屋子里的人干的。简单来说，就是一个密室火场，我要怎么做？"

两人凝重地看着他。

"首先，我把汽油浇在厨房、走廊、楼梯，一直浇到二楼，并把厨房窗户打开，然后我离开屋子，把火把从厨房窗户扔进来，火势会瞬间从厨房蔓延向二楼。"任燚眯起眼睛，眼神冰冷，"然后，我重新返回屋子，将汽油倒在客厅沙发，点燃沙发。"

邱言瞪大眼睛道："两个起火点！"

"这是我能想到的最合理的解释。首先，厨房煤气爆炸之后，毁灭了很多证据，比如窗户是否开启，以及起火点的痕迹。厨房虽然也像是起火点，但如果有了客厅这个更明显、更明确的起火点，调查人员就会偏向于客厅，也不会想到有两个起火点。"

"你说得对。"宫应弦沉声道，"不过，厨房窗户虽然毁了，客厅门却是基本完好的，根据报告，它的锁是被消防员救援时强行破坏的。无法证明在消防员破坏锁之前，锁的完好程度，所以也就无法证明有人非法入侵。"

邱言有些脱力，缓缓坐在了椅子上，喃喃："除了窗帘有点儿可疑之外，其他地方全部说得通。厨房爆炸，就无法证明窗户被开启过，大门被救援人员破坏，就无法证明非法入侵。无论是在客厅还是在厨房点火，一旦起火，纵火者除了往楼上跑，没有别的出路，这就可以指向纵火者就是屋里的人，也就是深陷生产事故、法律、债务、舆论多方压力的，有充分自杀动机的男主人！”

越是分析，几人越觉得遍体生寒。假设任燚的猜测是正确的，那么凶手设了一个没有明显破绽的局，将一桩谋杀案伪装成了自杀。如果当时还有内部的调查人员帮助毁灭证据、误导调查，再加上男主人有自杀动机，看起来简直天衣无缝。

沉默良久，任燚又道：“地下室呢？地下室有没有我们遗漏的地方？”

“地下的唯一出口是车库门。案发后，车库门是关闭的。如果凶手想从地下离开，车库门从里面打开之后，要从外面关闭，需要遥控器。”宫应弦把一张照片展示给两人看，“这是我父亲的钥匙。”

照片上是一串已经熏黑了的钥匙，但仍看得出遥控器的椭圆外观。

“目前任队长提出的猜想，可能性最高。”邱言沉思道，“除非……”

“除非什么？”任燚的目光仍在模型和照片上，头也没抬地问道。

邱言与宫应弦对视了一眼，宫应弦轻轻摇了摇头，她道：“没什么，不现实。”

“不现实的猜想往往有可能是现实，不如说出来一起讨论。”任燚道，“我也觉得自己的猜想不怎么现实，至少没有足够的证据支撑，希望能从这些有限的资料里找到更可靠的证据。”

邱言抿了抿唇：“我只是在猜测熟人作案的可能，这样也许凶手有机会复制钥匙、遥控器之类的。不过案件一开始就已经调查了可疑的人，最后都排除了。”

“你们不是说，当年参与的人员里也许有内鬼吗？那么熟人作案也未必不可能。只不过过了这么多年再调查，恐怕很难有收获了。”

“这个案件最大的问题，是一开始就做了自杀推断。”宫应弦道，“M国有一起著名的连环杀人案，由于最先发现的几名受害者都出现在黑岩山附近，媒体给凶手取了‘黑岩山恶魔’的外号，结果在潜意识里暗示了所有人，耗费了大量人力物力以黑岩山为轴心调查，从而忽略了其他地方的类似案件，最后发现这不过是凶手的一段旅程。”

邱言点点头：“无论当时有没有内鬼，凶手首先将这起事件伪造成了自杀，给了调查人员先入为主的印象，媒体也对这个推断有推波助澜的作用，后面的一系列证据，都数次证明男主人自杀的可能性，在这种情况下，人很容易被误导。”

“我想我们还是需要找到当年的相关人员询问细节。”宫应弦看着眼前的资料，“这些东西能给我们的，已经被我们挖掘得差不多了。”

“可怎么做到保密呢？”邱言皱眉道，“一旦我们开始调查当年的事，就会暴露。”

“只能以对邪恶组织的调查为名目了，就说我们抓到的两个人坦白了一些事情，跟当年的案子有联系。”

邱言道：“好吧，但这件事还是要保密，你也不能直接参与。我们无法确定当年的相关人员跟案件有多少关系，你去的话，一定会暴露，我让蔡强去安排。”

“明白。”宫应弦道，“我还想让小谭去调查一下这些人当年的资产情况。”

“隐蔽点儿。”邱言打了个哈欠，“今天先到这儿吧，这些资料我们再仔细看看，也许还能有新的线索。但现在追查紫焰明显能给我们更多助力，所以，我们要把主要精力放在这个组织身上。”

两人均点头赞同，紫焰已经成了所有案件的关键。

“我去睡一觉，明天早上我们一起去分局。”

“去吧，盛伯准备了你喜欢的香。”宫应弦感激地说，“言姐，辛苦了。”

邱言眨了眨眼睛：“这算什么，你们也早点儿休息。”

“那我回中队了。”任燚旋即跟上邱言。

“你留下。”宫应弦的声音在背后响起。

任燚顿住了脚步。

邱言回头看了他们一眼，无奈一笑，扭头走了。

任燚转过身，目光平静：“还有事吗？”

宫应弦不悦道：“都两点多了，你回什么中队！”

“两点多不算晚。”

“你留在这儿休息，天亮了我会送你回去。”

任燚知道这里不好打车，要是宫应弦执意不让他走，他还真不好走，便道：“那我去休息了。”

第二天早上，三人一道出发，宫应弦先把任燚送回了中队，再和邱言一起回了分局。

回到中队，任燚让高格盯晨练，自己待在了宿舍。他拿出一大摞没来得及处理的资料，认真写了起来。

这段时间他不是住院，就是出警和配合警方调查，连前几次的出警报告都没有时间处理。此时他既不想见人，也不想让自己闲下来胡思乱想，以前最讨厌的文书工作，此时反而成了他的思想避难所。

他一口气写了几小时出警报告，丁擎来叫他，他才发觉已经到了午饭时间。

他正在食堂吃午饭呢，值班站岗的战士拿进来一个包裹："任队，你的。"

任燚最近没买什么东西，也不知道是谁给他寄的，但他也没多想，接过包裹，随手用钥匙划开了胶带，打开纸箱。

纸箱里赫然躺着一只被烧焦的鸟。

任燚噌地站了起来，脸色铁青，心脏狂跳不止。

曲扬波就坐在一旁，他问："什么东西？"他别过头看了一眼，脸色也变了，骂了一声。

"怎么了？"

"什么东西啊，指导员？"

战士们纷纷注目。

曲扬波随手盖上了箱子："没什么，吃你们的。"

任燚抱起箱子，大步离开了食堂，曲扬波跟了上去。

两人进了会议室，任燚深吸一口气，掏出手机拍了一张照，发给了宫应弦。

曲扬波仔细查看了一下箱子："箱子里没有别的东西了。"

"肯定是紫焰干的。"任燚咬牙切齿道，"这是什么？给我下战书吗？这群变态。"

"可能只是制造心理恐惧，就像演唱会一样。"曲扬波道，"任燚，我建议你这段时间不要出警了！最好都不要出门，你很可能成为他们的目标了。"

"我是凤凰特勤中队的队长，怎么能不出警？我不会被这些畜生吓住的。"任燚握紧了拳头，"也许他就是想看我们害怕、退缩，绝不能让他如愿。"

曲扬波皱眉道："我很担心你的安全。"

"我会比以前更加小心。"

这时，他的手机响了，是宫应弦打来的。

“喂，你看到……”

“我也收到包裹了。”宫应弦冷冷地说，“直接送到分局，而且这不是邮寄的包裹，上面的快递单子是假的，是组织的人直接送上门的。”

“什么？”任燚冲曲扬波道，“快去调监控。”

“没用的，他们敢派人上门送包裹，就能保证我们抓不到他们。”宫应弦的口气隐含怒意，“如果今天送来的不是这个，而是炸弹，就会有人受伤。他就是想告诉我们，他随时都可以伤害我们，这是他设下的心理陷阱，当我们恐惧时，就可能出错。”

“那现在怎么办？”

“我会派一个警察去你那儿把包裹取走，以后要严格防范每一个陌生人，每一次出警也要加倍小心。他们在红林体育馆失败了，一定会想办法在其他地方报复回来！”

警察把包裹取走后，中队又开了一次会，说明了包裹的事，并成立了临时的轮班督察小组，对进入中队的所有物资、人员、车辆进行检查，此外，曲扬波还打算去总队的训练基地要一条消防犬。

开完会，任燚感到十分疲累。一个会倒消耗不了什么精力，紫焰此刻逍遥法外的事实才是真正令他心累的，仅是一个包裹，就已经弄得中队人心惶惶。

回到办公室后，任燚半躺在沙发上沉思了许久。如今对他来说，可算是外患内忧了。他们被一个纵火癖犯罪组织盯上了，整个中队的人身安全都受到威胁，他和宫应弦的关系又变僵了，不知道之后会如何。

唯一能安慰他的，是他爸至少是安全的，他没有后顾之忧。

想到他爸，他又想到了宫家纵火案。

当时他爸是第五中队的队长，那么理应是第一个进入火场的人，这是他们消防指挥的原则，自己不敢去的地方，也不能让战士去。所以当时破拆宫家大门的，就算不是他爸，他爸也一定在场。

门锁有没有被破坏，是一个很关键的证据，只是他爸显然不记得了，不然这么重要的细节不可能不提。普通人尘封的记忆是可以通过医疗器械和心理医生的引导被部分唤醒的，但阿尔茨海默病的患者，记忆是病理性缺失，就算去做催眠，他也不敢抱什么希望。

眼下只要找到他杀的证据就够了，只要有他杀的证据，案子就可以重启。现在他们只能凭借职务之便拿到当初的一些资料和证物，但如果案子重启，他们就能接触所有的证物，调查当初的涉案人员。

今年就是最后一年了，一旦过了二十年的追诉期，这个案子将再也不能见天日，宫应弦也一辈子都走不出来了，所以他们必须找到证据。

思及此，任燚从沙发上坐了起来。他走到办公桌前，重新将档案箱里的资料铺在桌上，仔细研究起来。

如果他的猜测是正确的，那么在凶手返回客厅放火的时候，要让助燃剂跟厨房的助燃剂融为一体。由于汽油会在地面产生流淌火以及明显的烧痕，所以如果助燃剂的烧痕有不流畅的地方，会是无法解释的矛盾。但火上浇油是一个非常危险的行为，很容易引火上身，如果他是凶手，他会怎么做？

任燚怎么想都觉得这件事很难办到。

设想此时厨房已经起火，到处都流淌着火，但汽油再怎么流淌，在没有坡度的情况下，也不可能淌到客厅去，而且如果汽油是从厨房流向客厅的，那么燃烧痕迹也会显示火焰蔓延的方向，因为起火点的位置会留下最严重的烧坑，蔓延方向只会从起火点往外扩散。

但厨房煤气的爆炸，毁灭了太多证据，使得起火点的痕迹不那么可靠，而客厅有一个更加明显的烧坑，使得客厅比厨房更像起火点。

既然厨房的汽油不可能流向客厅，那么要让助燃剂的痕迹看起来流畅，就必须将汽油从客厅一路浇到厨房，只要两地起火的时间差距不大，在燃烧痕迹上就体现不出明显的时间差，足够蒙混过关。

可是拿着汽油靠近火源，不是自杀吗？火上浇油会造成轰燃，凶手被大火吞噬，连眨个眼睛的工夫都用不上。

任燚皱起眉，难道他的推测一开始就错了？跟什么厨房、客厅没有关系，凶手用其他方式伪造了现场？

还有什么是他们遗漏的？

任燚一遍又一遍地看着那些资料，一下午就这样过去了。

晚饭前，中队接了一个警，有一户人家厨房着火。

这是很常见的警情，尤其是在饭点儿，这类警情任燚已经很少出了，但这次他坚持要带队。

上车前，曲扬波低声对他说："你是不是有点儿反应过度了？"

"我这段时间总是不在中队，现在又是重要时期，我去了兄弟们能安心点儿。”

“兄弟们比你想得稳多了，倒是你，不要把你的紧张情绪传染给他们。”

任燚皱眉道：“我哪里显得紧张了？”

“你是没表现在脸上，表现在行动里了。”

任燚看了看自己已经穿戴完毕的装备，出这样的警对他来说确实是有点儿反常的，他一时犹豫还要不要去。

曲扬波推了推他：“你先去吧，回来再说。”

他们只出了一辆车。路上，任燚通过电话指挥报警人尽快疏散全楼的人。

消防车开进了小区，单元楼下聚集了一群人，有看热闹的，也有明显是穿着睡衣跑下来的住户们。

“同志，你们可算到了。”女主人跑了过来，“快去灭火吧，厨房里有煤气罐啊。”

“家里没人了吧？”

“没有，全楼都疏散了。”

任燚点点头：“你们拿两个灭火器，跟我上楼。”

女主人一把拽住任燚，害怕地说：“上面有煤气罐，你们可一定要小心啊。”

任燚安抚道：“放心吧，阿姨。”

如果是煤气泄漏引起的火灾，早就炸了，既然没炸，那么证明煤气阀门完好。此时它受到高温灼烤，内部压力增高，虽然有爆炸的风险，但还有止损的时间。

着火的厨房就在三楼，任燚带着崔义胜和丁擎三五步就冲了上去。屋子里已经充满了烟气，他们走向了厨房。

灶台上的火焰已经有一米多高，火焰向上，半个厨房都被熏黑了，火舌正顺着天花板往外冲，火焰向下，煤气罐顶已经着火。

阀门胶套被火烤化了，罐内压力升高，罐体在气的作用下微微晃动，阀门正发出吱吱吱的声音。

“天哪，阀门松了！”崔义胜叫道，他和丁擎打开灭火器就开始喷。

这种吱吱的声音，是阀门松动，气体泄漏的前兆。一旦煤气跟空气混合，再遇明火，一定会爆炸。此时最重要的是尽快远离火源。

任燚看了看四周，从案台上拿起一块抹布，打开水龙头浸湿了，直接盖在了煤气罐顶，暂时压制了火苗，然后他将煤气罐扛了起来，往楼下跑去。

当他扛着仍在着火的煤气罐冲出来时，围观的人吓得哄散开来。他把煤气罐放在地上，一个战士提着灭火器，几下就把火扑灭了。

任燚摆摆手："大家别怕，没事了。"

厨房里的火也很快被扑灭了，崔义胜和丁擎找了一根晾衣杆，把厨房天花板给捅开了，确认天花板里没有阴燃后才离开。

"谢谢，谢谢消防员同志。"女主人带头鼓起了掌，小区里顿时响起一阵阵热烈的掌声。

"消防员哥哥好帅！"两个女学生一边叫一边拿手机录像。

站在一旁的男学生酸溜溜地说："还好吧，他们的衣服都是防火的，我要是穿着那种衣服也敢进去。"

"那你扛得动煤气罐吗？"

"哈哈哈。"

一旁的小战士小声吐槽："这是阻燃服好吗！阻燃和防火是两回事。"

听着他们的对话，任燚怔住了。

几个小孩子的无心之言，他本来不会放在心上，可那个男孩儿说的话，让他捕捉到一些被他忽视的东西。

他们的消防战斗服并不防火，只是比较难燃，且一旦发生爆炸或坍塌，穿不穿这衣服下场都差不多。不过，对付普通的火场，短暂的火焰或高温是完全可以防护的。

遇到重大火情，他们有真正的铝箔防火服，能耐千度高温，只要不直接烧，可以在火场里行动，不过很笨重，一般不穿。

类似宫家那样的住宅着火，只要有一套装备，完全可以按照他设想的那样进出自如。

任燚的面色沉了下来。在十八，不，十九年前，还没有网购，要买一套那样的装备可不是一件容易的事。

"任队。"丁擎唤道，"咱们收队吗？"

任燚道："都检查完了？"

"检查完了，火完全灭了。"丁擎笑道，"现在回去还能赶上晚饭。"

"收队吧。"

回去之后，任燚把新的想法发给了宫应弦，并询问他，王瑞的调查和审讯有没有什么进展。

晚些时候，宫应弦打了电话来，说王瑞的家人已经找到了，目前王瑞还非常抗拒，心理专家要在他家人的配合下反洗脑。

“那包裹呢？追查到什么了吗？”

“没有，不过，我们查到了制造炸弹的地方。”

“在哪儿？”

“六环外的一个废弃游乐场。我们到现场的时候，看得出他们走得很匆忙，留下了很多原料。这些原料和器材给了我们很多可以追查的线索，刚刚言姐用这些线索，从王瑞嘴里套出了制造炸弹的人的代号。”

“哦？”

“‘白焰’。”

“果然是组织里的高级成员，这个人太危险了，希望这些线索能让你们尽快找到他。”

“当然。”宫应弦停顿了一下，“你刚刚说的那些，有几分把握？”

“不好说，我们还是缺少关键证据。”

“我曾跟你说过，我认为调查人员里有内鬼。”

“嗯，你查到什么了吗？”

“暂时还没有。不过那些装备，在消防系统里应该很容易拿到吧？”

任燚怔了怔：“你是想说，当年的案子消防里也有问题？”

“没有这个可能吗？”宫应弦平静地说，“这件案子牵扯的人远比我们想象中广。”

从感情上，任燚有些难以接受这样的猜测，不过理智上，他知道宫应弦说得有道理。如果在伪造现场和误导调查上都有人捣鬼，那么这个案子被草率以自杀结案，也就不奇怪了。

“我不知道，但你说得对，我们不能放过任何一点儿可能。”

宫应弦沉默了一下，道：“你父亲有没有可能记得门锁的事？”

“这个我今天也想到了，但他没提，肯定是不记得了。”任燚叹道，“他的记忆非常奇怪，有时候能记起很多年前一件不起眼的小事，有时候连中午吃什么都会忘，能记得什么，完全是随机的。”

“你父亲的治疗方案就快确定了，在治疗中，我想让医生介入一下他的记忆，也许他能想起什么。”

任燚道："可以试试，不过就像他说的，他的出警报告应该比他记得的多。"

"先试试看吧。"

7. 下井

宫应弦夜以继日地查案，而任燚忙于研究宫家纵火案的证物资料和中队事务，他们已经有一两个星期没有见面，偶有联络，也全部跟各种案子有关。

这几天，任燚还抽空去看了他爸一次，老爷子在医院被照顾得很好，还养胖了几斤，对这里的环境和护理人员都赞不绝口，让任燚觉得欣慰极了。

这次是曲扬波陪他一起去的，因为上至领导下至战士，包括宫应弦，都不准他单独行动。

回来的路上，他们正聊着天，曲扬波突然指着公交站，一脸惊讶道："哎，那个，是不是那个演员啊？"

任燚扭头一看，公交站巨大的广告牌上，是一队明星拍摄的饮料广告，他们穿着相似的服装，看来出自某个综艺节目，其中有一个熟悉的面孔——祁骁。他有些惊讶："好像真是祁骁。"匆匆一瞥，他也不太敢确定。

"我查查。"曲扬波掏出手机，"是他，刚刚上了这个很火的综艺，八卦新闻说他是今年宋氏传媒重点捧的艺人。哎哟，他刚接的一部电影，是给周翔做配角呢。"

任燚心想，宋居寒还真是说话算话，他也没料到宋居寒会这么捧祁骁。他道："看来他终于要火了，太好了。"

"你们俩……"

"不联系了。"任燚想起两人的最后一面，祁骁说过的话，现在看来很快就要成真了，他很为祁骁感到高兴。

“这哥们儿之前看着帅是帅，就是没有宋居寒那种，怎么说呢，发光的感觉，现在包装一下，看着是真帅啊。”

“人的气质是要培养的。”

“造型也很重要。”曲扬波瞄了任燚一眼。

任燚捕捉到他的眼神：“干吗？还嫌我不打扮？我看你真是闲坏了，有空去交个女朋友吧。”

“闲个屁！我哄你们都哄不过来，还哄女朋友？哪有时间？”

“我和他还是那样，只谈工作。”

“那案子呢？有消息没？”

“他们找到制造炸弹的地方了，估计快要锁定组织的一个主要成员了，现在是多条线并行着查，整个分局都忙得人仰马翻的，他恐怕又是没时间吃饭睡觉。”

这时，任燚的手机响了，他掏出来一看，正巧是宫应弦打来的。

“你刚刚去看你父亲了？”

“是，我正往回走呢，老任在医院过得挺开心的，谢谢你啊。”

“不用客气。”宫应弦道，“有件事需要你帮忙。”

“你说。”

“我们在那个废弃游乐场有了新的发现。”

“什么发现？”

“在一个井里面有尸体。”

“游乐场在什么地方？”

“不在你的辖区，我们不想找当地的消防队，人多口杂，现在所有调查我们都尽量保密。”

“行，你把地址发给我，我们现在过去。”

挂了电话，曲扬波问道：“什么情况？”

任燚无奈道：“下井挖尸，去不去？”

曲扬波连五官都皱了起来，勉为其难地说：“去吧。”

任燚看着宫应弦发来的地址道：“这应该是西郊中队的辖区，你认识他们队长吗？得跟人家队长打个招呼，不用说具体什么事儿，万一我们的车被他们看到了，容易有误会。”

“这都是另外一个区的了，我不认识，我让参谋长去协调吧。”

路上，任燚给高格打电话让他出车，他们则直接过去，能节省些时间。

天黑之前，他们到达了现场。

他们中队的消防车已经到了，高格和宫应弦就在那口井旁边交谈。

任燚扫了一眼现场，心里一沉，那口井不是排污井，而是地基井，下去的难度跟排污井不是一个量级的。

“任队，指导员。”高格远远看到他们，高喊道，“这口井保守估计有二十米深啊。”

曲扬波“啧”了一声：“地基井？”

宫应弦蹙眉道：“高队长说这个井很难下？”

任燚站在井边往下看，逼仄漆黑，深不见底，仅是看着就让人心里发毛。

这是一口典型的地基井，可能是被游乐场中途放弃的某个建筑留下的。地基井跟排污井不一样，排污井在设计的时候就考虑到人要下去检修，环境虽恶劣，但只要装备好了就没事，而地基井是用来灌水泥的，不是给人下去的，又窄又深，二十多米都不算深的，很多高层的地基井动辄上百米，东西掉下去就像掉进了地心，这辈子都见不到了，是弃尸的绝佳选择。

高格道：“这口井不算特别窄，直径有七十厘米，下是能下，但很不好下。”他看了任燚一眼，“下面要是活人，我们怎么都得下，但是死人……”

任燚没说话。他明白高格的意思——虽然能下，但是有危险，为了挖尸冒这个险，恐怕不值得。

地基井的危险性是多重的，除了窄且深，井下环境极其恶劣，黑暗、缺氧、湿冷、幽闭，且有塌方的风险，是对战士体能和心理素质的双重考验。挖这口井唯一的好处是，现在是冬天，土都冻住了，不太可能塌方。

宫应弦道：“任燚，如果很危险就算了。”

“你们怎么发现井下有尸体的？这就是大白天也看不着啊。”

“在游乐场里找到的证物，加上王瑞疯疯癫癫的证词，我们推测出来的。白天我们把仪器放下去了，确定有尸体。”

任燚站起身，叹了一口气：“几年前我们也碰到过一个地基井救人的事。高格，你那时候还没来，但你应该学习过吧？”

高格点头：“中南大厦建筑工地，一对工人夫妻两岁的孩子掉进去了。”

任燚道：“这个还算比较宽的地基井，勉强能下去人，那个井窄到……

我们找了全北京身材最瘦小的战士都下不去，只有小孩儿能下去。”

“后来呢？”宫应弦问道。

“后来没办法，大家都知道孩子百分百没了，下面有地下水，但还是得救，只能把地挖了，挖了八天，才把孩子的尸体挖出来。”任燚又看了看那口井，他想问宫应弦着不着急。

可他又意识到这是废话。怎么可能不着急？现在整个鸿武分局都在争分夺秒地查案，生怕晚了一步紫焰就干出更可怕的事，伤害更多的人，井下的尸体也许能给他们提供重要的证据。

宫应弦点点头：“这要挖几天？我尽快找人。”

“算了，现在正是最冷的时候，土都冻实了，挖土太浪费时间了。”任燚深吸一口气，“下吧，我先下去探探路。”

宫应弦已经后悔了。他之前并不了解下地基井这么危险，刚才高格跟他说了很多，一想到要把任燚放下去，他马上道：“还是挖吧，就像你们说的，下面没有活人，不值得冒这样的险。”

“现在至少没有塌方的风险，还是应该试试。如果下面的尸体能提供有用的线索，那就值得。”

宫应弦欲言又止，一脸担忧地看着任燚。

“没事儿，我会小心的。”

高格无奈道：“你先下，我第二个。”

“你算了，你又高又壮的，让孙定义第二个。”

高格张罗着准备好所有器材和装备，他们在井的上方架好支架，先把空气瓶送到了井底，给井底“输氧”。

见宫应弦在一旁眉头紧锁，脸色阴郁，任燚主动道：“你别担心，我不是第一次下井了，其实地基井最危险的是落土塌方，北方冬天一般不会有这样的情况，如果我缺氧或者体力不支，他们会立刻把我拽上来，不会有大事的。”

宫应弦闷声道：“如果我知道这么危险，不会让你来。”

任燚淡笑道：“我的工作就是这么危险，我不还是活蹦乱跳的？今天换成西郊中队的队长，如果他知道下这个井能帮你们尽快抓到纵火犯，他也会下的，别担心了。”

宫应弦凝视着任燚，轻轻咬住了唇。

“任队，好了。”

任燚返回了井边，他脱掉了厚重的棉服，换上轻便的救援服，此时他御寒的衣物有保暖内衣、毛衣、救援服和暖宝宝，在零下十二度的冬夜里，不过是聊胜于无。

他开始热身，耳朵迅速被冻红了。

热身完毕，他戴上面罩，携带了救援绳、照明灯、对讲机等工具，吊着绳子，被战士们慢慢地放了下去。

地基井墙壁湿冷，每下降一米，温度也在跟着下降，以他的身材，几乎稍微动作一下就会碰壁。越往下，任燚越感到压抑不已。四周是冒着寒气的冻土，头顶是逼仄的夜空，脚下是漆黑的深渊，他就像被包裹在一个深不见底的管道里，又像被吞入了怪兽的巨口，上下悬空，无着无落，只有未知的恐惧渗透进他的每一个毛孔。

任燚努力调整呼吸。他无法戴空呼瓶，全靠面罩来过滤井下的空气，而井下空气稀薄，太过紧张只会让他缺氧。

他已经冷得浑身直抖，手脚都开始感到僵硬了。

“任燚，怎么样？”宫应弦在上面喊道。

“继续放。”任燚颤抖着说。

终于，任燚的脚踩到了底，他在对讲机中道：“到底了。”

“二十四米。”高格说道。

任燚抬起手，想调整手电筒的角度，结果手指过于僵硬，没拿稳，手电筒咣当一声掉在了井底，他低头一看，心脏就像被狠狠捶了一拳。他脚下踩的是冰，冰上有一层薄土，当手电筒的强光穿透土层，一个头骨赫然出现在冰面之下，深陷的漆黑眼窝就在手电筒正下方，它整个面部朝上，仿佛至死都在仰望头顶的天，看着那方寸大小的天空昼夜交替，而自己埋于深井。如逝者有灵，岂能甘心入轮回？

任燚倒吸一口气，他对井下有什么早有心理准备，但还是感到毛骨悚然。

“怎么样，你看到了吗？”

“看到是看到了，但不好弄，冻住了。”任燚试图蹲下身捡手电筒，却发现自己勉强只能半蹲，手都够不到冰层，最后手脚并用，才把手电筒捡起来。在氧气稀薄的环境下，这一番动作已经让他气喘吁吁。

“得先把冰融化了。”曲扬波道。

宫应弦皱眉道：“无论用什么方法融化冰，都会破坏尸体，只有最大程度保存尸体的现状，才能让法医给出最接近真相的鉴定。”

任燚感到呼吸越发不畅，恐怕是井底这点儿输进来的空气已经被自己消耗得差不多了。他道：“那只能砸了，对尸体破坏还能小一点儿，这冰层倒是不深。”

“砸的话，就得倒着下去。”孙定义道，“倒着下去更容易缺氧，必须得频繁地换人，咱们这些人恐怕都不够。”

任燚开始晕眩了，且已经冷得受不了，他道：“先把我拉上去。”

众人赶紧把任燚拽了上去。

回到地面，任燚取下面罩，大口大口地呼吸新鲜空气。他的嘴唇已经冻得发紫，浑身直抖。宫应弦刚想上前去扶他，曲扬波已经先宫应弦一步给他披上大衣，把他拽了起来，又把一个保温杯塞进他手里：“赶紧喝点儿热水。”

任燚哆嗦着喝了一口水：“井下氧气不够，调一台抽风机来，把空气彻底置换一遍。咱们人手也不够，还是得找西郊中队帮忙。”

曲扬波道：“你休息，我去安排。”

曲扬波走后，宫应弦忧心忡忡地看着任燚，但他清楚任燚的性格，使命感让这个男人不可能轻易退却。

在曲扬波的协调下，西郊中队很快到达了现场，抽风机则是从最近的支队调过来的，也投入了使用。

西郊中队的队长叫严觉，长得人高马大，一身腱子肉，有着古铜色的皮肤和棱角分明、充满男子气概的脸，是一个典型的西北帅哥。

任燚上前去跟他打招呼，他讪笑道：“原来是凤凰特勤中队的任队长啊，我当谁这么大排面，跑我们辖区来干活儿，还让我不要过问。”

任燚自己也是中队长，他知道在没有总队分配任务的情况下，擅自跑到别人辖区挺不礼貌的，换作是他也会不爽，他笑了笑：“严队长，不好意思，这件事跟警方的一个重点案子有关，我事后再跟你解释，现在先帮帮我们吧。”

严觉的脸色缓和了：“走吧，去看看井。”

几人重新回到那口地基井旁边，严觉仔细观察着。

任燚打了个喷嚏，把衣领又紧了紧。

“你是不是感冒了？”宫应弦道，“你回车里暖和一下吧。”

任燚摆摆手："我刚喝了感冒药，没事儿。"

严觉随手掏出一根烟递给任燚："你冻着了吧？这是旱烟，抽完提神又暖身。"

"谢了。"任燚接了过来。

严觉给任燚点上火，任燚毫无防备地吸了一口，只觉得一股猛烈的焦草味儿直冲鼻息，呛得他咳嗽了起来。

严觉乐了，拍了拍任燚的背："怎么样，够劲儿吧？"

"够……咯咯……"任燚从来没抽过这么冲的烟，确实很提神。

"这是我们老家的东西，我只有半夜出警才会抽。"严觉摸了摸身上，"哎，就这一根儿了，给我来一口。"

严觉很是大大咧咧地凑到了任燚脸旁边，嘬了一口烟。

宫应弦深深蹙起了眉，一把抢过任燚手里的烟："不要抽这种连滤嘴都没有的烟。"

"抽几口死不了。"严觉伸手就要去拿烟，却眼睁睁看着宫应弦把烟扔进了井里。

任燚顿时感到很尴尬。

严觉眯起了眼睛，宫应弦面无表情地说："测试一下氧气浓度。"他才不会让任燚再碰这个东西。

"你是哪位啊？"严觉问道。

"他是鸿武分局的刑警。"任燚快速道，"严队长，空气置换得应该差不多了，咱们研究下方案吧。"

严觉轻哼一声，不再搭理宫应弦，和任燚讨论起来，怎么下，人员怎么轮换，用什么工具破冰，怎么保证安全，全部考虑到了。

定完方案，严觉长舒一口气："任队长，就这种又脏又累又危险又没什么成就感的苦差事，你欠我一顿大餐啊。"

任燚笑道："必须的。"

"来吧，干活儿吧。"

一切准备妥当，已经快十点了，天越晚就越冷，这片工地四周没有任何遮挡物，寒风呼啸肆虐，哪怕裹着厚厚的羽绒服都瑟瑟发抖。

任燚决定自己第一个下去，一来他已经缓过劲儿来了，二来严觉块头太大，下不去，他要是不下，谁来身先士卒？

由于井下空间狭窄，弯不了身，这一次他必须大头朝下吊着下去，这种姿势易缺氧，易脑充血，比刚才的难度还要大。不仅如此，还要拿着工具破冰，加速本就稀缺的氧气的消耗。这个过程，一个体能全盛的成年男人在井下最多也就坚持十分钟。

任燚重新装备完毕，全身上下都贴满了暖贴。

曲扬波不知道从哪儿搞来一瓶黄酒，将瓶口凑到任燚嘴边："你来一口，我保证不举报你执勤期间喝酒。"

任燚笑了，狠狠闷了一口。辛辣的酒液入喉，像一股流火，蔓延至五脏六腑，整个身体瞬间暖和了起来。他在原地蹦了几下，低吼道："下！"

宫应弦深深地望着他，那俊脸被冻得苍白而通透，一双眼眸在昏暗的光线中显得格外明亮。

任燚假装没有接收到宫应弦的视线。他知道宫应弦关心他，他也知道宫应弦够朋友，但面对任务，他义无反顾。

任燚绑好绳子，带上工具，倒吊着下了井。

他带了链锯、冰镐、撬棍等工具，这一趟的任务不是凿冰，而是把工具和照明灯备好，方便后面的人开凿。

当他被放到最底下时，他用冰镐在井壁上砸了两个小洞，把充电式的照明灯塞进了洞里，然后扫开冰面上的土层。

当浅表冰层下的东西清晰起来后，任燚有了新的发现。他往下探了探身，脸近到可以亲上冰封下的头骨，虽然他心里很抗拒，但还是硬着头皮贴了上去，只为看得更清楚。

任燚暗骂了一声。

对讲机里传来严觉的声音："怎么了，还好吗？"

"这里不止一具尸体。"任燚深吸一口气，"保守估计有两具，我看到大小不一致的两个手骨，其中一个可能是小孩儿或者身材小的女性。"

"尸体腐烂情况怎么样？"宫应弦问道。

"没有完全腐烂，被烧过。"这一番动作下来，任燚又开始感到呼吸困难，大脑眩晕。

"四火，快十分钟了，该上来了。"曲扬波提醒他道。

"等等，我再观察一下。"任燚抚摸着冰冷的四壁，将周围都看了一圈，又打开链锯切割冰面，观察四壁的反应。

在确定四壁冻得很结实，不会因为震动而松动之后，才让人把他拽上去。

回到地面后，任燚冻得十指都僵硬了，他脱下手套，抱住了曲扬波塞给他的保温杯，发着抖喝了一口热水。

严觉拍了拍手："来吧，一个一个下。"

孙定义是第二个，任燚提醒他道："你切的时候要随时注意两件事。第一，尽量不要破坏尸体；第二，观察周围，如果四周的土有松动的迹象马上汇报。"

"我知道了。"

一整夜，两个中队的三十多个战士穿着远不足以御寒的轻便衣物，硬扛着零下十几度的严寒，轮番大头朝下下到八层楼深的井底，一点点儿切凿着冰面。

他们不停歇地忙了一整夜，终于在天明之前，将井下的尸体从冰里挖了出来——果然有两具，其中一具是一名儿童的尸体。

尸体马上被装袋送上了警车。

战士们累得东倒西歪，有的就窝在消防车上睡着了。任燚又困又累，头晕目眩，但还是坚持着指挥到最后一刻，直到所有任务都完成了，他才坐进消防车，靠在椅背上昏昏欲睡。

宫应弦交接完证物就开始到处寻找任燚，终于在消防车上找到了他。

"任燚？"任燚毫无反应。他走近一看，发现任燚有些异样，双颊潮红，呼吸十分沉重。

宫应弦将手贴上任燚的额头，很烫。

"嗯？"任燚迷迷糊糊地睁开眼睛，只觉得身体跟灌了铅一样，一动也不想动。

"你发烧了。"宫应弦看着任燚无精打采的模样，"我送你去医院。"

"不去。"任燚嘟囔了一声，"钱医生说，我快成他们医院的VIP了，不去。"

"那去我家，我家有医生。"

任燚缓缓摇头，他大脑发蒙，已经难以思考，他小声说："我要回家。"

曲扬波也走了过来："怎么了？你是不是不舒服啊？"

"他发烧了，我送他回家，我会给他找医生。"宫应弦说着就要将任燚扶下来。

"哎。"曲扬波按住了任燚，"我们是公费医疗，不舒服去医院就行了，不麻烦你了，宫博士。”

“他说他不想去医院，他想回家。”

“他烧糊涂了，不用听他的。”

宫应弦眯起眼睛，冷冷地瞪着曲扬波，丝毫没打算退让，曲扬波也好整以暇地看着他。

两人僵持了好一会儿，气氛越来越尴尬，曲扬波无奈一笑：“好吧好吧，你把他带走吧。”

宫应弦将任燚从消防车上扶了起来，往自己的车走去。

曲扬波在背后揶揄道：“宫博士，我提醒你一下啊，四火要是烧得稀里糊涂，做出了什么不得体的举动，你多包涵，毕竟是你非要带他走的。”

宫应弦费力地打开车门，将任燚放到了后座上，任燚顺势就躺平了，他半睁着眼睛看着宫应弦：“你送我回家？”他现在脑子跟糨糊一样，看人都有些看不清，只记得“回家”。

“嗯。”宫应弦给任燚系上了安全带，并脱下外套，卷成一团垫在了任燚的脑袋下面，“很快就到，你睡一觉吧。”

任燚只觉宫应弦的声音又轻又柔，虽然昏暗的光线下看不清他的面目，但也应该是很温和的吧。

他安心地闭上了眼睛。

宫应弦看了任燚几眼才轻轻关上车门，上了驾驶座，驱车离开。

这里离任燚的家很远，横跨了小半个京城，等到家的时候，天都亮了。

任燚已经睡熟了，宫应弦打开车门，费力地把任燚从后座拖了出来，发现他烧得更厉害了，几乎昏迷了。

他心急地将任燚抱了起来，匆匆上了楼。

任燚家门口等着一个人，正是宫应弦的家庭医生，他的脚边放着两个大箱子——一个药箱一个保温箱，他困得正频频打哈欠。

“少爷。”王医生看到他们，顿时清醒了几分，“人怎么样？”

宫应弦担忧地说：“他冻了一整夜，烧得厉害。”

进屋后，宫应弦把任燚小心翼翼地放在了床上，然后绕到了床的那边，给医生倒出空间。

王医生给任燚测了体温，打了退烧针。

任燚口中发出意味不明的梦呓，身上的汗狂流不止。

宫应弦一脸担忧地说："他什么时候能退烧？会不会烧坏脑子？"

"三十九点二度，还行，不算特别高，退烧针打了有效的，不用太担心，要是想让他退烧再快点儿，可以用酒精给他擦身体。"

"好。"

王医生打了个哈欠，他天没亮就被电话叫起来，现在只想早点儿回去补觉："等他醒了让他吃点儿东西。我带的那个保温箱里是盛伯准备的吃的，到时候热一下就行，吃完饭半小时后吃药。"

王医生看了宫应弦一眼，劝道："少爷，你的脸色没比他好多少，工作再忙，也要注意休息啊。再这么熬着，我怕你也病倒了。你要是不休息，我可给邱队长打电话了。"

自元旦至今，宫应弦每天的睡眠时间就没有超过四小时，确实是累坏了，今天又是一夜没睡，他困得眼皮子直打架，脑子也沉甸甸的。他说："言姐已经催我休假了，我会休两天的。"

"那就好，你有什么事随时给我打电话。"

王医生走后，宫应弦坐在了床边，

他掀开任燚的被子，褪下那已经被汗浸得潮湿的衣物。

任燚的皮肤被烧出了一层薄红，原本健硕的四肢此时都无力地瘫软着。宫应弦在湿毛巾上倒了些酒精，耐心地将任燚的身体擦了一遍。

忙完之后，天已经大亮了。宫应弦疲累得快要睁不开眼睛了，而且非常饿，但他连吃饭的力气都没有，他现在只想好好休息一下。

宫应弦小心翼翼地歪栽在任燚身边。

他这段时间的失眠，不仅仅是因为工作太忙，而是戴着那个面具出现的紫焰将他内心深处埋藏着的恐惧与痛苦彻底勾了出来，他必须竭尽全力地去查案，去抓捕凶手，一旦停下来，哪怕只是稍微有胡思乱想的空当，就会陷入难以自拔的黑暗中。

所以他害怕休息，甚至害怕睡觉。

可是现在他的心瞬间就安定了，所有悬空的、未知的、焦虑的情绪，都随着任燚传递给他的温度而缓缓地回落，他甚至完全遗忘了他入睡必备的枕头。

也不知睡了多久，宫应弦被电话铃声吵醒了，他迷迷糊糊地抓起手机放在耳边："喂？"

“应弦，你在家吗？”邱言的声音响起。

“嗯。”宫应弦看了看旁边仍在昏睡的任燚，“怎么了？要我去分局吗？”

“不用，有份文件好像填错了，我跟你确认一下，顺便跟你说一下那两具尸体的初步检查结果。”

宫应弦偷偷松了一口气：“好。”

聊完正事，邱言道：“你既然回家了，那我给你放两天假，你不能再这么熬了。欲速则不达，我怕紫焰没抓住，你先把自己累病了。”

“我明白。”

“听说昨晚是任队长去捞的井下的尸体，还听说他发烧了？”

“对，他冻了一夜。”

“真是麻烦他太多了，我晚点儿去医院看看他，代表分局送点儿补品。”

“呃，不用了。”

“怎么了？”

宫应弦迟疑道：“他没去医院，他在家养病。”

邱言何等机敏，一听宫应弦不寻常的口气就有了猜测：“你是不是在他家？”

“是。”

“那你好好照顾他吧。”

“好。”

挂了电话，宫应弦舒了一口气。

突然，任燚的睫毛抖了抖。身体的颤动是苏醒的迹象，宫应弦逃也似的从床上翻了下去，拉过一张凳子坐在了床边。

半晌后，任燚醒了，他只觉大脑昏昏沉沉的，喉咙火烧火燎地疼，浮肿的眼皮也难以撑开。

宫应弦一只手撑着床，俯身看着他：“你醒了。”

任燚看着宫应弦，张了张嘴：“好渴。”声音沙哑不已。

宫应弦扶任燚坐了起来，靠在床头，给他倒了一杯温水：“你慢点儿喝，别呛着。”

任燚咕噜咕噜喝了一整杯，他觉得自己像被架在火上烤了一宿，完全脱水了：“再来一杯。”

宫应弦又给他倒了一杯水：“你喝完水就吃点儿粥吧，吃了饭才能吃药。”

任燚一脸茫然地看着他：“你送我回来的？”

“你不记得了？”宫应弦伸手探了一下任燚的额头，“好像没之前烫了。”他把温度计递给任燚，“再量一下，看降温没有。”

任燚没有接温度计，仍然呆呆地看着宫应弦。

他现在反应有些迟缓，脑子里只想着他生病了，宫应弦在照顾他。还有这样的好事儿？不会是烧出了幻觉吧？

任燚那泛红的面颊、湿漉漉的瞳眸和迟钝的表情，跟从前潇洒硬朗的形象判若两人，宫应弦从未见过这样的任燚，哪怕是上次住院的时候也不曾见过，看上去是那么虚弱、可怜。他轻咳一声，打开体温计的盖帽：“啊，张嘴。”

“啊……”任燚乖乖张开嘴。

宫应弦把体温计塞进了他嘴里：“两分钟后拿出来，我去厨房热一下粥。”

任燚含住了体温计，目光还有些呆滞。

宫应弦这才起身离开。

盛伯准备的病号餐都放在保温箱里，此时温度刚刚好，并不需要加热。他拿出两个白瓷碗，盛满粥，又在碟子里放上几样清淡的小菜，然后一一摆在托盘上，端进了任燚的房间。

“三十八点三度。”任燚似乎清醒了一些。

“降温了，早上量有三十九度的。”宫应弦道，“王医生说如果晚上你没退烧，再来给你打针。”

任燚看了看餐盘：“你也没吃饭啊？”

“没有，我太困了，睡了一会儿。”

宫应弦把餐盘摆在床上，拿起一碗粥递给任燚：“你吃点儿东西，好吃药。”

任燚接了碗过来，他早已经饥肠辘辘。

当那煮得糊烂的粥滑入咽喉，任燚顿觉嗓子的干痛缓解了些许，他一边吃一边费力地调动起自己一团糨糊的脑子：“咱们几点回来的？那边谁在善后？”

“六七点，那边很多人，你不用担心。”

任燚点点头：“扬波和严队长都在，应该没问题。”

宫应弦没说话，任燚提到的这两个名字都让他不爽。

“那两具尸体呢？送去法医那儿了？”

“对，正在查身份，刚才言姐跟我说是两名女性，一个成年，一个儿童，可能是母女。母女失踪的话是很好查的。”

任燚现在没有力气生气，只是一想到受害者还有孩子，就感到很悲伤，而生病更加重了这种悲伤的情绪，让他胸口堵得慌。

“这对母女应该很快就会为我们找到凶手，凶手多半对她们有很深的情感，无论是爱还是恨。”

“你怎么知道？”

“现在我还不确定她们是被烧死的还是死后被焚的，之后又被扔进了地基井这种永无天日的地方。大部分纵火犯并不热衷于杀人，死人只是纵火的附属伤害，但这对母女的遭遇显示出凶手对她们强烈的恶意。无论是焚烧还是深埋，在宗教上都有惩罚邪恶的意味。这不是随机杀人，凶手跟她们认识。”

任燚努力消化了这段话，只觉得胆战心惊，他手一抖，碗差点儿掉在床上。

宫应弦眼明手快地接住了碗，轻声道：“你连碗都拿不稳了吗？”

任燚尴尬地说：“没什么力气。”

“我喂你吧。”宫应弦接过他手里的碗。

任燚简直以为自己听错了，这下更是震惊得无法思考了，他下意识地说：“不……不用吧。”

“少废话。”宫应弦舀起一勺粥，有些别扭地递到了任燚唇边，“吃。”

任燚怔怔地望着宫应弦，僵硬地张开嘴，吃了一口。

好不容易吃完了一碗粥，两人都流了一身的汗。

宫应弦把碗筷收拾了，回到房间时，手里多了一本书：“你想睡觉还是想醒着，睡不着的话，我可以给你念书。”

今天得到的待遇已经让任燚受宠若惊了，他问：“你……你不用回分局？”

“我休假。”

任燚脱口而出：“是为了照顾我吗？”

宫应弦一愣，别扭地说：“是我这段时间睡眠不好，言姐一定让我放假休息。”他顿了一下，“顺便照顾你。”

任燚会心一笑，他很是欣喜："你手里拿的是什么书？"

"奎因的侦探小说，《× 的悲剧》。"

"好吧。"

宫应弦翻开书，刚念了一行。

"你能不能……"任燚道，"离近点儿，我有点儿耳鸣。"

宫应弦起身走过来，坐在了床上，与任燚靠着同一个靠枕，徐徐读了起来。

任燚一直很喜欢宫应弦的声音，那声音兼具两种互相矛盾的特质——又清冷又华丽，即便不看人，只听声音，也能品出十足的贵气。

可惜，宫应弦读了没多久，他的手机再次响了起来，破坏了任燚难得的享受

任燚不免有些失望，宫应弦把书留给他："我一会儿回来。"

电话是蔡强打来的，两人沟通案子，这通电话一打就是一个多小时。

等宫应弦回来，发现任燚又睡着了。发烧的人本就很嗜睡，何况他昨夜一直处于高体能消耗的状态。

宫应弦给任燚盖好被子，回了自己房间，洗了个澡，又补了一觉。

再次醒来，太阳已经落山了。

宫应弦舒展了一下身体，感觉这段时间的疲乏都被充足的睡眠消解掉了。他下了床，想去看一下任燚在做什么，一离开卧房，就听到客厅传来响动。

拐到客厅一看，竟发现任燚正站在椅子上，拿着工具捣鼓窗户。

"任燚，你干吗呢？"

任燚回过头："你醒了？这个窗户有点儿漏风，我修一下。"

宫应弦怒道："你给我下来，你还在发烧。"

"没事儿，我刚才量了体温，不是很烧了。我还吃了好多东西，躺久了难受，想动一动。"

宫应弦大步走了过去，不由分说地一把擒住任燚的腰，将他从椅子上扶了下来。

任燚原本感觉体能恢复了不少，但一落地，脚跟还是有些虚浮，身子微微晃了晃。

宫应弦低声道："你忘了你就是吹风才发烧的？"

任燚望着宫应弦的眼睛："我感觉……差不多好了。"

"是吗？"宫应弦也凝视着任燚，"那你又吹风，又摇摇晃晃地站在椅子上，是不想好？"

任燚说不上自己是什么心理，醒来之后，想着宫应弦就在自己家里，让他感到无比地欣慰与安心。他知道宫应弦是为了照顾他才留下的，但多半是出于内疚。

他也不想去深究个所以然来，他现在生病了，所以若是不够清醒，不够理智，不够稳重，都有了借口。他只是有点儿怀念宫应弦不会对他横眉冷对的日子。于是他脱口而出："如果我说是呢？"

宫应弦一怔，一时不知道该如何接话。

"我们和好吧。"任燚小声说。

宫应弦沉默了许久，几不可闻地"嗯"了一声。

卷五　爱

1. 黑背凤凰

任燚再度醒来，身体依然酸痛，但大脑没有那么浑浑噩噩了，温度应该是降下去了。

他在床上躺了一会儿，给自己量了下体温，发现还是三十八度的低烧，但没有昨天那么晕了。他强忍着酸痛，从床上爬了起来，捂着饿瘪了的肚子，打开了门。

门一开，客厅里的响动传入耳中，伴随着凛冽的寒风呼呼地往里灌，把他冻得一个激灵。

怎么回事？怎么会有风？

任燚走到客厅一看，傻眼了。

宫应弦把他家一扇窗户拆了下来，正站在窗边气急败坏地左右查看。

宫应弦听到脚步声，猛地扭过头来，在与任燚四目相接的一瞬间，又慌乱地转了回去，小声说："你……你醒了。"

任燚目瞪口呆："你这是干吗？"

"修窗户。"

"'修'？我以为你在拆窗户。"

宫应弦嘟囔道："我会赔你的。"

"你干脆赔我一栋房子吧。"

"可以。"

任燚吓了一跳，心想，他不会当真了吧？赶紧道："我开玩笑的，你别当真。"

宫应弦低着头不说话，抱起窗户在窗框上比画着。

"你别动了，我找物业来修。"

“你别过来，风这么大，你回房间。”
“好歹先把它装回去，不然这么通风，暖气都白烧了。”
“我装就行了。”
“你一个人怎么拧螺丝？”
任燚走了过去，从窗台上拿起螺丝刀和螺丝：“把合页对上。”
宫应弦抿了抿唇，将窗户摆好，任燚快速把螺丝拧上了。
窗户虽然摇摇晃晃，比之前漏风还严重，但好歹勉强装回去了。
装完窗户，任燚松了一口气。见宫应弦依旧微微别过头，就是不看他。
任燚低笑道：“你干吗一直拿后脑勺看我？”
“没有。”
任燚凑了上去道：“你耳朵都红了。”
宫应弦下意识想去捂耳朵，又马上察觉到这个动作太蠢，已经抬起来的手只好改道，顺了一下头发。他快速道：“这里太冷了，你赶紧回房间。”
任燚觉得宫应弦太可爱了，怎么能这么可爱！跟之前的冰冷简直判若两人。
宫应弦气恼道：“你到底回不回房间？你吃饭了吗？吃药了吗？”
任燚立刻㞞了。好汉不吃眼前亏，把宫应弦惹急了，还不知道谁欺负谁呢。他赔笑道：“不逗你了，真的，我饿了。”
“过来吃饭。”
任燚的嘴角抑制不住频频地上翘。他们算是真的和好了吧？和宫应弦没有芥蒂的感觉，真好。

盛伯送来了新鲜的饭菜，宫应弦要做的只是把它们摆出来。
任燚的味觉还没恢复，吃什么都不大有味道，但为了恢复体力，还是得吃。
宫应弦则一直让任燚吃这个吃那个。
吃完饭，任燚又吃了药。他的脑袋没那么晕了，身体酸痛但不沉重，应该是快好了吧。
他给高格打电话，问了一下这两天的情况，高格让他安心休息，中队一切正常。他打完电话出来一看，宫应弦也在打电话，嘴里全是尸检的内容，听着都让人不舒服。
等宫应弦打完电话，任燚问道：“尸检有结果了吗？”

宫应弦神情沉重："虽然是好消息，但让人高兴不起来。"

"怎么？"

"已经确定身份了，这对母女是两年前失踪的，母亲三十岁多，女儿十岁。确切来说，失踪的是一家三口，邻居都以为他们举家搬迁了。"

"丈夫是……"

"丈夫名叫白赤城，× 大化学专业博士学位，曾经是某制药厂的科研人员，后来辞职。"

任燚倒吸一口气："他杀了自己的老婆孩子？"

"目前看来，可能是的。死因是氰化钠中毒，死后被焚烧。蔡强已经去了解他的情况了。"宫应弦皱眉道，"× 大是国内顶尖学府，他在制药厂的时候收入颇丰，妻子也是高级知识分子，这样的人是很少有犯罪倾向的。"

"信了邪就不一定了，要不然怎么会干出这么泯灭人性的事。"任燚想到那对被埋于深井的母女，心中满是同情——被自己最亲近的家人背叛、杀害，死后也不能入土为安，真是太可怜了。

"确定了人，我们离抓到他就更近了一步。"宫应弦沉声道，"白焰跟之前的几个人不一样，他是组织的核心成员，多半跟紫焰见过面，现在游乐场被发现了，他会寻找其他的落脚点，这是他最容易露出破绽的时候。"

"就看你们的了。"任燚道，"你要是忙，就回去工作吧，不用照顾我，我休息两天就好了。"

宫应弦凝望着任燚，心里挣扎起来。虽然邱言给他放了两天假，但他知道分局现在有多忙，从前他一定毫不迟疑地回去工作，可现在他放心不下任燚，想留下来照顾。

"言姐让我休息两天。"宫应弦道，"明天我再回去。"

任燚心里一喜："你是该休息休息，成天那么压榨自己，破案也不能不要命啊。"

宫应弦微笑道："你想做什么吗？"

"要不还是看电影吧？"

宫应弦："好。"

他们一起看了一部海洋生物的纪录片，吃了退烧药的任燚看到一半就在沙发上睡着了。

直到片子结束，任燚都没醒，宫应弦便小心翼翼将他送回了卧室。

这回任燚醒了，看见宫应弦正在给他盖被子，他打了一个哈欠，迷迷糊糊地说：“我什么时候睡着的？”

“你吃的药有安眠成分。”

“这只小鲨鱼最后死了没有？”

“没有，它长成了大鲨鱼。”

任燚笑了笑：“你怎么不叫我？”

“你应该好好休息。”宫应弦看着任燚，有些欲言又止。

“怎么了？”

“我得回趟分局。”宫应弦有些为难地说，“太多事等着我去处理，但是晚点儿或者明天早上我会回来。”他看电影的时候也不断在看群里的各种信息，一直心神不宁。

“我就知道你放心不下。去吧，你不用担心我，我感觉睡一觉就好了。”

“嗯。”

任燚咧嘴一笑：“你别担心，去吧。”

“好好休息。”宫应弦起身离开了。

宫应弦回警局后，忙了一个通宵，等到天明想回去看看任燚的时候，才发现任燚给他发了一条微信消息，说自己退烧了，已经回中队了。

任燚回到中队的上半天，是在吃饭、吃药、睡觉中度过的，等他下午醒过来，烧完全退了，真正有了一身轻松的感觉。他想去看看其他人都在干吗，结果发现一群人围在车库里，嘻嘻哈哈地不知道在说什么。

“你们干吗呢？”任燚走进车库。

“任队，咱们有狗了！咱们有狗了！”孙定义兴奋地叫道，他牵着一条黑背跑了过来，“训练基地刚送过来的。”

那只黑背身材精壮，根骨结实，长得很是英俊，而且情绪非常稳定，被这么多人包围着、逗弄着也没有过度兴奋。

消防中队有的配备消防犬，有的不配备，需要的时候可以借调，这次出于安全考虑，曲扬波特地去基地申请了一条。

“任队，你猜它叫什么名字？”李飒揉着它厚实的皮毛，满脸都是喜爱之情。

“叫什么？”

曲扬波笑道："我那天去基地，让他们给我挑一只黑背，他们一听我是凤凰特勤中队来的，就说一定让我带它走，它就叫'凤凰'。"

高格拍了拍手："它天生就是咱们的。"

任燚也笑了："这不是缘分吗？来，凤凰，过来。"

凤凰听话地走了过来。任燚蹲下身，揉着它肉乎乎的两腮，看着它那双炯炯有神的眼睛，含笑道："从今天开始，你就是凤凰特勤中队的一员了。"

凤凰"汪"了一声。

孙定义道："任队，这几天你不在，我们就把淼淼放指导员的房间睡觉，要不要把淼淼抱出来跟凤凰玩一玩？"

"可以，但别一下子放到一块，免得打起来，先让它们适应一下，要是它们看不上对方就算了。"

"不能够，我们凤凰这么帅。"孙定义乐颠颠地去找淼淼了。

曲扬波把任燚叫到一边："年终大会的时间刚定了，二十一号，然后所有中队长二十号先开新年安防专题会。"

"好，今年轮休的名单出来没？"

"今年……"曲扬波回头看了看玩闹的战士们，"这帮小子都挺懂事，除了专职消防员是固定放假，今年没人休假，都担心中队缺人手，怕出事。"

"没那么夸张，让他们正常休假。一年到头了，谁不想回家？"

"嗯，我知道，李飒自愿值班，其他的，去年没休的，我让他们今年休了。"

李飒跟他们不一样，她是受聘的专职消防员，就像来中队上班一样，有正常的周六、日和法定节假日，按理过年是不用值班的。任燚看了李飒一眼："不太好吧？"

"她怕过年人不够，愿意调休，再说她是本地人，回家方便。这姑娘是真不错。"

任燚点点头。

"你也一样，过年休几天，陪陪老爷子。"

"我初四再休吧。"

新年是任燚心里的一个结，他母亲就是过年期间过世的。过年是阖家团圆的日子，偏偏他们家就是在过年开始不团圆的。

晚些时候，宫应弦给他打了一个电话，询问他的恢复情况，他安抚宫应弦道："我完全好了，稍微有点儿咳嗽，不过几天就好，放心吧。"

"那就好。"宫应弦顿了一下，"你今天不该自己回中队的。你忘了吗？我说让你不要单独行动。"

"就这么几公里，你不要太紧张了。你那边有什么进展吗？"

"除了昨天跟你说的受害母女的身份，目前没有大的进展。有的话，我会跟你说的。"

"好的。反正你有什么需要帮忙的尽管说。"

"嗯。"

两天之后，任燚前往总队参加中队长的会议。京城一共有一百二十六个消防中队，特勤中队的比例大概是十比一。每年这样的会议都有一到两次，毕竟年底是犯罪和灾情高发时期，很多工作要做。

中队长们陆续坐进了大会堂，任燚跟王猛等鸿武区的中队长坐一个片区，几人商量着开完会去哪儿吃烧烤，结果一多半都要执勤。

这时，任燚听到有人喊他，回头一看，正是不久前刚刚合作过的西郊中队队长严觉。

"严队长。"任燚起身走过去，跟他握了握手，"上次谢谢你了。"

严觉笑着露出一口白牙："客气什么，那可是我的辖区，本来就是我的活儿。"

任燚笑道："你又要损我是不是？我给你赔不是嘛。"

"算了，我就没跟你计较。不过你上次答应我那顿饭……"

"今天怎么样？总队附近就有个吃烧烤的，开完会就去。我们区的几个兄弟一起去，你也带上你兄弟。"

"没问题。"严觉含笑看着任燚，"我看你发了烧后，人好像瘦了一点儿。"

"那我今天多吃点儿。"

"回见。"

2. 你会走出那场大火

开完会，一大帮人走到了隔壁的夜宵一条街，直奔一家烧烤店。由于跟总队离得近，这条街经常有很多消防员出没，凡是消防员来吃饭都有打折。

他们拼了两张大桌子，坐了十几个中队长，点菜的时候把服务员都吓傻了。

任燚笑着说："多了？"

服务员点点头："太多了。"

"我们都贼能吃，上菜吧。"

一帮人边吃边喝边聊，整个烧烤店都充斥着他们爽朗的笑声，热闹极了。

任燚拿着酒坐到了严觉身边："严队长，我敬你一杯。"

严觉笑着跟他碰瓶子："我看你今天吃了不少，病应该是好了。"

"别提了，那几天光喝粥了，瘦了主要是因为吃得不好，哈哈哈。"

"哎，那天到底怎么回事？那么隐蔽的地方，怎么会发现尸体的？"

"警察之前抓了几个犯人，有线索。"

"跟前段时间鸿武区的一系列纵火案有关吧？我们也都听说了，说是有一个什么纵火癖的组织。"

任燚点点头："多的我也不方便透露，反正是一帮非常凶恶的变态，而且有专业纵火和制造炸弹的人才。你们以后出警也要小心，他们有针对消防员的倾向。警方正在梳理前几年的案子，说不定一些我们以为是意外的案子都跟他们有关。"

严觉皱起眉："他们这么猖狂？以前我也见过不少纵火犯，但还没见过这种成组织的。这在全世界范围内都很少见吧？反正我没读到过相关的案例。”

任燚摇摇头：“确实罕见，但他们是邪恶性质的组织，这就好理解了。”

严觉做出了然的表情。

“我们现在全力协助警方，希望能尽快抓到他们的头领。”

“那你不是也很危险？我听说那几个案子几乎是你出的警。”

任燚苦笑一声：“几乎都跟我有联系，所以我现在被禁止单独行动了。”

严觉拍了拍任燚的肩膀：“咱们只有水枪，没有真枪，万事小心。”

“放心吧。”任燚跟他碰了碰啤酒瓶子，闲聊道，“你们队离工业区比较近，平时出警不多吧？”

严觉点点头：“是啊，周围民宅少，多是工厂、仓库什么的，虽然出警不多，但基本上每次出去难度都不小。”

“在人口密集区也头疼，什么乱七八糟屁大点儿事儿都找你，开锁啊，通马桶啊，爬窗户啊，好多58同城上的活儿我们都得去，还免费。”

两人年纪、出身、背景、工作都差不太多，自然是很有话聊，一顿酒下来颇有些一见如故。

正喝得起兴，任燚的电话响了。他一看是宫应弦打来的，酒立刻醒了几分，忙拿着电话走到一边：“喂？”

“你还咳嗽吗？”宫应弦开门见山。

“嗓子有一点儿痒，还行，快好了。”

宫应弦听见嘈杂的背景音和任燚声音中的异样，皱眉道：“你不在中队？你喝酒了？”

“我今天来总队开会，中队长的集体会，好多熟人。”任燚笑笑，“我喝得不多，没醉。”

“谁送你回去？”

“呃……”他来的时候是司机班的战士开巡逻车送的，平时他就打个车回去了，可他又想起来宫应弦不让他单独行动，酒精的作用让他的大脑反应有点儿迟钝，一时没想好该怎么回复。

就慢了这半拍，宫应弦就明白了：“消防总队在万守路吧？我就在离那里几公里的地方办事，你等我送你回去。”

“不用麻烦了吧，我这儿……”

“你把地址发我。”宫应弦的口气不容置喙。

"好吧。"

任燚回到座位上，严觉又开了一瓶啤酒递给他，他摆摆手："不喝了，也喝得差不多了，一会儿有朋友来接我。"

"我等下也要打车，我顺路送你就行了，反正我回中队也要经过你们区。"

"不麻烦了，你还得绕路。"

严觉笑道："没多远，客气什么。"

"谢了，我朋友一会儿就过来了。"

"行吧，下次你来我们中队，我带你去吃特好吃的涮羊肉。"

几人继续吃喝聊天，半小时后，宫应弦踏进了烧烤店。

他身上没有烟火气，西装革履，皮鞋锃亮，整个人的气质都跟这种街边大排档格格不入，根本不像会出现在这里的人。

加之他那非凡的相貌，他一出现，所有人都在看他。

严觉挑了挑眉，口吻轻慢："原来你说的朋友就是他啊。穿这样是要去参加婚礼吗？"

旁边人都闷笑了起来。

任燚走了过去："应弦，这里不干净，油烟大，你在车里等我一会儿，我把账结了就走。"

宫应弦看了看里面拼的两张大桌子，坐满了跟任燚一样穿着火焰蓝制服的中队长，桌上、桌下摆满了残羹、烟头、啤酒瓶，再看了看任燚，满脸红光，神采奕奕，虽然有明显的醉态，但也有明显的喜色。

他突然感觉到强烈的排斥感，不只他排斥这看起来就不卫生的环境和饭菜，而是任燚的生活在排斥他。

和同事下馆子、喝酒、聊天，这是属于任燚的生活，也是属于绝大部分人的正常生活，不正常的是自己。他没办法陪任燚去好吃的餐馆吃饭，也没办法陪任燚把酒言欢，任燚的生活他其实融不进去，他的生活……根本就没有人能过他这样畸形的生活。

难怪任燚不喜欢他。其实没有人会喜欢他，哪怕一开始被他的外表吸引，很快也会被吓跑。这么多年，愿意和他做朋友的，也只有任燚一个人。

"应弦？"任燚揉了揉有些模糊的醉眼，"怎么了？"

宫应弦摇摇头："我在这里等你。"

"你确定吗？这里的环境……"

"我在这里等你。"宫应弦重复道。

"好吧。"任燚返回到桌前，"兄弟们，你们继续喝，我先撤了啊，回去都小心点儿。"

"放心吧。"

任燚拍了拍严觉的肩膀，笑道："下次我一定去找你，给你一个请我吃饭的机会。"

严觉伸出手，跟任燚握了握："常联系。"

宫应弦老远看着两人一副惺惺相惜的样子，冷哼一声，

任燚走到柜台去买单，但马上就被几个中队长围了上来："哎，干什么干什么？你跑到我们区来还敢抢着买单？"

任燚笑道："今天说好我组织的，别跟我抢。"

"那不行，下次去你鸿武区保证让你花钱。"

几人顿时推让了起来。

这时，一个戴着鸭舌帽的人从里屋走了出来，上菜的服务员说道："先生，厕所在那边，厨房不可以进的。"

那人"嗯啊"两声，匆匆往外走去。

烧烤店人声鼎沸，几乎没有人听到这段对话。

但站在门口的宫应弦注意到了这个男子，警察的专业和敏锐让他感到这个人不寻常。

第一是此人走得非常快，烧烤店因为长期油烟熏烤，地面有些滑，一般人都会注意脚下；第二是他虽然他压低了帽檐，但他微抿的嘴唇、紧绷的下巴、前耸的肩膀，这些表情和肢体语言都泄露了他此刻紧张的情绪，就好像他不是要离开一家烧烤店，而是逃离猛虎窝。

宫应弦一步挡在了男子面前，掏出证件的同时说道："警察，请出示你的身份证。"

男子怔了一下，突然狠狠地撞开了宫应弦，撒腿往外跑去。

宫应起初只是觉得男子可疑，这种鱼龙混杂的夜市，小偷很多，但只要没犯事，一般见到警察都会配合，毕竟老油条都知道只要不是抓现行，警察不能拿自己怎么样，一旦反抗，那就真要进去了。

所以他这一跑，坐实了有鬼，加之这段时间发生这么多事，宫应弦很快联想到了什么，他朝任燚吼道："先疏散！"说完拔腿追了出去。

整个烧烤店的人都蒙了。

任燚也是花了好几秒才回过神来，他用力甩了甩脑袋，还好最后半个小时他没喝酒，一直在喝解酒的饮料，现在清醒了不少。他叫道："大家先出去，全部出去！"

严觉跑了过来，紧张地说："发生什么事了？"

王猛也道："任燚，怎么了？"他想站起身，但是喝多了，差点儿被脚下的酒瓶子绊倒。

"别问了，能动的赶紧把喝多的扶出去，快！"任燚也不知道发生了什么，他猜宫应弦也不知道，因为一切发生得太突然了。

店员和顾客虽然也一脸茫然，但既然是消防员说的，他们也不敢耽搁，纷纷起身离店，店内一时有些混乱。

任燚把刚才发生的事快速回忆了一遍，他没看到什么前因后果，只用余光瞄到宫应弦拦了一个人，然后那个人跑了，宫应弦去追。

所以关键是那个人。

任燚叫道："刚才那个戴黑色鸭舌帽的是谁？哪桌的客人？"

一个服务员小声说："不知道，我也刚看见他，他从厨房里出来，可能是找厕所的。"

厨房！

任燚和严觉对视一眼。

严觉吼道："赶紧疏散，打 119！把周围店里的人都疏散了，快！"

任燚往厨房跑去。

厨房的工作人员不知道前厅出了事，还在照常工作，任燚吼道："都停下！都关火！全部停下！"

众人都愣住了。

任燚环视四周，厨房最危险的东西，无非就是煤气管道了。家庭的煤气管道都比较简单，且是暗装的，而饭馆厨房因为需要分非常多的炉灶，管道比较多。有时候因为店铺转让率高，这家做日料，下家做川菜，还会经常对厨房改来改去，改得不规范，管道就会暴露在外。

任燚跑过去，顺着复杂的管道检查起来，先检查几个阀门。

严觉也跑进后厨："怎么样？"

"阀门没漏。"虽然看起来没有异样，但保险起见，任燚还是把阀门关了。

“任燚！”严觉低吼一声，声音都在发颤。

“怎么了？”任燚跑过去一看，遍体生寒。

有几处金属管道正在被不知名的化学液体腐蚀！

那东西看起来很像水银——银白色的、黏稠的液态金属，任燚也不知道为什么要把水银倒在煤气管道上，但必是居心叵测，用心险恶。他一边从案台上抓起抹布，一边叫道：“检查一下是不是所有煤气阀门都关了，所有明火全部熄灭，打 119，快点儿！”

他们已经闻到了空气中淡淡的煤气味儿，不知道是后厨都有这样的味道，还是已经泄漏，总之，所有人的神经都紧绷着。即便阀门关闭，管道内还残留着很多煤气，遇到明火都有爆炸的风险。

几个厨师各自行动了起来。

严觉戴上厨师手套，小心抹掉了一块水银，见那一块管道壁的颜色明显与周围不同，且呈现皲裂纹。他沉声道：“应该是被腐蚀了，还好发现得早。”

两人遍体生寒，巨大的恐惧如一只无形之手，在瞬间攥紧了每个人的心脏。如果宫应弦没有来，如果他没有发现那个可疑男子，如果这里的煤气泄漏，厨房每时每刻都燃着好几处明火，如果……

如果没有这些如果，那后果他们哪怕想想都胆寒。

任燚抹掉额上的冷汗，咬牙道：“肯定不止这几处，赶紧都检查一遍。”

又有几个中队长冲进了厨房，任燚把情况简单说明了一下，让他们顺着煤气管道一条一条地检查。

最后竟然检查出四处被浇上了水银，还有两三个地方浇得太匆忙，掉在了地上。有两个地方的管道已经出现皲裂，严觉甚至不敢用手碰，只能用抹布小心翼翼地、一层一层地把管道包了起来。抹布不够了，就用润湿的卫生纸缠上好几圈。

几个中队长把整个厨房都仔仔细细检查了一遍。

没过多久，外面警笛声和救护车的声音前后响起。

确认厨房暂时没什么危险了，任燚和严觉对视一眼，依旧心有余悸。

严觉绷着脸，擦着额上的汗：“这不会是你说的那个邪恶组织的人干的吧？”

“从手法和针对目标来看，很可能是。”

严觉骂了一声：“刚才如果真炸了，真的……”

出于保密的原因，任燚不能把演唱会的事告诉严觉，正因为经历过演唱会的事，所以他对这帮人的丧心病狂并不感到惊讶，他只是害怕。更让他害怕的是，这帮人有能力、有意向、有目标去做出更可怕的事。

而他们至今逍遥法外，他们一天不落网，就没有人能睡得了好觉。

“我算是知道你为什么不能单独行动了。”严觉沉声道，“事情比我想象中严重多了。”

“我不该来聚餐的，差点儿连累大家。”任燚抹了一把脸，满面青灰，眼神黯淡。

从前，他虽然知道自己可能成为紫焰的目标，但那只是基于紫焰的威胁的一种猜测，他们虽然尽力防患，但他的生活并未改变太多。但这是第一次，这个威胁变成了事实——他真的是紫焰的目标。

“有人想杀我且已经付诸行动”这个认知，对任何人而言冲击都是巨大的，承受的心理压力也超负荷，何况任燚本来从事的就是高危险行业，这无疑给了歹徒很多机会。

严觉正色道：“你不准有这种想法。这是歹徒的错，不是你的。如果不是你一直协助警方，他们可能还不会针对你，你只是在做一个消防战士应该做的事。”

任燚勉强一笑：“相信警察吧，他们早晚会抓到罪犯的，我也不会被吓倒的。”

严觉拍了拍任燚的肩膀：“不知道那个警察抓到人了没有，我们去看看吧。”

“肯定抓到了。”

“你对他这么有信心？”严觉挑眉，“这么说，他是特意来保护你的？”

“算是吧，一开始跟案子有关的事故就是我出的警，他来调查，我们合作过很多次，后来我就全力协助他们破案。”

整条街的人都被这家烧烤店的异动和外面的警车、救护车吸引了出来，路人纷纷互相询问出了什么事，但没人解答得上来。

两人走到街上，见私家车堵了整整一条街，警车和救护车在夜色下闪着令人高度紧张的红光。任燚顿时担忧起来，向着警车跑了过去。

老远地，他看到了人群中令人瞩目的宫应弦，发现其完好无损，这才放下心来。

宫应弦也看到了任燚，他快步走来，将任燚上下打量一番：“你没事吧？”

“没事。”任燚追问道，“人抓住了吗？”

宫应弦双目赤红，咬牙道：“他跑到马路上被车撞了，当场死亡。”

任燚倒吸一口气。

“烧烤店里有什么情况？又是炸药吗？”

任燚道：“你来看看吧。”

宫应弦带着几个警察回店里取证，他和任燚、严觉去了后厨。

宫应弦看到煤气管道上的痕迹和抹在抹布上的金属液体后，脸色越发阴森。

“水银还能腐蚀金属？”

“这不是水银。”宫应弦道，“汞能腐蚀铝、铜、金这类硬度不高的金属，但对钢材作用不大。这是液态镓，跟汞很像。”

“镓……”

“镓能把金属合金化。”宫应弦伸手按了一下被腐蚀的管道壁，那坚硬的钢材竟然像豆腐渣一样被捏碎了！

众人看得胆战心惊。

宫应弦扭头看着任燚，眼神里隐隐透着一丝恐惧：“你们今天聚餐是临时决定的吗？”

“是。”

“那就说明有人在跟踪你。你们一共吃了多长时间？”

严觉看了一下表：“将近三个小时。”

“时间不够充分，准备有些仓促，派来的人很可能是第一次做这样的事，一眼就被我看出了破绽。这很不符合紫焰和白焰的行事作风。演唱会他们做了非常充足的准备，甚至对场馆设计都进行了深入的研究，这证明他们是细心、有计划、有耐心的犯罪者。但这一次的犯罪非常粗糙。首先贸然进入厨房就会引起怀疑，事先无法踩点，即便浑水摸鱼成功将镓倒在了煤气管道上，因为人鬼鬼祟祟的，也可能被发现。这一切都证明他们狗急跳墙了。”

“因为你们发现了游乐场和白焰的身份？”

“不止。在我过来之前，我们冻结了白焰的资金，发出了通缉令，找到了他的住处，在多处场合的摄像头里发现了他的身影。他就在城里，而且因为我们对交通进行了封锁，他几乎没有可能逃出城，落网只是早晚的事。”

“那太好了！”严觉道。

宫应弦忧心忡忡道：“我担心白焰察觉到自己无法逃脱之后，会进行更激烈的报复，这次的事就是一个例子。这个人太危险了。”他看了看任燚，“我要给你申请人身保护令。”

“这……”任燚犹豫了一下，“好吧。”

宫应弦跟身边的同事交代了几句：“走吧，我送你回去。”

“我要跟消防那边解释一下。”

严觉道：“你走吧，我来处理。”

宫应弦看都没看严觉，拉上任燚：“走。”

任燚朝严觉摆摆手：“辛苦你了。”

宫应弦快速把任燚拽走了。

回到车上，两人静默了许久。

宫应弦疲倦地趴在了方向盘上，下巴紧绷，修长的手指用力抓握着方向盘。

任燚摸了摸宫应弦的头，柔声道：“我知道你很不甘心，但你今晚已经救了很多人了。”

“他是故意往车流里跑的。”宫应弦哑声道，“到底是什么样洗脑的魔力，可以让人做出这些事？”

“等你抓到紫焰就知道了。”

宫应弦别过头，在昏暗的光线中眼睛一眨不眨地看着任燚，声音在发颤：“他们想杀你，如果今天我不在，也许他们已经成功了。”

任燚心里一样很慌，但他还是故作镇定地安抚宫应弦：“所以老天爷派了你来，我们就都好好地活下来了。无论是演唱会，还是这次，都证明邪不胜正。”

“我不信这些东西。”

“那就信你自己。”任燚郑重地说，“我也始终相信你，相信你一定会在他们造成更大伤害之前，把他们绳之以法，你会拯救所有人，包括你自己。”

宫应弦怔住了。

任燚一字一句地说：“你会走出那场大火的。”

宫应弦突然倾身过来，狠狠抱住了任燚，高大的身躯竟像孩子一般颤抖着。

任燚鼻头一酸，也用力地回抱住了他，轻抚着他的背。

这是一个充满温情的拥抱，他们通过紧贴的心脏，交换着对彼此的关心和安慰。

好半晌，宫应弦才平复下情绪，他有些不好意思地放开了任燚，低声道："你今天应该也害怕了吧？"

任燚摸了摸鼻子："后怕。如果只有我也算了，当时那家店里那么多中队长，要是真炸了，国际新闻啊。"

"红林体育馆如果炸了，也是国际新闻。"

任燚苦笑一声："也是。"

"以后会有警察二十四小时保护你，在你们中队附近巡逻，你这段时间就不要离开中队了，我会尽最大的努力尽快抓到白焰。"

"可我要出警啊。"

宫应弦愠怒道："这时候你还想什么出警？"

"你不也在出警吗？"

宫应弦哑口无言。

"我也很担心你，其实白焰现在最恨的应该是你，只不过你警觉性太高，又有枪，不好下手。"任燚看着宫应弦，"我也很希望你待在你那个多层安防的城堡里，不要出来，可你肯定不干。我也一样，我不能一个人躲起来，让我的兄弟去冒险。"

宫应弦瞪着任燚："你就不能听话吗？"

任燚笑道："别的我可以听，这个不行，这是我的职责。"

宫应弦的胸膛用力起伏着。

"走吧，你送我回中队吧。"

宫应弦没有动，明显在生气。

任燚调侃道："有英俊威武的宫警官保护，我现在充满了安全感。"

宫应弦没忍住，扑哧一声笑了。

宫应弦的车缓缓停在了中队门口。

任燚慢腾腾地解开安全带扣，抓着车门把手，几经犹豫，最终还是没忍住，问道："你要不要上去看看淼淼？"

"要。"宫应弦快速回道。

此时中队已经过了熄灯时间，除了门口站岗的，一路上没有碰到一个人。步入宿舍楼后，凤凰突然从楼梯下面跑了出来，它抖了抖皮毛，双目炯炯地看着两人。

任燚比了一个“嘘”的手势：“回去睡觉。”

两人正要上楼，就听到楼梯下面传来一声猫叫。

他们把凤凰的窝安在了楼梯下面，这几天它和淼淼已经混熟了。

任燚探头一看，淼淼就趴在窝里，懒散地伸了伸爪子，他咧嘴一笑：“你找着新地方睡觉了是吗？”

宫应弦问道：“你什么时候养狗了？”

“上次收到那个包裹之后，扬波就去训练基地申请了一条警犬，它叫凤凰，跟我们中队一个名字，巧不巧？而且它特别聪明，感觉什么都听得懂。”

宫应弦低头看着凤凰：“它不太像一般的狗。”

任燚笑道：“一般的狗是什么样？”

“人养的狗，大多很喜欢人，它不像其他狗那么热情。”

“它也喜欢人，只是很冷静。”任燚揉着凤凰的腮，“你是一条特别酷、特别冷静的狗，对吗？”

淼淼也从窝里跑了出来，用脑袋蹭凤凰的腿。

凤凰低头看了它一眼，用鼻子拱了拱它的脑袋。

“好了，你们睡觉去吧。”

闻言，凤凰果真回窝里睡觉去了，淼淼也轻跑着跟了过去，贴着凤凰暖和的肚皮趴下了。

任燚看了看表，又看了看窗外：“下雨了，雨还不小，你今晚住这儿吧，明天去你们分局还近些。”

“好啊。”宫应弦抓起淼淼，准备让它“陪睡。”

任燚睡到半夜，莫名醒了过来。

昨晚发生的事像一片沉甸甸的乌云，一直压在他的头顶，宫应弦的出现虽然抵御了乌云带来的冷意，但巨大的阴影还在，挥之不去。

任燚辗转难眠，干脆下了床，披着衣服离开卧室，来到一墙之隔的办公室。

他从办公桌里翻出了一包烟，看着摊开在桌面上的宫家纵火案的各种卷宗，沉默地吞吐着烟雾。

他戒烟很多年了，所以没有瘾，但心情烦躁的时候来一根能静心。

不知过了多久，任燚听到有人叫他，他猛地回过神来，扭头一看，宫应弦不知何时站在了他背后，他想得太过入神，竟完全没听到开门声和脚步声。

“你怎么了？”宫应弦担忧地问道，“大半夜的为什么不睡觉。”

“我有点儿睡不着。”任燚把手里已经冷掉的烟扔进了垃圾桶，“你去睡吧，你太缺觉了。”

宫应弦走过来，坐在了任燚旁边，看着桌上那些熟悉的资料：“你还在看？”

“多看看说不定能有新发现。”

“照片太模糊了，即便修复之后效果也不好，当年的证物也缺失太多，你能发现那些，已经很不错了。”宫应弦忍不住叹了口气。

“你们对当年那些调查人员的调查有什么结果吗？”

“有一个我父亲当年的下属和一个调查人员有可疑的地方，但就算我们找到证据，想要翻案也很难，因为时间关系，证据链特别难以串联，形成逻辑，而且重审需要层层审批，毕竟这是要否决当年司法的裁定。要么现在有非常强有力的、无法驳斥的铁证，要么有人证。”

“你是说紫焰？”

宫应弦点点头：“抓到紫焰，找到他和这件事的关联点，让他亲口承认。”

“你有没有想过，紫焰和当年的凶手是什么关系？你也说了，根据你们的分析，紫焰不是凶手。”

“我想过，有三种可能：第一，凶手曾经跟炽天使的内部会员炫耀过；第二，紫焰是继任者，这个组织不是近年成立的，只是近年才被我们发现，凶手曾经也是其中一员；第三，紫焰和凶手本来就有私人关系，是被凶手培养为纵火犯的。”

“那你觉得哪种可能性大一些？”任燚问道。

“我想听听你的想法。”

任燚想了想：“按照你们的侧写，紫焰的年龄在三十五岁以下，甚至可能更年轻，他是怎么为这么一大帮人洗脑，让他们甘心为他出生入死的？一般这样的，都得有点儿年龄，看起来才像那么回事儿吧？”

“所以你倾向于第三种？”

“我也只是猜测，不过如果紫焰和凶手真的有私人关系，就比较好解释为什么他年纪轻轻就可以做到这些，又为什么他甚至知道那个鸟面具的具体样式，当时你可是一眼就认出来了。”

宫应弦微微蹙眉，迟疑地“嗯”了一声，尾音拖得长长的。

“怎么了？你不是说他戴的就是当年那个面具吗？或者至少长得一样。”

“其实我并不记得那个面具到底是什么样子，只是有一个模糊的想象，可是一看到那个面具，我就觉得是它。”宫应弦摇了摇头，“这并不是一个好的迹象，在心理学上，这种情况极有可能来自自我暗示。”

“自我暗示？”

“对。打个比方，一辆车从你面前开过，有人问你这辆车有几个轮胎，其实你根本没看清，但根据常识，车有四个轮胎，有了这个印象，你越回忆，越觉得那辆车就是四个轮胎，其实它可能是三轮车。”宫应弦解释道，“面具也是一样的。我从来没有真正回忆起面具的样式和颜色，但我根据常识和幻想，脑子里有一个大概的想象，当紫焰戴着面具出现的时候，他的身份、他营造的气氛、他说的话以及背后所有案情的关联，让这个面具除了和我记忆中的面具呼应之外，别无他用。所以我在那种紧张的、受到冲击的、没有时间多思考的前提下，一下子就认定就是那个面具。但冷静下来之后，我反复推敲，已经开始怀疑了。”

任燚惊讶地说道：“紫焰戴的面具有可能不是当年那个？你觉得自己受到了心理暗示？”

宫应弦沉声道：“我无法确定。我在成长过程中也见过，甚至特意搜索过一些鸟的面具，但都没有给我那种冲击。我一直在怀疑，是紫焰真的戴了那个面具，还是紫焰营造出来的氛围让我相信他戴的是那个面具。现在最麻烦的是，紫焰的那个面具给了我太大的冲击，我潜意识里已经接受了它，并且无法控制地让它和我想象中的面具结合了，哪怕我自己都无法确定。”

“可是，紫焰从头到尾都没有提过他戴的面具，如果他戴了一个假的，有可能被你发现呀。”

“这正是他的高明之处。他戴上面具，提起当年的火灾，说我们之间有羁绊，但其实他没有透露任何关键的信息。如果面具是真的，他就成功在我心里播种了恐慌；如果面具是假的，对我还是很有杀伤力，因为‘鸟面具’对我来说同样有象征意义，不必非得长得一模一样。”

任燚倒吸一口气：“这个人有这么好的脑子，为什么不走正道？”

宫应弦神色凝重道：“他非常聪明，双商远高于常人，他在现实中一定是一个非常有魅力的人，但同时他也可以把自己伪装得毫不起眼。”

“那你要怎么才能确定那个面具到底是不是你记忆中的那个？”

“这是非常深层次的心理暗示，我就算意识到了，自己也没办法解决。我已经让我的主治医师回国，他应该能帮我。”

任燚目光坚定道：“不管有什么困难，我们一起克服。”

宫应弦望着任燚，郑重地点了点头。

这一番对话下来，两人更加睡不着了，此时是破晓前最黑暗的时刻，他们只能安静地等待黎明。

宫应弦给任燚讲起他们是怎么一步步追查到白赤城的，听起来似乎没有什么动人心弦的剧情，全靠无数办案人员根据有限的线索，细致入微地搜寻，抽丝剥茧地分析。

但任燚听得非常震撼，他脑海中浮现的是宫应弦累到两眼青黑、瞳孔充血的模样。宫应弦的那些警察同事们又何尝不是昼夜无休地忙碌着，才能几乎每天有一点儿新的进展，直到于茫茫人海中锁定嫌疑人？

他们正聊着，宫应弦突然有些意外地看向窗外。

任燚偏头一看，天空中簌簌飘下一片片白色的“细绒毛”，在黑暗中像会发光的精灵，静谧而温柔。他喃喃：“下雪了。”

这是今年城内的第一场雪，冬天马上就要过去了，它来得有些迟，但依然令人惊喜。

任燚笑问宫应弦：“你要不要去看看雪？”

“你的病刚好，算了吧。”

“我们的大衣特别保暖。”任燚从柜子里拿出两件大衣，递给宫应弦一件，“难得下雪，还是初雪，就在阳台看看。”

任燚裹上羽绒服，打开了阳台门，一股寒风呼啸着倒灌进来，吹得两人一个激灵。

“哇，真冷啊。”任燚裹紧衣服，抬头看着九天撒银，目光发亮。

“加州很少下雪。”宫应弦伸出手，见那小雪花落在掌心，瞬间就融化了，“我回国这几年也没碰上过大雪。”

“这儿的雪确实一般，真要看大雪，就要去更北的地方。”任燚笑着说，“我跟朋友去过长白山，哇，那个雪真带劲儿。”

宫应弦扭头看着任燚：“你喜欢雪？”

“喜欢啊。”

“我也喜欢。”宫应弦道，“雪看起来很干净。”

“哈哈，难得有我们同样喜欢的东西。”

任燚只是随口一说，宫应弦却感到胸口有些发闷。他跟任燚想到了一块儿，他终于找到了他们的一个共同点——都喜欢雪。

两人的出身、经历、性格、观念都南辕北辙。他甚至不能陪任燚去吃一顿烧烤。也许任燚喜欢雪，只是像喜欢花，喜欢云，喜欢大自然一样泛泛地喜欢，对于他来说，却是他们极少数的相通之处。

他也常常想，如果没有这一系列的案子将他和任燚牵扯到一起，两人之间还会有话题吗？还会有联络吗？任燚用手指在扶手台的薄雪上划了一道：“可惜啊，这雪太小了，明天一出太阳就化了。”

“下次去一个有化不掉的大雪的地方吧。”

任燚一怔：“你是说我们……我们两个去吗？”

宫应弦“嗯”了一声，又轻咳一声：“你想去哪里？”

任燚笑道：“哪里都好。”

“那就等我抓到紫焰。”

“好！”

天没亮，任燚就把宫应弦送了出去。

第二天，曲扬波告诉任燚，他被处分了，原因是执勤时期离岗。

真实的处分原因当然不是这个。开完会去聚个餐是很寻常的事，且只要是能出去的队长，肯定把中队都安排好了。是因为他在自身安全受到威胁的时候，还组织聚餐，粗心大意，没有危机意识，结果差点儿出了大事。

他被记了警告，全局通报批评，还要写一份检讨。

任燚苦着脸说：“是我活该。”

曲扬波叹了一口气：“这次还好，没出大事，不然这个处分算轻的了，不过对你以后还是有影响。还好你这段时间也立了不少功。”

任燚对自己的仕途并不怎么上心，至少不会像曲扬波那么有规划，有目标。他当个中队长就挺满足的，要是再往上升，大部分时间都是坐办公室，根本不是他向往的。在中队工作确实有危险，可是帮助、拯救别人，才能让他热血沸腾，让他感受到自己存在的意义和价值。

不过这话他不敢跟曲扬波说，否则肯定会被骂不上进，曲扬波的目标是两人齐头并进。

任燚很郁闷地把自己关在宿舍里写了一下午的检讨，郁闷的主因不是被处分，而是一万字的检讨差点儿要他的老命。

写完之后他才抽空看了看手机，有一条宫应弦发来的信息：我的主治医生已经到京，他想见你，何时有空？

任燚回道：周六。

3. 催眠

临近农历新年，正是各个职能部门最忙碌的时期，这时候犯罪率飙升，意外灾情也显著增多，公安和消防人员自然都很忙，所以宫应弦和任燚几乎没有时间见面。

任燚把中队的调休安排妥当后，看了看时间，离他和宫应弦约定的时间还有点儿富余，便把李飒招来谈了一次话，对她愿意主动留下来值班表示赞赏和感谢。毕竟对于专职消防员来说，法定节假日是可以休息的。

李飒爽朗地笑道："任队，你不用这么客气，我家离这儿不远，反正过年家属可以来中队，我叫我爸妈来中队一起过年就行了。"

"对，今年咱们一起过年。"任燚含笑望着李飒，"你是我最关注的一个战士，这半年你的成长让我很欣慰。在井下救援和医院爆炸案里，你也展示出了自己的专业能力，每次考核成绩也都挺好，所以下一次出任务，我会让你正式进现场。"

李飒眼前一亮："谢谢任队，谢谢任队。"

"你不用谢我，这是你自己争取来的。你应该也知道，你刚来的时候大家都对你有些怀疑，特别照顾你，但无法信任你的专业能力，是你自己通过日常工作和几次任务表现，以及常年不掉队的训练和考核，逐渐取得了战友们的信任，要谢，就谢一直努力的自己。"

李飒露出腼腆又雀跃的笑容。

"出任务后，我会观察你半年，如果表现依然好，等你入职满一年的时候，我就会把你从专勤班调到战斗班。"

李飒目光坚毅道："我绝对不辜负任队的期望。"

跟李飒谈完话，任燚稍微收拾了一下就下楼了，宫应弦派了司机和保镖来接他。

宫应弦的这个司机任燚见过，而这个保镖则是头一次见，长得倒不像他想象中的或电影里的保镖那样孔武有力，中等身材而已，但仅从对方的寸头和厚实的斜方肌，就能判断出这人当过兵。

保镖跟任燚客气地打了个招呼就不再说话，越发让任燚觉得这是一个狠角色。

车一路开向宫应弦家，足见庞贝博士与宫家的关系非常亲近。

任燚从盛伯那儿听说过一些这个主治医生的情况，此人是中美混血儿，在心理学领域非常有名望。当时宫应弦的心理状况非常糟糕，宫应弦的爷爷执意送他出国，一是担心他的安全，二是想让他换个环境。他出国之后，一直是庞贝博士为他治疗。花了很多年的时间，才让他从一个几乎失去了语言和情绪的重度PTSD患者变得至少能够重返社会。

到了宫家，除了盛伯等熟悉的面孔外，还有一个斯文俊雅的中年男子，必然就是庞贝博士了。

庞贝博士主动朝任燚伸出手："任队长，你好，久闻大名。"

任燚忙伸手回握："博士你好，这话应该我说才对。"

庞贝博士笑着说："我听说应弦身边出现了一个能够亲近他、影响他的人，我就对你非常好奇了，只是去年一直在忙一个课题研究，抽不出空，不然我早就想回来看看了。"

宫应弦轻咳一声，眼神带了一丝窘迫。

两人又寒暄几句就被脸上笑开了花的盛伯热情地迎进屋，他口中还不住地说："这里好久没这么热闹了，好久没这么热闹了。"

一顿丰盛的晚餐过后，宫应弦带着两人去了那个房间——那个摆满了跟宫家案子有关的一切的房间。

庞贝博士拿起一家四口的相框："你现在可以这样直视它了。"

宫应弦点点头："这么多年脱敏治疗，我现在连火都敢靠近了。"他低声补充道，"小火。"

任燚："大火你也敢啊！当时那辆车烧得多厉害，你却敢去救我。"

宫应弦冷哼一声："你还好意思说？我让你退你不退。"

庞贝博士笑道："这件事我知道，应弦后来跟我说了。其实我在以前的治疗里，几次想给他下猛药，但几次压力测试都失败了，还险些破坏他好不容易重新构建起来的安全感。所以那一次他靠近大火去救你，对他的病情是一个非常重要的转折点，从那之后，他是真的好了很多。这件事的意义在于，他主动破除了自己的恐惧。什么都比不上直面恐惧更能够战胜恐惧本身。”

任燚抿唇一笑，无论是宫应弦奋力救他，还是他间接帮助了宫应弦，都让他开心不已。

宫应弦道：“虽然我还没有完全战胜对火的恐惧，但比以前好多了，也许有一天我能真正克服。”

“会有那一天的。”庞贝博士笑着指了指任燚，“而你的朋友会给你很大的帮助。”

两人匆匆看了对方一眼，相视而笑。

“那么，我们聊聊面具的事吧。”

听完宫应弦的描述，庞贝博士低头看着手里的资料：“就是这个面具？”

那是从紫焰的视频上截图下来的照片，清晰度非常高。这个鸟的面具呈深灰色，有些特征被故意夸张，比如一个非常突出的、巨大的喙，两个眼眶又大又圆，但没有羽毛，整体看来有一种超现实的怪诞感，不是以任何真实的鸟类为原型制作的。

宫应弦道：“我们调查过这个面具，市场上没有类似产品，也没有在任何艺术创作里发现过，是一个独一无二的形象。”

“视频里能看出是什么材质吗？”

“石膏，3D 打印机做出来的。”

“也就是自己建模制作的。”

“对。”宫应弦道，“但当年可没有 3D 打印机，如果要做这样的东西，必须去工厂花费非常高的价格建模和制作，这也是我怀疑面具真实性的一个原因。”

“手工雕刻呢？”任燚问道。

“当然可以，但是意义是什么呢？”宫应弦道，“如果仅仅是为了遮挡面部，在商店里随便买一个面具不就行了？为什么要大费周章制作这样一个面具？除非这个面具有很重要的象征意义，比如是组织的图腾之类的。”

“但你们在全网都没有找到类似的形象。”庞贝博士思索道，“这不符合纵火癖的心理特征。纵火癖是在现实中压抑不满，只能通过纵火表现自己强大的懦夫心理，如果这个面具真的那么重要，在整整十九年的时间里，一定会有人忍不住展示它，一方面是炫耀自己的杰作，一方面是向同类获取认同。”

宫应弦点点头：“我也这么认为，所以我越发怀疑这个面具的真实性。换个角度想，如果这个面具是紫焰临时做出来的，那么一切反而容易解释得通。”

“所以，你认为你当年看到的并不是这个面具，但紫焰给了你心理暗示，让这个面具跟你记忆中的东西结合了。”

“不是记忆中，而是想象中。”宫应弦皱了皱眉，“实际上我从来没有真正记起面具的具体样子。”

“对，你当年跟我提起面具的时候，我引导了你很长时间，但你描述不出面具的具体颜色、样式、特征，只知道那是一个鸟的面具。因为你当时只有十来岁，而这段记忆发生在六岁，我一度质疑过这段记忆的真实性。”

“我知道，你跟我说过。”

“但你坚持确实见过这么一个面具，所以我帮你做了深层催眠，你重返现场证实了这一点，只是依然说不清面具长什么样子。”

宫应弦脸上浮现疑虑：“我也不知道为什么。”

任燚看着那张照片，感觉这面具有点儿像什么东西，但一时又想不起来究竟是什么。

“这是很正常的。你当时受到了非常大的刺激，比起其他缺失的记忆，一个只看过一眼的面具，想不起来太正常了。”庞贝博士思索道，“我一直没有把面具当作你的治疗重点，而且频繁返回现场不可取，如果不是你一再要求，我是不会同意那几次催眠的。”

“那几次催眠很有必要，帮助我回忆起了很多东西。”

庞贝博士叹道：“但是很危险，非常危险。”

宫应弦就没把这句“危险”听进耳朵里：“所以我想……”

“不行。”庞贝博士马上识破了他的意图，断然拒绝，“我在电话里已经说过了，如果你还要求做深度催眠，我就不回来了。”

任燚惊讶地看向宫应弦。

宫应弦语气沉重地说：“博士，案情已经到了最关键的时刻。这半年，我又得到了很多线索，现在回去，我一定能比以前收获更多。”

“我给你做过三次深度催眠，第一次失败了，第二次和第三次我都是在你即将崩溃的时候把你拉回来的，之后你恢复花了很长时间。你上了警校之后，独立意识和警戒性都变强了，潜意识里对外来者会加以抵抗，加上你现在求真心切，我担心催眠的时候会发生难以掌控的事情。我不能冒这样的风险。”

宫应弦正色道：“即便是危险，我也必须试一试。抓到紫焰不仅仅是为了我个人，只要他逍遥法外一天，就有无数人的生命财产都受到威胁。”

任燚劝道：“应弦，你应该听医生的，我觉得你太心急了，这又不是唯一的办法，你们这段时间不是一直有进展吗？”

宫应弦：“我不能不心急。”因为生命受到威胁的所有人之中，任燚排在第一梯队。

庞贝博士严肃地说道：“应弦，我理解你的心情，但我是你的医生，我既要负责你的安全，也要遵守行医规范，现在我没办法答应你的要求。带你回火灾现场是一种极端的手段，如果我失手了，你就会在记忆中被痛苦和绝望撕成碎片，这十几年的治疗可能就前功尽弃了。”

宫应弦沉着脸低下了头。

庞贝博士安抚他道：“任队长说得对，这不是唯一的办法。我会在这里待一段时间，做学术交流，然后在其他方面尽力帮助你。”

宫应弦勉强颔首。

“我觉得我们还是应该回到这个面具上来。”庞贝博士看着面具的照片，“这个面具很奇怪，像是猫头鹰的大眼睛，加上犀鸟的大嘴，据我所知，没有鸟类长这样吧？”

“我觉得像那种街头涂鸦。”任燚道，“你们不觉得吗？反正我看到它就觉得像某个我见过的东西。这种风格太现代、太时髦了，真不像是十九年前的中国会有的审美。”

“对，很年轻化，还带有一点儿……”庞贝博士想了半天，才想到合适的形容词，“工业的风格。”

任燚道：“我们就假设这个面具是紫焰做的，并不是你曾经看到的那个，可这样一来，紫焰到底是不是当年的知情人？”

宫应弦沉默了。

任燚道：“我有一种直觉，紫焰是，虽然只是直觉……”他看着宫应弦，目光坦诚，“我绝对不是为了安慰你才这么说的，我是真的这么觉得。

紫焰在视频里说的那些话让我感觉他有更多话没有说。”

“我明白。”宫应弦道，“我们的犯罪心理专家在分析了紫焰的视频后，也认为他在提起当年的事时，没有心虚或底气不足的表现，这证明他对自己说的话非常自信。我也倾向于认定他是知情人，但我仍然认为这面具是假的。”

庞贝博士分析道：“你在看到面具的一瞬间被唬住了，认为面具是真的，是因为紫焰创造了一个给予你强烈心理暗示的氛围，在那个氛围消失后，理性思考让你开始怀疑。这是一个很符合逻辑的心理过程，而且真实性很高。因为这个面具在重重心理暗示的情况下依然骗不了你，那它多半就是假的。”

宫应弦揉了揉眉心：“可万一这是我的一种逆反心理呢？”

“你是想说多重暗示？因为你内心抗拒，所以即便面具有可能是真的，你也要暗示自己是假的，只为了合理地质疑它？”

宫应弦无力地“嗯”了一声：“我现在最怀疑的是自己的记忆，因为它们本来就不完整。”

任燚听着头都大了。

“你确实有理由怀疑自己的记忆，我们可以不急着去判断这一点，因为现在的问题很复杂，一时解不开，可以从别的地方继续找出路。”庞贝博士道，“我们继续假设，紫焰知情，但不知道细节，他可能赌你当时年纪小，不记得面具长什么样，所以用这个面具试探你。反正成功与否，于他似乎没什么损失。”

“他这么做，只是为了让我混乱吗？”宫应弦咬了咬牙，“当我看到面具的一瞬间，我确实有些慌。”

“让你混乱，让你恐惧，这样一来他更好操控你。不过他低估了你的能力，你还是成功解除了危机。之后发生的几件事，包括包裹和烧烤店的事，都证明了紫焰的愤怒。他觉得你让他丢人了，挑战了他的权威，而且白焰被通缉和烧烤店爆炸的失败，会促使他继续实施犯罪，来报复，来挽回颜面。”庞贝博士道，“我建议这个时候你们不能只是默默地查案，也应该用他的方式回击他一次。”

任燚瞪大眼睛：“怎么回击？”

庞贝博士眯起眼睛：“如果你们想知道这个面具的意义，就把他放到炽天使上。”

宫应弦沉默了一下："把面具放上去不难，但我无法预测会起到什么效果。这个视频目前只有警方手里有，一来涉及保密，二来会暴露我们对这个面具其实一无所知。"

庞贝博士道："也许这反而是好事。这能让紫焰认为你相信了这个面具的真实性，急迫地需要线索，那么紫焰有可能继续拿这个面具做文章，进而暴露一些信息。"

宫应弦想了想："现在局里成立了专案组，案子不再是言姐牵头，这毕竟是警方的证物，我要汇报之后才能决定。"

"小谭还在一直关注炽天使吗？"任燚想起来，网络犯罪科那边应该也没闲着。

"他一直在关注，经过几个月的潜伏，他已经成功混入了一个高级VIP群。"

"高级群？好像之前周川和小谭都提过这种群，是要考验活跃度、消费额、忠诚度之类的。"

"对，不能主动加入，网站会根据数据检索到这类人，会有人来联络你，把你拉入一个更隐蔽的内网，但在此之前会有测试。"

"什么测试？"

"测试你是不是一个真正的纵火癖。他们不会要求你泄露真实身份，但是会问你很多问题，比如你怎么发现自己的癖好，你小时候如何成长，详细描述你对火的感受，展示你的收藏，对一些著名事件是否了解。"宫应弦脸上浮现厌恶之色，"小谭在炽天使的论坛混得久了，知道他们会有这种测试，提前准备了很多物料，又让心理专家帮忙，才通过了。"

"真变态。"任燚骂道，"这种高级群里面都有什么？"

"更邪恶的东西。"宫应弦沉声说，"在炽天使的论坛和直播里相对收敛，因为他们知道有各国警察盯着，绝大多数只是火灾的素材交流，直播也大多是周川那种程度的，比如探访火灾后的现场。就算是纵火直播，也尽量烧一些不涉及产权的、不触犯刑法的。只有不到百分之十的人会制造犯罪，像周川烧车，陈佩烧小区，但他们针对人的也极少，因为炽天使还不够隐秘，有被追查到的风险。但是在高级群里，这个比例完全反了过来，八九成是真正的犯罪。"

任燚一时说不出话来，庞贝博士的面色也异常沉重。

宫应弦道："现在是好几个人一起在管理那个账号，小谭一个人心理承受不了。他加入时间比较短，目前还没有发现发生在境内的犯罪，不过他们正在翻以前的案子。”

“能查到他们的身份吗？”

“能，我之前说过，他们的所有交流都在炽天使的黑客技术的保护之下，小谭说他们可以攻破黑客的防火墙，但这样就会打草惊蛇，现在还处于收集证据的阶段，没到收网的时候。”

庞贝博士问道：“也没有发现任何跟宫家案子有关的讨论吗？”

“有，因为前段时间……”宫应弦看了任燚一眼，“我跟你说过的，我和任燚因为一起烧车案的视频被直播在了炽天使上，被他们关注。但目前为止，他们的讨论还没有出现有价值的线索。”

“这个高级群一共有多少人？有那个组织的成员吗？”

“不到一百人，但群不止一个，组织的成员我们怀疑是有的，很可能是群主，还不确定。”

庞贝博士忧心忡忡地说：“这个邪恶组织真是‘人才济济’，高智商型犯罪是极难对付的，我打赌你们从来没有见过这种类型的犯罪组织吧？”

“没有，我们见过纵火犯，见过邪恶组织，但没见过两者结合的。”宫应弦道，“这在全世界范围都是罕见的，至少我没有学过相关案例。”

“因为纵火癖大多是单独行动的，他们本身就不擅长社交，也往往游离于社会边缘，难以得到认同。恰恰是这样的人最容易成为洗脑的目标，紫焰把他们见不得人的癖好正义化、伟大化。在组织内，他们得到赞许、认可和荣誉嘉奖；在组织外，掌控别人的生死让他们感觉自己无比强大。这是很可怕的，因为这是他们一生最渴求、向往的东西。”

宫应弦沉声道：“所以我们在演唱会抓到的那个人非常难攻克，他认为紫焰更了解他、赏识他，而他的家人只会误解他、逼迫他、瞧不起他。事实也确实如此。”

“那他现在有没有正常一点儿？”任燚道，“至少他帮你们找到了游乐场和白焰妻女的尸体。”

“对，但不是他主观想要帮助我们。他整个精神状态都很不稳定，他对紫焰很忠诚，以组织为荣，我们用激将法套他的话，用催眠从他的意识深处套取信息，但这些内容只能作为办案的助力，上不了法庭，这也是很麻烦的事，等于有一部分证据是无效的。”

任燚笑道：“他只是一条小鱼，他最大的意义是钓大鱼，从这一点上看，他的价值已经被你们挖掘得不错了。”

“可惜那个在烧烤店的……”宫应弦语气阴沉地说，“不过没关系，要不了多久，我们就会抓到白焰。”

庞贝博士道：“你把白焰的资料发给我一份，我研究一下他的背景，也许对你们有帮助。”

“好。”

三人聊了许久，已经很晚了，任燚决定回中队。他刚刚受了处分，这段时间最好老老实实待在中队。

宫应弦没有挽留任燚，而是直截了当地说：“我送你回去。”

“都这么晚了，你该休息了。”

“我回分局。”宫应弦道，“盛伯，给任队长带点儿吃的。”

“我早准备好了。”盛伯高兴地拎着一大堆东西往宫应弦车上搬。

任燚讪讪道：“每次我都空手来，带一堆东西走，我都不好意思了。”

“不要客气啊，任队长。”盛伯笑眯眯地说，“你已经不只是客人了，你和邱小姐一样是少爷的亲人。”

任燚偷偷一笑。

趁着宫应弦和盛伯在整理后备厢的时候，庞贝博士走到了任燚身边，笑着说：“任队长，应弦在电话里很多次提到你，你对他是一个有着非常重大的正面影响力的人。”

“哈哈，是吗？”任燚笑着说，“有时候，我也不太敢确定。”

“是真的，我认为你对于他创伤恢复的作用比我还大。”

任燚吓了一跳：“不敢当，博士，您才是治好他的人。”

庞贝博士笑了笑：“我只是给他做了手术，而你在帮他康复。他刚回来的样子不知道你有没有见过，对比那时候，他现在真的好了太多。如果不是他当时拿着 MIT 的博士文凭，警校肯定不会收他。”

任燚不禁回忆了一下刚开始跟宫应弦接触时的情景。那个时候的宫应弦比现在冷硬好几倍，而且对人特别疏离，戒心特别重。现在的宫应弦已经能够正常融入工作和生活，确实比之从前好了太多太多。

“我是从应弦的医生的角度说这番话的，也许会显得有些冷酷，但我时刻关注着他的心理状况，你对他的正面影响越大，可能产生的负面影响也会越大。”庞贝博士想了想，“希望美好的东西永远保持美好。”

任燚听得心惊肉跳，同时又对他最后一句话感到有些茫然。

他知道庞贝博士在警告他，其实庞贝博士和邱言担心的事情是一样的——害怕他会伤害宫应弦。

其实他自己也一样迷茫，不知道他在其中的所作所为，究竟是对还是错。可无论对错，都只能这么往前走了，因为宫应弦十分依赖他，而他不能辜负这份依赖。

但有一件事他是肯定的，那就是他永远不会伤害宫应弦。

宫应弦走了过来，眼神有一丝紧张："你们在聊什么？"

庞贝博士挑眉道："聊你小时候的可爱样子。"

宫应弦皱起眉。

"哈哈，骗你的。"庞贝博士笑道，"我怎么会随意透露病人隐私呢？"

宫应弦松了一口气，他生怕自己在任燚面前不威风："任燚，上车吧。"

任燚朝庞贝博士伸出手："谢谢。"

庞贝博士用力握了握他的手，微微一笑。

在路上，宫应弦忍不住问道："博士刚才跟你说什么了？"

任燚调笑道："说你小时候多可爱。"

宫应弦佯怒道："说正经的。"

"怎么了？你有什么不好意思让我知道的？"

"没有。"

"放心吧，我们没聊什么重要的事情，博士只是说，我对你的康复有帮助。"任燚心里再忐忑、无奈，面上也不会显露出来。他能理解邱言和庞贝博士对宫应弦的那种保护欲，毕竟他们才是见证过宫应弦最糟糕的状态并陪着他一路走过来的人。

宫应弦沉默片刻，说道："有一件事你要帮我。"

"什么？"

"深度催眠。"

任燚扭头看着宫应弦："博士已经拒绝了。"

"但我没有放弃。"宫应弦目视着前方，眼神平静却毫不动摇，"深度催眠真的能让人寻回很多自以为已经遗忘的记忆，这一回我有了更多的线索，一定能从记忆中收获更多。"

任燚沉声道："但博士说很危险，而且我帮不了你，博士已经拒绝了。"

“深度催眠之所以危险，是回忆里有我最害怕的东西，还有我的至亲，我容易陷进去出不来。但我现在没有从前那么怕火了，而且催眠的时候……”宫应弦看了任燚一眼，“你在我身边，我会感觉安全许多。”

任燚怔怔地看了宫应弦半晌，心情很复杂：“我……除非博士有信心保护你，否则我也不能看着你去冒险。”

“我会说服他的，你只需要到时候在我身边就够了。”

任燚轻叹一声：“应弦，这话我已经劝过你很多次了，不要太拼了。”

宫应弦没有回答。当年他太小，无法保护自己的家人，那是他一辈子的噩梦。现在他已经足够强大，绝对不允许任何人伤害任燚。他会用尽一切手段，抓住紫焰。

车稳稳地停在了中队门口，任燚解开安全带：“你路上小心点儿，别熬夜，实在不行就在分局睡一觉。”

宫应弦点点头。

任燚加重了语气：“晚安。”

过了两天，任燚接到总队的通知，让他去学习。每年的各种学习和会议都不少，平时他都尽量找借口不去，但他最近刚挨了处分，决定乖一些，便老老实实去报到了。

他们学习的内容大致分两类——思想类和实战类，任燚最不喜欢的就是听汇报，每次都能坐着睡着。但诸如特种案例分析、中队管理和训练、熟悉国内外先进技术或器材等，都是真的能学到东西的，他还比较愿意听。

这次就是后者。

抽选的中队长里，刚好又有严觉，两人经过前两次的事件，已经成了朋友，自然就坐在了一起。

严觉瞄了他一眼：“你没睡好啊？这么大的黑眼圈。”

“哎呀，这一周完全没有警情，害得我成天熬夜玩手机。”任燚自然不会说自己一脑门子忧愁，既愁那想炸死他却至今逍遥法外的变态，又愁宫应弦的事，哪里睡得好觉？

严觉扑哧乐了：“你也玩游戏吗？一会儿休息开一盘。”

任燚笑道：“没问题啊。你打得怎么样？你要是菜就提前跟我说，我尽量不骂你。”

“嘁，到时候看谁找骂。”

很快开课了。

这次学习一共三天，有跟灭火相关的理论课程，也会介绍先进技术和器材。其中两个部分任燚特别感兴趣，一个是冷库火灾处理的经典事故分析，一个是明年要从德国购入的一批新器材介绍。任燚决定好好做笔记，到时候新器材到了可以多争取来几样。

午休时间到了，任燚和严觉吃完饭就回了客房，开了一盘游戏。

界面一打开，严觉就失笑出声："你叫什么？什么玩意儿？"

"叫女神就行。"任燚看着严觉，"哟，王者啊。"

"你取这网名是为了中和一下你的名字吗？"

"是啊，要不然一个消防员取名四把火，多不吉利！我真不知道我爸当初怎么想的。"

"老队长可是一个传奇人物，他取这名字当然有他的用意了。"

任燚无奈道："跟什么五行、迷信的有关。我真不能理解，这辈子看火还没看够吗？"

"以毒攻毒吧。"

游戏开始了，孙定义叫道："任队，学习怎么样啊？"

"特好，三天不用看到你们这帮兔崽子了，清静。"

"那你还不是急不可待地要听人家的声音，看人家风骚的走位？"

"别放屁，赶紧来中路。"任燚边打边道，"介绍一下，这是西郊特勤中队的严队长，严觉，这三个都是我们中队的。"

"哎，兄弟好。"严觉笑道，"你们队长平时就带你们一起玩游戏？"

"是啊，你们不玩吗？不玩游戏在中队多没意思啊。"

"我不跟我的战士玩儿。"严觉关了喇叭，对任燚说道，"我跟你的带队理念不一样，我在中队很严肃的。"

任燚笑着看了他一眼："真的假的？"

"当然是真的，他们都怕我。"严觉抿唇一笑，"我也就是跟你才这么和蔼可亲，感动吧？"

"不敢动。"任燚叫道，"我晕了，赶紧来救我啊！"

当战况最激烈的时候，宫应弦竟突然打了电话进来，任燚手一抖，就把电话挂断了。他挂完之后一阵心惊肉跳，觉得宫应弦那个小心眼儿肯定会多想，但是现在要是挂机太坑人了，何况严觉就在他旁边。他只好硬着头皮打了下去。

这一局足足打了十几分钟。

游戏一结束，任燚马上就走到走廊里，给宫应弦回了电话。

电话接通后，宫应弦没有说话，便是这样一点儿动静都没有，任燚也能隔着电话感觉到宫应弦的情绪起伏，他马上道："我在总队这边学习呢，刚刚有领导在，不方便接。"

宫应弦闻言，松了一口气："哦。"

"有事吗？"

"没事不能打电话吗？"

"当然能了。"

"你为什么不给我打电话？"

"我一时也没什么事儿啊。"

这时，严觉从房间里冒出头来："任燚，我们先开始了？"

任燚赶紧朝他点头摆手。

宫应弦沉默了一下，问："谁啊？声音听着有点儿耳熟。"

"其他中队长。"

"那个严觉？"宫应弦似乎回忆起了这道声音。

"对啊，他也来了。"

宫应弦轻哼了一声："那你忙吧。"

"你可以来看我。"任燚说，"我在总队的招待所，这里很安全，你也不用担心。"

"我会去的。"

回到房间，严觉已经重开了一盘。

两人打了一中午游戏，下午都有些不想去上课了。即便是任燚这种跟谁都能处的爽朗性格，也觉得严觉跟自己格外契合，看来这几天学习不会无聊了。

4. 内鬼

一天的学习结束后，他们被特意叮嘱不准外出聚餐。大家心里都明白是因为什么，没人有异议。不过这也挡不住他们想聚会的热情，便三五成群地点了外卖送到房间里吃，但没敢喝酒。

吃吃饭，吹吹牛，不知不觉就很晚了，几个中队长陆续散去，严觉留下来帮任燚收拾一桌子残羹。

任燚抱怨道：“这味儿也太大了，今晚可怎么睡啊？”他说着打开窗户散气味，灌进来的冷风吹得他面皮刺痛——此时正是深冬最冷的时节。

“这样容易感冒的。”严觉道，“你去我那儿睡吧，放一晚上明天就好了。”

他们住的都是标间，两张床。

“行。”任燚道，“来，我们把这些垃圾放门外吧。”

严觉就住在任燚斜对面，任燚拿上睡衣就过去了。

严觉去洗澡的时候，任燚躺在床上摆弄手机。

大部分的内容都是任燚发给宫应弦的，有时候是有意思的新闻，有时候是贱兮兮的表情包，有时候纯粹逗他几句。他时而不回，就算是回复，大多也简明扼要，且从来不用表情或者不规范符号，简直不像一个年轻人。他回复得长且多的，无一例外都跟案子有关。

浴室传来开门声，任燚条件反射地抬眼，见严觉只穿了一条短裤就走了出来。

严觉的身材极好，肩宽腿长，一身肌肉，古铜色的皮肤就像一个吸满了阳光的储能器，散发出健康的气息，就连肩膀上淡淡的背心晒痕都透出几分性感。他一边甩头发，一边用白毛巾胡乱搓着短短的发楂，水珠在空中四溅，像一条出水甩毛的大型犬。

严觉歪着脑袋控耳朵里的水，看着任燚道：“你去洗澡吧。我听他们说这里热水不太行，洗晚了就没了。”

“哦。”任燚忍不住把严觉上下打量了一番。

严觉挑眉道：“身材不错吧？”

“哥们儿练得不错。”任燚不吝赞美，他跳下床，拿上睡衣洗澡去了。

洗完澡，任燚穿好了睡衣才出来。虽然他欣赏严觉的身材，但是男人都有攀比心，他比不过，只好遮起来。想到这里，他多少有几分郁闷。

严觉见他出来，问道：“来一盘游戏吗？”

“来。”

“你要不要试试新出这个将？我有。”

“好啊。”两人互相把手机抛给对方，任燚拿到手里看了看，“没玩过啊，我带哪套出装？”

“我看看。”

严觉选好出装，把手机还给任燚。

开局之后，因为不熟悉角色，任燚快速死了三回，队友骂了他两句。

要是平时，任燚肯定也开骂了，但这次理亏，他只敢小声嘟囔，严觉在旁边嗤嗤直笑。

“还给你了。”任燚要跟严觉换回手机。

“哎哎，等等。”严觉的手快速在屏幕上滑动着，但没过多久，他也死了。

任燚：“还是换回来吧，最近我没时间打游戏，输了该掉排位了。”

严觉：“好吧。”

两人换回了手机，顺利地赢了一局。只是任燚没什么心情玩下去了：“快十一点了，困了，要不睡吧。”

“嗯，睡吧。”严觉回到了自己床上，他侧躺着，明亮的眼睛在昏暗的光线中看着任燚，“四火，你知道吗，其实那次在游乐场，不是咱俩第一次见面。”

“是吗？”任燚心不在焉道，“以前开会见过？”

“不是，那时我刚升中队长没多久。”

“那是什么时候？”

"也不重要，睡吧。"

学习的最后一天，就是大家都期待的新装备展示。咱们国家的消防装备还不够先进，很多好东西是进口的。

这次有新型的水罐车、救援绳、防毒面具等多种工具，也有各种各样用于救援或者火灾调查的仪器。每年中队会根据自己的需要和预算提出采购计划，但报了不一定批，理由写得越充分，批的概率自然就越大，所以大家都在认真做笔记。

当讲到新款的防毒面具时，PPT 一滑，任燚就愣住了。

投影仪上展示的新面具，跟他们现在普遍使用的很不一样，首先体积要小一圈，滤嘴的部分也相对细且长，且自带一个小型空气囊，能够提供五至八分钟的紧急氧气。这种小型面具是为了突发状况备用和进入狭小空间的。

这类防毒加迷你空呼的组合，任燚并不是没见过，令他惊讶的是，这玩意儿看起来太眼熟了，让他一瞬间想起了紫焰戴的那个鸟面具。

任燚的心脏为这个发现狂跳不止，只觉背脊阵阵发寒。

难怪他一直觉得那面具有些眼熟，原来并不是他的错觉。

他打开浏览器搜索，想要找一找有没有老式的防毒面具的照片，但出来的各种各样面具实在太多了，难以确定年份。他心里一动，给火调科的张文发了一条微信，让张文帮他翻一翻档案室的资料，看能不能找到过去的面具样式。

严觉悄悄用手肘撞了撞任燚，小声说："你干吗呢？赶紧记笔记啊。"

任燚支吾了一声，面上尽量维持着平静，心里已经乱成一团了。

他早就猜测过凶手很可能穿戴了防火装备，所以才能伪造出那样的火灾现场，他为什么就没想到宫应弦看到的鸟面具有可能是……

到了下课的时候，张文发过来一个文件，过去二十年消防局用过的防毒面具种类都在里面。

任燚将手指往前滑，心情越来越沉重。

越看越像……

新式的面具滤嘴过大、过宽，还加了很多功能性的装置，更像宇航员戴的太空盔，充满了科技感，但老式的面具真的有些像鸟。

一个六岁的小孩儿，完全有可能把不认识的东西形象化，化解成自己能够理解的东西。

宫应弦是否真的把凶手戴的防毒面具错认成了鸟面具？

任燚只觉脑门疼，脸色都变得极难看。

虽然宫应弦和邱言都说过，这个案子一定有内鬼，但任燚潜意识里不愿意去怀疑与自己同职业的前辈，难道……

任燚深吸一口气，阻止自己继续思维发散下去。在没有证据之前，他不能胡思乱想，何况当年这些装备大多是从国外采购的，并不是只有消防员才用，没有网络购物的年代，仅仅是没有现在便利，不代表买不着。

只是，整堂课任燚都上得心不在焉。

下课后，严觉问道："你怎么了？"

任燚解释道："没事，我只是接到一些案子上的消息。"

"坏消息？"

"也不算。"任燚叹了一口气，"但好消息也让人高兴不起来。"

严觉点点头："理解，有什么需要帮忙的你就直说。"

"嗯，我去打个电话。"任燚走到走廊，拨通了宫应弦的电话。

"喂。"宫应弦好听的声音响起，口吻中带着一丝愉悦，"你上完课了？"

任燚沉声道："应弦，我问你一个问题。"

任燚的声音听起来太严肃，宫应弦立刻就察觉到有事："你问。"

"你当年看到的，真的是鸟面具吗？"

宫应弦愣住了："什么意思？"

"我猜测那可能不是鸟面具。"

电话那头没有回应。

任燚也没有说话，他耐心地等着宫应弦。

良久，宫应弦用一种怕惊扰了谁的极低的声音问道："你说下去。"

"你记不记得那次你帮我处理化学罐车时穿的防护服？"

"记得。"

"我们戴的那种防毒面具，眼镜的地方是像滑雪镜、潜水镜一样一整片的，呼气口是粗短、圆筒状的，两腮还各带一个很大的滤芯盒。"

宫应弦隐隐意识到了什么。

"那是新式的防毒面具，也不能算很新，我上武警大学的时候就已经是这种了。但老式的防毒面具不是那个样。"任燚深吸一口气，接着道，

“老式的面具——我爸那个年代的——首先眼镜的地方是分开的两个大圆镜，两腮没有挂滤芯盒，滤芯跟呼气口是一个整体，变成一个滤嘴，滤嘴没有现在的呼气口那么粗，但比较长。”

“你是想说我看到的鸟面具，其实是老式防毒面具？”宫应弦的声音有一丝颤抖。

“我认为有这个可能。”任燚道，“一来，我上次跟你说过，我猜测凶手可能穿了防护装备；二来，你当时年纪小，又是在深夜。”

“我当时是不大，但是六岁的孩子不至于连鸟都分不清吧？”宫应弦说完之后，心里也开始没底，可是他印象中明明是……

明明是什么？虽然他深信不疑确定那是一个鸟面具，可它究竟长什么样，在他脑中只是一片模糊的影像。

“六岁都上小学了，确实已经记事儿了。”任燚皱眉道，“这也只是我的猜测，今天我上课看到了国外的一款备用面具，突然觉得有点儿像紫焰戴的面具，然后就想到……总之，你可以作为一个参考。”

“我……我也不知道。”在办案时，宫应弦一直是果断而雷厉风行的，很少会对自己的判断缺乏自信。哪怕是在演唱会现场那争分夺秒的几十分钟里，但凡出现一点儿失误都会造成无可挽回的后果，他也没有质疑自己的任何决策，且事实证明他全部是对的。

但现在他真的有些混乱，因为人的记忆是会骗人的。

“我给你发几张老式面具的照片吧。”任燚柔声道，“应弦，你也不要慌，真相总会水落石出，到那一天，他们的所有诡计都会被拆穿。”

“好。”宫应弦说，“这是很重要的线索，如果能证实的话，对案情会很有帮助。”

“嗯，那个年代购物渠道比较少，尤其是这种不常用的东西，也许能追查到什么。”

“任燚，你有没有想过。”宫应弦迟疑了一下，“那个人有可能是……消防之类的相关人员。”他最终还是没有说出“消防员”三个字。

任燚咬了咬嘴唇：“想过。从情感上讲，我不太愿意往这个方向想，但是从理智上讲，是有这个可能的。”

这个案子如此复杂，结案却如此简单而迅速，也许内鬼不止一个。

“从情感上讲，我也不希望当年的警方内部有问题，但是从理智上讲，确实有问题。”宫应弦闷闷地说，“我会继续查下去，你……你学习结束了？”

任燚感觉宫应弦把真正想说的话咽了回去而突然转了话锋，因而最后这个问题显得有些突兀。他知道此时没有证据，多说反而无益，便也没有追问，只道：“今天下午还有一堂课，上完它学习就结束了。”

“我这几天没脱开身去找你，什么时候下课？我去接你。”

“你忙你的吧，下午有车送我们回中队的。”

“我想去接你。”上次他们开完会去聚餐，结果发生了烧烤店的事，宫应弦心里始终有些不安。

任燚微微一笑：“那五点半见。”

任燚打完电话回来，见教室里的人都走光了——去吃饭了，只有严觉还坐在原位上。

“你怎么不去吃午饭？”

“等你啊。”

任燚失笑：“等我干吗？”

“你一整堂课都心不在焉，脸色也不太好。”严觉看着任燚，“你现在是重点保护对象，我关心一下也合理吧？”

“没事儿了。”任燚收拾好自己的东西，“走，吃饭去吧。”

两人并肩离开教室，严觉不时地瞄着任燚。

任燚无奈道：“我真没事儿，刚刚那通电话对案情有帮助。”

“是打给宫警官的？”

“嗯。”

严觉沉默了一下，有些闷闷地说：“我就帮不上你什么吗？”

“谁说的？那天在烧烤店，不就是你帮我把管道包起来的？”

“其他的地方我也可以帮你，你开口就行了。”

任燚笑道：“没问题。”

吃饭的时候，宣传部的同事在拿着相机拍摄。

有人起哄：“吃饭有什么好拍的啊？”

“拍一下咱们的伙食嘛。”

相机逐渐来到了任燚这边。严觉揽过任燚的肩膀，冲着镜头爽朗一笑：“四火，看镜头。”

“哎，等我这口饭咽下去！”任燚有些狼狈地把菜塞进了嘴里，两腮鼓得跟松鼠一样，结果把自己呛着了，他捂着嘴直咳嗽。

严觉一边笑一边顺着他的背：“慢慢来，慢慢来，你着什么急呢？”

周围的人都乐了。

任燚终于顺了一口气：“还不是你突然要拍照？这帮人可损了，我拍得多丑他们都敢放出来。”

拍照的人嘻嘻笑道：“真实嘛，这段儿我都录下来了，多好的素材。”

“剪掉剪掉。”

“任队长，你的包袱这么重啊。你放心，为了咱们消防战士的良好形象，我一定把你刚才那句脏话剪掉。”

严觉掰过他的下巴，仔细看了看：“行了，帅了，拍吧。”

两人冲着镜头齐笑，相机传来咔咔声响。

下午上完最后一堂课，三天的学习就结束了。

任燚回房间收拾好行李，等着宫应弦来接他。这时，房间门被敲响了。

他打开门一看，是严觉。

“进来坐吧。”

严觉提着行李道：“还坐什么？下楼坐车了。”

“哦，我跟领队说了，我不坐车，有人来接我。”

严觉怔了一下：“又是那个宫警官？”

“是啊。”

严觉的两道浓眉蹙了起来：“他好像很不放心你。”

“毕竟他直接面对过那帮变态，现在我走到哪儿都有警察暗中跟着呢。”任燚挑了挑眉，“够有排面吧？”

“你们的关系真好。”

任燚只能打哈哈：“我们还要沟通一下案子。”

“那我先走了。”严觉道，“晚上没事儿的话一起打游戏，你随时叫我。”

“没问题，回见。”

这时，任燚的电话响了起来，他低头一看，正是宫应弦，看来他是提前到了：“喂，你到了？OK，我现在就下去。”

挂了电话，任燚拿上行李：“走吧，一起下去吧。”

两人下了楼，送他们的中巴车正停在门口，陆续有中队长上车，而那辆黑色的牧马人就停在中巴车后面。

牧马人的车窗突然缓缓降了下来。

这么冷的天，其实没有什么开车窗的必要，何况任燚对这辆车再熟悉不过了。

宫应弦降下车窗，是为了看清楚任燚身边的人。由于他们都穿着一样的衣服，且离得远，他一开始看不清，直到走近了，他才确定跟任燚有说有笑走在一起的，正是那个严觉。

宫应弦发出不悦的轻哼声。

任燚朝宫应弦挥了挥手，喊道："稍等啊。"

他跟各个中队长握手道别，客套了几句"下次一起喝酒"之类的，然后目送他们上车。

轮到严觉的时候，任燚伸出手，调笑道："王者峡谷见了。"

严觉勾唇一笑，握住任燚的手时，突然一把将他拽进自己怀里，并啪啪拍了两下他的背："再见。"与此同时，他转过头，盯着车里的宫应弦。

宫应弦眯起了眼睛，一股愤怒的小火苗腾地烧了起来——他觉得严觉好像在挑衅他。

任燚有些诧异，但并未多想，也拍了拍严觉的背："走吧。"

两人分开后，严觉上了车，任燚也上了宫应弦的车。他把简易的行李扔到后座，搓了搓手说："我从酒店出来就这么一会儿，手都僵了，这天儿啊，真够冷的。"

宫应弦抿着唇，还在回想刚才严觉看他的眼神，越想越是不爽。

"关窗啊。"任燚不解地看着宫应弦。

宫应弦回过神来，升起了车窗："你吃饭了吗？"

"没呢，这边食堂一点儿都不好吃。"

"我带你去吃饭。"

"去你家吗？不行啊，我得回中队。"

"不，去饭馆。"

任燚满脸惊讶。

任燚带着满腹狐疑，一路上都在想宫应弦会带他去一个什么饭馆，应该是那种特别高级的，会员制的会所？

没想到只是一个火锅店。虽然看着很高档，但人门敞开，进出有人，不像是私密场所的样子。

任燚笑着说：“你真带我来吃火锅？”

“嗯。”

“我吃你看着？”

“一起吃。”

任燚惊讶地扭头：“你能吃火锅？‘火’锅？”

“用电。”宫应弦停好车，好整以暇地回望任燚，“怎么了？我不能偶尔在外面吃火锅吗？”

任燚干笑两声：“你不是嫌这些地方脏吗？”

“做了警察后，很多更脏的地方我也不得不去，如果能适应，对我自己也有好处。”

任燚很开心地击了一下掌：“你能这么想真是太好了！警察嘛，接地气一些，对你的工作和人际关系都更有帮助。走走走，咱们吃火锅去。”

进了火锅店，宫应弦报了预约的名字，服务员带着两人往包厢走去。

这家店装修奢华，大堂没放几张餐桌，大部分的面积都让给了装饰雕塑和水榭，完全没有火锅店那种市井的热闹，反而显得有些高冷。

不过任燚并没有在意这些，宫应弦能主动邀请他在家以外的地方吃一种名字里带“火”的热食，这简直是一次性的三重飞跃，他已经很高兴了。

落座后，服务员拿了菜单过来，宫应弦朝任燚抬了抬下巴，示意服务员拿菜单给他。

任燚接过菜单道：“你不吃什么我基本上记住了，你有什么比较想吃的？”

“点你喜欢的。”

任燚扫了一眼菜单，心想，真够贵的。他按照宫应弦的喜恶点了一些菜，他自己反正是什么都吃的。

点完菜，任燚环视四周：“你是第一次在外面吃饭吗？”

“上次你不是带我去吃了小龙虾？”

任燚失笑：“上次你只喝了矿泉水。”

宫应弦撇了撇嘴：“今天我会吃的。”

任燚换了一个位置，坐到了宫应弦身旁：“你尝试一下就会发现没那么难的，你不是也能在我家、在我宿舍吃东西吗？”

“那不一样。”

“嗯，跟外面确实是有区别，不过……”任燚感慨道，“我觉得这地儿比我宿舍还干净。”

宫应弦嗤笑一声：“你知道就好。”

“你嫌我宿舍脏啊？”任燚挑眉。

宫应弦道：“闭嘴。”

任燚忍不住想逗他：“我又没撒谎，警察叔叔为什么让我闭嘴呢？上次我确实没看出来你嫌弃啊。”

外面蓦地响起一阵敲门声，服务员推着餐车进来了。

宫应弦低头整理领带，以掩饰尴尬，任燚在一旁偷笑不止。

服务员端上来的是单人小火锅，配菜摆了一桌。

任燚观察了一下他们的餐具和盛菜的盘子，明显跟他经过大堂时看到的那些餐具不一样，而且一看就是全新的，那两个小火锅也一样崭新锃亮。

服务员走后，任燚晃了晃筷子：“这些都是你自备的吧？”

“观察力不错。”

任燚乐了：“你是怎么做到出门吃饭都能张罗这么多东西的？”

宫应弦淡定地说：“有钱。”

任燚哈哈大笑起来。

宫应弦夹起一块白萝卜，犹豫了一下，扔进了锅里：“吃吧，你不是喜欢吃火锅吗？”

“吃火锅啊，要先涮肉，这样汤就会更鲜，下菜才更好吃。”任燚夹了一片牛肉扔进宫应弦的锅里，然后看着他说，“所以今天这顿饭是为了我吗？”

宫应弦不自在地轻咳一声：“虽然我对凡事都要吃饭庆祝的社会习俗不能苟同，但从众是融入社会最重要的一步。所以，今天庆祝你学习结束。”

任燚笑弯了眼睛：“嗯，真好。”宫应弦主动请自己吃饭，为了自己尝试火锅这种对他来说简直算是违禁品的东西。

宫应弦看着任燚满脸笑意，心里也美滋滋的。他从锅里捞出任燚丢进去的牛肉，仔细地吹着。

任燚含笑道："你跟猋猋真像。"

宫应弦斜睨着他："什么意思？"

"猫的舌头怕烫，我给它煮的鸡肉刚出锅，它就眼巴巴地蹲在碗前面，等着放凉，特可爱。"任燚支着下巴看着宫应弦，"你比猋猋还可爱。"

宫应弦佯怒道："你不要拿我和猫比。"为了掩饰快要抑不住的笑意，他赶紧低头吃肉。

任燚两眼放光地看着宫应弦："好吃吗？火锅好吃吗？"

宫应弦点了点头："难怪是很多人喜欢的食物。"

任燚咧嘴一笑："下次你可以去我家吃火锅，那样的话，你就不用这么局促了。"

宫应弦微怔："我还好。"

"我知道你在外面吃饭还是不太舒服，哪怕用自己的餐具、自己的食材。你想要改变是好事，不过要循序渐进着来，千万别逼自己。"任燚笑着说，"我更希望你能放松着吃饭，好好享受美食，而不是非得完成某个任务。"

宫应弦心中一暖。

他急于向任燚证明他们也能像普通人一样聚餐，可结果证明他还是不能，至少现在不能，这确实让他有些沮丧。但是，也许任燚并没有那么在意，也许任燚在意他吃得好不好，更胜于在哪里吃。

任燚对他似乎永远都这样包容，对他从来没有任何要求。

两人有说有笑地吃完了饭，服务员给他们上了一份消食的茶。

任燚喝了几口，看了看时间，问："我们现在走？"

"再坐一会儿。"宫应弦轻抿了一口茶。

"你今天不忙啊？"

"今天刚好有点儿时间。"这有限的空闲时间，他只想和任燚度过，哪怕只是这样坐在一起吃饭、喝茶。

"这两天有什么新发现？"

"不少，但我这几天脑子里全是这些东西，现在想换换脑子。说说你吧。"宫应弦道，"学习怎么样？"

"没什么特别的，每年都有几次。"

"你以前也跟那个严觉一起上课？"

"没有，他刚升的中队长。"

“你跟他怎么一下子就熟稔起来了？”

“他挺好玩儿的啊，游戏也打得好。”任燚笑道，“就因为一根烟，你就对他意见啊？没必要。”

“你又要说我小心眼吗？”宫应弦板着脸道。

“没有，没有。是他不对，你不跟他一般见识就是了。”任燚笑道，“你不打游戏，咱们可以玩儿别的嘛。上次不是说假期一起出去玩儿？”

“是啊，我有很多假期，还没用过。”

“我也是，我今年的假也没怎么用呢。”任燚淡笑着说，“等一切结束后，我们去旅游吧，去一个暖和、有海的地方。”

“好。”

“我大学毕业后就没去旅游了。”任燚有些遗憾地说，“那时候我妈不在了，我又刚进中队，成天玩命地训练和学习，后来我爸又病了，更走不开了。”

“我也很少出去。”宫应弦并非排斥旅游，而是孤零零的一个人，去哪里都没有人可以分享，还不如学习和工作，至少这是一个人都可以得到乐趣的事情。

“那以后我们就一起出去玩儿。”

宫应弦郑重地说：“嗯，一起。”

任燚还得回去执勤，说道：“我真的要回去了。”

宫应弦：“走吧，我送你回去。”

一路上，宫应弦开车速度很慢，此时正是下班高峰期，并不算远的距离他们花了很长时间。

任燚：“外面的人会不会看到里面啊？比如保护我的警察什么的。”

“不会。车改装过，除非贴上来，否则外面的人基本看不到里面。”

任燚扑哧一笑：“车子居然还改装过？改装了什么？后备厢改成了小叮当百宝箱？防弹？”

“嗯。”

“嗯？”

“防弹。”

任燚瞪大了眼睛：“你是认真的吗？”

“当然了。”宫应弦很淡定地说，“这辆车除了样子，基本全改装过，但表面看不出来。”

“你们有钱人真会玩儿。”

“你喜欢的话，我可以把你的车也……”

“别别，我的车挺好的。我走了。”

宫应弦点点头，注视着任燚下了车，往中队里走去。

5. 下辈子还做兄弟

任燚直接绕进了车库，就看到一帮人正在保养设备，他刚要说话，警铃突然响了。

孙定义指着任燚大笑道："任队，这个就是给你准备的。"

任燚把行李往地上一扔："走！"

他们快速地换衣服，通讯员小跑过来："任队，文辉商场发生大火。"

"文辉？大禹路那个？"大禹路不属于他的辖区，不过也在鸿武区内，虽然别的中队辖区的商场他不那么熟悉，但只要属于鸿武区的消防重点单位，他都多少有点儿了解。

"对，一个小商品批发市场，总队本来调了四个中队，火势没控住，现在又加调了四个。"

八个中队，大火啊。

他们以最快的速度整装完毕，上车，出发。

路上，任燚向总队了解基本情况。

文辉商场是一个大型综合型广场，A 楼为七层的服装批发市场，B 楼为集购物、娱乐、餐饮、酒店、写字楼为一体的三十层高层，另有 C 楼正在施工建设。目前 A 楼和 B 楼之间有七层的连廊，火势已经通过连廊向 B 楼蔓延，正在施工的 C 楼也已经受波及起火，而文辉商场北侧还有一个大型批发市场，也在火势的蔓延范围，情况非常危险。

这种可燃物高度聚集的地方，一旦起火，如果不能在最初控制住，火势蔓延速度会非常快，任燚还没到现场，就已经能大概想象出那是怎样一番场景了。

任燚不停地看着前方，希望车能再开快点儿，但交通状况不允许。

突然，他从后视镜里瞄到了一辆眼熟的车，他探身过去仔细看了看，真的是宫应弦的车。

任燚拨通了宫应弦的电话："你是在我车后面吗？"

宫应弦道："我刚才要走就听到你们的警铃声了，出什么事了？"

"大禹路那边一个大商场着火了，我们被借调去了。"

"很严重吗？"

"目前出动了八个中队，显然是挺严重的。"任燚道，"你是在跟着我吗？"

"我回分局也是往这个方向。"宫应弦顿了一下，"你需要我过去吗？"

任燚笑了："当然不用了，这是我们的活儿，你忙你的去吧。"

"这个时候发生大火，又是在鸿武区，我有点儿担心，会不会跟紫焰有关？"

"我也怀疑，但是现在怀疑没有用。不管跟他有没有关系，我们都会百分之百小心。而且，现在还不到调查原因的时候，无论火灾原因是什么，无论是谁干的，我们都要先把火灭了。"

宫应弦沉默了一下，道："我还是要去现场。如果有人纵火，那么纵火者现在很可能还在现场。"

"也好，那你自己小心。"

"你也要小心。"

他们的消防车开到时，现场已经有四十多辆消防车了，且有更多的指战员正在赶来。

任燚看了一眼最先起火的A楼，已经形成立体燃烧，彻底没救了，现在的战略一定是保B楼和C楼，以及阻止火势殃及其他商场，至于A楼，只能眼看着它烧光。

任燚领着高格走向临时指挥部，陈晓飞和许进正在跟几个中队长开会。

任燚敬了一个军礼："陈队，参谋长。"

"过来。"陈晓飞朝他招手。

任燚走了过去："A楼有被困人员吗？"

"A楼着火时只有几名保安，在发现火势控制不住后，就全部撤离了。但B楼的商场和酒店里还有大量被困群众，王猛正在带人转移。"

许进皱眉道："刚着火的时候那几个保安怕罚钱，不报警，想自己灭火，结果硬生生错过了最佳的灭火时间。现在A楼废了，里面有两千多个铺面，损失惨重啊。”

“B楼高层是酒店？咱们区就一台超高平台车吧？”B楼楼高超过百米，任燚队里的平台车最高只能到二十多层。

许进点点头：“我们已经把全市所有的超高平台车都调来了，目前有两辆到达了现场。以目前的火势来看，人手还是不够，总队已经再次增援三个中队。”

陈晓飞指着平面图：“这是我们刚刚研究的战略方案。我们要分四股力量，第一股进入B楼解救受困群众；第二股从下面七层狙击火势，把大火逼回连廊；第三股从北面用高炮堵截火势，保住隔壁的牡丹商场，必要时进入牡丹商场近距离堵截；第四股进入正在施工的C楼，转移大量可燃物，阻止火势蔓延。”

众人齐声道：“是。”

陈晓飞看着自己一个个的中队长，严肃地说：“这是咱们鸿武区乃至整个京城近五年来最大的一场火，火势凶猛，火情刻不容缓。这是人民需要我们的时刻，这是人民考验我们的时刻，我要求大家恪尽职守，全力以赴，打好这一场硬仗。但同时，作为中队长，我也要求你们保护好自己和战士们的人身安全。我等着你们凯旋。”

“是！”

“下面开始分配任务。”

陈晓飞将八个中队分成四个战斗段，一战斗段由凤凰特勤中队、骡巷口中队、三宁中队组成，主攻B楼堵截火势及营救群众。

此时，骡巷口中队队长王猛正带着战士们通过超高平台车营救高层被困人员。而凤凰特勤中队和三宁中队的任务是堵截A楼大火通过连廊向B楼蔓延，并搜救七层及以下是否有被困人员。

二战斗段也由三个中队组成，负责去正在施工的C楼转移可燃物，必要时开辟隔离带，阻止火势蔓延。

三战斗段出一个中队，架两门水炮在文辉商场和牡丹商场之间设置水防线，阻止牡丹商场被波及。

四战斗段出一个中队，全力保障火场供水。

另外，预备一个机动中队，根据突发情况随时准备调派增援。

其中，危险性最高、任务最重的自然是一战斗段，一战斗段的两股力量里，犹以凤凰特勤中队和三宁中队为甚，因为他们将要正面迎击大火。

A楼已经形成立体燃烧，无药可救，现在情况最严重的就是与A楼有七层连廊的B楼，B楼的火势处于勉强可控但随时可能爆燃的阶段，是这场灭火战斗必须争取的高地，如果能够控制住B楼的火，就等于阻止了火势的进一步扩大。

何况，B楼还有大量的被困人员。

任燚和三宁中队的队长何迅商讨战术。

何迅说道："根据保安的说法，起火点是A楼一层靠近连廊处的货物堆垛，由于周围有非常多的小摊位，火势很快扩散，顺着楼梯往上爬，整个A楼几十分钟内就沦陷了。火势同时顺着连廊往B楼蔓延，当时有的群众跑了下来，有的群众往上跑，就被困住了。"

任燚看着远处烧成一栋火楼的A楼和一旁已经严重过火的B楼，七层连廊全部燃烧，从A楼窗户翻卷出来的火舌也不断舔舐着B楼，现在B楼七层以下至少一半过火了，再往上的八至十三层也全部过火，但陈晓飞已经布置一支水炮从上往下浇，B楼的火势暂时不会再往上蔓延。现在的主战对象就是与A楼有连廊桥接的B楼的一到七层了。

任燚看着设计图："我认为应该再出一台移动水炮，从外部喷射连廊，阻断A楼的火通过连廊向B楼继续蔓延，然后我们从七楼南面窗口进入B楼，先观察一下楼内情况，再进行搜救和灭火。"

何迅摇头："你来之前，参谋长已经想到在A、B楼之间再加一支水炮了，但是水不够用，所以只架了一台。"

"供水情况很差吗？"

"很不乐观。"何迅比画着消防图，"商场周围有四个消防栓，附近还有四个市政消防栓，商场的四个没有及时维护，全冻住了，市政的四个消防栓能用，但管径是三百毫米的，而且距离有损耗，供水量跟不上。现在主要靠水车接力供水，陈队长又从市政调了十二辆洒水车，现在勉强供着三支水炮和好几支水枪。"

"商场内的消防栓情况怎么样？"

何迅苦笑："王猛说有的能用有的不能用，看运气。"

任燚眉头紧锁，满脸阴云。北方的冬天，火场供水一直是一个大难题。B市还不算很冷的，但入冬之后，各个中队也要对辖区的每一个消防栓进行防冻维护，也会通知各消防重点单位维护自己的消防栓，但他们无法监督到每门每户，所以经常碰到这种要灭火的时候，消防栓冻成冰疙瘩的情况。

任燚不死心，按下对讲机："陈队长，现在供水情况如何？我们需要一支水炮压制连廊火。"

陈晓飞很快回话："现在风向往北，牡丹商场非常危险，两支水炮不能撤，我正在等市政洒水车，等它们到了就给你加一支水炮。"

"还要多久？"

"十到三十分钟内陆续到达。"

任燚看着汹涌的大火，这半小时很可能决定B楼是否还有挽救希望的半小时。他叹了一口气，跟何迅商量："如果连廊火不挡住，我们在B楼灭得再起劲儿也没用，我们恐怕等不了那么久。"

何迅点头："可是没有水炮，我们不可能一层一层地去灭连廊火啊。"

任燚盯着大火沉思："把那支高炮调下来，先帮我们压一下连廊火，让王猛从十五楼出三支水枪暂时代替高炮压制高层火，十分钟就行。"

"可以试试。"

任燚刚要跟陈晓飞商量这个方案，就眼睁睁地看着那支水炮的水柱像凋谢的花儿一样从高空垂落——没水了。

何迅烦躁地抓着头发："没水了。"

他们听见一旁的临时指挥部里传来陈晓飞的咆哮声。

很快，陈晓飞命令机动中队快速进入牡丹商场，从牡丹商场的窗户里出四支水枪阻挡火势，然后把其中一支水炮调到A、B楼之间喷射高层。

任燚没法开口要水炮了，供水情况显然比他想象中严峻，现在看来供应两支都很勉强。他咬了咬牙："在洒水车来之前，我们必须把火势控制住。"他反复看着消防图，终于发现了一点儿有用的信息，"何迅你看，这是防火卷帘门吧？"

何迅看了一眼："是，原来A、B连廊附近都有防火隔断，怎么没起作用？"

"防火卷帘门要么是年久失修，要么是没和火警报警器联动，如果能够手动把B楼的防火卷帘门放下来，就能把火阻挡一段时间。"

"那得先确定防火卷帘门是什么故障。"

"你去联系一下负责人，我们……"

"任燚！"

背后突然传来一声呼唤。

任燚一扭头，竟是严觉。

“你怎么会在这儿？”任燚惊讶道。

“总队调我们的平台车过来。”

“你们队有百米平台车？”任燚有点儿羡慕。

超高平台车是根据中队辖区是否有很多高层建筑决定的，只有几栋还不行，因为这种车死贵死贵的。凤凰特勤中队所属的片区是旧城区，没什么高层，而严觉所带领的西郊中队由于辖区有很多大型的工厂，所以配了不少先进的装备。

“是啊，我们也很少出这辆车。”严觉面色凝重地看着那被熊熊大火吞噬的大楼，“现在怎么样？”

任燚快速说道：“最大的问题是供水不足，我们想去攻坚连廊，但是没有水炮掩护，现在正在想办法把防火卷帘门放下来。”

“我掩护你。”严觉双目炯炯，在黑夜中十分明亮，“我们车有四十吨水的容量，可以分出两支高压水枪给你。”

“太好了！”任燚照着严觉的胸口捶了一拳，“你等我部署。何迅，你手头有多少人？咱们来分下组。”

由于文辉商场附近交通管制，宫应弦把车停在很远的地方步行过来，又靠着警察证件才穿过隔离带进入现场。

一到现场，他看到的就是任燚和严觉正在严肃地交谈，两人之间形成了一种外人勿近的气场。

据宫应弦所知，严觉的辖区离这里很远，他没想到在这里都能看到这个他不想看到的人。他小跑了过去：“任燚，情况怎么样了？”

任燚看到宫应弦愣了一下：“应弦，你离大楼远点儿，这里不安全。”

严觉皱起眉：“这位警官，这里不是你该来的地方吧？”

宫应弦甚至没拿正眼看严觉：“我怀疑这里有纵火嫌疑。”

“现在它是灭火现场，不是犯罪现场，请你离开，不要打扰我们工作。”严觉走了过去，“小王，把这个警察带出去。”

宫应弦缓缓转过头，站定在严觉面前，冷冷地看着他，说：“这个现场极有可能就是犯罪现场，我一步都不会离开，你敢承担让警察错失第一现场的后果吗？”

“你敢承担耽误我们救火的后果吗？”

“你们两个怎么回事儿？别添乱！”任燚急忙道，“严觉，你快去把水枪准备好。应弦，你在这里活动要保证好自己的安全，不要妨碍救援人员。”

严觉和宫应弦都有些不服气，但见任燚神情冷硬而坚定，跟平日里嘻嘻哈哈的模样判若两人，生生把话咽回去了。

高格正在分组，任燚小跑了过去，他在队尾看到了李飒，冲她招招手：“过来。”

李飒几步走到任燚身前。

任燚抓着她瘦瘦的肩膀，盯着她的眼睛说：“我原本希望你第一次进火场，是一个相对安全一些的环境，但你赶上了一场五年一遇的大火。接下来的行动，你要完全遵守命令，不只是我的命令，在场所有人都比你有经验，都比你资格老，都可以命令你，你听懂了吗？”

李飒喝道：“是！”

李飒返回队尾，孙定义低声道：“任队，你放心，我们会看着她，让她在外围感受一下就行了。”

任燚点点头，远远见着何迅带着几个人回来了，他忙迎了过去。

“四火，这个人是文辉的保安队长，他知道卷帘门的情况。”

保安队长说道：“领导，B 楼的卷帘门应该没坏，之所以没放下来，我怀疑是感应器的电池好几年没换，没电了，或者被火烧了不灵敏了。”

何迅怒道：“你们这么大个商场，现在还用那么落后的防火隔断，这不成了摆设吗？”

如果防火卷帘门能够及时放下来阻断火势，B 楼绝对不会在这么短的时间内被这么严重地过火。

保安队长苦笑一声：“反正我的工作肯定也完蛋了，我就实话跟你们说吧。几年前，消防要求整改过，让换智能的，跟火灾探测器联动的那种，但是改动要花一大笔钱，老板没舍得，就改了一两个，把消防检查应付过去了。”

作为消防员，任燚非常清楚一件事，那就是世界上没有任何一个单位的消防措施是完全合格的，如果严格按照规定来进行消防验收，那么所有商业、非商业场所都得关门，看得多了，任燚在现场面对各种各样不负责任的行为，已经从最初的愤怒变为现在的快要麻木了。

出了事自然是要追究责任的，但眼下追究谁的责任都不重要，重要的是挽救生命、降低损失。

任燚深吸一口气："凤凰特勤中队、三宁中队的战士们，我和何队长将带领各位进入目前现场最危险的B楼一至七层，手动降下防火卷帘门，暂时阻挡火势蔓延。大家也看到了，这个季节供水困难，我们没有水炮支援，这会是一场艰难的、危险的战斗，我要求大家在确保自身安全的前提下，服从命令，完成任务。"

战士们齐声吼道："是！"

任燚和何迅等几个干部换上了笨重的防火服，可以预见手动关闭防火卷帘门必须要靠近大火，常规的阻燃服是远远不够的。

"高格，孙定义，进入B楼后先带人去找可用的消防栓。"

"是。"

"里面浓烟大，地形复杂，所有人都必须时时刻刻确保身边有战友，不准单独行动，如果发现落单，第一时间按下报警器。"

"是。"

任燚带队往B楼走去，同时观察着严觉的高压水枪有没有就位。

当任燚经过一辆消防车的时候，他发现宫应弦就站在一旁，一动不动地看着自己，脸上那张刻意伪装过的平静的面具被焦虑的眼神出卖了。

任燚脚步没有停，但他脱下厚厚的手套，朝宫应弦比了一个大拇指。

宫应弦的头不堪重负地低了下去，心脏狠狠地揪紧了。

他不想看到任燚走进火场，不想看到他的朋友一次又一次地靠近他一生的梦魇，而他在极度煎熬中度过接下来的分分秒秒。但他这辈子好像永远都摆脱不了火给予他的恐惧和绝望，火夺走了他的家人，摧毁了他的童年，现在还要不断地与他争夺任燚，最可恨、可悲的是，他什么都阻止不了。

如果可以，他愿意用尽一切手段，让任燚远离火，远离危险，可他知道他做不到。

他不能阻止一个男人为信仰战斗。

任燚深深看了宫应弦一眼后，强迫自己转过脸去。他知道宫应弦担心他，他清楚那是什么滋味儿，小时候他爸出警，他和他妈也坐立难安，辗转反侧。

他曾经问过他爸，为什么一定要做这么危险的工作。

他爸回答他："总得有人做。"

总得有人做，为什么不能是我？

对讲机里传来严觉确认水枪就位的声音，任燚深吸一口气："出发。"

他带着战士们从南门安全出口进入了B楼。

一楼大堂中间有七米挑空，烟气和火都在往上走，虽然这里离起火点最近，但火场环境反而比他们想象中稍好一些。

"高格，带几个人去找水，找到了汇报。"

"是。"

任燚给自己拴上救援绳，绳子的另一头扔给何迅："孙定义，跟我去前面探一下路。何迅，你跟他们先留在原地，有情况随时沟通。"

"OK。"

两人拴着绳子，走进了浓烟里。

"连廊的防火卷帘门在北一门，地图你记住了吗？"

"记得。"孙定义道。

"咱们摸着墙走，以立柱为参照物。"现场浓烟滚滚，且越往北能见度越低，方向感在这种环境下几乎不可能存在，他们只能凭借着地形图和现场格局判断大概方位。

"消防员，有人吗？"

两人一边走，一边接着喊。

他们越往前走，体感温度越高，他们知道这个方向是对的。

他们穿过层层烟气，赤红的火光不断在瞳孔中放大。

突然，不远处传来一阵爆响，两人训练有素，往地上一扑，那爆炸声却没停，就像点了炮仗一样，一个接着一个炸响，而且跟鬼打墙似的东一下西一下，吓得两人贴在地上不敢起身。

"你们怎么样？"何迅问道。

"不知道什么破玩意儿炸了。"

咣当一声，一个脆物在任燚旁边落地，他扭头一看，是一个炸得开花的铝罐，好像是发胶之类的东西。

等那阵爆响停止了，两人才费劲地从地上爬起来。

孙定义抱怨道："所有装备里，我最讨厌的就是这身。"

"我觉得挺酷，像宇航员。"

"人家宇航员能飘，我们跟灌了铅一样。"

“那你脱了呀。”

“啧啧，你听听，你说的是人话吗？”

“少说话，省点儿空气吧。”任燚带着孙定义躲避四起的火焰，不住往前推进，“前面应该就是北一门了，这里看不到卷帘门，得再靠近些。”

“前面火太大了，过不去了。”孙定义用对讲机喊道，“高队，找到水了吗？”

“只有一个消防栓有水。”

“你顺着墙摸过来，我们在第三根立柱附近。”

“任队长，我们也找到一个。”三宁中队的一个战士说道。

何迅下了命令：“很好。你们几个两两一组，在火焰外围搜索一下有没有受伤人员，其他人跟我去北一门。”

几分钟后，两支水枪跟任燚汇合了。

“北一门就在前面，咱们推到近的地方才能看看怎么放卷帘门。水枪给我，没穿防火服的站后面。”任燚和孙定义抱着一支水枪，何迅和他的战士抱着另一支，他们齐齐开水，顶着大火往前走。

水火结合，产生了大量的水蒸气，现场热得跟地狱一般，任燚能感觉到自己身上的汗淌得跟小河一样。

任燚喊道：“严觉，把水枪对准一层，B楼一层北一门，我们正在向北一门走。”

“好。”

严觉的两挺高压水枪从外面冲击着一层连廊的火，把大火暂时压制住了。

他们瞅准时机，抱着水枪大吼着冲了上去，从嚣张的火焰中间劈开一条路。

当连廊大门依稀可见的时候，任燚道：“何迅，你在这里，留一支水枪和一半人守住阵地，我去试试。”

“好。”

和火的战斗，是一个斗智斗勇的过程，在这种烟火弥漫的地方，如果他们全部深入阵地，很可能会被大火打个回马枪，断绝后路，所以这个时候必须有人留在阵地之外守住他们的退路。

任燚进消防队的前几年，就犯过这样致命的错误，急于去救人，带着水枪冲进了死路，结果水带烧断了，身后火又连成了一片，救援的战友要是晚来个两分钟，他就死透了。

任燚和孙定义等人继续用水枪开路，终于来到了北一门，也看到了门上的卷帘门。

任燚顶着逼近人体忍受极限的高温，走了过去，手闸外面的玻璃罩已经融化了，他想伸手进去拉，却发现手套太厚，根本无法抓握，他从腰间抽出撬棍，插进手闸和墙体之间，用力压下。

只听头顶传来嘎吱嘎吱的声响，卷帘门的铰链被放开了，整个门在一声巨响中重重落地。

耳机里传来好几声欢呼。

任燚也松了一口气，汇报道："一层的防火卷帘门放下了。"

防火卷帘门通常能阻挡大火两三个小时，是非常有效的将火灾隔离分区，阻止火势蔓延的手段，有了这时间就足够做更多处理了。

"从机动部队调几个人过来，把一楼的火灭一灭，我们还得往上走，还有六扇门要放。"

一行人退回安全地带，通过对北一门的了解，任燚说明了一下卷帘门的位置和放下的方法，然后进行分组，队伍分成了三组，他、何迅、高格各带一组，每组负责两扇卷帘门。

分完组，他们各自带着装备出发了，任燚和孙定义几人前往六层。

六层是卖服装的，过火情况比一层严重，一是因为空间拥挤，可燃物多，二是没有一层的挑高结构可以释放压力，烟火全部堆积在下面。他们才刚踏上楼，就已经感觉到汹涌的热浪。

孙定义检查了一下走廊的消防栓，欢喜道："太好了，这两个口都有水。"

崔义胜把肩上扛的水带放了下来，接上消防栓，舒展水带，动作利落又迅速。

"这里的地形比一楼复杂多了，但是结构是不变的。靠墙走，找立柱。刘辉，你带他们三个往另一个方向搜救，用水带引路，无论什么时候，不准松开水带，有危险马上退。"

"是。"

任燚想了想，说道："李飒，你跟着我。"

"是！"

几人分头行动。

由于四周布满了商铺，他们虽然想靠墙走，却不停地出现偏差，眼前全是浓烟，连透视镜都看不了几米。

任燚和孙定义合力打开水枪，为他们辟开了一条路。

崔义胜发出疑问："是这个方向吗？"

"反正肯定是北。"孙定义低头看了看指北针，他们的手臂上有一个集成各种功能的液晶板。

"消防员，有人吗？"

"消防员，有人请回答。"

隔得老远，他们能听到另一组战友的呼唤声。

大约这么挺进了几分钟，面前的大火越烧越旺，根本无法通行。

"前面肯定就是北一门了。"

"这火太大了，过不去啊。"

头顶突然传来异样的响动，任燚抬头一看，有什么黑乎乎的东西在浓烟中晃动。

"快躲开！"任燚将离他最近的崔义胜推向一边，两人双双摔倒在地。

一排探照灯咣的一声从头上砸了下来，就落在他们刚刚站立的地方，这还没完，头顶的吊顶材料乱七八糟地开始掉落了。

几人连滚带爬缩进了角落里，心惊胆战地等着它们落完。

任燚倒吸一口气："大家都没事吧？"

"没……没事。"

这时，刘辉急切的声音突然在对讲里响起："任队，我们刚刚听到有人呼救，人还没找到，阿文也不见了！"

任燚心脏一沉，骂道："我说了不准松开水带，不准松开水带！你们都不想干了？"

孙定义问道："他求救了没有？失联多久了？"

"没有，不到两分钟。"

"两人一组，绑绳子去找。我再说一遍，不准单独行动！谁再单独行动就收行李滚回家！"任燚看了一眼自己的空呼数值，"大家注意自己的空呼余量，剩余百分之十的时候就原路返回去换瓶子，这里地形复杂，必须保留足够的时间。"

"是！"

"孙定义，你带他们四个去找阿文，摸着水带原路返回去，有消息马上通知。其他三人，跟我继续前进。"

"是！"

不幸中的万幸，这一趟他们没有迷路，找到了北一门，但他们是通过窗户外风景的角度跟一层一致判断出来的，实际上北一门还藏在大火背后，肉眼难见。

李飒喘着气说："咱们只有一支水枪，恐怕过不去啊。"

这回没有第二支水枪保护后背，任燚不敢冒进，但卷帘门一定就在前方不远处，如果等第二支水枪，时间不允许。一是火会越烧越大，最终变得不可控，二是他们的空呼恐怕支撑不到将七层的卷帘门放下，一来一回换瓶子耽误的时间，可能会让他们放卷帘门争取来的时间白费。

任燚道："指挥部，现在风向如何？"

"风向西南。"

任燚指了指西侧的窗户："找个东西，把那扇窗户敲了，可以给咱们争取点儿时间。"

"好。"崔义胜看了看四周，搬来了一张凳子。

任燚通过对讲机道："王猛，王猛。"

"在，说。"

"能不能给我们六层连廊支援一支水枪？"

王猛的声音喘得厉害，嗓子也干哑得不似人的声音："我正在转移群众，分不出去，你找指挥部调配。"

任燚又转到指挥部的频道："陈队，参谋长，六层火太大，我们只有一支水枪，我请求支援。"

"你等等。西郊中队严觉，能否支援六层连廊？"

"报告参谋长，我支援连廊的两支水枪正在支援四层和五层，只能给六层一分钟的时间。"

"一分钟够了。"任燚道，"崔义胜，你听我的命令再砸窗户。严觉，你就位前通知我。"

"好。"严觉从指挥频道切换到与任燚的单线频道，"四火，六层、七层的火特别特别大，你确定要冒这个险吗？"

"我知道，时间不够了。"

因为A楼只有七层高，火焰到了七层就没有上升空间了，在氧气充足的情况下，火会去找可燃物，也就是横向的B楼，所以连廊火越往上烧得越厉害，这也是他选择六、七层的原因。

“已经有两三辆洒水车到达现场了，如果你能再等五分钟，也许可以给你分出一支水炮。”

“我能等，我的空呼等不了，火也等不了。”任燚沉声道，“根据经验，我现场判断六、七层快要闪燃了，刚才天花板已经开始掉了，如果想要控住火势，关键时间就在接下来的十分钟内。”

严觉深吸一口气：“你小心，我的水枪已经就位。”

“好，开水。”任燚冲崔义胜喊道，“崔义胜，注意躲避，砸！”

崔义胜抡起凳子，朝西侧玻璃窗扔去，然后往反方向扑倒在地。

凳子砸破玻璃的一瞬间，破洞的窗口像吸尘器一般，瞬间将屋内的大火虹吸了过去，严觉的水枪同时朝着六层连廊喷射，双管齐下，大大缓解了屋内的火势。

崔义胜虽然做出了最标准的躲避，但此时风助火势，这一瞬间火焰蔓延的速度超过了百米每秒，他还是被扫到了。

李飒和小蔡冲了过去，抓着他的胳膊把他拖了出来，任燚的水枪也及时喷灭了他身上的火，但他的救援服多处被烧破了。

崔义胜翻身躺倒在地，大口喘着气，一句话都说不出来。

任燚踢了踢他的肩膀：“你有事儿没有？”

崔义胜高声吼道：“没事儿！”

“好，起来！”任燚将水枪交给崔义胜和小蔡，“你们俩在这里掩护，我去把卷帘门拉下来。”

“是。”

水枪开路，任燚争分夺秒地朝卷帘门跑去，严觉的水枪只能支持他一分钟，这一分钟内他必须把卷帘门放下来。

任燚身上穿的防火服虽然防火，但原理就是锡纸包肉，烧不坏，但能将人烤熟，理论上这身衣服可以让人在被火完全覆盖的情况下撑两到三分钟。

还好，这短短一段路的火已经被他们转移的转移，压制的压制，但地狱般的高温是转移不了的，且因为火上浇水，蒸汽温度早已超过千度。

那种被生生燎烤的痛苦是难以用语言去形容的，正常人触碰高温的反应就是躲，躲得越远越好，但消防员要不退反进。

任燚咬着后槽牙，以他能达到的最快速度“跑”到了卷帘门前，用撬棍去压手闸。只听头顶传来嘎吱嘎吱的声响，还有金属猛烈摩擦的刺耳的声音，但预想中的卷帘门落地的画面却没有发生。

任燚抬头一看，卷帘门的铰链有一条放下了，另外一条卡住了！

任燚大声咒骂，他使劲往下压手闸，但那条铰链纹丝不动，整个卷帘门倾斜着放下了一半。

“任队，卡住了，得把铰链砍了！”崔义胜喊道。

“来个人！”连廊门是超高门，一个人根本够不着。他看了看剩下的几个人，全部没穿防火服。他一时犹豫了，穿着防火服来到这里已经是痛苦难当，只穿救援服……

“我去！”李飒喊道，“我最轻。”

此时剩下的三个人里，崔义胜的救援服刚才烧坏了，不能再靠近火，否则裸露的地方一定会剥几层皮，小蔡身材高胖，比任燚还重。

眼看着一分钟要过去了，任燚也顾不上那么多了，他挥手吼道：“赶紧跑过来！”

李飒扔下了肩上的水带、救援绳、探照灯，甚至是空气瓶等重物，用力呼吸一大口空气，憋着气，抬腿朝着任燚跑去，同时抽出腰间的消防斧。

任燚半蹲下身，将双手交叉成网。李飒一脚踩上任燚的手，一脚踩上任燚的肩膀，任燚低吼一声，抓住李飒的脚踝，缓缓从地上站了起来。

在这种环境下，体能的消耗比水龙头放水还快，任燚身上的装备有四十斤，李飒虽然扔了空气瓶，但装备加体重也有一百多斤，任燚站起来的时候两条腿抖得不成样子，几次打弯。

但他最终站了起来。

李飒憋着气，忍受着像要撕裂她的皮肤的高温灼烤，挥起消防斧，狠狠砍向铰链。

一下，两下，三下。

咣的一声，卷帘门失去了铰链的束缚，重重砸在了地上。

任燚的双腿不堪重负，扑通一声跪在了地上，李飒的身体也失去平衡，向地面摔去。

小蔡及时跑了过来，接住了李飒。

任燚粗喘着气："带……带她先走。"

小蔡把李飒拖了出去，以最快的速度给她接上空气瓶。李飒抱着面罩，大口喘息，皮肤的剧痛让她在地上挣扎着翻滚。

任燚扶着墙站了起来。卷帘门阻隔了连廊火，火势大幅度衰弱，他缓步走回了战友身边。

崔义胜露出一个似哭似笑的表情："任队，阿文找着了，他为了救一个售货员，被货架砸晕了，现在他们两人都没大碍，都抬下去了。"

任燚长长舒出一口气，颤声道："好，很好，去跟他们会合。"

四人互相搀扶着站了起来，朝安全出口走去，很快，他们就跟孙定义、刘辉等人会合了。

任燚通知指挥部派机动中队上来把六层的火灭掉，他们还要前往七层。

"崔义胜，你下去吧，七楼的火烧得最大，也最危险，你的衣服不行了。"

"任队，我没……"

"下去。"任燚命令道，"你换一身衣服，带几个空气瓶上来。"

"是。"

"每个人报一下空呼余量。"

"百分之二十一。"

"百分之二十三。"

"百分之十八。"

"百分之十四。"

……

"百分之十五以下的全部下楼，百分之二十以下的留在安全地带做后援。"

"任队，你剩多少啊？"

"别废话，下去。"

任燚点了一下人数，只剩六个人了。他看着李飒："你还行吗？"

李飒点点头，她一张脸上全是炭灰，脏得看不出本来面目，但双目灿若星辰："没问题。"

"走。"任燚带队往七楼走去，他低头看了一眼自己的空呼数值，百分之十二。

六人顺着楼梯往上爬，七层的温度之高，达到了每上一级台阶，体感都会有变化的程度，这种现象很少见，证明七层的火比他们从外部观察的还要猛烈得多。

为避免七层没水，他们把六楼的两支水枪带了上去。铺设水带是需要长期训练的技能，其中以跨楼层立体铺设难度最大，要确保水带牺牲最少的长度，达到最大的利用率，多一个拐角，水压和喷射速度就会减弱几分，多一次绕行，水能触及的范围就小一圈。水枪就是他们在火场的武器，武器的作用发挥得越大，胜利的可能才越大。

七层楼道里的消防栓只有一个能用，任燚不敢让战士进去找消防栓，很可能迷路，有三支水枪勉强够用了。

他打开安全出口的门，猛浪的热辐射像会吃人的鬼，烤灼着人的意志力，他甚至被迫后退了两步。

太热了，人根本进不去。

孙定义把测温仪伸了进去："天哪，外围都快八百度了。"

"那火场里面至少有两千度了。"任燚蹲在地上，犹豫了。

为了节省氧气，他们都脱下了面罩，楼道里也有烟，但蹲下身勉强可以呼吸。

"任队，怎么办？"

任燚摇摇头："这个温度肯定不能进了，热到这种程度，恐怕离燃爆不远了。"

"燃爆了上面的楼层可能就保不住了。"

刘辉道："咱们把四周的窗户都敲了怎么样？分散一下火力。"

孙定义分析道："窗户都敲了，火肯定顺着窗户往上走，那结果还不是一样的？"

任燚接通指挥频道："陈队，群众转移情况如何？"

陈晓飞回答道："上面有酒店有写字楼，受困人员至少三百人，楼层又高，加大了搜索难度，一时半会儿转移不完，你们能把火势控住吗？"

"水炮何时能就位？"

"我正要跟你说，水炮很快就位。"

"现在七层已经进不去人了，但如果有水炮，我们可以试试。"

"这门水炮听你调派，不仅如此，严觉那边还腾出来一支高压水枪。"

“太好了。”任燚看着刘辉，“就按你说的，把四周的窗户都敲了，这样火场中心温度能降下来，有了水炮，可以暂时压制火势往上走，我们应该能找到一个合适的时机放下卷帘门。”

火场进不去，破窗只能由外面的战士配合。任燚联系了一下高格，确认他们已经完成任务，返回地面，于是让他带队，利用云梯破坏七层东西两面的窗户。

很快，水炮开始冲击连廊火，没过多久，高格也再次完成任务，火势开始被东西窗户分流，严觉带着一支水枪，通过超高平台停在七楼西侧，将水射进楼内。

但火场温度不会一下子就降下来，他们只能等着。

等了约五分钟，孙定义再次测温，温度果然降下来了。

“好，进去。”

“等一下。”刘辉看着李飒，“任队，咱们都知道里面是什么样，可李飒不知道，她第一次进火场，不该一下子就进这么危险的地方。”

李飒皱起眉：“训练的时候我哪次没跟你们在一起？我知道里面是什么样。”

“训练和实战有天壤之别。”刘辉急了，“而且你是女的，你的体能已经快到极限了。”

“刘班长，我的体能到没到极限我应该比你清楚。”

“你以为我在跟你抬杠吗？你……”

“别吵了，浪费时间。”任燚道，“李飒刚刚在六层协助我放下卷帘门，她有她的优势，而且她的氧气应该是所有人里最足的。”

空气瓶的容量都是一样的，每个人的消耗速度却不一样，简单来说，体积、运动量、情绪起伏决定了氧气消耗的速度，李飒天生有体积优势，运动量又低于男消防员，而且刚才在六层她至少有近两分钟没使用空呼。

“对，我还剩下百分之二十三。”

“咱们人手不足，这个时候要相信战友，走吧。”任燚戴上面具，推开安全出口门，弯着腰进入了火场。他已经对环境和方位有了感觉，带着其他人径直往北走。

七楼是整个B楼燃烧最剧烈、最充分的，等于从A楼烧过来的无处上升的怒火，全部堆积在了七楼，而七楼又刚好是卖图书、玩具、体育用品的，摊位多而密集，全都是可燃物。他们边走边用水枪开路，实在开不了路，就只能绕行，时间大半消耗在了路上。

经过刚才一系列的战术，火场温度虽然大幅下降，但也只是下降到不至于把人活烹了的程度。高温渗透了每个人的毛孔，让他们有一种自己已经熟了的错觉。热辐射的灼烤就是不见血的凌迟，那种痛从各个角度啃噬着他们的肉，他们不停地喘气和咳嗽，弯着腰走路又十分消耗体力，最后他们几乎是手脚并用在爬。

任燚知道，这种环境下他们撑不了几分钟，成败就在此一举，如果两分钟之内还是不能找到卷帘门，他只能宣告任务失败，趁着还有体力尽快撤退。

当他们艰难爬行的时候，陈晓飞焦急的声音突然在耳机里响起："任燚，任燚。"

"在。"

"A楼七层有被困群众，好像是一对父子，被困在连廊附近。"

"什么？"任燚惊讶地喊道，"A楼，咳咳，A楼不是没有人了吗？"

"可能是没来得及撤的保安。"陈晓飞沉声道，"因为西侧楼体间距和角度问题，超高平台无法靠近连廊，必须把车开到北面，但现场四十多辆消防车和十几辆洒水车全部卡着位，不好挪动，严觉说至少需要七分钟，那对父子肯定等不到平台了。任燚，现在你们是唯一可能救他们的人。"

"A楼都烧了快一个……一个小时了，居然……咳咳咳……还有人活着？"孙定义剧烈咳嗽着。

"是，咳咳咳，我们快要到达连廊了。"任燚加快速度往前爬去。

六人凭着强大的意志力，顶着趋近肉体极限的痛苦，终于到达了北一门，连廊依稀可见，但还没看到那对父子。

"刘辉，丁擎，小蔡，你们水枪支援。李飒，你守着手闸，一旦我们救援成功，马上放下卷帘门。孙定义，你和我过去看看。"

"是。"

任燚和孙定义小跑到连廊，终于透过大火看到对面有人。他的求救声被风与火反复撕扯，显得那么微弱，他身上已经多处严重烧伤，但怀里还紧紧护着一个已经昏迷的孩子。

"救命……救救我儿子……救命啊……"男子夹杂着痛苦和绝望的嘶喊声刺痛了每个人的神经。

此时连廊的火被水炮压制着，燃烧并不猛烈，但他要通过，就必须关掉水炮。

任燚道："陈队，我看到他们了，先把水炮关了。"

陈晓飞深吸一口气："连廊上有很多摊位，关掉水炮火势马上又会起来，你必须以最快的速度往返。"

"明白。"

孙定义拉住任燚，摇着头："任队，过去太危险了。"

"但人得救啊。"任燚看着那一段连廊和对面汹涌燃烧的大楼，他很害怕，是人都会害怕，那是一栋已经在立体燃烧的大楼，能无情吞没靠近它的一切。他无法想象那位父亲在这样的地狱里是怎么挣扎活到现在，并跑出来向他们求救的，一个全副武装的职业消防员都未必能做到这样。

也许想要保护幼子的力量，比自己的求生欲还要更加强大。

"任队。"任燚就要出发时，李飒突然道，"你的空呼还剩多少？"

任燚顿了一下："还够。"

"你跟我换一下吧。"

"每个人都剩得不多了，调节呼吸，省着用。"任燚按下对讲机，"停止水炮。"

"任队！"

任燚深吸一口气。他们做过呼吸训练，在非常时刻，用特殊的呼吸方式可以有效地节约氧气，现在就是那个时候了。如果没有这对父子，他很可能会放弃任务，带着战士们安全返回。走到这里已经很冒险了，返回也是一个巨大的挑战，他不能为了自己的安全消耗别人的氧气。

水炮一停，任燚就铆足了劲儿往对面冲去，孙定义用水枪喷射着连廊的火，掩护任燚。

当任燚冲上连廊，他察觉到连廊的震动不是很对劲儿。

这个连廊是钢筋水泥夹玻璃的结构，经过这么长时间的燃烧，钢筋多半已经变形了。玻璃比较耐高温，看起来还完好，但是水炮对它们产生了很大的破坏作用。一是水炮压力太大，压塌屋顶、冲断楼板都是常事，何况一段连廊；二是水炮时有时无，冷热不断交替，会加剧材料收缩变形。

眼下任燚也顾不上那么多，他以最快的速度跑到了对面，在门边找到了身上已经起火的男子，男子正将儿子压在身下，阻挡着烈焰的舔舐。

“救……救……”男子已经奄奄一息。

任燚冲了过去，用力拍打着男子身上的火，但已经无济于事。

他颤抖着将怀里的孩子推给任燚：“救……救我儿子。”

那孩子很小，只有三四岁的模样，在这样的地狱火场里，他竟然没怎么受伤，但呼吸微弱，显然已经吸入了大量毒气。

任燚抱过孩子，大喊道：“我把孩子送回去再来接你，撑住啊，兄弟！”

男子摇着头，灰黑的脸上有道道被烤干的泪痕，双眼中已经没有了生气：“快走……走。”

任燚摘下呼吸器，扣在孩子脸上，让他呼吸了几口空气，再想戴回自己脸上时，却发现空气瓶已经见底了。

任燚咒骂一声，干脆脱掉了沉重的空呼装备。他一转身，却发现连廊的火势再起，已经连成了一片。

任燚咬紧了后槽牙，将孩子塞进防护服的前襟，别无选择地踏入了火海。

烈焰贴着任燚的皮肤灼烤，那种剧痛就像有无数把铁刷子在一层一层地往下刷他的肉，他控制不住地痛叫出声。

可就在他跑了几米远的时候，连廊传来剧烈的震动，钢筋水泥和玻璃开始脱落。他朝着不远处的 B 楼，朝着生的希望狂奔。

“任队！”

孙定义等人眼看着任燚抱着孩子从大火中冲了出来，连廊却开始土崩瓦解，他们的眼睛一片血红，恨不得生出一对翅膀。

伴随着巨响声，连廊的中间部分彻底断裂，狠狠砸向六楼的连廊，并引起连锁反应，一举砸穿了四层连廊。

剧烈的震动让身在连廊两边的人都几乎站立不稳。

任燚急刹住脚步，前面是无法逾越的距离，身后是无路可退的大火，脚下踩着的是随时可能坠落的小半截连廊。

他无法形容此刻的绝望。

而此时宫应弦正站在地面上，一双眼睛紧紧盯着任燚的一举一动，脸上已经不剩下一丝血色。恐惧就像一只无形的手，死死扼住了他的脖子，他无法说话，无法呼吸。他知道如果今天任燚无法脱险，这个世界上将再也没有人可以阻止他堕入深渊。

孙定义跑到另一侧连廊的断裂处，用一双被烤得皲裂流血的手困难地往上面绑石头：“任队，接住了！”他将绳子抛了过来。

绳子甩在了连廊上，任燚弯身去够，但他吸入了太多毒烟，体力也到了极限，这一弯腰就跪在了地上，根本爬不起来。他勉强将绳子绑住了孩子的腰。

刘辉红着眼睛吼道：“绑你自己啊！绑你自己啊！”

任燚知道两边的断口处都危如累卵，如果要拽他，就需要至少三个成年人走到连廊上，那个负重连廊肯定撑不住，能把这个孩子拽上去已经是万幸。

他绑好绳子，用尽全身力气把孩子扔了过去。孩子掉下了连廊的断口，小小的身体被绷紧的绳子吊在二十几米的高空火海中飘荡，显得那样脆弱渺小。

孙定义立刻将孩子往上拽，可绳子偏偏卡在了断裂的玻璃锋面上，一边拽一边磨损。

那是强度和韧性极高的消防救援绳，可也经不住利器的反复切割，眼看着孩子距离他们还有一截，绳子却马上要割断了！

任燚趴在地上，眼睛死死地盯着孩子。身体的痛苦和精神的折磨好像都在离他远去，他知道自己马上就要昏迷了，不出两分钟，他就会死，或者死于高温，或者死于窒息。

他不想死，可是……可是当他选择这份职业的时候，他就对这一刻做了长久的心理准备。

只是接受起来比想象中要艰难。

他很想活下去，他爸在等着他，宫应弦在等着他。宫应弦就在地面上吧？也许宫应弦正在看着他，如果他死了，宫应弦童年的伤口一定会再度撕裂，恐怕就再也无法愈合了。

但是他真的没有力气了，也没有办法了。

至少让那个孩子活下去。

“孙排长！”李飒瞪大眼睛，“你做什么？”

孙定义又拿起一股救援绳，一边扣上自己的腰带，一边扔给刘辉和丁擎，然后毫不犹豫地飞身从连廊上跳了下去，一把抱住了孩子。

任燚瞪大眼睛看着孙定义，他身体里又被注入了一丝力量，他挣扎着想爬起来。

“一，二，三，用力！”刘辉等四人拼命拖拽着绳子。

可这条绳子也没能避免被磨损的命运，整个断口处全是玻璃锋面，且由于连廊上一次承担了五个成人和一个小孩的体重，又开始发出可怖的声响。

孙定义眼看着自己的绳子也要撑不住了，连廊都岌岌可危，他一只手举起孩子：“把孩子拉上去！先把孩子拉上去！”

任燚看着不远处那揪心的一幕，却什么都做不了，只能徒劳地急叫：“用力啊，快把他们拽上去！”

“先救孩子，快点儿！这是命令！”孙定义厉声吼道。

刘辉死死拽着绳子，咬牙道：“李飒，去……去把孩子拉上来。”

李飒匍匐着爬到断口处，半身探出连廊，伸手去够孩子。

孙定义用尽了全身力气，将孩子托了起来，李飒一把抓住了孩子的胳膊，将他拽了上去，送去安全地带。

咣当一声，连廊下沉了一点儿，从孙定义的角度看，甚至能看到正在弯折的钢筋，他眼中满是绝望：“刘辉，连廊不行了，你们退回去。”

任燚绝望地看着眼前的一切，一边是马上就要断裂的连廊，一边是将要坠落的孙定义，他僵硬得像一块石头，喉咙里一个字都发不出来。

刘辉等人一步未退，还在奋力地往上拽，连廊发出濒死的嘎吱声，水泥开裂，玻璃掉落。

孙定义脸上全是泪，他一只手摸上了腰带的卡扣。

“不要……”任燚徒劳地伸出手。

孙定义咆哮一声：“下辈子还做兄弟！”他解开了卡扣，身体就像折翼的鸟，坠入了浓烟火海。

“啊啊啊——”任燚发出凄厉的悲鸣。

“孙排长——”

刘辉等人崩溃大哭，刚刚折返的李飒疯狂地往回拽他们：“连廊快塌了，连廊快塌了！”

在连廊彻底折断的前一刻，李飒堪堪将几人拖回了B楼，他们眼看着连廊坠落，跟他们的兄弟一起，再也看不见踪影。

任燚趴在地上，喉咙里发出垂死般的哭声，他的心撕裂一般疼痛，他不知道此时究竟是现实，还是噩梦。他的眼皮越来越沉，呼吸越来越微弱，他最终连挪动手指的力气都快没有了。

对面的人拼命叫着他，可那声音听起来太遥远了。

当严觉的举高平台赶到时，任燚就在昏迷的边缘。

“任燚，任燚！”严觉和一个战士将任燚抬上了平台车，他把自己的空呼扣在任燚的口鼻上。

任燚的眼皮一直往下垂，他用力推着空呼，喉咙里发出干哑的呻吟，他强行撑着最后一丝精神，无力地揪住严觉的袖口：“孙定义……孙……定义……”

严觉看着他满脸狼狈，阵阵心痛：“你别说话了。”

“孙……定义。”任燚的泪水顺着脸颊流淌。

严觉摸了摸任燚的头发，他嘴唇嚅动着，却说不出话来，眼圈已是通红，心里难受极了。

两个战士把那位重伤的父亲也抬上了平台，平台以最快的速度远离了连廊，远离了火场，向着地面下降。

浑浊冷冽的空气注入任燚的鼻腔，现场一片悲伤的哭声伴随那充斥着焦煤味的寒风传入耳中，灰霾的天空，压抑得让人喘不过气来。

任燚挣扎着想爬起来，却被人按回担架。他低吼了一声，生出强烈的愤怒，而他甚至不知道这种愤怒是针对谁。

突然，一只温暖的、有力的手握住了他的手。

任燚怔住了，模糊的视线，他看到了宫应弦苍白的、焦急的脸。他张了张嘴，所有强撑着的委屈和痛苦都在这一刻决堤了。他的眼泪狂涌而出，他含糊不清地求救着：“孙定义呢？你救救他……应弦……你去……”

宫应弦心痛难当，他要怎么告诉任燚残忍的真相？

“让开！不要围在伤员周围！”急救员推开了宫应弦和严觉，给任燚戴上呼吸器，但任燚突然激烈挣扎起来，像困兽一般无声地咆哮。

急救员只好给他打了镇静剂。

任燚无力地看着头顶如末日般阴霾低矮的天，堕入了黑暗之中。

任燚身上有多处高温灼伤，并吸入了毒气，在医院昏迷了近三天才醒过来。

宫应弦和曲扬波都在病房里守着，当任燚苏醒时，两人都紧绷着脸，眉头深锁。他们既担心任燚的身体，更担心他的情绪。

任燚睁开眼睛，茫然地看了好一会儿头顶雪白的天花板，思考能力才逐渐回归大脑。这里他一点儿都不陌生，是多年来出入数次的鸿武医院。

他目光下移，看了看床边一左一右守着的两个人，他们脸上的沉痛和身体的僵硬让他感到不解，为什么他们这样看着他？他还活着呀。

是的，他还活着，可是从二十几米高空掉下去的他的兄弟……

他抱着最后一丝希望，颤声问曲扬波："孙定义……"

曲扬波眼圈一红，几乎下一秒就要落泪。

任燚长舒了一口气，感觉身体空荡荡的，好像什么都没有了。

宫应弦很想安慰任燚，可他根本不知道该说什么，语言在这一刻太单薄、太轻浮。他只能握住任燚的手，紧紧地握着。

"每一次……每一次出任务。"任燚的心抽痛不止，这种悲愤和自责，能把人啃噬得千疮百孔，"我都发誓，要带每个人平安回去。"

"不是你的错。"曲扬波哽咽道，"任燚，不是你的错。"

"我是中队长，是我把他们带进去的。"任燚含泪道，"哪一个回不来，都是我的错。我怎么……怎么向他爸妈交代？他们就这么一个儿子……还有他女朋友……我怎么……"

宫应弦深吸一口气，勉强开口："孙排长在生死关头，救了一个三岁的孩子，他的家人会理解他的选择。任燚，这不是你的错，这是犯罪。"

任燚缓缓地转头，盯着宫应弦，颤声道："是纵火。"

"是纵火。"宫应弦冷声道，"现场已经找到了证据。"

任燚紧紧握住了拳头："是紫焰吗？是紫焰吗？"

"还不能确定，但很有可能是。"宫应弦疲倦地闭上了眼睛，"任燚，相信我，我一定会抓到凶手。"

任燚激动地用拳头捶着床板，胸中恨意滔天。

曲扬波压着任燚的肩膀，哑声道："任燚，你冷静一点儿，你伤得也不轻。不管你如何自责，你要记住，现在最重要的，是中队还有一大帮人要仰仗你，依靠你，孙定义还等着你为他报仇。"

任燚咬着下唇，任泪水横流。

"我还要回中队处理事务，你好好养病，早点儿回来。"曲扬波抹掉眼泪，垂着头走了。

病房的门一关上，宫应弦就立刻将任燚搂住了："任燚，有我在，有我在。"

宫应弦看着任燚悔恨内疚的样子，只觉得心都要搅碎了。他认识的任燚总像太阳一样热情又闪耀，能够感染身边的每一个人，从不曾这样痛苦、脆弱。

任燚紧紧抓着宫应弦，仿佛这就是他的救命稻草，他将脸埋进宫应弦的胸口，发出了沉闷的哭声。

6. 篡改记忆

后来，任燚了解到，这次商场大火造成四人死亡，三十多人受伤，直接经济损失达七千万元。

最后他们救的那对父子，父亲伤势过重，在医院去世。孩子的母亲几个月前刚刚病逝，所以父亲才经常把孩子带去上班的地方，一夕之间，一个三岁的孩子就没有了双亲。

任燚住院的那几天，中队的战士和领导陆续来看过他，但他一直精神不振。

宫应弦白天查案，只要一有空就往医院跑，晚上几乎就住在医院里。两人没有过多交流，大部分时候都是宫应弦陪着任燚沉默。

住院一周后，任燚坚持要出院，谁都拦不住。

出院后，任燚一直没敢去看孙定义的父母，组织上已经对他们进行了慰问和抚恤，葬礼则定在下周一——那一天刚好是七年前孙定义进中队的日子。

这些天来，整个中队的气氛都很压抑，从前的嬉闹欢笑只存在于记忆中，每个人的心中都充斥着悲愤。

这天，趁着战士们出早操，任燚独自进了干部宿舍，走到了孙定义的床前。

虽然消防改制之后，他们已经不是军人了，但始终还保持着军人的作风和习惯，床上的被子叠成豆腐块，桌子上的东西摆放得整整齐齐，什么都没动过。

任燚坐在了孙定义的床上，恍然间，仿佛下一刻宿舍的门就会被推开，晨练归来的孙定义会一边说笑一边走来，聊昨天看的球，讨论中午吃什么，他甚至能回想起孙定义笑起来时脸上的每一道纹路。

如果什么都没发生就好了，如果只是一场噩梦就好了。

吱呀一声，宿舍门推开了。

任燚猛地抬起头，眼中闪现一丝光芒，只是在看清来人后，眼眸再次暗淡下来。

崔义胜有些惊讶地看着任燚："任队，你……"他看到任燚坐的正是孙定义的床，眼神都瞬间变了。

"你怎么回来了？"任燚平淡地问。

"我不舒服，请了假。"

"好好休息吧。"任燚站起身要走。

"任队。"崔义胜咬了咬牙，迟疑地问道，"那天如果我早点儿上去，会不会……"

他因为空呼余量不足，且救援服破损，被任燚勒令下去换衣服，并背几个备用空气瓶上来。他下去之后，向指挥员汇报内部情况、换衣服、取瓶子，然后返回，前后不超过十分钟，任燚已经带队进去了。

如果他快一点儿，结局会不会有所不同？

任燚打断了他的话："你别瞎想，跟你没有关系。"

崔义胜眼圈一热："我跟孙排长是老乡，我刚来的时候，不适应北方气候，咳嗽了一个多月，他特别照顾我。"

任燚倒吸一口气，轻轻咬住了嘴唇。

"任队，你说我们成天想救别人，有时候又救不了别人，有时候连自己兄弟都救不了。"崔义胜抹着眼泪，"你还记得那个少年吗？那个卡在挡风玻璃上，活活流干血的少年，他求我们救他，我们都救下他了，他还是死了，我就……就时常想，我们做这些的意义是什么。"

任燚回过头，泪水在眼圈里打转，他轻声说："比起我们没能救的人，我们救的人更多，这就是我们做这些的意义。"

崔义胜轻轻摇着头，脸上带着一种深深的无力感。

任燚很想安慰崔义胜两句，却发现那些话甚至无法安慰自己，又如何去说服别人？他只能拍了拍崔义胜的肩膀，几乎是逃出了那间宿舍。

可他又能逃到哪里去呢？整个中队，到处都是孙定义的影子。

这是他当上中队长后，第一次面对战士的牺牲。

他还记得小时候，他爸时而会变得非常痛苦、消沉、易怒。那个年代，安全隐患更多，消防措施更少，消防员的牺牲率也比现在高得多。他爸在几十年的服役生涯里，几次面对战友的离去，最严重的那次宝升化工厂爆炸，他的中队一次就死了四个人，而这甚至不是牺牲率最高的中队。

他爸是怎么挺过去的？

他能挺过去吗？

孙定义的葬礼那天，阴霾了大半个冬日的B市破天荒出了太阳。

孙定义的父亲抱着他的相片，母亲抱着他的制服和礼帽，一同走出宿舍。

中队的操场两旁，笔直地站了两排穿着制服的消防战士。

任燚忍着鼻头的酸涩，高声喝道："敬礼——"

战士们齐刷刷地行军礼，他们眼圈通红，嘴唇紧抿，伤心地目送战友走过他无数次训练的操场，坐上他最喜欢的那辆消防车，开往殡仪馆。

除了留守执勤的指战员外，其他人都一同前往殡仪馆。

殡仪馆前聚集了很多自发来为他送行的群众，还有从总队、支队和其他中队来的领导和战士。

任燚一眼就看到了一个熟悉的人，一个穿着藏蓝色警察制服的，修长挺拔的身影，是宫应弦。那身警服就像为他量身剪裁一般，使他竟是比平时穿那一套套昂贵的西装看起来还要俊美耀眼。

宫应弦走到任燚面前，轻声说："我代表分局来送送他。"

任燚点点头："我第一次见你穿制服。"

"我也第一次见你穿制服。"

"我们穿制服，都是有重大的事情，不是好事就是坏事。"任燚低声说，"我先进去了。"

"去吧。"

灵堂里站满了与孙定义亲近或熟识的人，严觉也特意从西郊赶来了。

整个葬礼，任燚都处于一种恍惚的状态，他就像被包裹在一层无形的薄膜内，那些哀悼、那些痛哭、那些泪水都被隔绝在外，眼前发生的一切都充满了不真实感。他依然……依然没能完全接受这个现实，依然怀疑一切都是一场梦。

葬礼结束后，任燚没有随车返回中队，而是在墓园的角落里找了一张长椅坐下，安静地看着光秃秃的树杈和贫瘠的草地。

他的伤还没好，时时刻刻都被疼痛缠绕，肺部呼吸也不顺畅，仅是忙了一上午，就累得快要站不住了。此时暖烘烘的阳光洒在背上，令他稍微舒服了一些。

身后传来脚步声，任燚不用回头就直觉那是宫应弦。

宫应弦坐在了任燚身边，递给他一罐热茶。

任燚接了热茶过来，焐着手，说：“今天不算很冷，难得出太阳。”

“但你穿得太少了。”宫应弦摸了摸任燚的手，“这么冰。”

任燚回想起这段时间的恍惚，突然有些愧疚：“这些天我都没怎么跟你说话，你不要往心里去。”

“怎么会呢？”宫应弦顿了一下，“我知道那是什么感受。”

任燚心中一酸，轻声说：“让你担心了。”

“嗯，你确实让我担心了。”宫应弦深吸一口气，“你知不知道我在下面看着你在连廊上命悬一线是什么感受？”他至今回想起当时的恐惧与绝望，都还心有余悸。

“对不起。”

“如果我……”宫应弦轻轻咬了咬下唇，“如果我说，我希望你不要再做消防员了，以此为交换，我可以答应你任何条件……”

任燚怔怔地看着宫应弦。

两人四目相对，却都发不出半点儿声音。

良久，任燚才勉强笑了笑：“你是开玩笑的吧？”

他们彼此都知道，宫应弦不是在开玩笑，但宫应弦更知道，任燚回避了这个问题，是因为他无法答应。

这份职业被任燚视为使命，恐怕唯有死亡能够让他割舍。

宫应弦沮丧地低下了头。他为什么偏偏与任燚相识呢？他一生都拼命地想要远离火，如今却拼命地想要靠近这个与火打交道的人。真是莫大的讽刺。

任燚轻轻撞了撞宫应弦的肩膀，岔开话题：“你穿制服真好看。”

“是吗？办案不方便，我很少穿。”宫应弦看了看自己的制服，又看了看任燚的，“你穿制服也好看。”

“我也好久没穿制服了，还是作训服穿着舒服。我们好多套衣服呢，生化服应该是穿着最难受的了，其次就是防火服。”说到防火服，他顿住了。

宫应弦感觉到任燚情绪的波动，他紧握住任燚的手，试图传递力量。

任燚闭上了眼睛，只觉得悲从中来，眼圈又湿了："我会……我会恢复的，你不用担心。"

"我需要你，任燚，我需要你协助警方，找到害死孙排长的凶手。"

"我知道。"任燚抹着眼睛，"你需要我做什么就说。"

宫应弦柔声说："现在，我需要你想哭就尽情哭出来，然后接受现实。"

任燚僵了僵，而后让眼泪放纵地流了下来。

任燚请了一天假，没有回中队，他先去医院换了药，输了液，然后回家。

第二天早上，两人一起去了鸿武分局，火调科对文辉商场大火的调查已经有了初步的报告，他需要去提供现场证词。

从前任燚来鸿武分局的时候，总是能受到热情的欢迎，尤其是来自女警察的，但这一次大家都小心翼翼地跟任燚问好，关心他身体的恢复情况。

任燚向他们道了谢，跟宫应弦一起去了会议室。

宫应弦把火调科的报告给了任燚。其实这份报告他随时可以在内部系统上查到，但他一直没有看，连自己的出警报告他都拖着没写，也没人催他。

现在他必须面对了。

他深吸一口气，翻开了报告，一页一页看着。

起火点是位于A楼靠近连廊处的一个服装批发店，有明显的助燃剂痕迹。起火时整个A楼的人都已经下班了，只有保安还在巡查，做闭店准备。

起火后，火势之所以快速向连廊蔓延，是因为商场违规将连廊也当作摊位出租，导致本就不宽的连廊过道一侧摆满了可燃物。保安起初打算用消防栓灭火，但该商场摊位密集，火势迅速蔓延，保安灭火失败后逃离现场，随后报警。消防赶到的时候，A楼燃烧猛烈，陈晓飞先派了两个中队，刚进去就爆燃了，只得退出，A楼大火至此失控。

任燚看完报告后，说道："报告只能看出是纵火行为，但是没有证据证明是谁干的？"

宫应弦摇头："监控都被烧没了，助燃剂就是最普通的汽油。我们现在正在从隔壁的B楼幸存群众那里寻找目击者，时间段是确定的，那个时候B楼还有不少人进出，也许有人能看到A楼附近有可疑人物。"

"我想去现场看看。"任燚道，"下午就去。"

"可以，现在还保存得很完整。"

"除了这个，最近案子还有什么进展吗？"

宫应弦点点头，面色变得阴沉起来："有几处进展。你还记得前几个月，我们查到一宗几年前的流浪汉被害案可能跟红焰有关吗？那个人的死亡地点和犯罪手法符合红焰的作案特征。"

"我记得，后来没听你们提过了。"

"因为那个时候没有线索了。但那个流浪汉的身份我是一直存疑的，根据尸检，他是一个二十出头的年轻男子，身体没有残疾，也许有精神方面的疾病，这就不得而知了。由于一直没有和他符合的失踪人口报案，加上他身上有流浪汉的衣服，所以才认为是流浪汉。但是发现尸体的那对老夫妻，他们每天早晚都要在那条河附近散步，他们从来没在那个地方见过流浪汉。一般来说，流浪汉是有固定活动范围的，如果是一个年轻且肢体没有残疾的流浪汉，会更引人注目。"

"所以你觉得他不是流浪汉？"

"我不知道，但最近这个案子有了进展，虽然还不确定它们是否有联系。"

"什么进展？"

"一个金融公司向警方报案，说一个贷款人失踪了，他们有一笔二十万的贷款追讨不回来。这个人是近两年的报案人里唯一可能是这个流浪汉的人。他是农村人，家里九个兄弟姐妹，父母都不在了，长时间不联络亲戚也不在乎，我们正在往下查。"

任燚点点头："希望能有结果。"

"还有一件事，跟你上次给我的线索有关。"

"面具的事？"

宫应弦深吸一口气："你的猜测可能是正确的。"

"你想起来了？"

"不，我的记忆一直告诉我，那是一个鸟面具，我的记忆可能骗了我。"

任燚不解道："什么意思？"

“有人篡改了我的记忆。”

任燚瞪大了眼睛，一时震撼得说不出话来。难道……

“我知道你怀疑庞贝博士，不是他，是在更早之前，因为鸟面具是我率先提出的。”

“可是还有谁能篡改一个人的记忆？”

“一个专业的心理专家对一个遭受过严重创伤的，只有六岁的孩子就可以做到。”宫应弦冷道，“我家出事后，我爷爷曾经给我找过医生做心理干预。这件事我已经不怎么记得了，因为那段时间我见过非常多的医生，各种各样的医生，我的，我姐姐的，我费了很大的力气，才找到当年的医疗档案。”

“是哪个医生？”

“一个叫王敏德的心理专家。”

“那……那你去……”

宫应弦的目光阴寒不已：“就在一个星期之前，这个叫王敏德的人独自在家饮酒，被自己的呕吐物呛住喉管，窒息死亡。”

任燚浑身僵硬。

世界上真有这么巧的事情？这显然难以让人信服。

“是伪装成意外的谋杀吗？”

“现场所有证据和尸检都表明是意外，而且他前段时间刚刚因为婚外情惹了很多麻烦，有酗酒的历史和动机，但是太巧合了，在这个时间。”宫应弦恨声道，“我不相信这是意外，不过是紫焰又快了我们一步。”

“紫焰知道我们在追查当年的案子，所以可能会把相关人员都灭口，这也证明紫焰跟这个案子有深切的关系，他在阻止我们调查。”

“也许一开始我们就被紫焰蒙蔽了，我们以为他是为了宣扬他的理论，满足自己的纵火癖，但他对我们一系列的挑衅和攻击，最大的目的可能是为了阻止我们翻案。”

“很有可能。那么他和涉案人的关系就不一般了，能不能找找当年涉案人员里有没有年龄相符的孩子？”

“我会关注的，王敏德这条线我也会继续查。”宫应弦暗暗握紧了拳头，“庞贝博士发现了他在我脑子里种下的心理暗示，但已经无法破除了，我可能一辈子都想不起来那个面罩到底长什么样子，不过它一定跟紫焰戴的那个有点儿相似，这样才能增强这种暗示。而且，这也侧面证明，面罩的样式很重要，甚至可能成为我们找到凶手的关键。”

任燚皱眉道：“可是十九年前的防毒面罩，现在还能追查到线索吗？”

“能，当年国内还不具备生产合格的防毒面罩的工业实力，所有面罩都是进口的，我们正在找当年的报关文件。但如果那个面罩不是在国内购买，而是私人带入境的，那搜索范围就要更大了。”

任燚感叹道：“这简直是大海捞针啊。”

“但凡做过的事，总会留下痕迹，循着痕迹追查，一定会有收获。”宫应弦看着任燚的眼睛，抱着一点儿试探的心理，说道，“我会先从消防系统开始查。”

任燚点点头：“我希望……”他希望凶手不要跟消防员有任何关联，但连他自己都已经开始怀疑了，所以这话终究没有说下去。

“我也希望。”宫应弦知道任燚要说什么，“但我不会放过任何一点儿可能。”

任燚难受地说：“你不该遭遇这些。”一个那么小的孩子，为什么要经历那样的悲剧——失去了最亲近的人，还有一群大人在暗地里算计他、蒙蔽他、利用他。如果他没有挺过来，如果十九年他没有来锲而不舍地追寻真相，是不是他的父亲就要永远含恨蒙冤？是不是他的家人就永远得不到公正？

宫应弦静静地看着任燚，世人总爱宣扬苦难的意义和价值，他厌恶那种论调，可是要说他从小到大经历的苦难对他有什么益处，那么只有引领他和任燚相遇这一点了。

任燚抹了一把脸：“走吧，我们一起去现场看看。”

“现在？你确定吗？”事情没过去太久，宫应弦担心任燚这么快就重返现场，心里会受不住。

任燚却坚定地点头道：“再晚现场就要清理完了，什么证据都没了，现在也许还能找到点儿东西。”

宫应弦看了看手表：“先吃午饭吧。”

任燚淡笑：“在你车上吃盒饭？”

“真的？”

“真的呀。”任燚脸上的表情很温柔。

宫应弦嘴角轻扬：“走。”

从很久以前起，宫应弦的车里就每天都会带上任燚的盒饭，就为了让任燚和自己在一起时，随时可以吃到爱吃的东西。

两人回到宫应弦的车上，像从前许多次那样，在腿上垫上餐布，捧着盒饭吃了起来。

“你最近好像瘦了。”任燚说，“一定忙坏了吧？”

“事情太多了，警力也不足，而且马上过年了，犯罪率飙升，大家都忙坏了。”

“也是啊，过个年都够咱们忙活的。哎，你过年打算怎么过？”

“在家。”宫应弦道，“你来跟我一起过年吧？”

任燚笑了笑：“我得陪我爸呢。再说了，今年我们定了在中队过集体年，好多战士的家属都会来。哎，要不你来跟我过年吧？”

宫应弦犹豫了一下：“我过了十二点去找你，新年要见亲戚。”他撇了撇嘴，“又是无趣的习俗。”

“你还有哪些亲戚？”

“不多了，只有飞澜一家是有较多往来的，其他的，要么不熟，要么在国外。”宫应弦神色黯然地说，“当年出事之后，我最亲近的人只剩下爷爷，但他在几年前也过世了，所以过不过年对我来说不重要。”

任燚安慰他道：“等飞澜长大了，你们兄妹也能相互依靠，你不要小看她。”

宫应弦点点头。

“对了，白焰露头了吗？”任燚想起了这个极端危险分子。

宫应弦摇了摇头：“全城都在通缉他，他暂时应该不敢有什么动作，我们已经监听了他所有亲戚、朋友的电话，他也不可能躲一辈子。”

“文辉商场应该不是白焰干的，如果是他的话，不会用汽油这么低端的助燃剂吧？”

“嗯，对于一个纵火癖来说，每一次纵火都是自己的作品，要展示自己的独特，要留下自己的‘签名’。白焰有制造化学武器的能力，是不屑于用汽油的。”

“但汽油也是最易获取、效果最好的，我想，紫焰选择文辉商场是做过调查的。”想到紫焰是有预谋地干下这一切，任燚就恨得心脏都在发颤。

“对，这个商场有大量可燃物，能烧成大火，而且离你不远，调集中队时一定会有凤凰特勤中队，其他地方未必能找到这么合适的纵火点。”

“助燃剂的量至少有二十升，这么大一桶东西，带进去不可能没人看见。之前红林体育馆演唱会，他们也干过伪装成工作人员运炸药的事，你说这次有没有可能又是一样的手段？”

“不排除这个可能，所以我们也在对商场内部人员进行调查。”

吃完饭，两人驱车去了文辉商场。

他们远远看见那栋被烧得只剩下框架的七层楼，任燚的心已经开始揪紧，越靠近它，他就越感到难以喘息。当时的一幕幕反复在他脑海里重现，那炼狱般的火场，那无法忍受的高温，还有连廊的断裂，孙定义的……

宫应弦频频看着任燚，见他脸色苍白，额头冒汗，便一把抓住了他的手，担忧地说：“真的要去吗？”

任燚勉强咧开嘴：“要，一定要。”他现在能明白宫应弦的感受了。当宫应弦靠近火的时候，是否也跟他一样，像要休克了一样难受？这种由心理引发的身体反应，根本不是意志可以控制的。

宫应弦打开储物盒，拿出一瓶药：“你吃两粒，能缓解心脏负荷。”

任燚赶紧干吞了两颗药，然后靠在椅背上，慢慢地调整呼吸。

到了文辉商场，宫应弦领着任燚穿过警方的封锁线。文辉商场和文辉大厦都已经停业，连在施工的三期大楼也停工了，有推土机正在作业，清理现场，但 A 楼是犯罪现场，所以暂时还维持原样。

两人走到了 A 楼前，任燚缓缓抬起头，看向头顶高高的连廊。他视力极好，从这里看七楼，依然能看清楚每一块石头，他脑海中再次浮现了令他肝胆俱裂的那一幕。

宫应弦突然挡在了任燚面前，低声说：“你别看了，我们进去吧。”

任燚把目光移向宫应弦，看着这个人，他才从心里找回了一股坚定的力量。

两人进入了 A 楼，直奔起火点。

任燚看着面前这片烧焦的废墟，忘了呼吸。任何人在这样的环境下都会感到压抑。

宫应弦递给他脚套和手套：“过去看看吧。”

任燚穿戴之后，一步步走了过去。

这里有很多警察封锁条和证物标识，任燚一边看照片，一边根据现场情况还原一些证物本来的位置。

循着各种燃烧痕迹，任燚先把现场粗略地分析了一遍。这是一个非常简单的火灾现场，汽油——点火——燃烧，起火点、助燃剂、蔓延方向这些关键点也都很清晰，整体跟火调科的报告没有什么出入。

任燚有些失望，站在起火点发呆。

宫应弦走到他身边："怎么样？有什么发现吗？"

任燚摇摇头，不死心地说："我再看一遍。"

任燚又非常仔细地把现场探查了一遍，他在一堆烧焦的衣料下，发现了一个有点儿特别的痕迹。那是一个只有巴掌大的，不太完整的正方形烧痕。这是一个非常不易发现的痕迹，第一是因为它在衣物下面，第二则是因为它被助燃剂覆盖，由于助燃剂走过的地方烧痕烧坑都特别明显，它就显得非常浅。

原本这个痕迹没什么特别的，像开关插座一类的东西烧出来的，但是任燚记得证物照片里好像没有类似的东西。他把照片又翻了一遍，果然没有找到。

宫应弦蹲下身："这是什么？"

"不太确定。"任燚道，"看大小有点儿像开关插座之类的，但是这里明显没有地插，关键是证物里也没有相似形状的东西，有可能是灭火的时候被水冲走了。"消防水枪由于冲力大，经常会冲走、冲坏很多东西，尤其是被火烧过的，本身就已经很脆弱的东西。

"有没有可能是那种支撑摊位的木桩？这个货架这么重，也许它需要额外的承重点。"

"也有可能。"

"我们在现场找一找？"宫应弦说完这句话，看了看几百平方米的过火废墟，沉默了。

任燚叹道："在附近翻一翻吧。"

两人在四周翻了半天，都没有找到相似形状的东西，却有其他的收获。他们在离起火点有些远的地方，发现了一些不完整的鞋印。之所以说是不完整的鞋印而不是脚印，是因为脚印是体重下沉的痕迹，但鞋印会显示出鞋底的花纹，这段痕迹就是有鞋印的花纹，有些只有下沉的痕迹。

任燚马上警觉起来，因为那些鞋印肯定不属于灭火人员，也不属于调查人员。消防员的靴子都是统一制式的，每一种鞋的鞋底花纹他都认识，而调查人员——无论是警察还是火调科人员，都会戴上手套和鞋套来保护现场。

这些鞋印很奇怪，一块一块的，且时而消失时而出现，一直蔓延到出口。

“这些鞋印肯定是后来出现的，现场调查的时候不可能漏掉这么重要的痕迹。”宫应弦沉声道，“有人趁夜里来过这里。”

“你们没有派人驻守现场吗？”

“守了七天，后来人手实在太紧缺了，就撤了。”宫应弦皱眉道，“这些痕迹这么奇怪，我怀疑来人穿戴了鞋套，但是鞋套被现场的东西刮破了，而他自己没有察觉。”

任燚恍然大悟：“对，就是这样，不然不可能留下这么奇怪的痕迹。”

“跟我来。”

两人离开了A楼，宫应弦带着任燚直奔离这里最近的一个垃圾桶。他们走到垃圾桶旁边，宫应弦挑了挑眉，示意任燚查看。

任燚深吸一口气，然后憋住气，撸起袖子闷头翻了起来。

“这种人流量密集的地方，原本垃圾清运车每天都会来一次，但是现在四周都封锁了，来去的只有调查人员和工作人员，这些市政垃圾桶很可能好几天没清理了。”宫应弦解释道。

任燚快速翻了一遍，然后站直了身体，大口喘气：“没有。”

“围着楼转一圈吧。”

任燚虽然不愿意翻垃圾桶，尤其不愿意自己一个人翻，但他知道“宫大小姐”是不会动手的，只能认命地点点头。

一连翻了四个垃圾桶，任燚从里面拎出了一副鞋套，鞋套的底部被刮破了一个洞。

宫应弦撑开装证物的塑料袋：“果然有人来过，就是不知道是不是纵火的人了。”

“他要来，肯定是你们把人撤走后，而且要挑深夜，这样的话如果搜查附近几条街的摄像头，应该能找到人吧？”

“嗯，这个范围一下子缩小了很多。”宫应弦冷冷一笑，“果然留下了破绽。”

“不过，他回来做什么呢？拍照？直播？太冒险了吧。当专案组紧盯这个案子的时候，还为了一点儿小钱冒这么大的风险？”

“你说得对，这个风险太大了，绝对不是为了钱。”宫应弦思索道，

"这种情况下，最大的可能是为了毁灭证据。"

任燚咒骂了一句："这个人是怎么知道警察什么时候撤的，又是为了毁灭什么证据？"

"看得出来他很小心，是一个有反侦察意识的纵火犯，只是连他自己也没发现鞋套破了。"宫应弦的目光沉了下来，"他知道要回现场毁灭证据，知道警察什么时候撤人，他是内部的人。"

任燚感觉双手在发抖。他难以想象那个组织的渗透性到底有多强，十九年前的案子就明显有内鬼，现在他们又要面临一样的困境吗？

宫应弦的脸色非常难看："这个鞋印虽然不完整，但已经足够查出来鞋的款式了。我们有非常完整的鞋印数据库，查到鞋样后，我会把它跟所有办案人员做对比。"

任燚握紧了拳头，突然飞起一脚狠狠踹在垃圾桶上。他泄愤一般连踹了好几脚，心头那股翻腾的怒火都无法平息。

最终宫应弦拉住了他："够了，你身上还有伤，不要做剧烈动作。"

任燚却背过身去，努力消化那种想要杀人的恨意。

其他纵火事件他可以做到冷静客观，因为他被命令要冷静客观，但这起事件害死了他的兄弟，他心中的怨愤从来都没有真正平息，就像一座躁动的火山。原本警方是他们最大的指望，现在却发现这个指望可能也不可靠了，他岂能不愤怒？岂能不失望？

宫应弦看着任燚的背影，却不知如何劝他，只能沉默地站在一旁。

过了好一会儿，任燚平复了自己的情绪，他转过身来，一脸歉意地看着宫应弦："对不起，我不是对你发脾气。"

宫应弦："我理解你。"

心理学上把人经历悲伤的过程分为几个阶段，虽然说法不一，但愤怒都是其中很重要的、必经的一环。从事发到现在，任燚的愤怒还远没有过去，只是尽量压制着，没有人比他更理解失去重要的人的痛苦。

他们又返回A楼，提取了脚印的证据，又仔细查看现场，直到天光渐暗才离开。

宫应弦送任燚回中队，路上他们也一直在交流案情。

到了中队门口，任燚下了车。

"等一下。"宫应弦的表情带着明显的踌躇。

“怎么了？”

宫应弦顿了一下，从储物箱里拿出一个文件袋：“这是前两天医院寄给我的，是关于你父亲第二个阶段的治疗方案，需要你签名，本来应该直接寄给你的，但是……”

“哦，好。”任燚想想自己前几天的状态，就算寄给他也没用，他拿起笔就直接签了。

宫应弦张了张嘴，眼中闪过挣扎的神色：“你不看看吗？”

任燚随便翻了两下，笑着说：“这鬼看得懂啊！每个字都认识，连起来都不认识，反正第一阶段的效果很好，你们的医生也是真厉害，谢谢你。”

宫应弦低低“嗯”了一声。

任燚深深地看着宫应弦：“我刚才确实挺难受的，不过想了想，就算警察里有不可信的人，但我相信你，你一定会抓到那群畜生，为你的家人报仇，为我的兄弟报仇，为那些无辜枉死的人报仇。”

宫应弦的嘴唇轻轻颤抖，他缓缓点了点头。

“过年见。”任燚下了车，朝宫应弦挥了挥手，走进了中队。

宫应弦看着任燚的背影，又低头看了看副驾驶座上的合同，疲倦地闭上了眼睛。

宫应弦在车里呆坐了一会儿，正准备离开，就见一辆车停在了自己前面。车门打开，一个高大帅气的男人走了下来，手里还拎着一些礼品袋。

这么冷的天，男人的外套却是一件看着不怎么厚的牛仔衣，好像他健壮的身体就是天生的御寒法宝。

宫应弦眯起了眼睛，顿觉不悦。来人不是别人，正是严觉——那个平时和任燚称兄道弟，在火场和任燚并肩作战，任燚负伤下战场时，第一个拥抱的人。

宫应弦眼见着严觉进了中队，他抬起手腕看着手表，就像跟那指针有仇一样，死死地盯着它们，直到它们转了一圈又一圈，走满了五分钟。他快速解开安全带，抓起外套就要下车，但想了想，又把那件羊绒大衣扔在了座位上。

他走进中队，几个认识的战士纷纷跟他打招呼：“宫博士，你怎么来了？”

“有事，你们队长呢？”

"在会客室。"

宫应弦大步走向会客室，生硬地敲了三下门。

"进。"宫应弦推门进去了，见曲扬波也在。

任燚惊讶地问道："你怎么没回分局？"

"我路上想起一件事，又回来了。"宫应弦面无表情地瞥了严觉一下。

严觉表情讪讪的，轻扯的嘴角又带着一点儿嘲讽，显然对宫应弦的出现不大开心。

曲扬波笑着跟宫应弦打了个招呼。

"怎么了？"

"我私下跟你说。"他还没想好借口。

"哦，不着急的话就一起坐一会儿吧。"任燚道，"严觉特意来看我，从西郊过来的，挺远呢。"

"大约三十公里，看来还不算太远。"宫应弦看了严觉一眼，坐在了一旁的沙发上。

严觉冲任燚笑道："不远，走五环不堵车，挺快的。"

"你真不用特意来，我都出院了，没事儿了。"

"还不是因为你住院的时候不让我们去看，昨天葬礼上也没说上两句话，我一直很担心你。"严觉道，"正好我好久没休假了，之前一直说来你们中队看看，都没来。现在我来你们中队了，你什么时候去我们中队啊？"

"等过完年，我一定去，忙过这一阵我也休个假。"

宫应弦轻咳了一声。他心想，任燚在瞎说什么？明明说好了休假就和他出去的。

"今天，我看你们状态还可以，就放心多了。"

曲扬波叹了一口气："孙定义的事对我们整个中队打击都很大，我们会永远缅怀他、记住他，但我们也知道不能一直沉溺在悲伤里，尤其作为干部，我们的情绪会影响其他战士的情绪，进而影响他们的安全。"

严觉点了点头，充满敬意地说："孙排长是一个真英雄、真厉害的爷们儿。"

任燚苦涩一笑，没有说话。

严觉又道："任燚，你在文辉商场的指挥非常优秀。在那样的情况下能完成任务并且救出被困群众，不是一般人能做到的，任何一个指挥都不敢保证能做到。你不要再为孙排长的牺牲过分自责了。”

“我知道，大家都是这么安慰我的。”

“因为大家心里都是这么想的。”严觉深深地望着任燚，轻声说，“我们不希望你太苛责自己。”

宫应弦在心里骂道，如果这个蠢货不反反复复地提，任燚还能稍微好受一点儿。

“你放心吧，不管怎么样，我会调整好自己的。”

“哎，快到吃饭时间了。”曲扬波调笑道，“严队长，你卡着饭点儿来的吧？”

严觉挑眉一笑：“当然了，我来考察一下你们中队的伙食。”

“走走走，我们炊事员一个四川的，一个广东的，做饭可好吃了。”曲扬波问宫应弦，“宫博士，一起吃个饭吧。”

任燚忙道：“他不能……”

“好。”宫应弦毫不犹豫地答应了。

任燚诧异地看着宫应弦。

“严队长，我先带你参观一下我们中队。”曲扬波道，“最后再去食堂。”

严觉犹豫地看了看任燚，最后被曲扬波热情地拉走了。

待会客室里只剩下两人了，任燚道：“你真要在我们中队吃饭？可是我们没有新的餐具啊，我们的厨房也就是普通的厨房。”

“我用你的餐具。”宫应弦淡定地说。

任燚因为宫应弦的反常感到不适：“你回来找我干什么？”

“我想看看淼淼。”

任燚满脸的不可思议：“你回来就为了看淼淼？”

“不行吗？”宫应弦理直气壮地说，“它不是我的猫吗？”

“是，它是。”任燚再次质疑道，“你真的就是为了看淼淼？”

“当然了，它是我的猫，我却没见过几次。”

“你要是想见它，我可以把它送到你家玩几天，啊，你千万别让它跟你那条蓝色的蛇玩儿。”

“Sachiel，说不定它们喜欢一起玩儿。”

“我觉得不太可能吧。”

“为什么不可能？”宫应弦直盯着宫应弦，“难道只有近似的，有共同点的才能在一起玩儿吗？相差很大的就不能吗？谁规定的？没有道理。”

这话令任燚有点儿摸不着头脑，宫应弦也显得越发古怪，他想了想，说道：“你是不放心我，所以又回来的吗？”

“都有吧。”宫应弦扭过头去，“你带我去看猋猋。”

“这个点儿它不知道在哪儿玩呢，要不先去吃饭吧，吃完饭我再找找。”

两人往食堂走去。

宫应弦忍不住问道：“严觉为什么来找你？”

“来看看我呗。”

到了食堂，任燚安排宫应弦先坐下，自己走到厨房，给宫应弦单独分了一份餐，又把自己的专属餐具给了宫应弦。

战士们陆陆续续来吃饭了，曲扬波也带着严觉参观完了中队，跟两人坐在了一张桌子上。

严觉看了一眼宫应弦面前单独的餐盘，皱了皱眉。

任燚解释道：“宫博士有点儿洁癖，我们都习惯了，你别介意。”

严觉笑了笑：“洁癖还来吃集体餐，真挺不容易的。”

宫应弦反唇相讥：“大老远从西郊跑来吃这顿饭，也挺不容易的。”

任燚有些头疼，自从宫应弦扔了严觉的烟，两人一直不太对付。

曲扬波眼中闪过戏谑的光芒，一副看好戏的表情。

任燚对宫应弦说：“你快吃饭吧。”

宫应弦面无表情地夹了一口菜。

任燚为了缓和气氛，又问严觉：“哎，你休几天假啊？有什么打算？”

“就两天。我本来就是为了来看你，我打算在你们中队住两天，怎么样？”严觉勾唇一笑。

宫应弦缓缓抬起了头，瞪着严觉。

“欢迎啊。”任燚笑道，“正好，你不是一直吹自己的训练方法好吗？明天晨练你当教练，让我们见识见识。”

严觉挑了挑眉：“那我是训得狠一点儿啊，还是轻松一点儿啊？”

“你就按你们中队的力度来，要是强度比我们中队大，正好让他们看看我平时对他们有多好，要是没我们强度大……”任燚嘿嘿笑道，“看你还好意思吹。”

“没问题，让你们好好感受一下。”严觉已经感受到宫应弦充满敌意的目光，但他不以为意，“你要是出警，我也可以跟你一起去。我那边民居和商圈太少，相关类型的现场去得不多，我就当培训了。”

宫应弦啪地放下筷子，看着任燚：“我吃完了，你带我去看淼淼。”

“你就吃这么点儿啊？”

严觉皱眉道：“你吃完了任燚还没吃完。”

宫应弦冷冷地看着严觉：“那跟你有什么关系？”

“你……”

“没事，我不饿。”任燚忙道，“你们继续吃。”他给曲扬波使了个眼色，让曲扬波招呼一下严觉。

曲扬波轻轻耸了耸肩。

两人离开食堂，走到没人的地方，任燚低声道：“应弦，你怎么回事啊？你就算不喜欢严觉，也没必要当面不客气吧？都多大的人了。”

“是他先不客气的。”宫应弦怒道，“上次在文辉商场他就要赶我走，今天也是他先开口讽刺我的，你怪我？”

“我不是怪你，我只是说……没必要啊。”

“什么是必要不必要啊？他来看你很有必要吗？特意要留下来住两天很有必要吗？你跟他交朋友很有必要吗？”

任燚见宫应弦一脸怒气，心里有些疲倦。他觉得宫应弦偶尔的不讲理和任性也很可爱，但现在不是时候。现在这个时候他不好调控情绪。他无奈道：“应弦，你又怎么了？”

这样的矛盾，让他不由得想起了祁骁。当初宫应弦对祁骁的敌意，与如今面对严觉时如出一辙。

宫应弦绷着脸不说话。

任燚岔开了话题：“走吧，我们去看淼淼吧。”

“不看了，我回分局了。”宫应弦闷声说。

“你不高兴了？”

“没有。”

任燚叹了一口气：“应弦，你现在可不可以不要跟我闹脾气？”

“我说了我没有。”宫应弦看着任燚略显消瘦的脸庞，任燚现在正是最难熬的时期，他此时是不是真的像一个无理取闹的小孩儿？他放软了口吻，小声说，“没有就是没有。”

“好吧，那……那你回去吗？”

“回去。”

“我送你出去吧。”任燚道，“你的大衣呢？是不是落在会客室了？”

“没有，我没穿。”

“这么冷的天，你怎么不穿大衣？”

“我不怕冷。”

7. 分裂

实践证明，严觉的中队训练强度确实比他们大一些，但为了面子，也没人喊累。只是晨练过后，高格偷偷跟任燚说，坚决不让严觉再掺和了。

下午，任燚带着严觉逛了逛他们辖区，晚上吃完饭，曲扬波又组织大家在娱乐室看了一场电影。

看完电影，战士们都去睡觉了，任燚正在舒展双臂，曲扬波走到他旁边，低声说："四火，报告该写了。"

任燚僵了一下。曲扬波说的，必然是文辉商场的出警报告，这个是常规报告，非常规的还有一份——当有指战员牺牲的时候，他作为上级需要作出详细阐述和检讨。

他一直拖着没写，但也不可能一直拖下去。

曲扬波见他脸色不太好，轻叹一声："我也不想催你的，但是……"

"没事，我知道了，我今晚就写。"

严觉走了过来："我帮你吧，我帮你把资料整理了，你写起来能快很多。"

"太麻烦了吧？"任燚咧嘴一笑，"这样我又该欠你好几顿饭了。"

严觉笑道："你欠着慢慢还吧。"两人回到任燚的办公室，任燚把资料交给严觉整理。

出警报告里有很多烦琐的东西，要绘制现场图，要有消防栓、消防车的位置，要有每一队人员的活动路线，还要体现燃烧和灭火的过程，大部分细节的东西由专勤班来做，但任燚还要依据自己的指挥视角，写出详尽的报告。现在严觉整理的就是他带队从进入火场到离开的全部证据资料。

有了严觉的帮忙，他的效率确实高了很多。

任燚一边写一边说："我估计出警报告应该是所有中队长最讨厌的东西。"

"差不多吧，我也很烦这玩意儿。"严觉朝任燚扬了扬下巴，"我对你好吧？特意休假来帮你弄出警报告。"

"好，太够兄弟了。"任燚知道，现在所有人迁就他，帮助他，都是因为出了孙定义的事，他也觉得很暖心，很感动。

严觉支着下巴看着任燚："我觉得咱们俩有好多共通的地方，挺有意思的。"

"嗯，是啊。"任燚噼里啪啦地敲着键盘。

"你弄完了？"任燚看了看严觉手里的资料。

"哦，我弄完了。"

"那你回去休息吧，都这么晚了。"

"都这么晚了，你也该休息了吧？"

"我把这点儿写完。"

严觉瞄了一眼电脑："算了吧，你这可不是一点儿，你今天写不完的。"

任燚松了松肩膀，低声说："我有点儿睡不着。"

"你想做点儿什么？我陪你。"

任燚靠在椅背上，想了想："坐久了有点儿闷，我想动一动，有些器材该上油了。"

"走。"

两人来到车库，任燚打开灯，看着那一辆辆巨大的消防车，突然长叹了一口气。

他在消防家属大院长大，小时候跟小伙伴最爱来的地方，就是消防队。这些消防车啊，云梯啊，装备啊，各种各样的工具啊，在他们眼里都酷得一塌糊涂，如果大人愿意让他们玩一会儿，他们能兴奋好几天。

他从小崇拜他的父亲，立志有一天也要穿上那身衣服，坐上这威风凛凛的车，去拯救世界。如今儿时的梦想已经实现，但真正成为消防员后，他才明白责任之重，重于泰山，他不再为这一切兴奋，而是充满了敬畏。

任燚走到消防车前，拿出工具箱和机油，两人坐在小马扎上，忙活了起来。

任燚随口问道："严觉，你为什么干消防？"

严觉道：“我呀，本来是打算去当海军的。青海叫海，却没有真正的海。我从小就特向往真正的海，结果阴差阳错分配到消防队了。我开始不太乐意，后来才发现可能这里才是真正需要我的地方，和平年代，只有这里有真正的战场。”

任燚“啧啧”两声：“你这个人这么好胜，怎么当上干部的？”

“我厉害呗。”严觉得意地说。

严觉一样是特勤中队的中队长，且当上中队长的年纪跟自己差不多，一个“厉害”不为过。

“你呢，追随父亲？”严觉反问道。

“嗯。”

“老队长是真厉害，哪个消防人没学过他救援的那几个案例。”

任燚感叹一声：“可惜……”他想了想，还是没说出他父亲的现状。他和严觉没那么熟，说出来倒像吐苦水了，没有必要。

严觉也没追问，他往任燚身边凑了凑：“你这个阀门上油了吗？我看看。”

“最后上这个，先把零件保养了。”

“我看你顺序不太对，你这样一会儿不好装。”

两人一来一往地讨论着，因为职业的关系，他们总有说不尽、聊不完的内容，且特别能理解对方的立场和难处。

等把油上完了，严觉晃了晃脏兮兮的手套，作势要摸任燚的脸：“这儿要不要上点儿油？”

“滚，我皮肤这么好，用不着。”

“哈哈，来点儿嘛，这油进口的。”严觉把手伸了过去。

任燚笑着往后躲，结果小马扎没坐稳，整个人往后仰了过去。

严觉赶紧一把拉住了任燚的手腕，机油自然是全蹭在任燚袖子上了。任燚不甘示弱，一脚踹翻了严觉的马扎，严觉的身体顺势往前扑了过去，两人双双摔倒，严觉半压在任燚身上。

任燚郁闷道：“脏死了，这玩意儿得拿汽油洗啊。”

严觉哈哈大笑起来。

任燚推开了严觉：“你赶紧起来，车库可没地暖。”他检查着衣服上的机油。

严觉边笑边拍着裤子上的灰：“不好意思啊，不然，我给你洗？”

“算了吧，你五大三粗的，都怕你把我的衣服洗坏了。”任燚收拾起工具，“太晚了，睡觉去吧。”

年前最后几天，任燚都在忙过年的事，值班安排，人员轮休，年货采购。今年既然打算一起过年，还有很多外地来的家属要安顿，有的忙活。他也要把他爸从医院接来中队，大家一起过个热闹年。

除夕当天，任燚安排好中队的事，而后驱车前往医院接他爸。

到了医院，他向前台说明来意便直奔病房。他来过很多次，对这儿早已经很熟悉了。

走到一半，他突然撞上了一个人，正是之前接待过他好几次的彭医生。

“任队长？”彭医生看来有些匆忙，“您电话里不是说要四五点才能到吗？”

“哦，我提前忙完了，就早点儿过来了，我怕晚了堵车。”

“要不您先坐一会儿，护士可能正在给老队长清洗。”

“白天？”

“好像是。”彭医生看了看表，“您坐一会儿就行。”

“好，那我先上个厕所。”

“走廊尽头左拐。”

任燚用完洗手间，推门走了出来。

走廊尽头有一扇窗户，窗户下面就是停车场，当任燚经过窗户时，很随意地想看看这里能不能看到自己的车，一个正在穿过停车场的背影却吸引了他的注意力。那个背影看起来实在有些眼熟。

任燚顿住脚步，仔细看去。这里楼层不高，他又是双眼五点二的视力，当那个人转身去开车门时，他一眼就认出了那是宫应弦的心理医生——庞贝博士。

他怎么会在这里？

不过他想了想，这个医院是宫应弦参股的，庞贝博士在这里出现也很正常。

任燚也没多想，转身就往他爸的病房走去。

当他走到病房时，正好有护士从里面出来。

“姐，里面清理完了吗？”任燚问道。

“完事儿了，可以进去了。”

任燚推门进去了。

任向荣正坐在椅子上晒太阳，听到声音，他转过头来，有些惊讶地说："你怎么来了？"

"今天除夕啊，我接你去中队过年。"任燚在心里苦笑，昨天他刚刚打过电话，今天他爸就忘了。

"哦，要过年了？怎么就过年了呢？这一年年的，太快了。"

"今年来了好多战士家属，可热闹了。"任燚收拾起他爸的日用品。

"过年……你妈呢？买菜去了？"

"嗯。"

任燚拿上他爸的东西，推着轮椅走出了病房。

彭医生马上领着两个男护工过来了："任队长，我们来就好了，我们把老队长送上车。"

"谢谢，这段时间辛苦你们了。"任燚和彭医生握了握手。把他爸放在这里，他真的安心和省心了太多。

"都是应该的。你们好好过年，过完年随时回来，这里什么时候都有人。"

"好的。新年快乐。"

"新年快乐。"

一路上，任向荣都沉默地看着窗外。

他爸发病的时候什么样的表现都有，有歇斯底里的，有欢天喜地的，有伤怀茫然的，也有这样沉默寡言的。他已经习惯了，他用轻松的语气问道："老任，最近过得怎么样啊？"

任向荣没说话。

"你看你在医院这几个月，伙食挺好吧？养得白白胖胖的？我就不行了，食堂再好吃，天天吃也腻了。"

任向荣转过脸来，很认真地问："你妈今天包什么馅儿的饺子？"

"肯定有韭菜和白菜这两样。你不喜欢吃韭菜，我不喜欢吃白菜，今年可能会放点儿皮皮虾。"

"皮皮虾是什么东西？"

"呃，虾米。"

"哦，那得找吴大姐，不是，找她家小吴买，孤儿寡母本来就不容易，她又病了，咱们得经常照顾她的生意。"

任燚愣住了。他爸发病的时候，记忆跳跃毫无规律，以为他还在上学也是常有的，但有一个年份是他爸从来不会回去的，那就是十九年前。

因为十九年前，他爸经历了人生中最煎熬的一年。那一年，他一夕间失去了四个战友，自己被掩埋在废墟下八天七夜，九死一生。不知道是不是自我保护机制在起作用，他爸的记忆从来不去那一年。

可是刚刚说的那段话，正是十九年前的记忆。

吴大姐是当年一个菜市场的个体户，以卖海干货为生，小吴是她的儿子，也是他童年玩伴之一。十九年前，吴大姐突然生病住院，还在上初中的小吴辍学去替她摆摊。他本来并不会对别人家的事记忆这么深，可偏偏那一年，同样是他们家最煎熬的一年，发生的很多事都让他印象深刻。

任燚看了任向荣一眼，问道："爸，你的腿好点儿没有？"宝升化工厂爆炸案后，他爸伤了腿，为老年之后的行动不便埋下了祸根。他想知道他爸现在的记忆是在爆炸前还是爆炸后。那是一段很残酷的记忆，他爸在清醒状态下可以平静地回忆，但如果现在对他爸来说，爆炸案才过去没多久，那对他的情绪影响会非常大。

"唉，怎么都回不到从前了。"

任燚听了心里一沉，立刻变得小心翼翼："会好的，医生都说会好的。"

"不会好的。"任向荣伤感地说，"有些伤是不会好的，就像人死了就不能再回来。"

任燚看着他爸难过的样子，心里也十分难受。

前段日子，他确实有一股想要找人倾诉的冲动，而唯一能够理解他的心境，又与他最亲近的，只有自己的父亲。可他最终没敢去，他既不想让他爸担心，也不想让他爸过多地回忆当年失去战友的痛苦。

可他爸偏偏回到了那一年。

见前面开始堵车了，任燚从他爸的包里翻出一个眼罩："爸，你把椅子放下，睡一觉。"

通常睡一觉他爸就能转换状态。

任向荣也似乎真的累了，放下椅背，戴上眼罩，很快就睡着了。

任燚听见那均匀的鼾声，松了一口气。他也不着急回中队，就慢慢地、平稳地开着车。

回到中队，天都快黑了。几个战士过来帮他把他爸放到了轮椅上，他爸这才醒过来，有些茫然地打量着中队。

“任叔叔。”曲扬波走了过来，笑着弯下腰，“路上累没累着？饿不饿？”

任向荣看了曲扬波一会儿，恍然道：“哎呀，小曲啊。”

“是啊，是我啊。”

“我好长时间没见你了。”任向荣笑了，“你爸怎么样？听说前段时间做了手术？”

“小手术，挺好的，您看着也挺好的。”

“还行，你结婚没有啊？”

曲扬波嬉笑道：“任燚都没结，我不着急。”

“滚，哪壶不开提哪壶。”任燚笑骂道，“爸，你别听他的，这小子甜言蜜语，花得很，女朋友都不知道换了几个了。”

“你不要玷污我的名誉啊，我告诉你。”

任向荣呵呵笑着。

曲扬波帮任燚推着轮椅：“看您气色真好，听四火说都养胖了？”

“是啊，我胖了八斤呢！那个医院啊，吃得好。”

任燚笑道：“胖点儿没事儿，不超标就行，你现在就特标准。”

“哎，怎么就到中队来了？”任向荣看着中队的宿舍楼，懊恼地摇摇头，“这脑子啊，一天比一天不好使。”

“谁说的？医生都说治疗有效，说你的脑子比以前好使了呢。”

“可能吧，反正他们总让我玩一会儿游戏，做一些手工，好像是比以前做得好了。”

“您和病友们能不能凑一桌麻将啊？”曲扬波道，“打麻将活动手指，特别健脑。”

“有麻将，我正学呢。”

中队里此时非常热闹，有部分战士回家过年去了，但也有许多留守的战士的亲属从外地赶来中队过集体年，刚一踏进中队大楼，就听见满楼的欢声笑语。

任燚把他爸推进会客厅，他爸立刻受到了热烈欢迎。他爸也很兴奋，他许久没有受到这么多人拥戴了。

几十号人一起热热闹闹地吃完了年夜饭，就围在一起看“春晚”。

过了十点，任向荣看起来明显有些困了，任燚道：“老任，你先去我的宿舍休息一下，晚上吃饺子，我给你送过去怎么样？”

“好啊。”

几人合力把任向荣抬进了任燚宿舍。

任燚给他盖好被子，然后倒了一杯水：“你先喝点儿水。”

任向荣喝了口水：“热闹是热闹，就是有点儿累。”

“你是好久没见过这么多人了吧？没事，你好好休息，你想要热闹，随时都有。”任燚给他爸按着腿。

“好，庞博士说了，要多跟人交流，越热闹越好。”

“彭博士？”任燚随口道，“彭医生拿到博士学位了？”

“不是彭，庞，一个国外的医生，混血的。”

任燚有些意外：“庞贝博士？你见过他？”

“他不是医生吗？”

“他不是你的主治医生啊。”任燚感到有些奇怪。最开始宫应弦给他爸配备的医疗团队里肯定没有庞贝博士，阿尔茨海默病是神经系统病理性变化的疾病，心理医生的作用不大，怎么庞贝博士会参与他爸的治疗？至少他是完全不知道的。

“好几个医生，我也糊涂了。”任向荣说，“反正，他来找我聊过几次。”

“今天也聊了？”

“今天……”任向荣迟疑了，“我忘了，今天他来过吗？”

“他都找你聊什么？”

“他说他要帮助我回忆那些让我印象深刻的记忆，这样有助于刺激我的记忆神经，让它们处于活跃状态。”

任燚心里充满了疑惑。庞贝博士好像没有什么理由参与他爸的治疗，也许是出于科研目的？不过一般医院都会提前告诉他呀。

“那你们都回忆什么了？”

任向荣叹了一口气：“他老是问我十九年前那两个跟宫家有关的案子。”

任燚手上的动作顿住了。宫应弦曾经跟他提过，可能会对他爸运用一些记忆回溯法，看能不能想起当年火灾的一些细节，他也同意了——在不伤害他爸的前提之下。

但是，那毕竟不是什么愉快的经历，如果要做记忆回溯的话，也应该通知他才对，毕竟之前他们的所有治疗方案都会与他沟通。

“你要是不喜欢，下次就拒绝好了。”任燚道，“我知道你也不太愿意回忆，你能记起来的都告诉我了。”

“可能吧，但是他问的问题，总是让我感觉还有很多我没想起来的。”

“比如呢？”

“比如什么面具、面罩，他还给我看了一个奇奇怪怪的面具。”

任燚僵住了：“他问你面具？”

“是啊，我真不记得什么面具。当年报纸上写过吗？他怎么知道的？反正我感觉我做了几次梦，那梦就跟真的一样，好像真的回到了当年的火场，唉。”

任燚的面色越来越沉。

做梦。宫应弦曾经说过深度催眠的感觉，醒来之后就像做了一场极其逼真的梦，而之后的一段时间，人会经常回忆起催眠中的内容，容易混淆现实，变得恍惚。

难道……

不……不可能，庞贝博士怎么会在未经他允许的情况下对他爸进行深度催眠？那是违法的啊，他们每一步的医疗方案都和他沟通，让他签字……

签字。

任燚身体骤冷，脸色顿时刷白了。

任燚等他爸睡着了才有些恍惚地走到办公室，他没有开灯，在椅子上僵坐了半天。

他听到窗外操场上战士们笑闹的声音，因为他们正在用平时训练灭火用的旧轮胎搭建一个篝火，他还能听到娱乐室传来的春晚舞乐。一切都是喜气洋洋的，温暖团圆的，而他独自坐在没有开灯的办公室里，感到遍体生寒。

他一瞬间就明白了，明白了庞贝博士为什么要对他爸做深度催眠，也明白了他们曾经的欲言又止。

他不明白的是，宫应弦究竟是什么时候开始怀疑他爸的，在怀疑他爸的时候，又是如何看待他的。他不明白，这么长时间以来，宫应弦是抱着怎样的心态，看着他费尽心思地为其寻找当年的蛛丝马迹的。

他难受得不知如何是好。

今天原本可以成为一个喜上加喜的日子，可是现在，他甚至开始怀疑宫应弦接近他的真实目的。

毕竟，宫应弦曾经说过“我觉得恶心”。

任燚抬手捂住了眼睛，身体微微颤抖着。

怎么会这样？他竭尽所能地帮助宫应弦寻找凶手，宫应弦却怀疑他的亲生父亲，甚至隐瞒他、诱骗他签下免责文件，擅自对他爸进行深度催眠。

不，这不像是宫应弦会做出来的事，他不会那样对自己。在他们经历了数次的生生死死之后，他怎么会？

也许……也许是庞贝博士擅自做的，也许那份协议跟他之前签过的几份没什么差别，也许宫应弦根本就不知情？

对，事情还没有弄清楚，他不该太早下论断。他一直都觉得那个庞贝博士有些问题，尤其是宫应弦关于鸟面具的记忆，真的是那个王姓医生干的吗？庞贝博士恐怕更有充分的时间和能力吧？

虽然满腹怀疑，但任燚还是不断地为宫应弦找理由，其实也是在给自己找理由，他在给自己找一个不去怪宫应弦的理由。

他无法接受宫应弦会那样对自己的父亲，让他父亲不断地回到最痛苦的往事里，甚至开始混淆现实。

任燚握紧了拳头，心脏仿佛被绑了铅块，不断地往下坠。

他要问清楚，他要当面，看着宫应弦的眼睛问清楚。

他掏出手机，给宫应弦发了一条微信消息：你什么时候过来？

宫应弦很快回复了：尽量早点儿，等我。

任燚反复看着那几个字，直看到眼睛充血。

任燚走进洗手间，往脸上泼了几下冷水，对着镜子调整好面部表情，然后才下了楼。

战士们和家属们正在一边看“春晚”，一边包饺子，还轮番即兴表演节目，自娱自乐，好不热闹。

“老队长睡着了吗？”

任燚笑了笑：“睡着了。老任很容易累，估计是吃不上饺子了。”

“那可惜了，今天饺子里有大虾仁，有干贝，鲜得很。指导员只有在办年货的时候才不抠门儿。”

曲扬波白了他一眼：“你懂什么叫理财不？你以为管财务很容易，想花就花啊？你们天天吃好的，穿好的，用好的，都是我一针一线省下来的。”

“还‘一针一线’，我的妈呀。”

“这是修辞手法，你多读点儿书。”

“你可闭嘴吧，咱们中队没有人说得过指导员。”

“我看整个支队也没人说得过，要是办个北京消防辩论大赛，指导员一定第一。”

“哈哈哈——”

任燚听着屋内的欢声笑语，脸上的笑容却十分僵硬。他不想被看出异样，便主动过去帮忙包饺子，只是一直心不在焉，甚至是有些恐惧地等待着宫应弦，等待宫应弦的答案。

眼看要到午夜十二点了，战士们将院子里的篝火准备妥当，就等着整点的那一刻点燃，代替烟火照亮来年的好运程。

任燚裹着棉服站在操场上，看着年轻的战士们兴奋地打闹，他回想起多年前，自己刚进中队的时候，是不是也跟他们一样呢？

李飒叫道："任队，快到时间了，还有五分钟，叫所有人都出来吧。"

“好。”

这时，中队的大门突然打开了，一辆黑色SUV缓缓驶入了操场。那是宫应弦的车，任燚的心一瞬间提到了嗓子眼儿。

车停稳了，车门打开，一条逆天长腿率先跨了下来，宫应弦穿着黑色皮夹克和牛仔裤信步朝他走来，面上带着笑意。

任燚能听到身后的一些女家属在小声地惊叹。许多人第一次看到宫应弦时都是这样的反应，他确实拥有得天独厚的俊美容貌。

不仅如此，他聪明，单纯，执着，诚实，勇敢，他有那么那么多的美好品质。

因此，任燚格外害怕面对真相，他害怕自己从来没有真正认识宫应弦，只是受到了表象的蒙蔽。

宫应弦走到任燚身边，喘了一口气："还好现在不堵车。"他一路飙车跑了过来，就是想和任燚一起跨年。新历年时，他们在险象环生中跨年，所以这个传统年，他一心想着要补回来。

任燚怔怔地看着宫应弦，眼神有些恍惚。

“任燚？”宫应弦不解地看着任燚。

“哦。”任燚回过神来，“你不是……你怎么这么早就过来了？”

“我不喜欢跟那些亲戚相处。”宫应弦抬起手按了一下车钥匙，后备厢缓缓打开，他对丁擎道，“后备厢装了一大堆年货，去卸下来。”

“哦，好。”丁擎早已经习惯了宫应弦到处指使人，他吆喝一声，“兄弟姐妹们，有好吃的，快来卸货！”

任燚看了看时间：“马上跨年了，我们要点篝火，应该挺好……”他立刻意识到，篝火对宫应弦来说不可能好玩儿，便改口道，“你不想看的话可以去里面等我。”

宫应弦看了一眼操场中间：“没关系，这种程度的火，我已经不怕了。”

“好。”

“你是不是累了？怎么没精神？”

“嗯，上午我在中队忙活，下午去医院把我爸接回来了，一天都没闲着。”任燚说完，仔细观察着宫应弦的表情。

果然，宫应弦听到任燚去接了他爸回来时，神色有一丝异样。

任燚的心也跟着一沉，他刚想继续说什么，战士和家属们已经向篝火围拢，显然是时间要到了。

“快快快，把无人机升起来，副队你准备点火啊！哎呀，你换一个地方拍照，那里角度好，来了来了，十，九，八……三，二，一，点火！”

篝火瞬间被点燃，火焰一下子蹿了三米多高，就像一支冲天的火炬，不畏寒风的侵蚀，倔强地将黑夜点亮。

火是一种怎样的存在啊，它可以无情毁灭，也可以温柔照亮；它野性难驯，又可以为人所用；人类既要使用它，又要对抗它。

不得不说，紫焰对火的解释是有一定道理的，无论是毁灭还是新生，焚烧还是温暖，火只是火，火只做唯一的一件事，那就是燃烧，而它究竟给万物带来什么，皆是万物自己的造化。

“哇，过年好！”

“过年好。”

大家兴奋地互相拜年。

与此同时，宫应弦悄悄地在背后拉住了任燚，他嘴上说着不怕，其实离火这么近，他还是有些不舒服。

大家兴奋地围着篝火跳起了转圈舞，两人勉强跟着跳了几圈就离开了操场，进了会议室。

门一关，宫应弦小声说：“你今天都没发现我有什么不一样吗？”

任燚顿了一下：“什么？”

“我穿了新衣服。”宫应弦不太满意地说，“这都看不出来？”

“很好看。”

“跟平时风格不一样，你喜欢这种休闲的吧？”

任燚转过身来，面无表情地看着他，低声道：“我有事要问你。”

宫应弦察觉到气氛的不同寻常，其实从今天见到任燚开始，他已经发现任燚不大对劲儿了。他是何等的聪明，这会儿已经意识到了什么。他也正色道：“你问。”

在宫应弦来之前，任燚想过很多婉转的问法，可看着这张熟悉的脸，他突然就不想拐弯抹角了，他深吸一口气，用发颤的声音问道：“庞贝博士是不是给我爸做了深度催眠？”

宫应弦的脸上肉眼可见地褪去了血色，眼皮也垂了下去，回避了任燚的眼神。

任燚看着宫应弦的反应，心凉透了。

他知情！他知情！

“任燚，这件事……”

“你知道。”任燚难以置信地看着宫应弦，“你知道，但你瞒着我。”

“我知道你不会同意。”

“我当然不会同意！”任燚突然厉吼一声。

他的情绪爆发得猛烈而毫无预兆，宫应弦呆住了。

任燚从来不曾这样凶过他，他也没见过这样的任燚。

“你……你听我……”

“是你授意的。”任燚的眼睛瞬间充血，“是你授意庞贝博士对我爸进行深度催眠的。”

宫应弦看着任燚愤怒的眼眸，心彻底慌了。他咬了咬牙，说道：“是。”

最后一丝希望也被碾得粉碎，任燚的身形晃了晃，心脏剧痛，他难以接受地盯着宫应弦：“你怀疑我爸！你怀疑我爸！”

“任燚，你冷静点儿。”宫应弦深吸一口气，“我们一直都对当年参与救援的人有所怀疑，你父亲是第一个进入现场……”

“对，他是第一个进入现场的！”任燚颤声道，“他是第一个进入现场把你从大火里救出来的！”

宫应弦艰涩地说："我们整理的诸多证据都证明凶手非常专业，或者他有一个专业的帮手，而第一个进入现场的人，有最多的时间和时机，我们只是想确认……"

"你想确认什么？"任燚死死地盯着宫应弦，"我不遗余力地帮你找证据、找凶手，到头来你怀疑我父亲？我告诉你，我爸跟我是一种人，他这一辈子，升官发财从来没看在眼里。他为人耿直又正气，他救过数不清的人，他永远永远不可能害人！"任燚的声音逐渐哽咽，他已经失望、伤心到了极点。

"我相信你，我也不愿意怀疑你父亲，所以我才希望能从他的记忆里得到更多信息。我想要早一天抓到凶手，这样你才能早一天安全。"

"你根本不是为了我的安全。"任燚指着宫应弦道，"你只是为了复仇，为了你自己的复仇。"

"这两样冲突吗？"宫应弦也急了，"任燚，你冷静一点儿，我们的敌人是同一个啊！"

"是吗？"任燚咬牙道，"在你心里，我父亲也可能是你的敌人啊。那个把你从大火里救出来的人，你怀疑他是纵火的凶手，你为什么不告诉我？你为什么不敢告诉我？"

"因为我知道你接受不了！"

"所以你就敢瞒着我做这一切！你凭什么？"任燚吼道，"宫应弦，你凭什么？你就凭我从来不对你生气，是吗？你以为我什么都能容忍你，是吗？哪怕你伤害我父亲！"

"我没有！"宫应弦吼道，"我没有想要伤害他！庞贝博士非常谨慎，他只是近期会经常回忆起那段记忆，过段时间就没事了！"

"去你的没事！"任燚用赤红的眼睛瞪着宫应弦，"你自己做过深度催眠，你知道那个过程和后遗症有多么痛苦。我爸他是一个病人，你催眠完了也许只是回忆几次，我爸他真的会回去！他从来不回那一年，因为那是他一生中最痛苦、最煎熬的一年！可他今天回去了，也许之后还会不断地回去，都是因为你们，因为你们未经我的允许，擅自将他带回了那一年！"任燚怒气攻心，狠狠地推了宫应弦一下，"你还敢说你没有想要伤害他！"

宫应弦被推得一个踉跄，他看着任燚暴怒的神情，心痛难当。任燚从来不会对他这样声色俱厉，更不会用这样的眼神看他。

任燚那眼神让他害怕。

宫应弦轻轻咬了咬唇："我只是想要抓到凶手。"

"对，你想要抓到凶手，你十九年来所做的一切都是为了抓到凶手。"任燚哽咽道，"可那跟我爸有什么关系？他十九年前救了你呀。我不敢说每一个消防员百分百都是好人，但我了解我身边的人。我爸为了救人，无数次把自己置于致命的危险中，他无数次可能成为孙定义，这样的人永远不可能去害人。"

宫应弦艰难地说："任燚，我明白你对你父亲的信任，这也是我不想告诉你的原因，但是太多证据都……都指向第一个进入火场的人。门锁，起火点，现场情况，第一个进入火场的人的证词直接影响了调查结果。"

任燚听着这一段理智而冷酷的分析，只觉得心如死灰。他无法想象在那些日子里，宫应弦在偷偷筹划着如何利用他的父亲，甚至怀疑他父亲——他的英雄消防员父亲是纵火犯。

任燚的声音突然变得平静了："你从什么时候开始怀疑我父亲的？从一开始？"

宫应弦没有说话，算是默认了。

"你是为了这个才接近我的吗？你是为了这个才和我做朋友的吗？"

宫应弦猛地抬头："不是！我以前不知道你们是父子关系！"

任燚看着宫应弦，突然觉得有些不认识这个人了，此时他说出来的每一个字，也都变得不可信。任燚摇了摇头："不，你早就知道了，你是故意的。这又不难查，半个消防系统的人都知道任向荣是我父亲。"

"我真的不知道！"宫应弦急得双目赤红，"那个时候我们还没有开始调查救援人员。"

任燚突然露出一个比哭还难看的笑容："就算以前不知道，那你知道以后呢？你怀疑我是害死你全家的凶手的儿子，你是怎么看我的？你是怀着怎样的心情待在我身边？啊？你是不是觉得挺得意的，把我从里到外都利用得彻彻底底？！"

宫应弦低吼道："我没有，我没有想要利用你！不管当年真相如何，你都是无辜的，我从来没有把你和你父亲放在一起看待。"

任燚强忍着眼泪，背过身去："你走吧。"

"我道歉。"宫应弦看着任燚冷硬的背影彻底慌了，有个声音在脑子里大声叫嚣着，不要这么对他，他受不了任燚这么对他，那个总是对他温柔宽容的人不能这么对他，“对不起……”

“我现在不想看到你，走。”任燚闭上了眼睛。

“任燚……”

“走！”任燚吼道。

宫应弦眼圈赤红，泫然欲泣，他伤心地咬住了下唇，转身摔门走了。

眼泪顺着任燚的面颊流了下来。

任燚一直觉得宫应弦不是那样的人，那个表面虽然任性，但骨子里温柔的人，他不会这样对自己，不会在自己刚刚失去战友的时候在自己的心上捅刀子。

可是那是谁呢？

自己是否真的认识他？

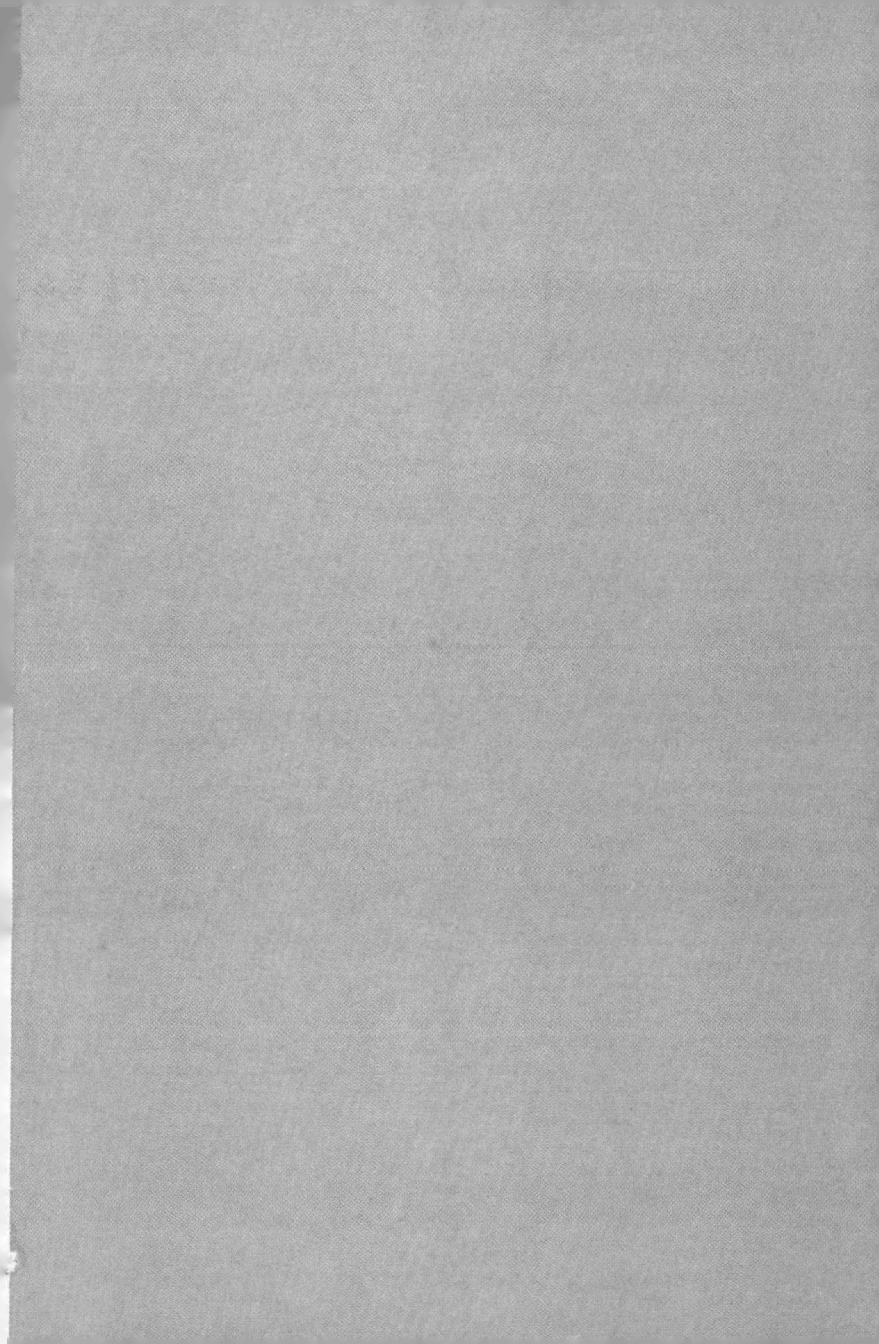

宫家档案记录

——任燚

GONG JIA DANG AN JI LU

自我暗示

zi wo an shi

大小姐

LAO GONG

老宫

我时常想起你

WO SHI CHANG XIANG QI NI

PO 破 XIAO 晓

日期　　　　天气

七月初遇

今天被喷了一身酒精，宫应弦？小心我举报你滥用职权！

日期　　　　　　　　　　　　　　　　天气

我从来没见过这样的人，与周围环境格格不入，仿佛不食人间烟火，但又真实存在。

日期 天气

麻省理工的化学博士，宫应弦！

日期　　　　　　　　　　　　　天气

第四视角起火了，宫应弦是负责前期调查的警官……

他对我说：他讨厌火。

我这名字又不是我自己取的。

任燚

日期　　　　　　　　　　　　天气

凌晨1点的第四视角废墟，抓住了一个可疑的二十来岁的年轻男子，宫应弦从三米多高的二楼跳下来小臂受伤了……

对了，原来那种淡淡的、干燥而有质感的草药味不只在宫应弦的车上，他的身上也……

日期　　　　　　　　　　　　　　　天气

炽天使！！！

日期 天气

喊，不识货。

日期 天气

“宫殿的宫。”

“听说他家是做化工的。”

“表哥的家人在他很小的时候就过世了。”

“我讨厌火。”

日期

天气

日期 天气

日期　　　　　　　　　　天气

日期 天气

日期　　天气

日期 天气

日期　　　　天气

日期　　天气

日期　　　　　　　　天气

日期 天气

日期

天气

日期

天气

日期

天气

日期　　　　　　　　　　天气

日期 天气

日期　　天气

日期 天气

日期

天气

日期 天气

日期 天气

日期　　天气

日期 天气

日期　　　　　　　　　　天气

日期　　　　　　　　　　　　　　天气

日期

天气

日期

天气

日期

天气

日期

天气

日期　　天气

日期 天气

日期

天气

日期　　天气

日期

天气

日期 天气

日期 天气

日期　　天气

日期　　　天气

日期 天气

日期 天气

日期　　天气

日期　　天气

日期 天气

日期 天气

日期 天气

日期 天气

日期

天气

日期 天气

日期 天气

日期 天气

日期 天气

日期　　　　　　　　天气

日期　　　　　　　　　　　天气

日期　　天气

日期 天气

日期 天气

日期 天气

日期　　　　　　　　　　天气

日期　　天气

日期 天气

日期 天气

日期 天气

日期

天气

日期　　天气

日期

天气

日期　　天气

日期 天气

日期 天气

日期　　天气

日期 天气

日期 天气

日期 天气

日期　　　　　　　　　　天气

日期 天气

日期 天气

日期 天气

日期　　天气

日期　　　　　　天气

日期 天气